武大通识

WHU General Education Center

博雅弘毅

文明以止

成人成才

四通六识

珞珈博雅文库
通识教材系列

莎士比亚戏剧导读

主　编　戴丹妮
副主编　周艺琛　王允含

WUHAN UNIVERSITY PRESS
武汉大学出版社

图书在版编目(CIP)数据

莎士比亚戏剧导读/戴丹妮主编.—武汉:武汉大学出版社,2021.9(2022.8 重印)
珞珈博雅文库.通识教材系列
ISBN 978-7-307-22490-2

Ⅰ.莎… Ⅱ.戴… Ⅲ.莎士比亚(Shakespeare,William 1564-1616)—戏剧文学—文学欣赏 Ⅳ.I561.073

中国版本图书馆 CIP 数据核字(2021)第 147624 号

责任编辑:邓 喆 责任校对:汪欣怡 版式设计:韩闻锦

出版发行:**武汉大学出版社** (430072 武昌 珞珈山)
(电子邮箱:cbs22@whu.edu.cn 网址:www.wdp.com.cn)
印刷:湖北恒泰印务有限公司
开本:787×1092 1/16 印张:22 字数:453 千字 插页:2
版次:2021 年 9 月第 1 版 2022 年 8 月第 2 次印刷
ISBN 978-7-307-22490-2 定价:58.00 元

主编简介

戴丹妮，武汉大学外国语言文学学院英文系副教授，戏剧影视文学博士。中国莎士比亚研究会理事，国际莎士比亚研究会会员。撰写或主编《莎士比亚戏剧与节日文化研究》《英语词语拾趣——莎士比亚篇》《莎士比亚戏剧与西方社会》《莎士比亚戏剧导读》等多部莎士比亚研究专著和教材，并在多个重要期刊发表相关论文。主持“莎士比亚悲剧的剧场性研究”“莎士比亚戏剧与节日文化研究”“中国大学莎剧演出与英语教学研究”“关于莎剧研读与表演对提高大学生英语综合能力的效果研究”“中国大学莎剧教学与研究生助教创新模式探索”“莎士比亚戏剧在中国大学舞台上的演出研究”等多项莎剧教学与研究项目。

总　序

小而言之，教材是“课本”，是一课之本，是教学内容和教学方法的语言载体；大而言之，教材是国家意志的体现，是高校教学成果和科研成果的重要标志。一流大学要有一流的本科教育，也要有一流的教材体系。新形势下根据国家有关要求，为进一步加强和改进学校教材建设与管理，努力构建一流教材体系，武汉大学成立了教材建设工作领导小组、教材建设工作委员会，设立了教材建设中心，为学校教材建设工作提供了有力保障。一流教材体系要注重教材内容的经典性和时代性，还要注重教材的系列化和立体化。基于这一思路，学校计划按照学科专业教育、通识教育、创业教育等类别规划建设自成系列的教材。通识教育系列教材即是学校大力推动通识教育教学工作的重要成果，其整体隶属于“珞珈博雅文库”，命名为“通识教材系列”。

在长期的办学实践和教学文化建设过程中，武汉大学形成了独具特色的融“五观”为一体的本科人才培养思想体系：即“人才培养为本，本科教育是根”的办学观；“以‘成人’教育统领成才教育”的育人观；“厚基础、跨学科、鼓励创新和冒尖”的教学观；“激发教师教与学生学双重积极性”的动力观；“以学生发展为中心”的目的观。为深化本科教育改革，打造世界一流本科教育，武汉大学于2015年开展本科教育改革大讨论并形成《武汉大学关于深化本科教育改革的若干意见》《武汉大学关于进一步加强通识教育的实施意见》等文件，对优化通识教育顶层设计、理顺通识课程管理体制、提高通识教育课程质量、加强通识教育保障机制等方面提出明确要求。

早在20世纪八九十年代，武汉大学就有学者专门研究大学通识教育。进入21世纪，武汉大学于2003年明确提出“通专结合”，将原培养方案的“公共基础课”改为“通识教育课”，作为全国通识教育改革的先行者率先开创“武大通识1.0”；2013年，经过十年的建设，形成通识课程的七大板块共千门课程，是为“武大通识2.0”；2016年，在武汉大学本科教育改革大讨论的基础上，学校建立通识教育委员会及其工作组，成立通识教育中心，重启通识教育改革，以“何以成人，何以知天”为核心理念，以《人文社科经典导引》和《自然科学经典导引》两门基础通识必修课为课程主体，同时在通识课程、通识课堂、通识管理和通识文化四大层次全面创新通识教育，从而为在校本科生逾3万的综合性大学如何实现通识教育的品质提升和卓越教学探索了一条新的路径，是为“武大通识3.0”。

当前，高校对大学生要有效“增负”，要提升大学生的学业挑战度，合理增加课程难度，拓展课程深度，扩大课程的可选择性，真正把“水课”转变成有深度、有难度、有挑战度的“金课”。那么通识课程如何脱“水”治“金”？如何建设具有武汉大学特色的通识教育金课？这无疑要求我们必须从课程内容设计、教学方式改革、课程教材资源建设等方面着力。

一门好的通识课程应能对学生正确价值观的塑造、健全人格的养成、思维方式的拓展等发挥重要作用，而不应仅仅是传授学科知识点。我们在做课程设计的时候要认真思考“培养什么人、怎样培养人、为谁培养人”这一根本问题，从而切实推进课程思政建设。武汉大学学科门类丰富，教学资源齐全，这为我们跨学科组建教学团队，多维度进行探讨，设计更具前沿性和时代性的课程内容，提供了得天独厚的条件。

毋庸讳言，中学教育在高考指挥棒下偏向应试思维，过于看重课程考核成绩，往往忘记了“教书育人”的初心。那么，应如何改变这种现状？答案是：立德树人，脱“水”治“金”。具体而言，通识教育要注重课程教学的过程管理，增加小班研讨、单元小测验、学习成果展示等鼓励学生投入学习的环节，而不再是单一地只看学生期末成绩。武汉大学的“两大导引”试行“8+8”的大班授课和小班研讨，经过三个学期的实践，取得了很好的成效，深受同学们欢迎。我们发现，小班研讨是一种非常有效的教学方式，能够帮助学生深度阅读、深度思考，增加学生课堂参与度，培养学生独立思考、理性判断、批判性思维和团队合作等多方面的能力。

课程教材资源建设是十分重要的。老师们精心编撰的系列教材，精心录制的在线开放课程视频，精心设计的各类题库，精心搜集整理的与课程相关的文献资料，等等，对于学生而言，都是精神大餐之中不可或缺的珍贵元素。在长期的教学实践中，老师们不断更新、完善课程教材资源，并且教会学生获取知识的能力，让学习不只停留于课堂，而是延续到课后，给学生课后的持续思考提供支撑和保障。

“武大通识3.0”运行至今，武汉大学已形成一系列保障机制，鼓励教师更多地投入到通识教育教学中来。学校对通识 3.0 课程设立了准入准出机制，建设期内每年组织一次课程考核工作，严格把控立项课程的建设质量；对两门基础通识课程实施助教制，每学期遴选培训研究生和青年教师担任助教，辅助大班授课、小班研讨环节的开展；对投身通识教育的教师给予最大支持，在“351 人才计划”教学岗位、“教学业绩奖”等评选中专门设立通识教育教师名额，在职称晋升等方面也予以政策倾斜；对课程的课酬实行阶梯制，根据课程等级和教师考核结果发放授课课酬。

武汉大学打造多重通识教育活动，营造全校通识文化氛围。每月举行一期通识教育大讲堂，邀请海内外一流大学从事通识教育顶层设计的领袖性人物、知名教师、知名学者、杰出校友等来校为师生做专题报告；每学期组织一次通识教育研讨会，邀请全校通识课程主讲教师、主要管理人员参加，采取专家讲座与专题讨论相结合的方式，帮助提升教师的通识教育理念；不定期开展博雅沙龙、读书会、午餐会等互动式研讨活动，有针对性地选取主题，邀请专家报告并研讨交流。这些都是珍贵的教学资源，有助于我们多渠道了解通识教育前沿和通识文化真谛，不断提升通识教育的理论素养，进而持续改进通识课程。

武汉大学的校训有一个关键词：弘毅。“弘毅”语出《论语》：“士不可以不弘毅，任重而道远。”对于“立德树人”的武大教师，对于“成人成才”的武大学子，对于“博雅弘毅，文明以止”的武大通识教育，皆为“任重而道远”。可以说，我们在通识教育改革道路上所走过的每一步，都将成为“教育强国，文化复兴”强有力的步伐。

“武大通识 3.0”开启以来，我们精心筹备、陆续推出“珞珈博雅文库”大型通识教育丛书，涵盖“通识文化”“通识教材”“通识课堂”和“通识管理”四大系列。其中的“通识教材系列”已经推出“两大导引”，这次又推出核心和一般通识课程教材十余种，以后还将有更多优秀通识教材面世，使在校同学和其他读者“开卷有益”：拓展视野，启迪思想，融通古今，化成天下。

周叶中

前言

本书为武汉大学通识课程“莎士比亚戏剧导读”指定教材，可与武汉大学核心通识规划教材《莎士比亚戏剧与西方社会》配套使用，相得益彰。

《莎士比亚戏剧导读》主要通过介绍莎士比亚的生平及其所处的英国伊丽莎白与詹姆士一世时代的社会环境和当时人们的观剧心理，概括莎士比亚各个时期的创作特点，其早期的历史剧和浪漫喜剧，鼎盛时期的悲剧，以及晚年的传奇剧均有所涉及。学生在教师的指导下，可利用本教材深入解读莎翁的主要作品，尤其是各个阶段的代表作，掌握主要作品的思想内容和艺术特色，了解其对各国戏剧的深远影响，重点是通过人物形象分析，发掘其思想蕴涵。

在介绍莎士比亚戏剧代表作的同时亦会兼及戏剧理论和创作技巧，通过莎剧的阅读，学习和认识英语戏剧发展的历史和特点，了解英语戏剧语言的独有魅力。

本书按照莎翁创作的戏剧类型分为喜剧、历史剧、悲剧、传奇剧四大部分。每个部分均包含所有相关莎翁作品。每部戏的解读包括：导言、剧情简介、演出及改编、经典名段中英文对照赏析、其他经典名句五个部分，对相关剧作展开全方位的分析与探讨，力求让读者通过阅读和学习，不仅能从文本分析角度掌握该作品，又可以了解国内国际的相关演出及改编盛况，更能熟读和背诵有关经典名句。

此外，本教材最后还有两个附录，分别是“莎士比亚作品分类列表及莎士比亚戏剧和诗歌创作年表”与“莎士比亚生平大事记及创作年表”，可供考证用。

本教材引文中的英文原文采用 *The Arden Shakespeare Complete Works* (*Revised Edition*)，由 Richard Proudfoot，Ann

Thompson 和 David Scott Kastan 编辑，于 2001 年出版。中文译文除特殊说明外，均来自《莎士比亚全集》(共六册)，朱生豪等译，方平校，人民文学出版社 1994 年版。由于时代原因，对于朱生豪译本中出现的错译、漏译、不符合当下用语习惯或存在更精准译法之处，本书参考其他译本酌情进行了修正、增补，均有脚注说明。此外，一些约定俗成的人名均采用了大众习惯的译法("哈姆雷特""奥赛罗""伊丽莎白"等)而非朱译("哈姆莱特""奥瑟罗""伊利莎伯"等)。部分英文原文的拼写仍保留了传统，与现代英语略有不同。如"The Civile Wares""Generall"均保留了旧式拼法。

本书依照惯例，在引用莎剧台词时标注场次、幕次与行号。在【经典名段中英文对照赏析】栏中标注场幕全称，例如"(Act 1, Scene 1, 105-112)"表示该剧第一幕第一场第 105 至 112 行；在【其他经典名句】栏等其余场合则使用罗马数字简写，例如"(V. i. 105-112)"；中英文台词同时引用时，在英文台词后标注场次及行号，中文台词依惯例仅标注幕、场次。

为方便查证，本书在人物和著作等名称首次出现时用括号标注拉丁字母原名，其中此前出现过的莎剧角色名称在该人物所属的剧目章节中会再次标注原名。

本书中"莎士比亚的喜剧世界""莎士比亚的悲剧世界"及"莎士比亚的传奇剧世界"三章按照剧名首个关键词首字母顺序排列，如《仲夏夜之梦》(*A Midsummer Night's Dream*)一剧，首个关键词首字母为"M"。"莎士比亚的历史剧世界"则按照史实顺序以便贯连理解(详见第二章)。

本书在编写过程中难免有疏漏之处，祈望专家、学者、同行不吝指正！

戴丹妮

2021 年 6 月于珞珈山

目　录

引　言
关于莎士比亚

图 1　威廉·莎士比亚（William Shakespeare）

威廉·莎士比亚（William Shakespeare，1564 年 4 月 23 日—1616 年 4 月 23 日），被许多人认为是英国文学史和戏剧史上最杰出的诗人和剧作家，也是西方文艺史上最杰出的作家之一，全世界卓越的剧作家之一。他被誉为英国的民族诗人和“埃文河的吟游诗人”（Bard of Avon），或直接称为“吟游诗人”。他流传下来的作品包括 37[①] 部剧本、154 首十四行诗、2 首长叙事诗和其他诗作。他的剧本被翻译成几乎所有主要语言，并且表演次数

① 一说 36 部或 37.5 部。据称，莎士比亚晚期部分作品为与人合作或由他人代笔，目前尚无明确定论。此处遵从学界大部分人认可的 37 部。

远远超过其他任何剧作家。

莎士比亚在埃文河畔斯特拉特福(Stratford-upon-Avon)出生长大，18 岁时与安妮·海瑟薇(Anne Hathaway)结婚，两人共生育了 3 个孩子：苏珊娜(Susanna)、双胞胎哈姆涅特(Hamnet)和裘迪斯(Judith)。1586—1592 年，莎士比亚在伦敦开始了成功的职业生涯，他不仅是演员、剧作家，还是宫内大臣供奉剧团(Lord Chamberlain's Men)的合伙人之一，该剧团后来改名为国王供奉剧团(King's Men)①。1613 年左右，莎士比亚似乎回到埃文河畔斯特拉特福，3 年后逝世。有关莎士比亚私人生活的记录流传下来的很少，关于他的性取向、宗教信仰，以及他的著作是否出自他本人之手，都依然是谜。

1590—1613 年是莎士比亚的创作高峰期。他的早期剧本主要是喜剧和历史剧，在 16 世纪末期达到了文学性的深度和艺术性的高峰。接下来到 1608 年他主要创作悲剧，包括《哈姆雷特》(*Hamlet*)、《李尔王》(*King Lear*)和《麦克白》(*Macbeth*)等经典名著，被认为是英语的最佳范例。在他人生最后阶段，他开始创作悲喜剧，又称为传奇剧，并与其他剧作家合作。在他有生之年，他的很多作品就以多种版本出版，质量和准确性参差不齐。1623 年，他所在剧团的两位同事出版了《第一对开本》(*The First Folio*)，除 2 部作品②外，目前已经被认可的莎士比亚作品均收录其中。

莎士比亚在世时，被尊称为诗人和剧作家，直到 19 世纪他的声望才达到今日的高度。浪漫主义时期赞颂莎士比亚的才华，维多利亚时代则像尊敬英雄一样地尊敬他，这被萧伯纳(George Bernard Shaw)称为莎士比亚崇拜。20 世纪，他的作品常常被新学术运动改编并重新发现价值。他的作品直至今日依旧广受欢迎，在全球以不同文化和艺术形式演出和诠释。

1. 莎士比亚的生平

1.1 早期生活

威廉·莎士比亚的父亲叫约翰·莎士比亚(John Shakespeare)，是一个成功的手套商人和市参议员，祖籍斯尼特菲尔德；母亲玛丽·阿登(Mary Arden)是一个富裕地主的女儿。莎士比亚于 1564 年 4 月 23 日出生于英格兰沃里克郡埃文河畔斯特拉特福，根据记录，莎

① 国王供奉剧团(King's Men)，其前身为伊丽莎白一世统治时期的宫内大臣供奉剧团，是威廉·莎士比亚职业生涯中主要工作的剧团。1603 年，新国王詹姆士一世授予剧团皇家标志，成为赞助人，并将其改名为国王供奉剧团。

② 这 2 部作品是《两个高贵的亲戚》和《泰尔亲王配力克里斯》。莎翁时代合作之风盛行，但现在学者仍认为莎士比亚是其主要贡献者，因而它们仍被列入他的作品名单。

士比亚是在当年 4 月 26 日受洗礼的。一般认为他的生日是 4 月 23 日，即圣乔治日。他在家里的 8 个孩子中排行第三，也是存活下来的儿子中最年长的一个。

图 2 埃文河畔斯特拉特福，约翰·莎士比亚住所

尽管没有保存下来的出席记录，大部分传记作者认同莎士比亚在埃文河畔斯特拉特福的国王学校接受了教育。这是一所成立于 1553 年的免费学校，距离他家四分之一英里。伊丽莎白时代的初级中学质量参差不齐，但是整个英格兰的课程设置由法律规定，并且学校提供拉丁语和古典文学的强化教育。18 岁的时候，莎士比亚与 26 岁的安妮·海瑟薇结婚，伍斯特主教教区的宗教法院于 1582 年 11 月 27 日签发了结婚证书。次日两位海瑟薇的邻居担保婚姻没有任何障碍。这对新人可能很匆忙地安排了仪式，因为伍斯特法官允许结婚预告只宣告了一次，而通常是三次。海瑟薇当时已经怀上了莎士比亚的孩子，这可能是匆忙的原因。结婚 6 个月后，女儿苏珊娜降生，并于 1583 年 5 月 26 日接受洗礼。两年后，他的龙凤双胞胎儿子哈姆涅特和女儿裘迪斯在 1585 年 2 月 2 日受洗礼。1596 年 8 月 11 日，哈姆涅特因不明原因死亡，年仅 11 岁。

在双胞胎出生后，直到他于 1592 年出现在伦敦的剧团中，其间关于莎士比亚的历史记录非常少。由于这段时间的缺失，一些学者把 1586—1592 年称作莎士比亚“行踪成谜的岁月”(lost years)。传记作者试图说明他这段时期的经历，描述了很多虚构的故事。第一位莎士比亚传记作者——剧作家尼古拉斯·罗(Nicholas Rowe)叙述了一个流传在埃文河畔斯特拉特福的传说，说莎士比亚因为非法狩猎鹿被起诉，为了逃避起诉从家乡到了伦敦。另一个 18 世纪的故事版本是莎士比亚成为伦敦的剧院合伙人从而开始了他的戏剧生涯。约翰·奥布里(John Aubrey)则将莎士比亚描述为一个乡村校长。一些 20 世纪的学者提出莎士比亚可能被兰开夏郡的亚历山大·霍顿(Alexander Hoghton of Lancashire)雇用为校长，霍顿是一位信仰天主教的地主，在他的遗嘱中提到了某一位“威廉 · 莎士比亚”。然而，没有证据证实这些故事与他逝世后的一些谣传有什么不同。

1.2　伦敦和剧团生涯

关于莎士比亚开始创作的具体时间依旧是一个谜，但是同一时期演出的线索和记录显示，到 1592 年时，伦敦舞台已经表演了他的几部剧作。那时他在伦敦已很有知名度，剧作家罗伯特 · 格林(Robert Greene)曾写文章这样攻击他：

> ……那里有一只用我们的羽毛美化了的傲慢自负的乌鸦，他的“表演者的外表里面裹着一颗老虎的心”，自以为有足够的能力像你们中间最优秀者一样善于衬垫出一行无韵诗；而且他是个什么都干的打杂工，自负地认为是全国唯一的“摇撼舞台者”。①

学者对这些评论的确切意思有不同意见，不过大部分同意格林在取笑莎士比亚努力与接受过大学教育的作家如克里斯托夫 · 马洛(Christopher Marlowe)②、托马斯 · 纳什(Thomas Nashe)和格林自己相提并论，取得高于其应有的地位。“表演者的外表下面裹着一颗老虎的心”(“Tiger's heart wrapp'd in a Player's hide”)模仿了莎士比亚《亨利六世》(下)(*King Henry the Sixth*, *Part III*)的台词“女人的外表里面裹着一颗老虎的心”(“Oh, tiger's heart wrapped in a woman's hide”③)(I. iv. 137)。而双关语“摇撼舞台者”(Shake-scene)则影射格林抨击的对象——莎士比亚的名字——“摇动长矛者”(Shakespeare)。

格林的抨击是关于莎士比亚剧院生涯的最早记录。传记作家认为他的生涯可能开始于 16 世纪 80 年代中期到格林评论之前的任何时候。1594 年开始，莎士比亚的戏剧只在宫内大臣供奉剧团演出，这是一家由剧作家组建的剧团，莎士比亚也是股东之一，后来成为伦敦最主要的剧团。1603 年伊丽莎白一世逝世后，新国王詹姆士一世授予剧团皇家标志，并改名为国王供奉剧团。

---

① 原文：“... there is an upstart Crow, beautified with our feathers, that with his *Tiger's heart wrapp'd in a Player's hide*, supposes he is as well able to bombast out a blank verse as the best of you: and being an absolute *Johannes factotum*, is in his own conceit the only Shake-scene in a country.”

Greenblatt, Stephen. *Will in the World*: *How Shakespeare Became Shakespeare*. London: Pimlico, 2005, p. 213.

② 克里斯托夫 · 马洛(Christopher Marlowe, 1564—1593)：莎翁同时代稍早剧作家，“大学才子”之一，据说当时更加出名。代表作为《浮士德博士的悲剧》(*Doctor Faustus*)和《帖木儿大帝》(*Tamburlaine*)等。

③ 朱生豪译为“你这人面兽心的怪物呵”，参考人民文学出版社 1994 年版。

图 3　重建的伦敦环球剧院

1599 年，剧团的一个合伙人在泰晤士河南岸建造了他们自己的剧院——环球剧院(Globe Theatre)。1608 年，黑衣修士剧院(Blackfriars Theatre)也被他们接管。莎士比亚的财产购买和投资记录表明剧团使他变得十分富有。1597 年，他买入了埃文河畔斯特拉特福的第二大房子；1605 年，他在埃文河畔斯特拉特福承担了教区什一税的一部分。

1594 年开始，莎士比亚的一些剧本以四开本①出版。到 1598 年，他的名字已经成为卖点并开始出现在扉页。莎士比亚成为一个成功的剧作家后仍继续在他自己和别人的剧作里表演。1616 年出版的本·琼森(Ben Jonson)②剧作集中的演员表里就有莎士比亚的名字，如 1598 年的《个性互异》(*Every Man in His Humour*)和 1603 年的《西姜努斯》(*Sejanus*)。他的名字没有出现在琼森 1605 年《福尔蓬奈》(*Volpone*)的演员表中，一些学者认为这是他演员生涯接近尽头的迹象。然而，1623 年出版的莎士比亚剧作合集《第一对开本》中将莎士比亚列为所有剧作的主要演员之一，其中部分剧作在《福尔蓬奈》后第一次上演，尽管我们仍无法确认他具体扮演了哪些角色。1610 年，赫里福德的约翰·戴维斯(John Davies of Hereford)写道，他曾扮演过君主类角色。1709 年，罗延续了传统观点，认为莎士比亚扮

① 1594 年，莎士比亚戏剧首次成册付印，其中可能包括悲剧《泰特斯·安德洛尼克斯》(*Titus Andronicus*)。这是一种廉价的小册子，因其印刷方式得名“四开本”。至莎翁 1616 年去世前，他共有 18 部戏剧以四开本形式问世。

② 本·琼森(Ben Jonson，1572—1637)：莎翁同时代稍晚的著名剧作家和诗人，以讽刺喜剧著称，代表作为《福尔蓬奈》(*Volpone*)和《炼金术师》(*The Alchemist*)等。

演了哈姆雷特父亲的灵魂。后来的传统观点认为他还饰演了《皆大欢喜》(*As You Like It*)里的亚当(Adam)和《亨利五世》里的合唱队(Chorus)，然而很多学者依旧怀疑这些资料的来源是否可靠。

莎士比亚把一半时间花在伦敦，另一半花在埃文河畔斯特拉特福。1596年，在他家乡购入新房子之前的一年，莎士比亚住在泰晤士河北岸圣海伦郊区。1599年，他搬到了河的南岸，同年剧团在那里建造了环球剧院。1604年，他再度搬到了北岸圣保罗教堂北面，那一片有很多高档房子。

1.3　晚年和逝世

1606年以后，莎士比亚创作的剧本较少，1613年之后便再没有新的作品问世。他的最后3部剧作很有可能与约翰·弗莱彻(John Fletcher)合作完成，弗莱彻在莎士比亚之后成为国王供奉剧团的首席剧作家。罗是第一个根据传统认为莎士比亚在他逝世前几年退休回到埃文河畔斯特拉特福的传记作家，尽管停止所有的工作在那个时代并不多见。1616年4月23日，莎士比亚逝世，留下了妻子和两个女儿。大女儿苏珊娜和内科医生约翰·霍尔(John Hall)于1607年结婚，二女儿裘迪斯在莎士比亚逝世前两个月嫁给了酒商托马斯·基内尔(Thomas Quiney)。

图4　埃文河畔斯特拉特福圣三一教堂的莎士比亚墓碑

在遗嘱中，莎士比亚将他大量地产的大部分留给了大女儿苏珊娜。条款指定她将财产原封不动地传给“她的第一个儿子”。二女儿裘迪斯育有三个孩子，去世时都未婚。大女儿仅有一个孩子——伊丽莎白(Elizabeth)，她嫁了两次，但是1670年去世的时候没有留下任何子嗣，莎士比亚的直系后代到此为止。莎士比亚的遗嘱中很少提到妻子安妮，她很可能自动继承了他三分之一的财产。然而他特意提及一点，将“我第二好的床”（“my second best bed”）留给她，这个遗赠物导致了很多猜想。一些学者认为这是对安妮的一种侮辱；而另一些则相信这个“第二好的床”曾经是婚床，因此纪念意义重大。

逝世两天后，莎士比亚被埋葬在埃文河畔斯特拉特福圣三一教堂的高坛。1623 年之前的某个时候，一座纪念墓碑和他的半身肖像被竖立在北墙上，肖像雕刻了莎士比亚正在创作的样子。碑文将他与希腊神话中的内斯特①、古希腊哲学家苏格拉底和古罗马诗人维吉尔相提并论。一块石板覆盖在他的墓碑上，目的是消除因移动他的尸骨而带来的诅咒。

2. 莎士比亚的戏剧创作及演出

2.1　剧作

莎士比亚的创作生涯通常被分成四个阶段。16 世纪 90 年代中期之前，他主要创作喜剧，其风格受罗马和意大利影响，同时按照流行的编年史传统创作历史剧。他的第二个阶段开始于大约 1595 年的悲剧《罗密欧与朱丽叶》（*Romeo and Juliet*），结束于 1599 年的悲剧《裘力斯·恺撒》（*Julius Caesar*）。在这段时期，他创作了他最著名的喜剧和历史剧。从大约 1600 年到大约 1608 年为他的“悲剧时期”，莎士比亚创作以悲剧为主。从大约 1608 年到 1613 年，他主要创作悲喜剧，被称为莎士比亚晚期传奇剧。

最早流传下来的莎士比亚作品是《理查三世》（*King Richard the Third*）和《亨利六世》（*King Henry the Sixth*）三部曲②，创作于 16 世纪 90 年代早期，当时历史剧风靡一时。然而，莎士比亚的作品很难确定创作时期，分析研究表明《泰特斯·安德洛尼克斯》（*Titus Andronicus*）、《错误的喜剧》（*The Comedy of Errors*）、《驯悍记》（*The Taming of the Shrew*）和《维洛那二绅士》（*The Two Gentlemen of Verona*）可能也是莎士比亚早期作品。他的第一部历史剧，从拉斐尔·霍林希德（Holinshed）1587 年版本的《英格兰、苏格兰和爱尔兰编年史》（*Chronicles of England, Scotland, and Ireland*）（简称《编年史》）中汲取很多素材，将腐败统治的破坏性结果戏剧化，并以此解释了都铎王朝的起源。这些剧作受其他伊丽莎白时期剧作家的作品影响，尤其是托马斯·基德（Thomas Kyd）和克里斯托夫·马洛，还受到中世纪

① Nestor（内斯特）是特洛伊战争中希腊的贤明长老。他不但充满智慧，而且能说会道，这两个令他闻名遐迩的特点随着他的年纪增长而更加突出。

② 莎翁历史剧的英文剧名经常简化为国王名加序号形式，如 *Richard III*, *Henry VI* 等，本书在正文和附录中采取简写。

戏剧的传统和塞内加(Seneca the Younger)①剧作的影响。《错误的喜剧》也是基于传统故事，但是没有找到《驯悍记》的来源，尽管这部作品的名称和另一个根据民间传说改编的剧本名字一样。如同《维洛那二绅士》中两位好朋友赞同强奸一样，《驯悍记》的故事中男子驯服悍妇的极致表现有时候也会使现代的评论家和导演陷入困惑。

图 5　《仲夏夜之梦》(William Blake 绘制，约 1786 年)

莎士比亚早期古典和意大利风格的喜剧，包含了紧凑的情节和精确的喜剧顺序，在 16 世纪 90 年代中期后转向浪漫喜剧风格。《仲夏夜之梦》(*A Midsummer Night's Dream*)是浪漫、仙女魔力、不过分夸张滑稽的综合。他的下一部喜剧，同样浪漫的《威尼斯商人》(*The Merchant of Venice*)，描绘了报复心重的放高利贷的犹太商人夏洛克，反映了伊丽莎白时期的观念，但是现代观众可能会感受到种族歧视。《无事生非》(*Much Ado About Nothing*)的风趣和俏皮、《皆大欢喜》中迷人的乡村风光、《第十二夜》(*Twelfth Night*)生动的狂欢者群像构成了莎士比亚经典的喜剧系列。在几乎完全是用诗体写成的欢快的《理查二世》(*King Richard the Second*)之后，16 世纪 90 年代后期莎士比亚将散文喜剧引入历史剧《亨利四世》(*King Henry the Fourth*)(上)(下)和《亨利五世》(*King Henry the Fifth*)中。他笔下的角色变

① 塞内加(4 BC—AD 65)，古罗马帝国哲学家、政治家、剧作家。精于修辞和哲学，曾担任过著名暴君尼禄的顾问。他主张人们用内心的宁静来克服生活中的痛苦，宣传同情、仁爱。被誉为拉丁文学白银时代的幽默大师。他一生共写过 9 部悲剧和 1 部讽刺剧，多半取材自希腊悲剧。其作品风格崇高严肃，夹杂大量的道德说教，其笔下的对话和人物都缺乏真实感。其代表作品是悲剧《梯厄斯忒斯》。他一生致力于在哲学信仰与荣誉、权力和财富之间作出协调。

得更复杂和细腻，他可以自如地在幽默和严肃的场景间切换，在诗歌和散文中跳跃，来完成他叙述性的各种成熟作品。这段时期的创作开始和结束于两个悲剧：《罗密欧与朱丽叶》是一部著名的浪漫悲剧，描绘了性欲躁动的青春期、爱情和死亡；《裘力斯·恺撒》基于1579年托马斯·诺斯(Thomas North)改编的罗马时代的希腊作家普鲁塔克(Plutarch)作品《古希腊罗马名人传》(*Parallel Lives*)(简称《名人传》)，创造了一种戏剧的新形式。莎士比亚的研究学者詹姆斯·夏皮罗(James Shapiro)认为，在《裘力斯·恺撒》中，各种政治、人物、本性、事件的线索，甚至莎士比亚自己创作过程时的想法，交织在一起互相渗透。①

图6 《裘力斯·恺撒》中恺撒的鬼魂出现来告知勃鲁托斯的命运(Richard Westall 绘制，1802年)

大约1600—1608年是莎士比亚的"悲剧时期"，尽管这段时期他还创作了一些"问题剧"(problem play)，如《一报还一报》(*Measure for Measure*)、《特洛伊罗斯与克瑞西达》(*Troilus and Cressida*)和《终成眷属》(*All's Well That Ends Well*)。很多评论家认为莎士比亚伟大的悲剧作品代表了他的艺术高峰。第一位英雄当属哈姆雷特王子，这可能是莎士比亚创作的角色中被谈论最多的一个，尤其是那段著名的独白——"生存还是毁灭，这是一个

① Shapiro, James. 1599: *A Year in the Life of William Shakespeare*. London: Faber and Faber, 2005, p. 151.

值得考虑的问题”（“To be, or not to be, that is the question.”）（III. i. 56）。和内向的哈姆雷特不同（其致命的错误是犹豫不决），接下来的悲剧英雄们，如奥赛罗和李尔王，其失败的原因是做决定时犯下轻率的错误。莎士比亚悲剧的情节通常结合了这类致命的错误和缺点，破坏了原有的计划并毁灭了英雄和英雄的爱人们。在《奥赛罗》中，坏蛋伊阿古（Iago）挑起了奥赛罗的性妒忌，导致他杀死了深爱他的无辜的妻子。在《李尔王》中，老国王放弃了他的权力，从而犯下了悲剧性的错误，导致他女儿的被害以及葛罗斯特伯爵（Gloucester）遭受酷刑并失明。《麦克白》是莎士比亚最短、最紧凑的悲剧，无法控制的野心刺激着麦克白和他的太太麦克白夫人，谋杀了正直的国王，并篡夺了王位，直到他们的罪行反过来毁灭了他们自己。在这个剧本中，莎士比亚在悲剧的架构中加入了超自然的元素。莎翁最后的主要悲剧《安东尼与克莉奥佩特拉》（*Antony and Cleopatra*）和《科利奥兰纳斯》（*Coriolanus*），包括了其部分最好的诗作，被诗人和评论家托马斯·斯特恩斯·艾略特（T. S. Eliot）认为是莎士比亚最成功的悲剧。①

在他最后的创作时期，莎士比亚转向传奇剧，又称为悲喜剧。这期间主要有3部戏剧作品：《辛白林》（*Cymbeline*）、《冬天的故事》（*A Winter's Tale*）和《暴风雨》（*The Tempest*），还有与别人合作的《泰尔亲王配力克里斯》（*Pericles, Prince of Tyre*）。这四部作品与悲剧相比没有那么阴郁，和16世纪90年代的喜剧相比更严肃一些，最后以对潜在的悲剧错误的和解与宽恕结束。一些评论家注意到了语气的变化，将它们作为莎士比亚更祥和的人生观的证据，但是这可能仅仅反映了当时戏剧流行风格而已。莎士比亚还与他人合作了另外两部作品——《亨利八世》（*King Henry the Eighth*）和《两个高贵的亲戚》（*The Two Noble Kinsmen*），极有可能是与约翰·弗莱彻共同完成。

2.2　演出

目前尚未确定莎士比亚早期的剧作是为哪家剧团创作的。1594年出版的《泰特斯·安德洛尼克斯》的扉页上显示这部作品曾被3个不同的剧团演出过。黑死病肆虐后的1592—1593年，莎士比亚的剧作由他自己所在的剧团公司在“剧场”（The Theatre）和泰晤士河北岸的“幕帷剧院”（Curtain Theatre）表演。伦敦人蜂拥到那里观看《亨利四世》的第一部分。当剧团和剧院的地主发生争议后，剧团拆除了原来的剧院，用木料建造了环球剧院，这是第一个由演员为演员建造的剧场，位于泰晤士河南岸。环球剧院于1599年秋天开放，《裘力斯·恺撒》是第一部上演的剧作。大部分莎士比亚1599年之后的成功作品是为环球剧院创作的，包括《哈姆雷特》《奥赛罗》和《李尔王》。

1603年，当宫内大臣供奉剧团改名为国王供奉剧团后，剧团和新国王詹姆士一世建立

① Eliot, T. S.. *Elizabethan Essays*. London: Faber and Faber, 2015, p. 59.

了特殊的关系。尽管表演记录并不完整，但从现有的记载中可以看到，1604 年 11 月 1 日至 1605 年 10 月 31 日，国王供奉剧团在宫廷中共表演了莎士比亚的 7 部戏剧，其中《威尼斯商人》表演了 2 次。1608 年之后，他们冬天在室内的黑衣修士剧院演出，夏天在环球剧院演出。室内剧场充满詹姆士一世时代的风格，装饰得非常华丽，使莎士比亚可以引入更精美的舞台设备。例如，在《辛白林》中，"朱庇特在雷电中骑鹰下降，掷出霹雳一响；众鬼魂跪伏"（第五幕第四场），这一场面就曾被演绎得美轮美奂。

图 7　《辛白林》中，培拉律斯在山洞发现流落的伊摩琴（George Dawe 绘制，1809 年）

莎士比亚所在剧团的演员包括著名的理查德·伯比奇（Richard Burbage）、威廉·肯普（William Kempe）、亨利·康德尔（Henry Condell）和约翰·赫明斯（John Heminges）。伯比奇出演了很多部莎士比亚剧本首演时的主角，包括《理查三世》《哈姆雷特》《奥赛罗》和《李尔王》。受观众欢迎的喜剧演员威廉·肯普在《罗密欧和朱丽叶》中扮演仆人彼得（Peter），在《无事生非》中扮演多贝里（Dogberry），他还扮演了很多其他令人印象深刻的角色。16 世纪末期，他被罗伯特·阿明（Robert Armin）取代，后者饰演了《皆大欢喜》和《李尔王》里的弄臣角色。1613 年，作家亨利·沃顿（Henry Wotton）认为《亨利八世》"描述了很多非常壮观的仪式场景"①。然而同年 6 月 29 日，该剧在环球剧院上演的时候，大炮点燃了屋顶，剧场被焚毁，这是莎士比亚戏剧时代罕见的被准确记录的事件。

---

① 原文"was set forth with many extraordinary circumstances of pomp and ceremony"。

Wells, Stanley; Taylor, Gary; Jowett, John; Montgomery, William. *The Oxford Shakespeare*: *The Complete Works*. Oxford: Oxford University Press, 2005, p. 1247.

2.3　版本

1623年，莎士比亚在国王供奉剧团的两个好朋友约翰·赫明斯和亨利·康德尔出版了莎士比亚剧作合集《第一对开本》。该书一共包含36部莎士比亚作品，其中18部为首次出版。尽管其中很多作品之前已经以四开本的形式出版，但正如《第一对开本》中描述的那样，这些版本都是“剽窃和鬼祟的复制品”，可见莎士比亚是否真正认可这些版本仍未知。英国传记作家艾尔弗雷德·波拉德(Alfred Pollard)称其中的一部分为“糟糕的四开本”(bad quarto)，因为它们是被改编、改写或篡改的文字，很多地方根据记忆重新写成。① 因此同一个剧本有多个版本，并且互不相同。这些差异可能来源于复制或印刷错误、演员或观众的笔记，以及莎士比亚自己的草稿。另外有些情形，如《哈姆雷特》《特洛伊罗斯与克瑞西达》和《奥赛罗》，莎士比亚在四开本和对开本中间修订了文字。《李尔王》的对开本和1608年出版的四开本差别很大，以至于牛津莎士比亚出版社将两个版本都出版，因为它们无法没有歧义地合并成一个版本。

图8　1623年出版的《第一对开本》扉页，版画像为Martin Droeshout创作

① Wells, Stanley; Taylor, Gary; Jowett, John; Montgomery, William. *The Oxford Shakespeare: The Complete Works*. Oxford: Oxford University Press, 2005, p. xxxiv.

3. 莎士比亚的诗歌创作

3.1　叙事诗

1593—1594 年，剧院因瘟疫而关闭，莎士比亚出版了两首性爱主题的叙事诗——《维纳斯和阿多尼斯》(*Venus and Adonis*)和《鲁克丽丝失贞记》(*The Rape of Lucrece*)，并将它们献给南安普敦伯爵亨利·赖奥思利(Henry Wriothesley, Earl of Southampton)。在《维纳斯和阿多尼斯》中，无辜的阿多尼斯拒绝了维纳斯的性要求；在《鲁克丽丝失贞记》中，贞洁的妻子鲁克丽丝被好色的塔昆强暴。受奥维德(Ovid)的《变形记》(*The Metamorphoses*)影响，诗表现了起源于欲望的罪行和道德的困惑。这两首诗都很受欢迎，在莎士比亚在世时重印多次。第三首叙事诗为《爱人的怨诉》(*A Lover's Complaint*)，讲述了一个年轻女子悔恨被一个求婚者诱奸，收录在 1609 年出版的《十四行诗》(*The Sonnets*)第一版中。大部分学者现在接受了《爱人的怨诉》是莎士比亚创作的这一观点。评论家认为这首诗的优秀品质被沉重的结果所损伤。《凤凰和斑鸠》(*The Phoenix and the Turtle*)哀悼传说的不死鸟和对爱人忠诚的斑鸠之死。1599 年，两首早期的十四行诗作品第 138 和作品第 144 收录在《热情的朝圣者》(*The Passionate Pilgrim*)中，该书印有莎士比亚的名字，但是没有得到他的许可。

3.2　十四行诗

1609 年，莎士比亚发表了《十四行诗》，这是他最后一部出版的非戏剧类著作。学者无法确认 154 首十四行诗每一首的完成时间，但是有证据表明莎士比亚在整个创作生涯中为一位私人读者创作了这些十四行诗。更早的时候，两首未经许可的十四行诗出现在 1599 年出版的《热情的朝圣者》中。英国作家弗朗西斯·米尔斯(Francis Meres)曾在 1598 年提到"在亲密朋友当中流传的甜美的十四行诗"①。少数分析家认为出版的合集是根据莎士比亚有意设置的顺序。看起来他计划了两个相对的系列：一个是关于一位已婚的皮肤黝黑女子的不可控制的欲望，另一个是关于一位白皙的年轻男子纯洁的爱。如今仍不清楚是否这些人物代表了真实的人，也不清楚诗中的"我"是否代表了莎士比亚自己，尽管英国诗人威廉·华兹华斯(William Wordsworth)认为在这些十四行诗中"莎士比亚敞开了他的心"②。1609 年的版本是献给一位"W. H. 先生"，献词称他为这些诗的"唯一的促成者"("the only

---

① 原文"sugred Sonnets among his private friends"。
Honan, Park. *Shakespeare*: *A Life*. Oxford: Clarendon Press, 1998, p. 180.

② 原文"Shakespeare unlocked his heart"。
Honan, Park. *Shakespeare*: *A Life*. Oxford: Clarendon Press, 1998, p. 180.

begetter”)。献词究竟是莎士比亚自己写的还是出版商托马斯·索普(Thomas Thorpe)所加目前仍是一个谜。尽管有大量相关学术研究，但谁是“W. H. 先生”依旧不为人知，甚至连莎士比亚是否授权出版该书也不清楚。评论家赞美《十四行诗》是对爱、性欲、生殖、死亡和时间的本性的深刻思索。

4. 莎士比亚的风格及影响

4.1　风格

莎士比亚最早的剧作是以当时常见的风格写成。他采用标准的语言书写，常常不能根据角色和剧情的需要而自然释放。诗文由扩展而定，有时含有精心的隐喻和巧妙构思，语言通常是华丽的，适合演员高声朗读而不是说话。一些评论家的观点认为，《泰特斯·安德洛尼克斯》中庄重的演说词，经常阻碍了情节；《维洛那二绅士》的台词被评论为做作不自然。

图 9　哈姆雷特和他父亲的灵魂(Henry Fuseli 绘制，约 1780—1785 年)

很快莎士比亚从传统风格转向他自己的特点。《理查三世》开幕时的独白开创了中世纪戏剧中的邪恶角色。同时，理查生动的、充满自我意识的独白也延续到了莎士比亚成熟期剧作中的自言自语。没有单独一个剧本标志着从传统风格到自由风格的转换，莎士比亚的整个写作生涯中综合了这两种风格，《罗密欧与朱丽叶》可能是这种混合风格最好的诠释。到 16 世纪 90 年代中期，即创作《罗密欧与朱丽叶》《理查二世》和《仲夏夜之梦》时期，莎士比亚开始用更自然的文字写作。他渐渐将他的隐喻和象征转为剧情发展的需要。

莎士比亚惯用的诗的形式是无韵诗，同时结合抑扬格五音步。实际上，这意味着他的诗通常是不押韵的，每行有10个音节，在朗读时每第二个音节为重音。他早期作品的无韵诗和后期作品有很大区别。早期诗句经常很优美，但是句子倾向于开始、停顿并结束在行尾，这样有可能导致枯燥。当莎士比亚精通传统的无韵诗后，他开始打断和改变规律。这项技巧在《裘力斯·恺撒》和《哈姆雷特》等剧本的诗文中释放出新的力量和灵活性。例如，在《哈姆雷特》第五场第二幕中，莎士比亚用它来表现哈姆雷特思维的混乱：

英文剧本原文	中文翻译
Sir, in my heart there was a kind of fighting That would not let me sleep. Methought I lay Worse than the mutinies in the bilboes. Rashly— And prais'd be rashness for it—let us know Our indiscretion sometimes serves us well...	先生，那夜，我因胸中纳闷，无法入睡， 折腾得比那铐了脚镣的叛变水手还更难过； 那时，我就冲动的—— 好在有那一时之念， 因为有时我们在无意中所做的事能够圆满……

《哈姆雷特》之后，莎士比亚的文风变化更多，尤其是后期悲剧中更富有感情的段落。英国文学评论家安德鲁·塞西尔·布拉德利（A. C. Bradley）将这种风格描述为"更紧凑、明快、富有变化，并且在结构上比较不规则，往往错综复杂或者省略"①。在他创作生涯后期，莎士比亚采用了很多技巧来达到这些效果，其中包括跨行连续、不规则停顿和结束，以及句子结构和长度的变化。在《麦克白》中，我们看到语言从一个不相关的隐喻或直喻转换到另一个，如在第一场第七幕中：

英文剧本原文	中文翻译
Was the hope drunk Wherein you dressed yourself?	难道你把自己沉浸在里面的那种希望， 只是醉后的妄想吗？
And pity, like a naked new-born babe, Striding the blast, or heaven's cherubim, hors'd Upon the sightless couriers of the air...	"怜悯"像一个赤身裸体在狂风中飘游的婴儿， 又像一个御气而行的天婴……

① 原文"more concentrated, rapid, varied, and, in construction, less regular, not seldom twisted or elliptical"。

Bradley, A. C.. *Shakespearean Tragedy: Lectures on Hamlet, Othello, King Lear and Macbeth*. London: Penguin, 1991, p. 91.

这样一来，完整地理解意思对听众无疑是挑战。后期的传奇剧，情节及时而出人意料地变换，创造了一种末期的诗风，其特点是长短句互相综合、分句排列在一起、主语和宾语倒转、词语省略，产生了自然的效果。

莎士比亚诗文的特征和剧院实际效果有关。像那个时代所有的剧作家一样，莎士比亚将普鲁塔克和霍林希德等创作的故事戏剧化。他改编了每一个情节来创造出几个观众注意的中心，同时向观众展示尽可能多的故事片段。设计的特点保证了莎士比亚的剧作能够被翻译成其他语言，而不会丢失核心剧情。当莎士比亚的技巧提高后，他赋予角色更清晰和更富有变化的动机以及说话时独一无二的风格。然而，在后期的作品中，他又回到了前期风格的某些特点。比如，在后期的传奇剧中，他故意转回到更虚假的风格，这种风格无疑更着重了剧院的效果。

4.2 影响

莎士比亚的著作对后来的戏剧和文学有持久的影响。实际上，他扩展了戏剧人物刻画、情节叙述、语言表达和文学体裁多个方面。例如，直到《罗密欧与朱丽叶》，传奇剧还没有被视作悲剧值得创作的主题。独白以前主要用于人物或场景的切换信息，但是莎士比

图 10 麦克白向三女巫召唤出的头颅幻影问询（Henry Fuseli 绘制，约 1793—1794 年）

亚则用它来探究人物的思想。他的作品对后来的诗歌影响重大。浪漫主义诗人试图振兴莎士比亚的诗剧，不过收效甚微。评论家乔治·斯泰纳(George Steiner)认为，从柯勒律治(Samuel Taylor Coleridge)到丁尼生(Alfred Tennyson)，所有英国的诗剧均为“莎士比亚作品主题的微小变化”①。

莎士比亚还影响了托马斯·哈代(Thomas Hardy)、威廉·福克纳(William Faulkner)和查尔斯·狄更斯(Charles Dickens)等小说家。狄更斯的作品中有25部引用了莎士比亚的作品。美国小说家赫尔曼·梅尔维尔(Herman Melville)的独白很大程度上得益于莎士比亚：他的著作《白鲸记》(*Moby Dick*)里的亚哈船长(Captain Ahab)是一个经典的悲剧英雄，含有李尔王的影子。学者们鉴定出2万首音乐和莎士比亚的作品相关。其中包括朱塞佩·威尔第(Giuseppe Verdi)的两部歌剧——《奥泰罗》(*Otello*)和《福斯塔夫》(*Falstaff*)，这两部作品和原著相比毫不逊色。莎士比亚对很多画家也有影响，包括浪漫主义和前拉斐尔派。其中，瑞士浪漫主义艺术家约翰·亨利·菲斯利(Henry Fuseli)创作了大量莎剧场景图，还曾将《麦克白》翻译成德语。精神分析学家西格蒙德·弗洛伊德(Sigmund Freud)在他的人性理论中引用了莎士比亚作品中的心理分析，尤其是《哈姆雷特》。

在莎士比亚时期，英语语法和拼写没有现在标准化，他对语言的运用影响了现代英语。塞缪尔·约翰逊(Samuel Johnson)在《约翰逊字典》(*A Dictionary of the English Language*)②中引用莎士比亚之处比任何其他作家都多，该字典也是这个领域的第一本专著。短语如“with bated breath”(意为“屏息地”，出自《威尼斯商人》)和“a foregone conclusion”(意为“预料中的结局”，出自《奥赛罗》)如今已经应用到日常英语中。

4.3　评价

莎士比亚在世时从未被如此推崇，但这是他应得的赞扬。1598年，弗朗西斯·米尔斯将他从一群英国作家中选出来，认为他在喜剧和悲剧两方面均是最佳的。剑桥大学圣约翰学院希腊神话剧的作者们将他与杰弗里·乔叟(Geoffrey Chaucer)③、约翰·高厄(John

---

① 原文“feeble variations on Shakespearean themes”。

Steiner, George. *The Death of Tragedy*. New Haven: Yale University Press, 1996, p. 145.

② 该字典于1755年出版，是英国历史上影响力最大的字典之一，其重要特色在于引用文学文本为例句解释词语，包括莎士比亚、弥尔顿等名家著作。塞缪尔·约翰逊(Samuel Johnson, 1709—1784)，通常被称为“约翰逊博士”，是对英语文学史贡献极大的百科全书式学者、诗人和批评家。早年毕业于牛津大学，花费9年完成《约翰逊字典》后获得盛誉。

③ 杰弗里·乔叟(Geoffrey Chaucer, 1343—1400)：被誉为英国中世纪最杰出的诗人，代表作《坎特伯雷故事集》(*The Canterbury Tales*)是英国文艺复兴文学之先声。

Gower)和埃德蒙·斯宾塞(Edmund Spenser)①相提并论。尽管同时代的本·琼森在评论苏格兰诗人威廉·德拉蒙德(William Drummond)时提到“莎士比亚缺少艺术”，然而在《第一对开本》的献诗中，琼森毫不吝啬对莎士比亚的赞美，称他为“时代的灵魂”②，并说：

原文	中文翻译
Triumph, my Britain, thou hast one to show To whom all scenes of Europe homage owe. He was not of an age, but for all time!	非凡的成就啊，我的不列颠， 你有一个值得夸耀的臣民，全欧洲的舞台都应向他表示尊敬。 他不属于一个时代，而是属于所有的世纪！

从1660年英国君主复辟到17世纪末期，古典主义风靡一时。因而，当时的评论家大部分认为莎士比亚的成就不如约翰·弗莱彻和本·琼森，例如托马斯·赖默(Thomas Rymer)批评莎士比亚将悲剧和喜剧混合在一起。然而，诗人和评论家约翰·德莱顿(John Dryden)却对莎士比亚评价很高，在谈论本·琼森的时候说，“我赞赏他，但是我喜欢莎士比亚”③。几十年来，赖默的观点占了上风，但是到了18世纪，评论家开始以莎士比亚自己的风格来评论他，赞颂他的天分。一系列莎士比亚著作的学术评注版本，包括1765年塞缪尔·约翰逊版本和1790年埃德蒙·马隆(Edmond Malone)版本，使他的声誉进一步提升。到了1800年，他已经被冠以“民族诗人”的至高荣誉。18世纪和19世纪，他的声望在全球范围传播。拥护他的作家包括伏尔泰(Voltaire)、歌德(Goethe)、司汤达(Stendhal)和维克多·雨果(Victor Hugo)。

① 埃德蒙·斯宾塞(Edmund Spenser，1553—1599)：被认为是早期现代英语最伟大的诗人之一，著有长诗《牧羊人月历》(*The Shepheardes Calender*)和《仙后》(*The Faerie Queene*)，后者是一部成就颇高的史诗，具有显著的寓言特色，诗中七位骑士是七种美德的化身，仙后这一形象也代表对伊丽莎白一世女王的赞誉。

② 原文“Soul of the age, the applause, delight, the wonder of our stage”。

Jonson, Ben. “To the Memory of My Beloved, the Author Mr. William Shakespeare, and What He Hath Left Us”. *The First Folio of Shakespeare*. New York: W. W. Norton & Company, 1996, p. 10.

③ 原文“I admire him, but I love Shakespeare”。

Dryden, John. *Dryden: An Essay of Dramatic Poesy*. Oxford: Clarendon Press, 1889, p. 71.

约翰·德莱顿(John Dryden，1631—1700)：英国第一位“桂冠诗人”，是英国古典主义时期重要的批评家和戏剧家，他通过戏剧批评和创作实践为英国古典主义戏剧的发生、发展作出了杰出的贡献，在欧洲批评史上享有极高的地位。

图 11 《哈姆雷特》中溺水的奥菲利娅(John Everett Millais 绘制，约 1851—1852 年)

在浪漫主义时期，莎士比亚被诗人及文评家柯勒律治称颂，评论家奥古斯特·威廉·施莱格尔(August Wilhelm Schlegel)将莎士比亚的作品翻译成德文版，富有德国浪漫主义精神。19 世纪，对莎士比亚才华赞赏的评论往往近似于奉承。苏格兰散文家托马斯·卡莱尔(Thomas Carlyle)1840 年在论及英国国王日益式微之后，写道："这里我要说，有一个英国的国王，是任何议会不能把他赶下台的，他就是莎士比亚国王！难道他不是在我们所有人之上，以君王般的尊严，像一面最高贵、最文雅并且最坚定的旗帜一样熠熠发光？他是那么坚不可摧，并且从任何一个角度讲都拥有无人可及的价值。"①维多利亚时代大规模地上演了莎士比亚的戏剧。剧作家和评论家萧伯纳嘲笑"莎士比亚崇拜"为"bardolatry"——"bardolatry"一词由"bard"(吟游诗人)和"idolatry"(盲目崇拜)合成，莎士比亚通常被称为吟游诗人，该词意味着对莎士比亚的过分崇拜。萧伯纳认为易卜生(Ibsen)新兴的自然主义戏剧的出现使莎士比亚风格过时了。②

20 世纪初期的艺术现代主义运动并没有摈弃莎士比亚，而是将他的作品列入先锋派。德国表现派和莫斯科未来主义者将他的剧本搬上舞台。马克思主义剧作家和导演贝尔托特·布莱希特(Bertolt Brecht)在莎士比亚影响下设计了一座史诗剧场(Epic Theater)。诗人

① 原文"Here, I say, is an English King, whom no time or chance, Parliament or combination of Parliaments, can dethrone! This King Shakespeare, does not he shine, in crowned sovereignty, over us all, as the noblest, gentlest, yet strongest of rallying signs; indestructible"。

Carlyle, Thomas. *On Heroes, Hero-Worship, and The Heroic in History*. London: James Fraser, 1841, p. 161.

② Grady, Hugh. "Shakespeare criticism, 1600-1900". *The Cambridge Companion to Shakespeare*. Cambridge: Cambridge University Press, 2001, p. 276.

艾略特反对萧伯纳的观点，认为莎士比亚的原始性事实上使他表现了真正的现代。① 艾略特和 G. 威尔逊·奈特(Wilson Knight)以及新批评主义的一些学者，倡导了一项更深入阅读莎士比亚作品的运动。20 世纪 50 年代，新评论浪潮取代了现代主义，为莎士比亚后现代主义研究铺平道路。到了 80 年代，莎士比亚研究是结构主义(Structuralism)、女权主义(Feminism)、非裔美国人研究(African-American Study)和酷儿研究(Queer Studies)等的研究对象。而进入 21 世纪以后，对莎士比亚的研究则愈发呈现百花齐放、百家争鸣之势。

5. 关于莎士比亚的猜测

5.1 原作者

莎士比亚逝世大约 150 年后，质疑莎士比亚作品原作者的声音逐渐开始浮现出来。提出的有可能的作者包括弗兰西斯·培根(Francis Bacon)、克里斯托夫·马洛和爱德华·德·维尔(Edward de Vere)。虽然所有这些候选人被学术圈普遍否认，然而大众对这个主题的兴趣却一直延续到 21 世纪。

5.2 宗教信仰

学界普遍认为，莎士比亚的母亲玛丽·阿登来自一个虔诚的罗马天主教家庭，莎士比亚的家庭成员均信仰罗马天主教，而那时罗马天主教是违法的。最有力的证据可能是老约翰·莎士比亚签署了一份信仰罗马天主教的声明，该声明于 1757 年在位于亨利街的旧房子的屋顶椽架上被发现。这份文件现在已经遗失了，然而学者对其真实性意见不一。1591 年，当局报告约翰因"恐惧面对自己的罪恶"而不参加英国国教会的宗教活动，这也是当时罗马天主教徒常用的借口。1606 年，莎士比亚的女儿苏珊娜的名字被列在埃文河畔斯特拉特福未能参加复活节宗教活动的名单中。学者在莎士比亚的戏剧中同时发现支持和反对天主教教义的证据，但是事实不可能证明两者都正确。

5.3 性取向

关于莎士比亚性取向的详细资料目前所知甚少。18 岁的时候，他娶了 26 岁已经怀孕的安妮·海瑟薇。1583 年 5 月 26 日，三个孩子中的老大苏珊娜在婚后 6 个月出生。然而，几个世纪以来，读者指出莎士比亚的十四行诗是他爱上一个年轻男子的证据。另一些读同

① Grady, Hugh. *Shakespeare and Modern Theatre*: *The Performance of Modernity*. New York: Routledge, 2001, pp. 22-26.

图 12 《威尼斯商人》中的夏洛克和鲍西娅（Thomas Sully 绘制，1835 年）

一段诗歌的人则认为这表达了一种深厚友谊，而不是性爱。同时，十四行诗中作品 127 到作品 152，共计 26 首称为“Dark Lady”的诗是写给一位已婚女子，均被视为异性恋者的证据。

6. 莎士比亚的作品及其分类

6.1　剧作分类

莎士比亚的作品包括 1623 年出版的《第一对开本》中的 36 部戏剧，以喜剧、悲剧和历史剧分类。归于莎士比亚名下的作品并不是每一个字都是他写的，其中有一部分显示出合作的痕迹，这也是当时普遍存在的现象。有两部作品并没有包含在《第一对开本》中，它们是《两个高贵的亲戚》和《泰尔亲王配力克里斯》，现在学者认为莎士比亚是这两部作品的主要贡献者，因而这两部戏仍被列入他的作品名单。此外，《第一对开本》中没有收录诗。

19 世纪后期，爱德华·道登(Edward Dowden)将后期 4 部喜剧分类为莎士比亚“传奇剧”(romance)，这个术语经常被引用，尽管很多学者认为应该称其为“悲喜剧”(tragicomedy)。这些作品和《两个高贵的亲戚》在附录表格中加以星号(*)注明。1896 年，弗雷德里克·博厄斯(Frederick S. Boas)创造了术语“问题剧”(problem play)来形容 4 部作品——《一报还一报》《特洛伊罗斯与克瑞西达》《终成眷属》和《哈姆雷特》。"戏剧的主题单一，而气氛很难严格地称作喜剧或悲剧"，他写道，"因此我们借用一个当今剧院的方便短语，将它们统称为莎士比亚问题剧"①。该术语引起大量争论，有时应用到其他剧本中，如今依旧在使用，本书按照普遍共识仍把《哈姆雷特》归类为悲剧。其他上述问题剧在表格中加以井号(#)注明。莎士比亚与他人合作的剧本在表格中加以匕首号(†)注明。

图 13　《一报还一报》最终场公爵在众人面前作出裁决(Thomas Kirk 绘制，18 世纪)

有关莎翁剧作分类及创作年表，详见附录一。

6.2　著作

本书分别按照英文关键词首字母顺序和创作年代顺序，将所有与莎翁有关的作品进行梳理与分类，请参考附录一。此外，关于莎士比亚本人生平大事记及创作年表请参考附录二。

① Boas, Frederick S. *Shakespeare and His Predecessors*. New York: Charles Scribner's Sons, 1896, p. 345.

第一章
莎士比亚的喜剧世界

依照传统说法，莎士比亚的戏剧作品一般分为三大类：悲剧、喜剧和历史剧。有些评论家还把部分作品归入第四类，即传奇剧。本书将按照后一种说法，分四章对莎剧进行归类、解释和评述。本章将依照剧名关键词首字母顺序，着重谈及莎士比亚的喜剧创作，即他的喜剧世界。

莎士比亚一生共创作了 12 部喜剧，也有人说 13 部①，依次包括《错误的喜剧》(*The Comedy of Errors*)、《驯悍记》(*The Taming of the Shrew*)、《维洛那二绅士》(*The Two Gentlemen of Verona*)、《爱的徒劳》(*Love's Labor's Lost*)、《仲夏夜之梦》(*A Midsummer Night's Dream*)、《威尼斯商人》(*The Merchant of Venice*)、《温莎的风流娘儿们》(*The Merry Wives of Windsor*)、《无事生非》(*Much Ado About Nothing*)、《皆大欢喜》(*As You Like It*)、《第十二夜》(*Twelfth Night*)、《终成眷属》(*All's Well That Ends Well*)以及《一报还一报》(*Measure for Measure*)。其中前 10 部创作于莎士比亚戏剧生涯的第一阶段，一般称为浪漫喜剧或抒情喜剧；后 2 部则创作于后期，含有悲剧的因素，一般称作阴暗喜剧、阴郁喜剧或悲喜剧。

“喜剧”这一概念，在伊丽莎白时代与现代的含义极为不同。典型的莎士比亚喜剧，往往是大团圆结局，青年男女最后均走入美满婚姻，比其他莎剧的调子和风格都要轻松得多。这种喜剧模式常常包括进入一片“绿色”的森林，以躲避内心的挣扎和外部世界的矛盾冲突(这一点在《仲夏夜之梦》里有很好的诠释)。此外，莎士比亚的喜剧还喜好表现两种对峙的个性特质，即节制、中和、热衷礼仪以及个性淹没于社会之中的日神型(Apollonian)和与之形成直接鲜明对照的酒神式特征(Dionysian)，后一类人偏爱个人竞争对抗，嗜好心醉神迷。莎翁喜剧的固定模式基本可涵盖以下几个方面：

- 青年男女为冲破家族的重重阻碍而不断斗争

① 也有人将《特洛伊罗斯与克瑞西达》(*Troilus and Cressida*)划入喜剧范畴，本书依据大部分批评家的观点，将本剧收入悲剧类型。

- 分离与重聚
- 身份错位
- 一个聪明的仆人
- 高度紧张的家庭氛围
- 多重交织的情节
- 不断使用的双关语

有几部莎士比亚的喜剧，如《一报还一报》和《终成眷属》等，将幽默与悲剧的调子融合到了一起，显得与众不同，被归入“问题剧”的范畴。这几部剧的特殊风格到底是因为莎士比亚本人对伊丽莎白时代的幽默和社会的理解不够完全，还是因为莎士比亚故意要把不同风格混为一谈以期颠覆观众的期望，至今仍不得而知。

《终成眷属》
All's Well That Ends Well

图 1-1 《终成眷属》(Artuš Scheiner 绘制，约 1923 年之前)

【导言】

《终成眷属》是莎士比亚创作于第二时期的作品，据称写于 1602—1603 年，并于 1623 年首次发表在《第一对开本》中。尽管起初这部戏被归为喜剧，但现在的很多评论家认为这应该算是莎翁的一部问题剧或是“阴暗喜剧”，之所以要这么说是因为，说它是喜剧或是悲剧似乎都不太合适。这个故事的题材来源于意大利作家薄伽丘(Boccaccio)的《十日谈》(*Decameron*)(约 1350—1353 年)的第三天第九个故事，即《拿波里的芝莱特》(Giletta Navbonne)。莎士比亚可能参考了这个故事的英文译本，即威廉·佩因特(William Painter)的《安乐宫》(*The Palace of Pleasure*)(1566 年)。

这部作品描写了美丽而有才干的女主人公如何费尽心机去争取一个出身高贵、狂妄肤浅的纨绔子弟。在这里，弥漫在早期喜剧中的欢乐气氛和乐观情绪已经消失，相反地出现了背信弃义、尔虞我诈的罪恶阴影。

在民间故事里，常见出身低微的青年斩妖屠魔之后，国王就把美丽的公主许配给他。《终成眷属》的内容与此类似，只是智勇双全的主角变成了女性，最终的奖赏则变成了男性。本剧的一个特点是性别角色与传统有所不同，最明显的例子是女主角海伦娜(Helena)猛追自己心仪的男子。另外，长者的角色也不同于以往。在莎翁早期作品如《仲夏夜之梦》和《罗密欧与朱丽叶》中，长者都是年轻情侣恋爱的主要障碍；但到了本剧，剧中长者展现的却是慈爱、包容。萧伯纳甚至认为，剧中的伯爵夫人是西方戏剧故事中最完美的老妇人①。莎翁撰写本剧时，两个女儿正逢适婚年龄，因此家庭成员对婚姻的影响力在他的剧作里就愈发彰显。从这个角度来看，本剧还被视为莎翁将人物重心逐渐转移到年长世代的一个标志。

至今仍无任何资料显示《终成眷属》在莎士比亚生前受到欢迎的记录，而且迄今为止这部戏仍是莎翁不太为人所知的一部作品，恐怕要归咎于它把童话故事的逻辑与愤世嫉俗的现实主义做了个奇怪的混搭。海伦娜对看似并不讨人喜欢的勃特拉姆(Bertram)的爱是很难在纸上解释清楚的，但通过表演则可以令人接受：舞台上扮演勃特拉姆的演员往往长相英俊潇洒，性格又显得天真幼稚，对爱情的到来似乎还没有做好准备，其感情成长的空间仍然绰绰有余，这一点无论是海伦娜还是观众都能看得一清二楚。勃特拉姆的幼稚与肤浅还表现在最后一场戏里，他突然从恨意转为爱意，而其转变过程仅为一行台词，着实令人感到突兀。还有一些人则注意到了他那模棱两可的许诺里的"if"："If she, my liege, can make me know this clearly, I'll love her dearly, ever, ever dearly."(V. iii. 314-15)(陛下，她要是能够把这回事情向我解释明白，我愿意永远永远爱她。)这里其实并没有任何回心转意之意。

《终成眷属》突出了爱情的征服力量，但却未必使人信服。人们不免惊讶，经受这么多波折的爱情能幸福吗？男女相恋由一帆风顺变成了好事多磨，爱情由欢乐的源泉变成了痛苦的期待。海伦娜饱受折磨，虽最终赢得了爱情，但那并非情感的自然融合，而是人为的牵强撮合；那不是瓜熟蒂落、水到渠成的终成眷属，而是勉勉强强的凑凑合合。透视莎翁本意，他本想在冲突与和谐中找到完整的东西，想把此剧写成爱情战胜等级偏见的颂歌，但爱情的力量在该剧中却表现得极其微弱，倚仗权力的帮助才得以实现，爱情实质上变成虚幻的影子。依靠国王支持和裁决的大团圆结局渗透着苦涩，这里的终成眷属也并非皆大欢喜。

---

① 原文"the most beautiful old woman's part ever written"。

Kenneth Muir; Stanley Wells. *Aspects of Shakespeare's 'Problem Plays': Articles Reprinted from Shakespeare Survey*. Cambridge: Cambridge University Press, 1982, p. 26.

【剧情简介】

图 1-2 《终成眷属》最终场插图(G. S. Facius & J. G. Facius 雕刻，1796 年)

海伦娜是寄养在伯爵夫人府中的美丽少女，虽然她出身于低微的医生世家，但却品格高尚贤淑，才华出众。伯爵夫人的儿子勃特拉姆新近继位成为少伯爵，他正准备前往巴黎王宫，接受法国国王的栽培。海伦娜对勃特拉姆暗恋已久，但苦于他们之间的门第悬殊，只得将爱深埋心底。有消息透露说国王病危，身为名医独女的海伦娜于是主动请缨去为国王治病，她提出的唯一条件就是要准许她与自己的心仪之人结婚，于是国王就答应了这一请求。海伦娜的治疗非常有效，挽救了国王的生命。国王大喜过望，当场恩准了她提出的条件，于是她便选择了有些不情愿的勃特拉姆作为自己的如意郎君。海伦娜给了勃特拉姆拒绝的自由，但国王却坚持以这桩婚姻作为对海伦娜的奖赏。婚礼过后，勃特拉姆仍心有不甘，他甚至觉得宁愿上战场去面对死亡，也不要这样与海伦娜维系婚姻。于是他决定离开，带上侍从帕洛(Parolles)前往佛罗伦萨参战。在战场上，他决绝地给家中的海伦娜写下了一封家书，其中有这样的文字：

> When thou canst get the ring upon my finger,
> which never shall come off, and show me a child begotten
> of thy body that I am father to, then call me husband. (III. ii. 55-57)
> 当你得到我从不离手指的戒指，并怀有我的亲骨肉时，你才可以称我为丈夫。

在勃特拉姆看来，这些都是不可能发生的事情。然而，海伦娜仍然心有不甘，决定扮成香客，去佛罗伦萨唤醒丈夫对自己的爱。在佛罗伦萨，她在一个寡妇家里投宿，得知勃特拉姆勾引寡妇的女儿狄安娜(Diana)。海伦娜意识到机会来了，她要实现勃特拉姆所提出的条件。她告诉寡妇自己的真实身份，请她的女儿从勃特拉姆手上弄到那枚戒指，并把他引来幽会。在神不知鬼不觉之中，海伦娜悄然顶替了狄安娜，并得到了戒指，与勃特拉姆共度良宵，还把国王赐给自己的一枚婚戒戴在了勃特拉姆的手指上。

之后不久，勃特拉姆接到母亲的来信，得知妻子亡故，于是匆匆打道回府，料理后事。国王趁此机会想把老臣拉佛(Lafeu)的女儿许配给勃特拉姆，却碰巧看到自己赏赐给海伦娜的戒指戴在了勃特拉姆的手上。此时，国王认定是勃特拉姆伤害了海伦娜，才得到了这枚戒指。勃特拉姆百口莫辩，被国王关进了监狱。接着，狄安娜母女也赶了过来，要求勃特拉姆履行诺言，和狄安娜成婚，众人顿时乱作一团。最后，伯爵夫人领着海伦娜出现了。海伦娜向大家解释，勃特拉姆所提出的条件，她已经一一做到了。勃特拉姆最终被妻子的忠贞不移所打动，热烈拥抱了妻子，并发誓将永远爱她。

【演出及改编】

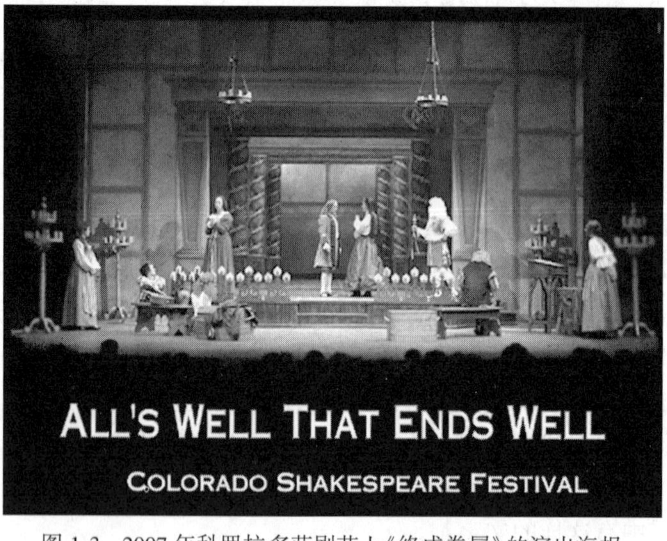

图 1-3　2007 年科罗拉多莎剧节上《终成眷属》的演出海报

在英国王朝复辟时期之前，一直都没有关于《终成眷属》的演出记载；有关此剧的最早的演出记录是在 1741 年，而次年在特鲁里街(Drury Lane)①的表演则使得这出戏获得了一

① 特鲁里街(Drury Lane)，伦敦西区街区，17 和 18 世纪以戏院云集著称，这里的特鲁里街剧院创建于 1661 年；经过剧场场地变换，18 世纪 30 年代伦敦有两个比较持久的剧团出现，一个是莎士比亚持有股份的国王供奉剧团，剧场在特鲁里街；另一个是公爵剧团，剧场在卡文园。

个“不祥之戏”的名声：扮演海伦娜的女演员当场晕倒，不得不替换，而扮演法国国王的男演员后来也离奇死亡。在接下来的数十年里，此剧亦有零星的表演，尤以1832年在卡文园(Covent Garden)①的歌剧演出最为瞩目。萧伯纳极为欣赏海伦娜的性格，并把她与一些新女性形象(比如易卜生《玩偶之家》中的诺拉)进行过比较。

《终成眷属》的现当代演出及改编并不多见。比较著名的有1981年英国拍摄的电影《终成眷属》；1986年4月16日，在上海举办的首届中国莎士比亚戏剧节上，西安话剧院对话剧《终成眷属》进行中国化改编并在长江剧场举行首场公演，获得了较好的反响；2007年科罗拉多莎剧节上演出的《终成眷属》也是忠实于原著的佳作。

【经典名段中英文对照赏析】

LAFEU

I have seen a medicine
That's able to breathe life into a stone,
Quicken a rock, and make you dance canary
With spritely fire and motion, whose simple touch
Is powerful to araise King Pippen, nay,
To give great Charlemain a pen in's hand
And write to her a love-line.

(Act 2, Scene 1, 71-77)

拉佛 我刚看到一种药，
可以使顽石有了生命，
您吃了之后就会生龙活虎似的
跳起舞来；它可以
使培平大王重返阳世，
它可以使查里曼大帝拿起笔来，
为她写一行情诗。

(第二幕第一场71—77行)

① 卡文园(Covent Garden)是最具规模的跳蚤市场，在古代原为威斯敏斯特本笃会女修道院花园，17世纪经贝德福伯爵扩建，后来是伦敦最重要的青果花卉市场。附近的皇家歌剧院是皇家歌剧团和皇家芭蕾舞团的大本营，都是一流的表演团体。

说明：法国国王病危，屡试百药均无效之后，完全放弃了治疗，对治愈不抱任何希望。然而老臣拉佛却坚持认为有一位医生可以拯救国王的性命，那就是本剧的女主人公海伦娜。海伦娜不仅继承了父亲的灵丹妙药，更得到了近乎奇妙——甚至神奇——的治疗功力。拉佛以诗歌的意象来说服满腹狐疑的国王，他声称海伦娜的药可以"breathe life into a stone"（使顽石有了生命），也就是说能"Quicken a rock"（这个意象可能来自《圣经》的《创世纪》第二章第七节，上帝将气吹入尘土捏就亚当）。拉佛还不愿就此打住，进一步宣称这种药的疗效甚至可以使年老病衰的国王"dance canary"（canary 是一种跳起来极其费力的舞蹈）。这种药——还有海伦娜这个人——可以在必要时，把查里曼大帝的亡父培平大王从坟墓里拉回阳间，并让查里曼本人起死回生。海伦娜并没有赋予顽石以生命，查里曼也没有再写出一句情诗，但她最后确实把国王治愈了。

【其他经典名句】

* Be cheque'd for silence,
But never tax'd for speech. (I. i. 66-67)
宁可被人责备你朴讷寡言，不要让人嗔怪你多言偾事。

* Loss of virginity is rational
increase and there was never virgin got till
virginity was first lost. (I. i. 128-130)
贞操的丧失是合理的增加，倘不先把处女的贞操破坏，处女们从何而来？

* To speak on the part of virginity is to
accuse your mothers; which is most infallible
disobedience.
…
Virginity breeds mites,
much like a cheese; consumes itself to the very paring,
and so dies with feeding his own stomach. (I. i. 137-139; 142-144)
你要是为贞操辩护，等于诋毁你的母亲，那就是忤逆不孝。……贞操像一块干酪一样，搁的日子长久了就会生虫霉烂，自己把自己的内脏掏空。

* Get thee a good husband,
and use him as he uses thee. (I. i. 214-215)
嫁一个好丈夫，他怎样待你，你也怎样待他。

* Our remedies oft in ourselves do lie,

Which we ascribe to heaven. (I. i. 216-217)
一切办法都在我们自己，虽然我们把它诿之天意。

* 'Tis not the many oaths that makes the truth,
But the plain single vow that is vow'd true. (IV. ii. 21-22)
许多誓不一定可以表示真诚，真心的誓只要一个就够了。

* The web of our life is of a mingled yarn, good
and ill together. (IV. iii. 68-69)
人生就像是一匹用善恶的丝线交错织成的布。

* Praising what is lost
Makes the remembrance dear. (V. iii. 19-20)
赞美已经失去的事物，使它在记忆中格外显得可爱。

* Love that comes too late,
Like a remorseful pardon slowly carried,
To the great sender turns a sour offence,
Crying, 'That's good that's gone.' (V. iii. 57-60)
可是来得太迟了的爱情，就像已经执行死刑以后方才送到的赦状，不论如何后悔，都没有法子再挽回了。

《皆大欢喜》
As You Like It

图 1-4 《皆大欢喜》第一幕第六场：奥兰多击败拳师查尔斯(Francis Hayman 绘制，约 1740 年)

【导言】

《皆大欢喜》(又译《如愿》)是莎士比亚的一部田园喜剧，约写于 1599 年，并于 1623 年在《第一对开本》中首次出版。这部作品的主要情节来源于英国作家托马斯·洛奇(Thomas Lodge，约 1557—1625)早期的一部散文牧歌传奇《罗瑟琳德》(*Rosalynde*)。该剧的首演时间并无准确的历史记载，不过 1603 年在威尔顿庄园(Wilton House)的演出往往被认为是最早的正式表演之一。全剧的基本剧情都是围绕女主人公罗瑟琳(Rosalind)来展开的：她为了躲避篡位叔父的迫害，不得已开始了逃亡的生涯，和她同行的还有表姐西莉娅(Celia)和小丑试金石(Touchstone)，最终他们都在亚登森林(Forest of Arden)里找到了各自的真爱。从历史上来看，评论家们对这部戏的评价可谓众说纷纭，有些人认为其品质不如莎翁的其他喜剧，而另一些人则觉得这部戏可算作上乘之作。

这部戏描绘了莎翁的一句经典名言——"全世界是一个舞台"("All the world's a stage")(II. vii. 139)，同时也是"好东西不嫌多"("too much of a good thing")(IV. i. 116)这句话最初的出处(参见【经典名段中英文对照赏析】)。《皆大欢喜》的主题其实是各种形式的爱在一片纯朴的乡村景致里的自然展现：罗瑟琳代表了真实之爱，这种爱与奥兰多

(Orlando)的伤感造作之爱形成了鲜明的对比；远居城市的朝臣们在流亡中逃往一片森林，以寻求心灵的慰藉与自由，这已属离奇之事，而在这片森林中的一连串偶遇则充满谐趣与戏谑，令人不禁忽略了情节与人物发展的合理性与微妙性。

《皆大欢喜》很明显属于田园浪漫喜剧的类型；但莎士比亚并不仅仅是运用了这一形式，而是将它发扬光大了。在这部戏里，莎士比亚以这种田园体裁对造成不公正与不快乐的社会现实进行了猛烈的抨击，对违反社会秩序的愚蠢的自我毁灭行为进行了大胆的讥刺。通过爱的主题的逐一展示，最终上升到对传统守旧的恋爱观的鄙视与摒弃。

剧中的亚登森林是莎翁着意讴歌的理想世界，在此他调动了大自然所能提供的一切：秋天的森林里，温暖的阳光透过橡树叶，迎着傍晚的和风微笑，情侣们在潺潺的小溪旁徘徊漫步。人们在这里自由地生活，没有勾心斗角，没有争权夺利。在老公爵看来，这里的居民获得了人性的解放和身心的自由，俨然一片乌托邦式的世外桃源。然而，亚登森林却并非理想的人间乐土，其间也有不和谐的音符：比如这里也有中箭的牡鹿，而忧郁的杰奎斯(Jaques，发音为 jay-keys 或 jay-kweez)则指责人类残害居住在山林中的原住民。男女主人公的爱情富于田园牧歌式的浪漫情调，而试金石和村姑之间不需要柔情蜜意的男婚女嫁也同样拙朴可人。在亚登森林这片诗情画意里，诗意与哲理的结合，戏剧情调与剧中人物情感时空的切换，使得《皆大欢喜》对爱情、友谊、婚姻的描写处处洋溢着人文主义的光芒。从剧中时时飘出的歌声中，我们看到，成双成对的情侣徜徉其间，而梦幻的哲理、诗意的画境与质朴的感叹则恰如其分地熔于一炉。

《皆大欢喜》跌宕起伏的剧情，堪称莎士比亚采撷民间生活养分、升华创作内涵的典范。剧中线索繁杂，登场人物众多，而其中最精彩的莫过于乐观向上而又有些调皮的罗瑟琳，她无疑是莎翁笔下最迷人的女性形象之一。她为人坦诚率真，敢于向意中人表达自己的爱意。她追寻个性，坦言妇女的才华是无法抑制的。她的言谈举止无不透射出自由和情感的解放，她的生性乐观也与杰奎斯歧视女性的忧郁气息形成了鲜明的对比。

莎翁后期的作品中也不时会看到《皆大欢喜》的影子，比如在《一报还一报》和《暴风雨》中，我们都可以发现有类似篡位公爵和流亡公爵的剧情，这同样可以证明莎翁本人对这一作品的喜爱。这部戏由于满载了森林中的偶遇以及几桩盘根错节的情事，而所有这一切又都发生在一片静谧安详的田园风光里，于是很多导演喜欢把场景设置在公园或类似的户外之所，以寻求更加生动的艺术效果。

【剧情简介】

这部戏以法兰西的一个公国为背景，但大多数剧情却发生在远离尘嚣的亚登森林里。弗莱德里克(Frederick)篡兄长之位并流放了老公爵。老公爵的女儿罗瑟琳则被留在了宫中，因为她是弗莱德里克唯一的女儿西莉娅最好的朋友。奥兰多是一位年轻的绅士，对罗瑟琳一见钟情，他也在兄长奥列佛(Oliver)的迫害下被迫逃离自己的家乡。弗莱德里克对罗瑟琳越来越不满，于是决定把她也驱逐出境。西莉娅和罗瑟琳决定在小丑试金石的陪同下一起逃走，而罗瑟琳则装扮成男人的样子。

图 1-5　女扮男装的罗瑟琳(Robert Walker Macbeth 绘制，1888 年)

罗瑟琳易名“盖尼米德”(Ganymede，意为朱庇特主神的侍童)，而西莉娅则化名“艾莲娜”(Aliena，拉丁语“陌生人”之意)，两人一同到达了田园牧歌般的亚登森林，这里正好居住着流亡的老公爵及其从臣，其中就包括“忧郁的杰奎斯”，他一开始就曾为了射杀一只牡鹿而伤心落泪。但“盖尼米德”和“艾莲娜”并未马上遇到老公爵及其随扈一行。

与此同时，奥兰多及其仆人亚当(Adam，据称莎士比亚本人曾亲自扮演过这个角色)则发现了公爵及其随从，于是立刻就和他们生活在了一起，并且把写给罗瑟琳的情诗挂在了树上。罗瑟琳也深爱着奥兰多，此时的她以“盖尼米德”的身份与奥兰多相见，并假装劝他要尽早治愈自己的相思病。“盖尼米德”说“他”可以暂且装作罗瑟琳，与奥兰多共谱爱曲，以解他的相思之苦。

此时，同样在这片森林里，牧羊人西尔维斯(Silvius)深深爱恋着牧羊女菲比(Phebe)，而菲比则爱上了“盖尼米德”(其实就是罗瑟琳)，尽管“盖尼米德”一再强调说“他”对菲比毫无兴趣。玩世不恭的试金石也向笨笨的村姑奥德蕾(Audrey)发起了爱的攻势，要不是杰奎斯的搅局，只怕他们早就结婚了。

最后，西尔维斯、菲比、“盖尼米德”和奥兰多四人在一起争论了起来，为了谁能得到谁吵得不可开交。“盖尼米德”说，“他”可以这样来解决问题：如果菲比不能嫁给“盖尼米德”，那她就要答应嫁给西尔维斯，而奥兰多则要答应娶罗瑟琳为妻。第二天，“盖尼米德”以罗瑟琳的面貌出现在众人面前，菲比发现自己的爱是一场错误，于是就和西尔维斯走到了一起。

奥兰多在森林里遇见了奥列佛，并把他从一只母狮子那里救了下来，这一举措令奥列佛对此前的行为悔恨不已。奥列佛见到了“艾莲娜”(西莉娅)并爱上了她，两人彼此心心相印，并决定早日喜结良缘。在最后一场戏里，奥兰多和罗瑟琳，奥列佛和西莉娅，西尔维斯和菲比，以及试金石和奥德蕾都幸福地结合了，后来他们又发现弗莱德里克也对自己的罪过忏悔不已，并决定把权位还给兄长，从此过上虔诚的宗教生活。杰奎斯则是一如既往地忧郁着，他婉拒了众人留在森林里的邀请，也决心过上宗教徒的生活。

【演出及改编】

《皆大欢喜》是莎士比亚最受欢迎的剧作之一，曾被改编成广播剧、电影、音乐剧以及插图小说等多种艺术形式。据称，1603 年在威尔顿庄园的演出算得上是最早的表演之一。在英国王朝复辟时期，国王供奉剧团于 1669 年获颁皇家特许证来上演这出戏。据称，该剧于 1723 年在特鲁里街上演了一个改编本，当时的剧名叫作《森林里的爱》(*Love in a Forest*)；1740 年，另一个特鲁里街的演出版本则回归了莎士比亚的原作。

据美国广播史记载，《皆大欢喜》是首个戏剧广播剧，该剧于 1922 年在全美首播。《皆大欢喜》也是莎剧表演大师劳伦斯·奥利弗(Laurence Olivier)的首部莎剧影片，不过他只参加了演出，并未亲自参与制作和导演的工作。这部影片于 1936 年在英国发行，导演 Paul Czinner 的妻子 Elizabeth Bergner 操着浓重的德国口音扮演了罗瑟琳。尽管这部电影不如同时期的《仲夏夜之梦》和《罗密欧与朱丽叶》那么“好莱坞化”，而且演员都是专业的莎剧演员，但无论是奥利弗本人还是评论界对这部影片的评价都不是很高。此后，英、美两国又分别于 1937 年、1978 年和 1992 年相继拍摄了这一影片。其中 1992 年的版本把整个剧情放在了一个荒凉的现代都市空间里。

值得一提的还有，剧坛才子肯尼思·布拉纳(Kenneth Branagh)再度出发，于 2006 年第五度把这部莎剧搬上了银幕。背景设置的灵感来源于 19 世纪的日本，这部《皆大欢喜》被誉为肯尼思·布拉纳改编的莎士比亚最为出名、最轻松愉快的喜剧，而且还从那些痴迷于品味文学电影的评论家口中获得不少赞美之词。该片虽是为影院而制作的，但在欧洲却仅限于在剧院播放，并于 2007 年首度登陆美国 HBO 电视台。

图 1-6　罗瑟琳把项链送给奥兰多以表达爱意(Émile Bayard 绘制，约 1886 年)

此外，Daniel Aquisito 和 Sammy Buck 还把《皆大欢喜》改编成了一部颇具 20 世纪 80 年代风格的音乐剧，名叫《如你所喜》(*Like You Like It*)。2009 年 1 月，日本漫画小说也以《皆大欢喜》为原型，剧中亚登森林的背景则放在了当今的中国。

而我国似乎对这部名著并不是很感兴趣，至今尚未发现任何有关此剧的演出及其他艺术改编形式的详细记录。

【经典名段中英文对照赏析】

DUKE SENIOR

Sweet are the uses of adversity,
Which like the toad, ugly and venomous,
Wears yet a precious jewel in his head;
And this our life, exempt from public haunt,
Finds tongues in trees, books in the running brooks,
Sermons in stones, and good in everything.

(Act 2, Scene 1, 12-17)

公爵 逆运也有它的好处，
就像丑陋而有毒的蟾蜍，
它的头上却顶着一颗珍贵的宝石。
我们的这种生活，虽然远离尘嚣，
却可以听树木的谈话，溪中的流水便是大好的文章，
一石之微，也暗寓着教训；每一件事物中间，都可以找到些益处来。

（第二幕第一场 12—17 行）

说明：因为公爵被恶弟篡位并放逐，迫于无奈只好把世界观描绘成这番景象加以接受——正是这个“逆运”（“adversity”）让他发现了其间的“好处”（“sweet uses”）。公爵的“uses”在这里的意思是“利益”。他把表面上的苦难——例如，他的历经沧桑——比作一只丑陋的蟾蜍，传说它的太阳穴里嵌了一颗“珍贵的宝石”（“precious jewel”），能治百病。就他目前的情况而言，他的宝石或者“好处”就是远离“尘嚣”（“public haunt”）或是社会。公爵认为大自然口才雄辩、言语真诚，比所有那些辩士、典籍和箴言都要更胜一筹；就算是石头做伴也好过朝臣在侧。

公爵的比喻现在看上去有些牵强，即便是莎翁时期的观众恐怕也难有同感。然而“sweet are the uses of adversity”却保存了下来，成了一句弥足珍贵的真诚的安慰语，只要不是以讽刺语气来说就行。

JAQUES

All the world's a stage,
And all the men and women merely players;
They have their exits and their entrances,
And one man in his time plays many parts,
His acts being seven ages. At first the infant,
Mewling and puking in the nurse's arms.
And then the whining school-boy, with his satchel
And shining morning face, creeping like snail
Unwillingly to school. And then the lover,
Sighing like furnace, with a woeful ballad
Made to his mistress' eyebrow. Then a soldier,
Full of strange oaths and bearded like the pard,
Jealous in honour, sudden and quick in quarrel,

Seeking the bubble reputation
Even in the cannon's mouth. And then the justice,
In fair round belly with good capon lined,
With eyes severe and beard of formal cut,
Full of wise saws and modern instances;
And so he plays his part. The sixth age shifts
Into the lean and slipper'd pantaloon,
With spectacles on nose and pouch on side,
His youthful hose, well saved, a world too wide
For his shrunk shank; and his big manly voice,
Turning again toward childish treble, pipes
And whistles in his sound. Last scene of all,
That ends this strange eventful history,
Is second childishness and mere oblivion,
Sans teeth, sans eyes, sans taste, sans everything.

(Act 2, Scene 7, 139-166)

杰奎斯　全世界是一个舞台，所有的男男女女不过是一些演员；他们都有下场的时候，也都有上场的时候。一个人的一生中扮演着好几个角色，他的表演可以分为七个时期。最初是婴孩，在保姆的怀中啼哭呕吐。然后是背着书包、满脸红光的学童，像蜗牛一样慢腾腾地拖着脚步，不情愿地呜咽着上学堂。然后是情人，像炉灶一样叹着气，写了一首悲哀的诗歌咏着他恋人的眉毛。然后是一个军人，满口发着古怪的誓，胡须长得像豹子一样，爱惜着名誉，动不动就要打架，在炮口上寻求着泡沫一样的荣名。然后是法官，胖胖圆圆的肚子塞满了阉鸡，凛然的眼光，整洁的胡须，满嘴都是格言和老生常谈；他这样扮了他的一个角色。第六个时期变成了精瘦的趿着拖鞋的龙钟老叟，鼻子上架着眼镜，腰边悬着钱袋；他那年轻时候节省下来的长袜子套在他皱瘪的小腿上显得宽大异常；他那朗朗的男子的口音又变成了孩子似的尖声，像是吹着风笛和哨子。终结着这段古怪的多事的历史的最后一场，是孩提时代的再现，全然的遗忘，没有牙齿，没有眼睛，没有口味，没有一切。

(第二幕第七场 139—166 行)

说明："全世界是一个舞台"这个理念在莎士比亚写《皆大欢喜》时早已是陈词滥调了。

因此杰奎斯在这里有些刻意地装腔作势。杰奎斯是住在亚登森林里的一个牢骚满腹的人，这片森林里住的都是遭流放的政治人物、被驱逐的恋人以及普通的牧羊人。剧中另一个角色随口提出世界有如“大剧场”，杰奎斯信手拈来把这个剧场的比喻用到了他那著名的“人生七阶段论”里。在杰奎斯看来，人生的第一阶段是幼儿期(此时的婴儿只会“在保姆的怀中啼哭呕吐”)，最后一阶段则是“孩提时代的再现和全然的遗忘”(彻底的衰老)。他这些郁郁寡欢的警句组成了一篇“现成的演讲词”；莎士比亚有意让这番话听起来像是练习过似的，有如一小段演说，在字斟句酌之后，找个合适(或不合适)的场合一吐为快。

ORLANDO Then love me Rosalind.
ROSALIND Yes, faith, will I, Fridays and Saturdays and all.
ORLANDO And wilt thou have me?
ROSALIND Ay, and twenty such.
ORLANDO What sayest thou?
ROSALIND Are you not good?
ORLANDO I hope so.
ROSALIND Why then, can one desire too much of a good thing?

(Act 4, Scene 1, 109-116)

奥兰多 那么爱我吧，罗瑟琳！
罗瑟琳 好，我就爱你，星期五、星期六以及一切的日子。
奥兰多 你肯接受我吗？
罗瑟琳 肯的，我肯接受像你这样二十个男人。
奥兰多 你怎么说？
罗瑟琳 你不是个好人吗？
奥兰多 我希望是的。
罗瑟琳 那么好的东西会嫌太多吗？

(第四幕第一场 109—116 行)

说明：莎士比亚的作品里，许多双关语都有情色的含义，“thing”用来做男女生殖器的委婉说法是再平常不过的了，而这里的上下文显然支持这个暗示。

罗瑟琳和奥兰多这对浪漫喜剧的爱侣，美德与情操都完美无瑕的典范，他们之间也会有这种不三不四的交谈，读者定会深感意外。罗瑟琳会这样说话有极其复杂的理由，不过简而言之，她此时女扮男装，在亚登森林里邂逅情人奥兰多，她决定隐藏真实身份。可是，他不是已经叫出她的名字罗瑟琳了吗？没错，不过那是因为罗瑟琳以年轻男子盖尼米德的身份，假扮罗瑟琳好训练奥兰多追求之术，并教他女人"真正"的样子。经由这样的做戏，罗瑟琳可以刺探奥兰多的用心，同时考验他对优雅的宫廷求爱的完美主义观念的看法。在此，她扮演了喜剧作家的身份，撰写一部幻想版的求爱戏，好探索并揭露其中的奥妙。

【其他经典名句】

* Beauty provoketh thieves sooner than gold.（I. iii. 107）
  美貌比金银更容易引起盗心呢。
* If ladies be but young and fair,
  They have the gift to know it.（II. vii. 37-38）
  凡是年轻貌美的小姐们，都是有自知之明的①。
* He that wants money,
  means and content is without three good friends.（III. ii. 23-24）
  钱财、资本和知足，是人们缺少不来的三位好朋友。
* Honesty coupled to beauty is to have
  honey a sauce to sugar.（III. iii. 28-29）
  贞洁跟美貌碰在一起，就像在糖里再加蜜。
* I had
  rather have a fool to make me merry than experience
  to make me sad.（IV. i. 25-27）
  我宁愿叫一个傻瓜来逗我发笑，不愿叫经验来使我悲哀。
* Make the doors upon a
  woman's wit and it will out at the casement; shut
  that, and 'twill out at the key-hole; stop that, 'twill fly
  with the smoke out at the chimney.（IV. i. 154-157）
  假如用一扇门把一个女人的才情关起来，它会从窗子里钻出来的；关了窗，它会从钥匙孔里钻出来的；塞住了钥匙孔，它会跟着一道烟从烟囱里飞出来的。
* The fool doth think he is wise,
  but the wise man knows himself to be a fool.（V. i. 30-31）

① 即知道自己的优势所在。

傻子自以为聪明，但聪明人知道他自己是个傻子。

* O, how bitter a thing
it is to look into happiness through another man's
eyes!（V. ii. 43-45）
唉！从别人的眼中看见幸福，多么令人烦闷。

《错误的喜剧》
The Comedy of Errors

图 1-7　《错误的喜剧》百老汇演出海报(1879 年)

【导言】

《错误的喜剧》(又译《错中错》)是莎士比亚最早的喜剧作品之一，约写于 1592—1594 年，当时他还不到 30 岁，从故乡小镇到伦敦才不过 2 年。该剧最早出版于 1623 年，属于他早期的“快乐喜剧”。这也是莎士比亚最短的一出戏。本剧故事情节来源于古罗马喜剧作家普劳图斯(Plautus)的《孪生兄弟》(*The Menaechmi*)和《安菲特律翁》(*Amphitryon*)以及另一部中世纪传奇剧，约翰·高厄的《泰尔的阿波隆纽斯》(*Apollonius of Tyre*)，并加进了莎士比亚自己创作的英国味成分。此剧情节滑稽突兀，大部分笑料主要来自一些打闹和弄错身份的噱头以及双关语等文字游戏，与《暴风雨》一起是仅有的2部遵循古典"三一律"①戏剧理论的莎剧。该剧在舞台上演出十分成功，并多次被改编成歌剧、电视剧以及音乐剧等艺术形式。

尽管《错误的喜剧》的主要目的无非是为了博人一笑，但精明的读者或导演仍可以从中挖掘出一些深层含义。在这部作品中，外貌以及现实、时间、巧合与爱都是主题。此外，这部戏还探讨了身份的话题，以及一个人如何才能通过外表、名字或个人行为和选择而为人所知。由于在两对双胞胎身上发生了太多的糊涂事，他们都深信自己一定是疯了。而疯狂则是莎士比亚后期成熟作品里的一个重要主题，《哈姆雷特》和《李尔王》等均有涉及。《错误的喜剧》向我们暗示了莎士比亚对疯狂现象的兴趣由来已久。

《错误的喜剧》还证明了，即便是最无聊的闹剧也能收获情感的共鸣，只要其立足点是严肃的就行。由于这部戏的开场说的是一位老人即将被处死，随之而来的所有趣事就都罩上了一层淡淡的阴影。尽管很多胡闹的情节都显得有些"漫无目的"，但伊勤(Egeon)最后的获释和家庭重聚仍给《错误的喜剧》带来了一个快乐而不仅仅是幽默的结局——很多人相信，正是这部戏才使得莎士比亚赢得了杰出喜剧作家的声望。

【剧情简介】

这是一个误会重重、笑话迭出的故事。以弗所和叙拉古两个城邦之间长期纷争不断，各自制定了严酷的法律，禁止人民间相互往来，违者一律处死。然而，叙拉古商人伊勤却冒险来到以弗所寻找自己的一对孪生儿子大安提福勒斯(Antipholus of Syracuse)和小安提福勒斯(Antipholus of Ephesus)(以下简称大安、小安)，还有他买下的一对孪生奴仆大德洛米奥(Dromio of Syracuse)和小德洛米奥(Dromio of Ephesus)(以下简称大德、小德)。结果伊勤遭到逮捕，被公爵判处死刑。但是，公爵因同情伊勤，准他一天期限，如果凑足赎金，便可获释。

这天大安和大德来到以弗所寻访亲人。大安吩咐大德把1000马克存放到旅店，自己则到市场观光。巧的是小安和小德就住在以弗所。这时，小德奉太太之命来请主人回家吃饭，误把相貌酷似主人的大安当作主人，两人产生了误会，小德被打。小安的太太阿德里安娜(Adriana)(以下简称安娜)亲自寻夫来到广场，错把大安认作丈夫，又是规劝埋怨，又是婉转哀求。大安只好将错就错，和大德一起随安娜来到小安家。

---

① "三一律"是戏剧结构理论之一，从亚里士多德的《诗学》引申而来。亦称"三整一律"。先由文艺复兴时期意大利戏剧理论家提出，后由法国古典主义戏剧家确定和推行。"三一律"规定剧本创作必须遵守时间、地点和行动的一致，即一部剧本只允许写单一的故事情节，戏剧行动必须发生在一天之内和一个地点。法国古典主义戏剧理论家布瓦洛把它解释为"要用一地、一天内完成的一个故事从开头直到末尾维持着舞台充实"。

图 1-8　新艺术风格的《错误的喜剧》海报

小安在外误了时间，与小德、金匠安哲鲁(Angelo)及商人鲍尔萨泽(Balthazar)一起准备回家吃饭，不料却吃了个闭门羹。小安一气之下去酒店饮酒作乐，还特意让金匠把订打的项链拿来送给酒店妓女，算是对妻子的报复。

这边大安和大德被安娜缠住，主仆以为遇到妖魔，决定离开。到府第门前时，他们遇到了金匠。金匠以为大安就是小安，把刚打好的项链给了大安，并约定晚饭时来取钱。一商人向金匠讨债，金匠就来找小安取钱。他们俩在妓女家门前巧遇，两人互相指责对方失约，争吵起来。金匠请来官差，将小安关押起来。小安的太太安娜闻讯急忙取钱去赎丈夫。正欲离去的大安在街上碰到妓女，妓女向他索讨项链，且说他拿了她的戒指。大安与大德又以为遇到了妖精，急忙走开。

安娜以为丈夫中了邪，请来巫师给小安驱鬼，谁知一见面却遭到小安的一顿指责与臭骂。安娜见丈夫语无伦次，相信他真的发了疯，便让巫师把小安和小德捆绑起来，自己随差役去催债主还债。路上巧遇大安和大德执剑走来。他们以为是小安和小德又追了出来，吓得魂不附体，仓皇逃走。至此，本剧逐渐进入高潮。

大安又碰到金匠和商人，双方发生口角，打了起来。此时安娜带人追来，要捆绑大安。大安和大德匆忙逃进一所尼姑庵。恰好公爵等人押着伊勒走来。小安也恰好逃出来向公爵求救。伊勒认出了儿子小安，主持尼姑也认出了伊勒。原来她是伊勒失散多年的妻子。最后，一家人终于团聚在一起，沉浸在欢乐的气氛之中。

【演出及改编】

图 1-9　1890 年的一本卷首插画中的大小德洛米奥

《错误的喜剧》有两次较早的演出记录。一次是 1594 年 12 月 28 日在格雷律师学院，当时的演出剧团十分平庸。第二次演出也是在同一天，但却是 10 年之后的 1604 年，演出地点是法院。

1786 年 12 月 27 日，由斯蒂芬·斯特拉斯(Stephen Storace)执导的歌剧在维也纳的城堡剧院首演。脚本由洛伦佐·达蓬特(Lorenzo da Ponte)撰写，他尊重原著剧情，只是替换了部分角色的名字。弗雷德里克·雷诺兹(Frederic Reynolds)于 1819 年执导的歌剧版本采用亨利·毕夏普(Henry Bishop)制作的音乐，并且补充了一些莫扎特的歌曲。其他各种歌剧改编一直持续到 1855 年，当时的塞缪尔·费尔普斯(Samuel Phelps)正在伦敦萨德勒斯韦尔斯剧院为莎士比亚原著的复兴而努力。

本剧至少有 3 次被改编成音乐剧：第一部是《来自叙拉古的男孩》(*The Boys from Syracuse*)，作曲理查德·罗杰斯(Richard Rodgers)和罗伦兹·哈特(Lorenz Hart)；第二部是在伦敦西区上演的音乐剧《啊，兄弟!》(*Oh*, *Brother*!)，该剧获得了 1977 年劳伦斯·奥利弗奖的最佳音乐剧奖，作曲为迈克尔·瓦伦蒂(Michael Valenti)和唐纳德·德莱瓦

(Donald Driver)；第三部是2001年的嘻哈音乐剧《错误的轰炸》，该剧荣获HBO喜剧节的一等奖，并获提名剧评人奖的最佳歌词奖。

1968年，印度(宝莱坞)电影《2×2=4》取材于《错误的喜剧》；另一部名为《葡萄》的印度电影也用了相同的情节，是当年最受欢迎的印度电影之一；英国导演迈克·李(Mike Leigh)执导的《酣歌畅戏》(*Topsy Turvy*)也取自同一题材；此外，英国分别在1976年和1983年，美国在1987年相继拍摄了《错误的喜剧》的同名电影；2009年，一部取景于当代伊拉克的新的电影改编剧也已创作完成。

【经典名段中英文对照赏析】

LUCIANA

Be not thy tongue thy own shame's orator;
Look sweet, be fair, become disloyalty;
Apparel vice like virtue's harbinger;
Bear a fair presence, though your heart be tainted;
Teach sin the carriage of a holy saint;
Be secret-false: what need she be acquainted?
What simple thief brags of his own attaint?
'Tis double wrong, to truant with your bed
And let her read it in thy looks at board:
Shame hath a bastard fame, well managed;
Ill deeds are doubled with an evil word.

(Act 3, Scene 2, 10-20)

露西安娜 别让你的嘴唇宣布自己的羞耻；
你尽管巧言令色，把她鼓里包蒙，
心里奸淫邪恶，表面上圣贤君子。
何必让她知道你已经变了心肠？
哪一个笨贼夸耀他自己的罪状？
莫在她心灵上留下双重的创伤，
既然对不起她，就不该恶声相向。

(第三幕第二场10—20行)

说明：这个选段是第三幕第二场的开场，小安家门前，露西安娜(Luciana)(阿德里安娜的妹妹，以下简称露西)对大安讲的一段话。露西为人清纯、善解人意，对姐姐的处境深表同情，喜欢替她打抱不平。这天，她在以弗所街头巧遇大安，错把他当成自己的姐夫小安。她劈头盖脸地把他数落了一通，劝他至少要假装爱自己的妻子，用甜言蜜语去安慰她，而大安则觉得莫名其妙，并在随后的对话里，争辩说自己并无妻室，可是却对露西一见钟情。这段话里的“Be not thy tongue thy own shame's orator; Look sweet, be fair, become disloyalty”(“别让你的嘴唇宣布自己的羞耻；你尽管巧言令色，把她鼓里包蒙”)谈到了诚实与虚伪的话题，露西认为就算要背叛某人，也不应该表露出来；“Ill deeds are doubled with an evil word”(“既然对不起她，就不该恶声相向”)则是她进一步谈及如何说和做的问题，她觉得，如果欺骗了某个人(比如说妻子)，还把这事说出来，那带来的伤害则是加倍的。从这段话我们可以看出，露西真的有点喋喋不休、怒火中烧了。

ANTIPHOLUS Why, first, for flouting me, and then
wherefore, for urging it the second time to me.
DROMIO Was there ever any man thus beaten out of season,
When in the why and the wherefore is neither rhyme nor reason?

(Act 2, Scene 2, 45-48)

大安 先说道理——你敢对我顶撞放肆；再说缘由——你第二次见了我还要随口胡说。
大德 真倒霉，白白地挨了这一顿拳脚，道理和缘由却仍然是莫名其妙。

(第二幕第二场 45—48 行)

说明：“Neither rhyme nor reason”这句话还会在莎剧中再次出现——在《皆大欢喜》(第三幕第二场)里，稍作变化之后还出现在了《温莎的风流娘儿们》(第五幕第五场)里。“Rhyme”和“reason”这两个押头韵的名词放在一起，至少可追溯到诗人约翰·斯凯顿(John Skelton)的诗句，他在 16 世纪 20 年代曾经写下了“For reason can I none find/ Nor good rhyme in your matter”的句子。我们今天用的这个句式则是最早出现在莎翁的第一部喜剧里的样子。(《牛津英语大词典》里的最早引证始于 1664 年。)

《错误的喜剧》是莎翁的一部不太成熟的作品，此时他正尝试把拉丁喜剧搬上英国舞台。在以往所有的喜剧里，主人总是威胁，或是真的会虐待他们的仆人，莎士比亚笔下的大安也不例外。当仆人大德乞求主人解释一下他到底什么地方做错了时，大安说大德刚刚全盘否定了自己所说的话，这是在取笑、顶撞(“flouting”)主人。莫名其妙的大德十分清楚他并没有这样说过，觉得这个指责“neither rhyme nor reason”——也就是说，既语无伦次又没有任何道理。这个混乱的起因就是大安和大德各有一个双胞胎兄弟，可是他们谁也不知道；而身份错位的闹剧情节也贯穿了全剧始末。

【其他经典名句】

* How many fond fools serve mad jealousy!（II. i. 117）
  真有痴心人情愿做妒嫉的俘虏!
* Small cheer and great welcome makes a merry feast.（III. i. 26）
  酒肴即使稀少，只要主人好客，也一样可以尽欢。
* Slander lives upon succession,
  For e'er hous'd where it gets possession.（III. i. 105-106）
  诽谤到了一个人的身上，是会永远存留着的。
* The venom clamors of a jealous woman
  Poisons more deadly than a mad dog's tooth.（V. i. 69-70）
  妒妇的长舌比疯狗的牙齿更毒。

《爱的徒劳》
Love's Labour's Lost

A
PLEASANT
Conceited Comedie
CALLED,
Loues labors loſt.
As it vvas preſented before her Highnes
this laſt Chriſtmas.
Newly corrected and augmented
By W. Shakeſpere.
Imprinted at London by W.W.
for Cutbert Burby.
1598.

图 1-10 《爱的徒劳》四开本扉页(1598 年)

【导言】

《爱的徒劳》约创作于 16 世纪 90 年代中期，并于 1598 年以四开本①形式首次出版：扉页上的文字“Newly corrected and augmented by W. Shakespeare”(见上图，“由 W. 莎士比亚新近修正和扩充”)暗示了这是一个早前版本的修订本。大多数现代学者认为本剧写于 1594 年或 1595 年，与《罗密欧与朱丽叶》和《仲夏夜之梦》是同时期的作品。

剧名“Love's Labour's Lost”取自希腊诗人尼斯的一句诗，“To do good to one's enemies is love's labours lost.”(“为敌人做好事是爱的徒劳。”)《爱的徒劳》和传奇剧《暴风雨》一样，都

① 《第一四开本》(*The First Quarto*)和《第一对开本》(*The First Folio*)都是 16—17 世纪最早出版的莎剧文本，前者规格较小，且错误较多；后者规格较大，被认为是第一部正式的莎翁全集。

没有很明显的故事来源。本剧是莎士比亚讽刺性最强的一部喜剧，也是一部宫廷喜剧。一开始，那瓦国君臣四人发誓要清心寡欲，拒绝一切物质享受，不近女色，专心读三年书。可是当美丽的法国公主和她的侍女们来到宫廷后，他们就把誓言忘得一干二净，争先恐后地向她们求爱。但由于他们缺少真实的感情，法国公主把他们训斥一番以后离他们而去。莎士比亚在这部戏剧中讽刺了宫廷贵族的爱情观。

《爱的徒劳》也是莎士比亚早期格调最为明快的喜剧之一。尽管剧名为“爱的徒劳”，但从剧情来看，该剧所表现的是爱能战胜一切。莎翁在剧中以巧妙的情节创造出许多使观众捧腹的笑料，嘲笑了摒弃爱情的禁欲主义，也嘲笑了爱情的盲目性。全剧到处都是复杂的文字游戏、双关语、暗示以及巧妙的诗体模仿形式；剧中所包容的社会各个阶层，从国王、大臣到农民、小丑，人物虽然类型化，但个个鲜亮活泼，其语言无不各具特色，符合人物各自的身份，总叫人联想到英国漫画家笔下的众生相：风流倜傥的青年贵族与美丽俏皮的女宾们的调笑，乡村里的冬烘先生、糊涂巡警、傻气大姐间那些莫名其妙的纠葛，读来令人喜笑颜开。此剧还穿插了不少清新、优美的歌曲和民歌，这些民歌都富有诗意，散发着英国乡间泥土的清香，充分表现了莎士比亚的语言天才。据说，《爱的徒劳》是为在律师学院上演而写成的一个剧本，那里的学生很有可能比较喜欢这种风格。而这种风格恰恰解释了这部戏之所以不能成为莎翁最受欢迎的作品之一的原因——剧中卖弄学问的幽默方式令当时的看戏人极其不能接受。

喜剧往往经不起岁月消磨，这就是为什么本剧发表一个多世纪后，诗人蒲柏（Alexander Pope）编辑莎翁剧作集时把其中大段台词打入了脚注的冷宫。在他看来，莎士比亚这个从斯特拉特福镇走出来的乡巴佬并不懂得真正的幽默。笑话更是经不起翻译，尤其是靠谐音的双关语，难怪每逢遇到这类插科打诨我们就难免回忆起语言大师约翰逊的话：“一个双关语，不论其如何贫乏无味，都令莎士比亚欢欣，甚至使他置情理于不顾而恣情追逐。对于他，双关语即是倾国倾城的埃及艳后，为了她丢了江山也心甘情愿。”①

从另一个角度来看，《爱的徒劳》与莎士比亚其他作品不同的是，它在轻松欢悦的情节进程中，一有机会就强调知识的重要，书籍的可贵，揭示愚昧的可怕，剧中赞美知识和学问的话随处可见。这在某种意义上也显示了莎士比亚把文化知识看作人类进步的阶梯，有了文化，道德才能升华；有了知识和学问，才有灿烂、美好的人生。也许《爱的徒劳》提供的这一启迪，会使一切善于思索、矢志追求光明的人终生受用——而这则早已超出了喜剧

① 原文：“A quibble, poor and barren as it is, gave him such delight, that he was content to purchase it, by the sacrifice of reason, propriety and truth. A quibble was to him the fatal Cleopatra for which he lost the world, and was content to lose it.”

Johnson, Samuel. “Preface to Shakespeare”, in *The Yale Edition of the Works of Samuel Johnson, Volume VII: Johnson on Shakespeare*, edt. Arthur Sherbo. New Haven: Yale University Press, 1968, p. 74.

带来的享受。

【剧情简介】

图 1-11　电影《爱的徒劳》(2000)剧照

那瓦国王腓迪南(Ferdinand)和他的侍臣朗格维(Lord Longueville)、杜曼(Lord Dumaine)发誓要花三年时间潜心读书、吃斋，每天只睡三小时，而且不见女人。美丽的法国公主带着一群天仙般的侍女来访，国王经受不住考验，破除了一条戒律，决定接见。但他又不得把客人迎进宫廷，只好把她们安顿在宫外花园里的帐篷中。尽管腓迪南和他的侍臣们受到了美女们毫不留情的指责与嘲弄，可他们还是身不由己地陷入了对她们的爱恋之中。一切清规戒律在美色的强大诱惑下都显得苍白无力。

腓迪南和他的侍臣们整天长吁短叹，痛苦不堪，因为他们的爱情受到了愚蠢誓约的无理压抑。终于，爱情以其不可抗拒的力量先后征服了他们，在国王的御苑里，国王和他的侍臣们互相揭穿了对方的违约行为，最终达成协议，准备一起勇敢地冲上爱的战场，向法国女郎们求爱。

那瓦君臣分别给各自的情人送来了贵重的礼品和痴情的诗篇，却遭到她们的百般嘲笑。接着又扮成俄罗斯人，来到公主的大帐前，准备向他们所爱的人求爱，不想却被早有准备的法国姑娘们尽情奚落了一番，只得狼狈逃走。接着，那瓦君臣又以其本来面目来向法国美女们求婚。就在他们玩得开心之时，法国使者带来了公主的父亲去世的消息，她必须赶快回去，顿时欢乐的聚会蒙上了阴影。迫不得已，腓迪南国王这才代表自己和侍臣公开向公主及其侍女求婚，可是那些绅士还在为自己的毁誓而懊恼不已。法国公主和侍女们决定当晚回国。临行前，她们告诉那瓦君臣：若想赢得爱情，必须经受一年的考验。

【演出及改编】

图 1-12　第二幕第一场　法国公主的到来

（Thomas Stothard 绘制，约 18 世纪末—19 世纪初，皇家莎士比亚剧团收藏）

有关《爱的徒劳》演出的最早记录是 1597 年圣诞节在皇宫献给伊丽莎白女王的表演。第二次有记录的表演是 1605 年 1 月上旬，在南安普顿①伯爵的官邸。莎士比亚去世以后的首次已知的演出是 1839 年在卡文园的一个版本。

1985 年，英国出品了首部同名电影《爱的徒劳》。2000 年，有英国剧坛王子之称的肯尼思·布拉纳以歌舞剧的形式自编自导自演了影片《爱情急转弯》(或译作《空爱一场》)，该片上映后票房奇佳，但遭受了颇多影评人的批判。此外，该剧还以音乐、电视以及广播等多种形式在世界各地上演。

---

①　南安普敦(Southampton)，英国英格兰南岸的城市与大海港。地处英国南岸中心，港阔水深，有怀特岛为屏障，中世纪时就是重要港口。涨潮时间长，船只日有 7 小时可以进港。为英国重要的远洋贸易港，也是英国主要的客运港。有铁路和公路直通伦敦，起到了伦敦外港的作用。

【经典名段中英文对照赏析】

BEROWNE

Why, all delights are vain, but that most vain
Which, with pain purchased, doth inherit pain:
As, painfully to pore upon a book
To seek the light of truth, while truth the while
Doth falsely blind the eyesight of his look.
Light, seeking light, doth light of light beguile;
So ere you find where light in darkness lies,
Your light grows dark by losing of your eyes.

(Act 1, Scene 1, 72-79)

俾隆　一切愉快都是无聊；最大的无聊
却是为了无聊费尽辛劳。
你捧着一本书苦苦钻研，
为的是追寻真理的光明；真理却
虚伪地使你的眼睛失明。
这就叫作：本想找光明，反而失去了光明，
因为黑暗里的光明尚未发现，
你两眼的光明已经转为黑暗。

(第一幕第一场 72—79 行)

说明：国王的另一位侍臣俾隆(Berowne)的这番话难得在日常英语里出现，不过却值得大家牢记。“本想找光明，反而失去了光明”(“Light, seeking light, doth light of light beguile”)具备成为谚语的所有特质。荒唐的头韵和俾隆下意识的诡辩“论证”都使得这句话显得更加迷人。俾隆这番话的缘起，是那瓦国王签署了一个条令，要求签名的人三年之内都不得亲近女色，也不得享有所有其他“微不足道”的乐趣，比如一日三餐。国王的目的是建立一个“小研究院”(“little academe”，他仿效柏拉图，发明了“academe”这个词)；在这个学院里，他和他的同伴们将会虔诚地追求智慧，他们的名望也会因此传遍全球，永垂青史。俾隆的反对，尽管听起来有些牵强附会，却依然闪烁了一丝智慧的光芒。他争辩说，眼睛盯着书看太久了，是很痛苦的；为什么人们要抱着追求痛苦的想法去放弃快乐呢？读书让人眼盲："Light"(眼睛)因为"seeking light"(追求真理)，"doth light of light beguile"("反而失去了光明")。如果你认为可以在漆黑的书堆里找到"真理"，那要不了多久，你就会陷入失望透顶的绝境，因为失明会阻挠你与真理的亲密接触。

ARMADO　Chirrah!
HOLOFERNES　*Quare* 'chirrah', not 'sirrah'?
ARMADO　Men of peace, well encountered.
HOLOFERNES　Most military sir, salutation.
MOTH　[*to Costard*] They have been at a great feast of languages and stolen the scraps.
COSTARD　[*To Moth*] O, they have lived long on the alms-basket of words.

(Act 5, Scene 1, 31-38)

亚　马　多　崽子!
霍罗福尼斯　不曰小子而曰崽子，何哉?
亚　马　多　两位文士，幸会了。
霍罗福尼斯　最英勇的骑士，敬礼。
毛　　　子　(向考斯塔德旁白)他们刚从一场文字的盛宴上，偷了些吃剩的肉皮鱼骨回来。
考 斯 塔 德　(向毛子)啊！他们一向是靠着咬文嚼字过活的。

(第五幕第一场31—38行)

说明：塾师霍罗福尼斯(Holofernes)和喜欢吹牛的士兵唐·亚马多(Armado)正做着他们最爱的事——耍嘴皮子：他们曲解别人的言语，说起话来"咬文嚼字"——滥用古语和外来词。霍罗福尼斯把拉丁语("*Quare*"，意思是"为什么")和英语混到一起就是个典型的例子，亚马多也一样，他做作地把"和平之士"("men of peace")当作"平民"的委婉语。毛子(Moth)(亚马多的侍童)和考斯塔德(Costard)(一个乡下小丑)以常人的眼光来诊断这种语言疾病：书呆子和吹牛大王就像可怜的乞丐一样，从某个"文字的盛宴"("feast of languages")上偷了些残羹冷炙回来。他们七拼八凑的方言对话就像混为一谈的大杂烩，由各种不同的剩菜倒在一起。"Alms-basket"是用来为穷人募捐的篮子；亚马多和霍罗福尼斯长久以来一直都是花这个篮子里的钱，来维持他们无聊的对话。

【其他经典名句】

* Study is like the heaven's glorious sun
That will not be deep-searched with saucy looks;
Small have continual plodders ever won
Save base authority from others' books. (I. i. 84-87)
学问就像高悬中天的日轮，愚妄的肉眼不能测度它的高深；孜孜矻矻的腐儒白首穷年，还不是从前人书本里掇拾些片爪寸鳞？

* By heaven, I do love: and it hath taught
me to rhyme and to be melancholy. (IV. iii. 13-14)
天哪，我在恋爱，它已经教会我作诗，也教会我发愁。

* What fool is not so wise
To lose an oath to win a paradise? (IV. iii. 71)
谁会那样疯狂，不愿意牺牲一句话换取天堂！

* Never durst poet touch a pen to write
Until his ink were tempered with Love's sighs. (IV. iii. 320-321)
诗人不敢提笔抒写他的诗篇，除非他的墨水里调和着爱情的叹息。

* Mirth cannot move a soul in agony. (V. ii. 848)
谐谑不能感动一个痛苦的灵魂。

《一报还一报》
Measure for Measure

图 1-13 《克劳狄奥与伊莎贝拉》(William Holman Hunt 绘制，1850 年)

【导言】

《一报还一报》(又译《请君入瓮》《量罪记》)是莎士比亚创作生涯第二时期的作品，约写于 1604 年。最初往往将它归为喜剧，不过现代学者也倾向于把它视为莎士比亚的一部问题剧。这出戏于 1623 年首次发表在《第一对开本》中，而它首次有记载的表演则是在 1604 年。

这部戏的题材主要来源于英国剧作家乔治·维斯顿(George Whetstone)写于 1578 年的

长篇案头剧（closet drama）[1]《普洛莫斯和卡桑德拉》(*Promos and Cassandra*)。而维斯顿的故事则取自意大利作家辛西奥(Cinthio)的短篇小说《海卡托米蒂》(*Hecatommithi*)。此剧的标题也是剧中的一句台词，与《圣经·新约》的第一卷《马太福音》(*Matthew*)有关："For in the same way you judge others, you will be judged, and with the measure you use, it will be measured to you."(因为你们怎样论断人，也必怎样被论断。你们用什么量器量给人，别人也必用什么量器量给你们。)

这出戏论及怜悯、正义和真理以及它们与骄傲和谦卑之间的关系：有的人有罪却能飞黄腾达，有的人虽有美德却只得沉沦。该剧描写爱情与婚姻，但却突出了愚行和社会阴暗面，因而既与同期的悲剧有所呼应，又以喜剧性或辛辣的嘲讽对应着剧中浪漫的情调。

剧中的见习修女伊莎贝拉(Isabella)[2]无疑是莎士比亚着意刻画的新女性形象。她秀外慧中，勇于承担而又坚贞不屈，明辨是非而又仁慈宽容。她认为弟弟克劳狄奥(Claudio)与恋人朱丽叶(Juliet)之间是真诚相爱，虽然一时冲动发生了性爱行为，逾越了道德的边界，但却并不至于被判处死刑。为此她只身为狱中的弟弟四处奔走，向公爵的摄政安哲鲁(Angelo)乞求赦免弟弟的死刑，但并不屈服于这个暴君的淫威，而且敢于奋起反抗；虽然她不惧艰辛为弟弟鸣冤叫屈，但决不愿以自己的身体为交换条件来换回弟弟的自由；尽管她痛斥安哲鲁是个人面兽心的暴君，可在发现他有悔改之意后，又主动向公爵求情对他从轻发落。伊莎贝拉的这一系列行为正是她作为真善美的代言人的最好凭证。

公爵文森修(Vincentio)也是莎翁要特意赞扬的一个人物，是莎翁心目中理想贤明的统治者的化身。他无所不能，聪明绝顶，有条不紊地治理着城中的一切。他为人慷慨善良，时刻为子民着想。在臣子的眼中，他是个淡泊寡欲的君子，就连伊莎贝拉也赞扬他仁德无涯。他无疑是文艺复兴戏剧里标准的明君形象。尽管如此，不少评论家依然对这一人物颇有微词，认为他虽然言行与品德均表现出了公正严明的一面，但其实本质上与安哲鲁仍有相似之处：他最后略施技巧，让安哲鲁逃避惩罚便是最好的明证，也就是说，他还是逃不开官官相护的俗套；从另一个角度来讲，甚至可以说他是执法枉法的"伪善者"。但我们显然不可就此武断地认为公爵与伪君子安哲鲁是一丘之貉，这也明显不是莎翁的立意与主旨所在。

不少人认为《一报还一报》是莎士比亚最有深度的一部问题剧，因为他制造了一个难点，并寻找途径解决。然而，这里的难点是误解和隐蔽身份，而不在于该剧所涉及的实在的道德问题。没有哪一个角色最终站出来重新审视自己对自由、正义、性关系以及道德的认识。剧中悲剧成分与喜剧成分的恰当混合，增强了作品的艺术感染力。这个剧本是莎翁

---

① 案头剧，又称书斋剧、壁橱剧，意指只能够放在案头阅读而无法在舞台上演出的剧本文本创作。
② 本章采用通行译名"伊莎贝拉"，而非朱译"依莎贝拉"。

创作于第二个时期的作品，此时他对世界的看法不再达观明朗，由此反映在作品中就会不自觉地透露出一抹忧郁的色彩。整个剧作不再似前期的浪漫喜剧般轻松幽默，而是格调灰暗，气氛低沉，具体的表现就是：正义在淫威下难以伸张，而罪恶却在光天化日之下昂首挺胸，读后不再令人心旷神怡，而是令人义愤填膺。莎士比亚对新时代憧憬的热情，使我们明显感到，他对资本主义原始积累时期社会的丑恶面貌认识更深了，诉诸作品中的对现实的批判也势必更加犀利了。

【剧情简介】

图 1-14 《伊莎贝拉》(Francis William Topham 绘制，1888 年展出)

维也纳公爵文森修佯称外出，把政务委托给生活俭朴的安哲鲁来打理。公爵在执政期间对私通等婚外性行为并未执行严苛管制，而伪君子安哲鲁则欲对伤风败俗的行为实施严刑峻法。少年绅士克劳狄奥与朱丽叶订了婚，但由于婚礼推迟，导致两人结婚前朱丽叶就有了身孕。安哲鲁就此对克劳狄奥的行为予以严惩。尽管克劳狄奥与朱丽叶是真心相爱，但他还是被判处了死刑。克劳狄奥的朋友路西奥(Lucio)去找克劳狄奥的姐姐——见习修女伊莎贝拉，请她代替克劳狄奥向安哲鲁求情。伊莎贝拉受到了安哲鲁的接见，乞求他的怜悯。经过两个回合的交道，安哲鲁的心思已昭然若揭：他对伊莎贝拉的美貌早已垂涎欲滴，于是向她提出了一个交易——如果伊莎贝拉愿意委身于他，他就可以放克劳狄奥一条生路。伊莎贝拉拒绝了，但她也意识到，安哲鲁有着严峻俭朴的好名声，就算她对他进行公开的指控，恐怕也没人会相信她的一面之词。于是她去监狱看望弟弟，劝他做好死的准备。克劳狄奥苦苦哀求伊莎贝拉救他一命，但伊莎贝拉还是拒绝了。

公爵其实并未离开这个城市，而是乔装成一名教士留在城里明察暗访，尤其是要考察安哲鲁的摄政能力。他装扮成教士帮助伊莎贝拉想了两个点子来阻止安哲鲁的邪恶企图。首先是“床上计”。安哲鲁以前拒绝履行与玛利安娜(Mariana)的婚约，原因是玛利安娜的嫁妆在海上遗失了。伊莎贝拉于是递话给安哲鲁说，她决定委身于他，条件是要在完全漆黑与安静的环境下幽会才行。而事实却是，玛利安娜扮成伊莎贝拉，与安哲鲁发生性关系，只不过安哲鲁还自以为与他鱼水之欢的是伊莎贝拉。依照法律规定，他们之间的行为已经达成了实质性的婚姻关系。意想不到的是，安哲鲁违背了自己的诺言，放话到监狱里说，想要见到克劳狄奥的人头，这就促成了“人头计”的产生。起初公爵试图用另一个死刑犯的人头来替代克劳狄奥，但恶棍巴那丁(Barnardine)却拒绝在酗酒状态下接受刑罚。不过幸运的是，一名长得很像克劳狄奥的海盗刚刚死于热病，于是他的头就被送到了安哲鲁那里。

这条主线以公爵本人“回到”维也纳为终结。伊莎贝拉和玛利安娜正式向他请愿，对安哲鲁提起诉讼，而安哲鲁则圆滑地一一抵赖。随着事态的发展，罗多维克(Lodowick)教士似乎成了对安哲鲁实施“错误”指控的罪魁祸首。公爵让安哲鲁来担任审讯罗多维克的法官，自己则装扮成罗多维克的样子来接受传讯。最终，教士承认自己就是公爵，从而揭开了安哲鲁的骗子本质，而伊莎贝拉和玛利安娜说的才是真话。他严惩安哲鲁，其财产作为玛利安娜的新嫁妆归她所有，叫她给自己找一个比他更好的丈夫。可玛利安娜却请求放安哲鲁一条生路，还拉上伊莎贝拉一起求情，此时伊莎贝拉还不知道她的弟弟仍然活着。公爵见到有两个女人为安哲鲁求情，于是网开一面，但却迫使安哲鲁一定要与玛利安娜结婚。公爵接着就向伊莎贝拉求婚。伊莎贝拉没有给予答复，而有关她的反应则有多种解释，不过，她的默许是表演中一种最常见的演绎方式。此外，还有一条副线是关于克劳狄奥的朋友路西奥，他总是在教士面前说公爵的坏话，在最后一幕里，他又在公爵面前说教士的坏话，这给文森修这个角色带来了一些惊慌失措的喜剧效果。当公爵与教士合二为一时，路西奥也给自己招致不小的麻烦。他得到的惩罚和安哲鲁一样，那就是被迫和一名自己不喜欢的妓女结婚。

【演出及改编】

《一报还一报》虽不是莎翁最有代表性的作品，但其演出及改编却颇为壮观，影响也极为深远。

有关此剧最早有记录的表演是在 1604 年 12 月 26 日。在英国王朝复辟时期以及维多利亚时期，《一报还一报》均有多次演出记载，并且常与其他莎剧经改编后共同搬上舞台。此外，值得一提的还有，威廉·波尔(William Poel)分别于 1893 年和 1908 年执导《一报还一报》的演出，剧中他亲自上阵扮演安哲鲁，这两次演出均使用未经删节的莎翁原著，仅做了最低限度的修改。他使用没有背景的舞台，戏剧语言的传递快速而又富有音乐感，这为现代演出的快节奏和持续性设定了标准。波尔的作品也标志着制作人首次有意识地尝试从现代心理学和神学的角度来解读此剧的人物和所有信息。

图 1-15 《玛利安娜》(Valentine Cameron Prinsep 绘制，1888 年展出)

《一报还一报》较为知名的当代演出有：彼得·布鲁克(Peter Brook)1950 年在莎士比亚纪念堂剧院的演出；1976 年在纽约莎士比亚戏剧节上的演出，此次由奥斯卡影后梅丽尔·斯特里普(Meryl Streep)扮演伊莎贝拉；这出戏仅于 1973 年在百老汇有过一次演出；1993 年在纽约莎士比亚戏剧节上又再次上演了一个好莱坞明星版。

这部戏的电影改编并不是很多，较为知名的有：1979 年由 BBC 出品的电影被认为是最忠实于原著的改编，该剧曾作为 BBC 莎剧系列中的一部在美国 PBS① 播放；1994 年的电视改编版将整个剧情放在了现代；2006 年的一个版本则将这个故事放在了英国军队里。

① PBS，(美)公共广播公司(Public Broadcasting Service)，是美国的一家公共电视机构，提供给全美观众很多高质量的电视节目。

此外，德国作曲家理查德·瓦格纳(Richard Wagner)于1836年创作的歌剧《亲爱的禁令》(*Das Liebesverbot*)，由作曲家本人亲自撰写的脚本就是以《一报还一报》为基础的；2004年的音乐剧《亡命之计》(*Desperate Measures*)也同样取材于这部名著。

除此之外，《一报还一报》同样是不少其他艺术形式的灵感源泉：玛利安娜这个角色为英国作家丁尼生带来了灵感，他创作出了诗歌《玛利安娜》(*Mariana*)(1830)；本剧的故事情节令普希金受到启发并创作了诗体小说《安哲鲁》(*Angelo*)（1833)；托马斯·哈代的小说《丛林人》(*The Woodlanders*)则以公爵为原型。

中国对《一报还一报》的改编并不多见。1981年2月至4月，英国艺术家托比·罗伯森(Toby Robertson)一行来华访问，与北京人艺合作排演了《请君入瓮》，由他本人和英若诚共同导演，公演了47场，取得了一定的反响；2001年，越剧《案中案传奇》也是以《一报还一报》为蓝本改编的。

【经典名段中英文对照赏析】

ISABELLA

Merciful Heaven,
Thou rather with thy sharp and sulphurous bolt
Splits the unwedgeable and gnarled oak
Than the soft myrtle; but man, proud man,
Dress'd in a little brief authority,
Most ignorant of what he's most assur'd—
His glassy essence — like an angry ape
Plays such fantastic tricks before high heaven
As makes the angels weep; who, with our spleens,
Would all themselves laugh mortal.

(Act 2, Scene 2, 115-124)

伊莎贝拉 上天是慈悲的，
它宁愿把雷霆的火力，
去劈碎一株槎枒状硕的橡树，
却不去损坏柔弱的郁金香；可是骄傲的世人
掌握到暂时的权力，
却会忘记了自己

琉璃易碎的本来面目，像一头盛怒的猴子一样，
装扮出种种丑恶的怪相，使天上的神明们
因为怜悯他们的痴愚而流泪；其实诸神的脾气如果和我们一样，
他们笑也会笑死的。

（第二幕第二场 115—124 行）

说明：伊莎贝拉请求代理首席长官安哲鲁对她弟弟法外施恩——怜悯是上帝正义的精髓，因而凡人在伸张正义时，也应以此为准则。安哲鲁无情地回绝了她的请求，伊莎贝拉的情绪则越来越激动。她提出上天尚且有好生之德，以反衬安哲鲁的执法严苛与顽固不化。上天即使要下极刑，至少也只会处罚冥顽不化和冷酷无情的罪犯——它的惊雷只会劈倒槎枒状硕的橡树，而不是柔弱的郁金香。而安哲鲁得了一点点"暂时的权力"就狂妄自大，专横地发起威来，即使对柔弱如郁金香一般的伊莎贝拉的弟弟也不稍加宽容。妄自尊大的人忘了他的"如玻璃般易碎的本质"（"glassy essence"）——其灵魂之软弱，还有最终与造物主的约会——还会使天使哭泣。如果天使也有我们凡人的"脾气"（自以为是的个性），他们只会笑死。

【其他经典名句】

* Heaven doth with us as we with torches do,
Not light them for themselves. (I. i. 32-33)
上天生下我们，是要把我们当作火炬，不是照亮自己，而是普照世界。

* Our doubts are traitors,
And make us lose the good we oft might win
By fearing to attempt. (I. iv. 77-79)
疑惑足以败事，一个人往往因为遇事畏缩的缘故，失去了成功的机会。

* Some rise by sin, and some by virtue fall. (II. i. 38)
也有犯罪的人飞黄腾达，也有正直的人负冤含屈。

* Thieves for their robbery have authority,
When judges steal themselves. (II. ii. 176-177)
要是法官自己也偷窃人家的东西，那么盗贼是可以振振有词的。

* The weariest and most loathed worldly life
That age, ache, penury and imprisonment
Can lay on nature, is a paradise

To what we fear of death. (III. i. 128-131)

只要活在这世上，无论衰老、病痛、穷困和监禁给人怎样的烦恼苦难，比起死的恐怖来，也就像天堂一样幸福了。

* Virtue is bold, and goodness never fearful. (III. i. 207)

  有德必有勇，正直的人决不胆怯。

* O, What may man within him hide,

  Though angel on the outward side! (III. ii. 264-265)

  貌似正人君子，实乃羊皮虎质！

《威尼斯商人》
The Merchant of Venice

图 1-16　Herbert Beerbohm Tree 饰演的夏洛克(Charles Buchel 绘制，1914 年)

【导言】

《威尼斯商人》又名《威尼斯的犹太人》，可能写于 1596—1597 年，发表于 1600 年，正式首演于 1605 年 2 月 10 日。剧本的主题是歌颂仁爱、友谊和爱情，同时也反映了资本主义早期商业资产阶级与高利贷者之间的矛盾，表现了作者看待资产阶级社会中金钱、法律和宗教等问题的人文主义思想。

犹太人在逾越节(Passover)食用基督徒的肉，是中古世纪的传说。基督徒普遍相信犹太人曾加害耶稣基督。欧洲人一提起犹太人，就会联想到放高利贷。《圣经·旧约·申命记》(*Deuteronomy*)记载："借给外邦人可以获利，只是借给你弟兄不可取利。"犹太人可以放贷给基督徒，但基督徒是严禁放高利贷的。犹太人因放高利贷普遍遭到社会排斥，英王爱德华一世在位期间就曾下令将犹太人逐出英国。1509 年，康布雷联盟战争爆发，犹太人为逃难来到威尼斯，群居在一家旧式的铸造厂，这些犹太人被规定要穿着黄色衣服或帽子。1541年，威尼斯当局将犹太人安排在另一块聚居区，拥挤的建筑有些甚至有七层楼高。① 后来犹太人被准许成为威尼斯市民，并且可以从事贸易活动。早期欧洲的银行家几乎都是犹太人，居住于意大利北部伦巴底，英语的"bank"就是从意大利文的"*banci*"演变而来。从16世纪90年代末开始，英国社会的各种矛盾逐渐尖锐化起来：在农村，"圈地运动"在加速进行；在城市，资本主义手工工场的大量出现令手工业者和贫民的状况不断恶化。1594—1598年，连续发生涝灾和严寒，农业歉收，物价飞涨，农民和城市贫民纷纷起来反抗。这一时期，资产阶级的力量也更加强大，同王室的暂时联盟瓦解。莎士比亚开始认识到了他的人文主义理想和英国现实间的矛盾，因此在他1596年以后写的几部喜剧里，虽然基调还是愉快乐观的，但社会讽刺因素已有所增长。这时完成的《威尼斯商人》就是莎士比亚早期喜剧中最富有社会讽刺色彩的一部。

据称，《威尼斯商人》的创作灵感来源于意大利人 Ser Giovanni Fiorentino 的意大利故事集《大绵羊》(或译为《笨蛋》)(*Il Pecorone*)(1378年)；索求"一磅肉"的故事则取自1596年希尔维(Alexander Silvayn)出版的《雄辩家》(*The Orator*)；鲍西娅(Portia)择婿的方法，采自一部英国13世纪拉丁文小说集《罗马人的事迹》(*Gesta Romanorum*)；杰西卡(Jessica)私奔的情节出自意大利诗人 Masuccio di Salerno 的故事。而早在1589年，英国剧作家马洛就已经写过《马耳他的犹太人》(*The Jew of Malta*)的剧本。

《威尼斯商人》第四幕"法庭"一场戏是全剧的高潮。剧中情节线索到这里会合，主要人物全部登场；矛盾冲突双方正面交锋，决定了胜负；全剧的两个主要人物——夏洛克(Shylock)和鲍西娅，其形象以及全剧的主题思想在这一场都得到充分的表现。这场戏以鲍西娅上场为转机，分前后两半，前半场主要是夏洛克的戏，后半场主要是鲍西娅的戏。莎士比亚精心设计的这场戏，以其扣人心弦的情节，合情合理地展示了人物形象及矛盾冲突。马克思和恩格斯曾赞扬过莎士比亚戏剧情节的生动性和丰富性。从"法庭"一场来看，它写法庭审判，并没有曲折离奇的情节，但在莎士比亚的笔下，这场戏波澜起伏，引人入胜，有很强的艺术魅力。作者运用层层铺垫的手法，推波助澜，将矛盾的双方推向白热化，然后奇峰突起，使剧情急转直下。这种大开大合、曲折有致的情节安排，显示了莎士比亚杰出的戏剧才能。透过这个精彩的片段，我们可以窥视莎士比亚戏剧艺术世界无比壮观的动人景象。

在莎翁作品中，最能激发人们不断思辩论争的，除《哈姆雷特》外，就属《威尼斯商人》了，它的争议性几乎可比拟它受欢迎的程度。而其中的争议点主要有二。一是夏洛克作为一个反派犹太人，他到底是天性邪恶，抑或是被一再压迫歧视而疯狂的复仇？通过夏

① 当时威尼斯犹太人聚居区土地狭窄，因此人们被迫居住在高层楼房中。"ghetto"一词在威尼斯方言中意思为"铸造厂"，后来成了犹太区的代名词。

洛克一角，《威尼斯商人》这出戏剧传达的意涵，到底是反犹太人还是同情他们？第二点则是安东尼奥(Antonio)对巴萨尼奥(Bassanio)暧昧的情感，能让他立下人肉借约的，是否不只是友谊？

这部戏告诉我们：金钱固然重要，可是在这个世界上有许多远比金钱重要的东西，不要被表面的现象所迷惑；现实生活中，不能因为自己的优越而歧视任何人，要学会不用有色眼光去看待别人；同时，也要像鲍西娅一样聪慧，不被突如其来的困难所吓倒。

夏洛克一角成了唯利是图、冷酷无情的高利贷者的典型形象。不过他虽然是个守财奴，心胸狭窄、复仇心极重，一遇机会便要疯狂报复对他不利的人，非要置对手于死地不可，但他所受到的待遇其实是非常不公平的。莎士比亚在塑造这个角色的时候将所有邪恶的元素集于他一身，将他的阴险与狠毒描写得淋漓尽致。而安东尼奥却是完美的化身：他珍重友情，为了朋友向高利贷者借钱，并为此死而无怨；他宽宏大量，面对夏洛克的无耻阴谋，竟逆来顺受；面对死的威胁，他具有古罗马英雄那样临危不惧、视死如归的气概。总之，他身上有正派、重情、温文尔雅等人文主义者为之讴歌的品质。不过，安东尼奥只是用来衬托夏洛克的一个小小的角色。虽然莎士比亚讽刺的是犹太商人夏洛克，可是他同时也表现出了当时欧洲政府对犹太人的歧视和排斥。16世纪，即使在威尼斯这个欧洲最强大、最自由的国家，对犹太人的偏狭在当时也是个无法更改的事实。依据法律，犹太人被迫居住在围墙隔离的古老厂房或者贫民窟内，日落之后大门就会被锁上，由基督教徒来看守。白天任何犹太人离开贫民区都要带上一顶表明他们是“犹太人”身份的红帽子。犹太人禁止拥有财产，所以他们只能放高利贷，将钱借出收取利息，而这是违反基督教法律的。仇视犹太人的宗教狂热者会殴打、辱骂甚至剥夺犹太人生存的权利。这种种的不公平，正是造就夏洛克变态人格的主要原因。所以说，夏洛克是一个可悲的角色。他并不可恨，可恨的是当时的社会，正是社会造就了一个悲剧的夏洛克。

夏洛克虽然爱财爱得过分，倒并不太难理解；而安东尼奥则是太完美以至于不像是真的了。此君似乎完全没有自己的七情六欲，此生只为他人而生而死，以至于信奉基督教的读者喜欢把安东尼奥看成耶稣基督的化身。事实上，莎士比亚是给他放进了真情实感的，那就是安东尼奥对巴萨尼奥的爱——同性之爱。安东尼奥确实是个高尚的人，而且正是由于这份爱而显得更加高尚，因为他的全部行动都是为他所挚爱的人而做出的最直接的牺牲——帮他离开自己而去追求一个姑娘。很多读者可能会觉得这个解释难以接受，因为安东尼奥没有一句台词直接地说出过他对巴萨尼奥的爱。那是因为同性的感情在当时不能公开在舞台上展现，莎士比亚不得不把台词写得十分含蓄。其实这样的隐讳应该不难理解，历史上同性恋者和犹太人一样都是受歧视的对象，20世纪中期，犹太人成为纳粹政策的最大受害者，同性恋者和犹太人一起被纳粹归到“劣等人”一类。在文艺复兴时期的英国，犹太人基本上不存在，同性恋受到的极度鄙视比犹太人远更严重，同性恋者只能进行“地下活动”。对安东尼奥的传统解释是，他的爱只是朋友之爱，兄弟之爱，正是文艺复兴那些“大写的人”的人道精神的表现。然而，在那个同性恋不能公开的社会中，同性恋常常是以精神上的爱的形式出现的。表面上安东尼奥也是个只要精神之爱的高尚男子，但他并不是一个真正的文艺复兴人物的典范。他这样描述自己：“我是羊群里一头不中用的病羊，死是我的应分；最软弱的果子最先落到地上，让我就这样结束了我的一生吧。巴萨尼奥，我只要你活下去，将来替我写一篇墓志铭，那你就是做了再好不过的事。”(第四幕第一场)活脱脱一个害了相思病的男子，哪有一点文艺复兴的气概？一点也看不出他是个指挥着远洋船队的威尼斯大商人。与其说这是个胸怀宽广、博爱众生的“大写的人”，不如说是个被无望又无助的单相思害苦了的可怜的人。但有一点是可以肯定的，莎士比亚绝没有因为安东尼奥对巴萨尼奥的爱而瞧不起他。虽然他的形象远不如鲍西娅光彩可爱，也比不过夏洛克的厚实和鲜明，这毕竟是个令人同情的有深度的角色，而其深度主要来自他对巴萨尼奥的极其微妙的爱。诚然，莎士比亚并没有像许多西方当代剧作家一样在剧中公开宣扬同性恋，但也绝没有嘲笑。《威尼斯商人》对安东尼奥欲言又止的相思病态的描写可以说是相当客观的，而这也是一种正常的人生。

【剧情简介】

图 1-17 《夏洛克和杰西卡》(Maurycy Gottlieb 绘制，1876 年)

贝尔蒙特：鲍西娅，一个富人的女儿，按照她父亲的遗嘱，得到了三个盒子——一个金盒子，一个银盒子，还有一个铅盒子。其中一个盒子里面装着她的画像，如果哪个男人选择了正确的盒子，那么她将嫁给那个男人。于是，求婚者从四面八方云集到这儿，都希望能得到她……

威尼斯：镇上有一个年轻人名叫巴萨尼奥，他下定决心要赢得鲍西娅。但是，为了达到自己的愿望，他需要 3000 达克特，这可是一大笔钱。于是，他向好友——富商安东尼奥求助，希望安东尼奥能借给他这笔钱。然而，由于在海上投入的钱还没收回，安东尼奥手头上暂时也无法拿出这么多钱。于是他被迫向另外一个富有的犹太放债人夏洛克借这笔钱。

安东尼奥和夏洛克都不喜欢对方：对于安东尼奥来说，他看不起放高利贷的；另一方面，他不喜欢夏洛克也因为夏洛克是犹太人。对于夏洛克来说，安东尼奥借钱给人从不收利息，这样就损害了他的利益。尽管如此，在这种情况下，夏洛克还是同意借钱给安东尼奥，而且也不收他的利息，但是夏洛克提出了一个奇怪的要求：如果安东尼奥拖欠还款的话，他将会从安东尼奥身上割下一磅肉。

巴萨尼奥去了贝尔蒙特，他选择了正确的盒子——铅匣，也就是装有伊人肖像的匣子，他赢得了鲍西娅。鲍西娅送给他一枚戒指，巴萨尼奥发誓将永远把这枚戒指戴着。与此同时，鲍西娅的女仆娜瑞萨（Nerissa）也接受了葛莱西安诺（Gratiano）的求婚，将自己的戒指也送给了他。

夏洛克的女儿杰西卡同爱人克里斯汀·罗兰佐（Lorenzo）私奔了，并且偷走了她父亲的钱和珠宝，而夏洛克也因为失去自己的女儿和钱财心情烦乱。当他得知安东尼奥在海上的投资全部丧失的消息之后，他决定向安东尼奥讨回借款。

在法庭上，夏洛克要求履行他和安东尼奥的约定。鲍西娅和娜瑞萨假扮律师，为安东尼奥辩论，夏洛克的计划没有达成。鲍西娅同意夏洛克按照契约规定割下安东尼奥的一磅肉，但是割这一磅肉必须严格按照契约执行，就是不能多割也不能少割，不能流一滴血，也不能因此伤害安东尼奥的性命。夏洛克无法做到，只好认输。这样，鲍西娅巧妙地挽救了安东尼奥的性命。同时，为了证明自己爱人是否专心，她要求自己的丈夫交出戒指作为偿还。最后，真相大白，安东尼奥重新得到了自己的财产。

【演出及改编】

有关《威尼斯商人》最早的演出记载是 1605 年春在詹姆士国王宫廷里的表演，但之后 17 世纪的演出就再无任何记载了。

而现当代则有 10 多部影视作品以此为题材的来源，从 1908 年开始分别由美国、意大利、法国、英国、卢森堡等欧美国家反复采用这一母题来进行创作，值得一提的是：1914年由露易丝·韦伯(Lois Weber)执导的无声电影，她本人则亲自扮演鲍西娅，露易丝也因此而成为首个执导完整故事片的美国女性；1973年英国拍摄的同名电视电影可谓阵容强大，由莎剧表演大师劳伦斯·奥利弗扮演夏洛克，之后因塑造大侦探福尔摩斯而一举成名的杰瑞米·布雷特(Jeremy Brett)扮演巴萨尼奥，伦敦戏剧学院奖最佳女主角琼·普莱怀特(Joan Plowright)扮演鲍西娅；2004年由美国、意大利、卢森堡和英国共同拍摄的《威尼斯商人》由迈克尔·雷德福(Michael Radford)导演，奥斯卡影帝艾尔·帕西诺(Al Pacino)扮演夏洛克，另一位影帝杰瑞米·爱因斯(Jeremy Irons)饰安东尼奥，引起巨大反响。

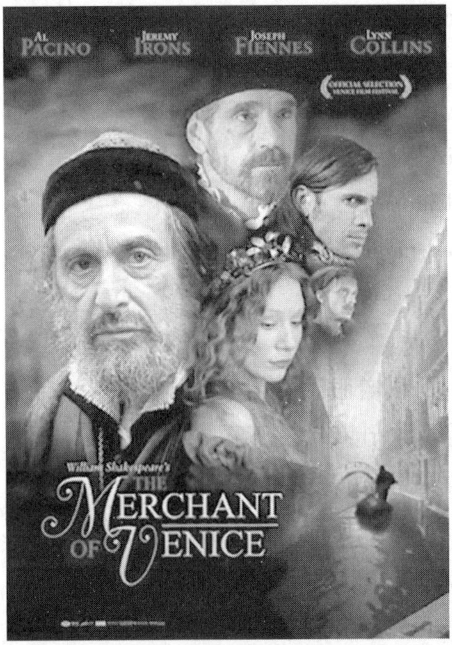

图1-18　2004年美国电影《威尼斯商人》海报

此外值得一提的改编形式还有：1902年，上海圣约翰大学外语系毕业班学生用英语演出《威尼斯商人》，这是莎士比亚戏剧在中国的首次上演；1913年初，上海城东女子中学演出由包笑天根据《威尼斯商人》改编的《女律师》，全部由女子反串男角，这是中国人用汉语演出的第一部莎剧；1933年，由著名粤剧表演艺术家马师曾主演粤剧《一磅肉》；1952年，粤剧《一磅肉》得以重新改编，由粤剧名伶红线女(马师曾的夫人)扮演鲍西娅；1983年10月，广州实验粤剧团公演粤剧《天之骄女》；1987年，湖南省湘剧院演出湘剧《巧断人肉案》；1989年的庐剧《奇债情缘》；2002年由大风音乐剧团改编的《威尼斯商人》音乐剧，于国家大剧院首演；2002年，英国皇家莎士比亚剧团(Royal Shakespeare Theatre)

赴北京演出《威尼斯商人》，反响热烈，票房破 40 万人民币；2007 年的新版粤剧《豪门千金》；2009 年，中国台湾豫剧团改编《威尼斯商人》为豫剧，并受“莎士比亚学术双年会”之邀前往英国演出。

【经典名段中英文对照赏析】

ARRAGON　What's here? the portrait of a blinking idiot,
Presenting me a schedule! I will read it.
How much unlike art thou to Portia!
How much unlike my hopes and my deservings!
Who chooseth me shall have as much as he deserves!
Did I deserve no more than a fool's head?
Is that my prize? Are my deserts no better?
PORTIA　To offend and judge are distinct offices
And of opposed natures.

(Act 2, Scene 9, 54-62)

阿拉贡亲王　这是什么？一个眯着眼睛的傻瓜的画像，
上面还写着字句！让我读一下看。
唉！你跟鲍西娅相去得多么远！
你跟我的希望，跟我所应得的东西又相去得多么远！
“谁选择了我，将要得到他所应得的东西。”
难道我只应该得到一副傻瓜的嘴脸吗？
那便是我的奖品吗？我不该得到好一点的东西吗？
鲍　西　娅　毁谤和评判，是两件作用不同、
性质相反的事。

(第二幕第九场 54—62 行)

说明：傲慢的阿拉贡亲王根据箴言“谁选择了我，将要得到他所应得的东西”，选择了银盒子，发现里面不是鲍西娅的画像，而是“一个眯着眼睛的傻瓜”，一个“笨蛋的脑袋”或是一个呆子。他极力辩解，认为自己理应得到比这更好的东西，鲍西娅则尖锐地回答说他并未对自己本人做出正确的评判。

“blinking”在此可以理解为“眨眼睛”，但是所谓的“眨眼睛”的动作在画像上是表现不

出来的。画上的白痴一定是斜着眼睛，或者两眼一张一合。无论是哪种情况，可以肯定的是，这幅画影射了阿拉贡亲王这个蠢材洞察力差的特点。

SHYLOCK

I am a Jew. Hath not a Jew eyes?
hath not a Jew hands, organs, dimensions, senses,
affections, passions? fed with the same food, hurt with
the same weapons, subject to the same diseases, healed
by the same means, warmed and cooled by the same
winter and summer, as a Christian is? If you prick us
do we not bleed? If you tickle us, do we not laugh? If
you poison us, do we not die? And if you wrong us shall
we not revenge? — If we are like you in the rest, we will
resemble you in that.

(Act 3, Scene 1, 58-68)

夏洛克 只因为我是一个犹太人。难道犹太人没有眼睛吗？难道犹太人没有五官四肢、没有知觉、没有感情、没有血气吗？他不是吃着同样的食物，同样的武器可以伤害他，同样的医药可以疗治他，冬天同样会冷，夏天同样会热，就像一个基督徒一样吗？你们要是用刀剑刺我们，我们不是也会出血的吗？你们要是搔我们的痒，我们不是也会笑起来的吗？你们要是用毒药谋害我们，我们不是也会死的吗？那么要是你们欺侮了我们，我们难道不会复仇吗？要是在别的地方我们都跟你们一样，那么在这一点上也是彼此相同的。

(第三幕第一场 58—68 行)

说明：夏洛克的女儿和一个基督徒私奔，还偷走了他的一些金币，这时候他又要面对另外两个基督徒的嘲讽。他们嘲笑完夏洛克之后，问他要是安东尼奥拖欠借款，他是否真的打算从安东尼奥身上割一磅肉。夏洛克坦言他绝对是认真的，尤其是近来不断遭受基督徒的凌辱，更坚定了他的决心。“难道犹太人没有眼睛吗？”(“Hath not a Jew eyes?”)他巧妙地反问；犹太人也和基督徒一样，会受苦、流血和死亡，也一样有复仇的冲动。这部戏里的所有基督徒都一致认为他们比犹太民族要高贵，然而夏洛克却坚称他们并不比犹太人纯净，犹太人也不比基督徒缺乏人性。尽管夏洛克在本剧里是个彻头彻尾的坏蛋，他的这番话里却不无感伤。也许可以这么说：在这出戏演完之前，夏洛克和基督徒们都得好好学学仁慈和谦卑。

PORTIA　You stand within his danger, do you not?
ANTONIO　Ay, so he says.
PORTIA　Do you confess the bond?
ANTONIO　I do.
PORTIA　Then must the Jew be merciful.
SHYLOCK　On what compulsion must I? tell me that.
PORTIA　The quality of mercy is not strain'd,
It droppeth as the gentle rain from heaven
Upon the place beneath: It is twice blest,
It blesseth him that gives, and him that takes.

(Act 4, Scene 1, 178-185)

鲍西娅　你的生死现在操在他的手里，是不是？
安东尼奥　他是这样说的。
鲍西娅　你承认这借约吗？
安东尼奥　我承认。
鲍西娅　那么犹太人应该慈悲一点。
夏洛克　为什么我应该慈悲一点？把您的理由告诉我。
鲍西娅　慈悲不是出于勉强，
它是像甘霖一样从天上
降下尘世；它不但
给幸福于受施的人，也同样给幸福于施与的人。

（第四幕第一场 178—185 行）

说明：鲍西娅乔装成一位法学博士来拯救安东尼奥，她认定案件事实之后，一开始并没有诉诸法律细节——这是唯一可以逼迫夏洛克做出让步的方法——而是说了一番基督教的教义。当夏洛克质问为什么他“应该”（“must”）慈悲时，鲍西娅回答说慈悲的精神刚好和强迫背道而驰，是没有强制性的（“strain'd”）。正是因为慈悲是自愿的——因为它缓和了法律的强迫性——才谈得上是真慈悲，它像甘霖一样从天而降，是一种自然而又高尚的品质，与法律无关。鲍西娅把基督教的道德规范看作自然而又普遍的品质，反过来又让人对她给予犹太人的同情心的诚意产生了质疑。全剧结束时，好在有安东尼奥为夏洛克求情，夏洛克才免遭彻底破产的噩运，而条件则是他必须改信基督教。

【其他经典名句】

* If to do were as easy as to know what were good
  to do, Chapels had been churches, and poor men's
  cottages princes' palaces. (I. ii. 12-14)
  倘使做一件事情就跟知道应该做什么事情一样容易，那么小教堂都要变成大礼拜堂，穷人的草屋都要变成王侯的宫殿了。
* The brain may
  devise laws for the blood, but a hot temper leaps o'er a
  cold decree. (I. ii. 17-19)
  理智可以制定法律来约束感情，可是热情激动起来，就会把冷酷的法令蔑弃不顾。
* The Devil can cite Scripture for his purpose. (I. iii. 96)
  魔鬼也会引证《圣经》来替自己辩护哩。
* If thou wilt lend this money, lend it not
  As to thy friends; for when did friendship take
  A breed for barren metal of his friend?
  But lend it rather to thine enemy,
  Who if he break, thou may'st with better face
  Exact the penalty. (I. iii. 130-135)
  要是你愿意把这钱借给我，不要把它当作借给你的朋友——哪有朋友之间通融几个钱也要斤斤较量地计算利息的道理？——你就把它当作借给你的仇人吧；倘使我失了信用，你尽管拉下脸来照约处罚就是了。
* It is a wise father that
  knows his own child. (II. ii. 73-74)
  只有聪明的父亲才会知道自己的儿子。
* Lovers ever run before the clock. (II. vi. 4)
  恋人们总是赶在时钟的前面的。
* But love is blind and lovers cannot see
  The pretty follies that themselves commit. (II. vi. 36-37)
  可是恋爱是盲目的，恋人们瞧不见他们自己所干的傻事。
* Hanging and wiving goes by destiny. (II. ix. 83)

上吊娶媳妇，都是命中注定的天数。

* There is no vice so simple but assumes
Some mark of virtue on his outward parts. (III. ii. 81-82)
任何彰明昭著的罪恶，都可以在外表上装出一副道貌岸然的样子。

* Some men there are love not a gaping pig!
Some that are mad if they behold a cat!
And others, when the bagpipe sings i' th' nose,
Cannot contain their urine. (IV. i. 47-50)
有的人不爱看张开嘴的猪，有的人瞧见一只猫就要发脾气，还有人听见人家吹风笛的声音，就忍不住要小便。

* In the course of justice, none of us
Should see salvation. (IV. i. 197-198)
要是真的按照公道执行起赏罚来，谁也没有死后得救的希望。

* He is well paid that is well satisfied. (IV. i. 413)
一个人做了心安理得的事，就是得到了最大的酬报。

* The man that hath no music in himself,
Nor is not moved with concord of sweet sounds,
Is fit for treasons, stratagems, and spoils. (V. i. 83-85)
灵魂里没有音乐，或是听了甜蜜和谐的乐声而不会感动的人，都是擅于为非作恶、使奸弄诈的。

* How far that little candle throws his beams!
So shines a good deed in a naughty world. (V. i. 90-91)
一支小小的蜡烛，它的光照耀得多么远！一件善事也正像这支蜡烛一样，在这罪恶的世界上发出广袤的光辉。

* The crow doth sing as sweetly as the lark,
When neither is attended. (V. i. 102-103)
如果没有人欣赏，乌鸦的歌声也就和云雀一样。

* How many things by season, season'd are
To their right praise and true perfection! (V. i. 107-108)
多少事情因为逢到有利的环境，才能够达到尽善的境界，博得一声恰当的赞赏！

* A light wife doth make a heavy husband. (V. i. 130)
一个轻浮的妻子，是会使丈夫的心头沉重的。

《温莎的风流娘儿们》
The Merry Wives of Windsor

图 1-19　约翰·福斯塔夫爵士正欲向年轻貌美的福德太太大献殷勤(George Clint 绘制，1830—1831 年)

【导言】

《温莎的风流娘儿们》是一部以情节取胜的风俗喜剧。该剧约写于 1597 年，出版于 1602 年。以胖爵士约翰·福斯塔夫(Sir John Falstaff)为中心人物的这部戏，是莎士比亚唯一一部着重描写英国伊丽莎白时代中产阶级生活的戏。

提起《温莎的风流娘儿们》，就会想起英国作家詹妮弗·巴斯特(Jennifer Bassett)写下的一段掌故：莎士比亚创作的《亨利四世》，一度成为伦敦最受欢迎的作品，街头巷尾到处流传着关于剧中人福斯塔夫的种种笑料。女王看过戏后，传令召见莎士比亚。她认为，剧中的约翰·福斯塔夫非常滑稽、诙谐，不少英国人身上都有他的影子。于是便请他再续写一部喜剧，想看看福斯塔夫是如何谈情说爱的。莎士比亚奉旨用了两个星期就把剧本赶写了出来，《温莎的风流娘儿们》就这样诞生了。①

全剧以英格兰农村为背景，以家庭为主要场面，以平民为主要人物，弥漫着一种清新活泼的乐观气氛，现实意味颇强。主题则包括：爱情与婚姻，妒忌与报复，阶级与财富等诸多方面。莎士比亚运用了反讽、性暗示、讽刺以及对阶级和民族的各种陈套观念来表现上述主题，令这部戏的现实感超越了他本人同时期的其他所有作品。

本剧从英国中产阶级的阶级偏见来展开剧情。下层阶级的代表人物是巴道夫(Bardolph)、尼姆(Nym)以及毕斯托尔(Pistol)等人，他们都是福斯塔夫的随从；而上层社会的代表人物则是约翰·福斯塔夫爵士和少年绅士范顿(Fenton)。在这部戏里，莎士比亚让上层人物时不时操着拉丁语以示自己的身份，而下层人物则用些有语法错误的英语来表现自己的无知，再现了这个时代人们的生活态度和阶级差别。毋庸置疑，剧中许多喜剧效果就是来源于人物之间的误会和误解。

另一个贯穿全剧的颇具伊丽莎白时代特色的主题就是女人给男人戴绿帽子。当时的人们认为女人对丈夫不忠的剧情构思绝对算得上滑稽取闹，他们甚至想当然地会觉得，男人一旦结了婚，他的妻子就会背叛他。据说被戴绿帽子的丈夫是会"头上长角"的，于是在表演的过程中，无论是多么转弯抹角地提到角或是长角的动物，都会轻而易举地博得满堂喝彩。

多数评论家认为，《温莎的风流娘儿们》在莎士比亚作品中，品质稍逊一筹，剧中的福斯塔夫远不如《亨利四世》(上)(下)中刻画得那么丰满可爱。对此最可信的解释大概是，这部戏是临时赶写出来的。据说莎士比亚是奉伊丽莎白一世的旨意来写的这部戏，为了迎合女王，全剧充满了强大的女性角色，且围绕福斯塔夫的灾祸展开的一系列闹剧也就不难理解了。

尽管福斯塔夫这个人物跟过去相比，失去了机智和风趣，显得比较单薄，但就喜剧整体结构而论，他仍然不失为一个举足轻重的成功的艺术形象，甚至说他是莎翁创造的最精彩的人物形象之一也毫不为过。如今，福斯塔夫已成为戏剧舞台上愚蠢、自私、狡诈、道德不修的标志性人物。他虽属上层社会，但全剧开场时，他已经穷困潦倒，沦落为一个破落的骑士。然而他却依旧改不了旧贵族的劣根性，尽管一贫如洗，却还是好吃懒做，贪图享受，只得凭借过时的骑士封号到处行骗，把恋爱当作夺取当时的资产阶级新贵福德(Ford)和培琪(Page)的财富的手段。不难看出，他之所以拼命追求福德夫人和培琪夫人，无非就是为了捞钱。

全剧有三条平行线索：一是破落骑士福斯塔夫的冒险行为和经历；二是培琪绅士的女

① Bassett, Jennifer. *William Shakespeare—With Audio Level 2 Oxford Bookworms Library*. Oxford: Oxford University Press, 2014, Chapter 7 "Kings, Queens and Princes".

儿安(Anne)的婚事；三是由安的婚事而引起的法国医生卡厄斯(Caius)和威尔士籍牧师爱文斯(Evans)两人间的争执。几条线索的处理从容不迫，嘲谑戏弄中人物的思想张力贯穿始终：其中三戏福德夫人是体现福斯塔夫没落贵族代表本质的“戏眼”。福斯塔夫去调戏妇人，想不到却被妇人捉弄。他先是钻进洗衣篓挨骂，紧接着赴福德夫人的约会，正赶上吃醋的福德回来抓奸，他被迫扮成老巫婆，挨了顿痛打。第三次半夜在林苑里，福斯塔夫顶着公鹿头，装扮成猎人赫恩(Herne)，① 结果遭到“精灵”的捉弄，差点被蜡烛火烫死。三次戏弄，一次比一次富有喜剧效果，福斯塔夫迫于金钱诱惑、沉湎情色的末代贵族的丑恶面孔暴露无遗。

相比而言，剧中的福德夫人和培琪夫人则是莎翁着意歌颂的对象：她们性格开朗、乐观而又严于律己、毫不轻佻；她们勇于捍卫女性的尊严，胸中洋溢着高贵而又豁达的情怀。她们是真正值得歌颂的乐观的人文主义者，说她们“风流”，倒不如说她们是“风流人物”。她们在剧中设置了一个又一个奇妙的圈套，抗击了男权社会对女性的双重侮辱与迫害：一是福斯塔夫之流的恶行邪念，二是福德这种丈夫的多疑猜忌。她们的胜利正是人文主义者对旧的封建势力的胜利，也是惩恶扬善、善必胜恶的胜利。

从福斯塔夫到福德夫人和培琪夫人，再到颇具代表性的温莎小镇的市民生活以及自然环境的绘声绘色的描述，莎士比亚向我们展现了一副栩栩如生的英国小镇的全貌。难怪恩格斯在1873年12月10日致马克思的信中说：“单是《(温莎的)风流娘儿们》的第一幕就比全部德国文学包含着更多的生活气息和现实性。”②

【剧情简介】

已婚妇女福德夫人和培琪夫人发现她们两人同时收到破落贵族福斯塔夫的情书。她们决定要好好教训他一下，让他以后不敢再来骚扰。她两人于是就商量计策去了。培琪先生的女儿安已到了适婚年龄，三位先生欲得其芳心。卡厄斯医生，一位浮夸的法国人，却很得培琪夫人的喜欢；培琪先生则看上了腼腆的斯兰德(Slender)，此人是乡村法官夏禄(Shallow)的侄儿；而安则对清贫的范顿情有独钟。

福德夫人故意装作邀请福斯塔夫来跟自己幽会，福斯塔夫一上场就动手动脚。就在这时培琪夫人在约好的时间上门，告诉福德夫人，她那多疑的丈夫正要回来捉奸。

① 因为文艺复兴时期将“男人头上长角”视作“妻子与别人有染”，类似于中国文化中的“戴绿帽子”，因此在游行或其他节日庆典中，男人都不愿意扮演鹿、牛等头上有角的动物；由于猎人也经常在头上装饰树枝等像角一样的东西来隐藏自己，故也没有人愿意扮演。此处可以看出福斯塔夫被他人强行装扮成猎人模样是受到了戏弄。

② 转引自孙家琇：《马克思　恩格斯和莎士比亚戏剧》，中国戏剧出版社，1981年版，第15页。

这么一来，那位身材臃肿的老骑士就被硬逼到洗衣篮子里躲了起来。但他很快就被连人带衣服扔到水沟里去了。福德先生找遍全屋，都没有找到证据，只好承认自己妻子的清白。

图 1-20　福斯塔夫被福德太太和培琪太太装进洗衣篓(Henry Fuseli 绘制，1792 年)

在酒店里，福斯塔夫从刚才那场“沐浴”中回来，还唱起粗野的饮酒歌。信使又带给他一封信，信中福德夫人提议再来一次幽会。福德先生乔装改扮，换了一套衣服，和福斯塔夫谈到后者的艳遇。福斯塔夫毫不知情，只顾吹牛，说自己和福德夫人这样那样，激得福德先生大怒。福斯塔夫又一次大胆与福德夫人约会，又是培琪夫人回来拉警报说福德先生回来。这次胖骑士只能穿上女士服扮福德最痛恨的巫婆。福德先生又一次无功而返，但他临走的时候把那胖婆子扔到屋外面去了。

福德先生和培琪先生最后还是成了两位女士的同谋，他们四人算计着给福斯塔夫来一次最终打击，在温莎的森林里再次举办化装舞会，他们要让老骑士出尽洋相。培琪夫妇还各有自己的算盘，他俩都准备在舞会中把自己的女儿交给自己中意的贤婿。但女儿安却和范顿约好，夜里在森林里面相会。一轮明月照耀着夜空，舞会开始。福斯塔夫先是被两位女士吸引住了，但很快就被一群鬼魂、精灵和昆虫打扮的人吓着了。摘下面具后，人人都嘲笑福斯塔夫。这时安和范顿出来了，在森林乐队的伴奏下两人互表心意。在欢乐的音乐声中大家互相谅解，共同庆贺这一对璧人喜结良缘。

【演出及改编】

图 1-21　武汉话剧院演出的《温莎的风流娘儿们》片段

《温莎的风流娘儿们》是 1660 年戏院重新开张①后首轮上演的莎剧之一。国王供奉剧团曾于 1660 年 12 月 6 日演出过这部戏，之后又相继于 1661 年和 1667 年上演过此戏。

之后这部戏以多种艺术形式搬上了舞台：1799 年，喜歌剧《福斯塔夫》上演；1924—1928 年，英国作曲家 Ralph Vaughan Williams 写了歌剧《恋爱中的约翰爵士》(*Sir John in Love*)，也是取材于这部戏。1849 年 3 月 9 日在柏林皇家歌剧院首演，由作曲家奥托·尼古拉(Carl Otto Nicolai)本人担任指挥的三幕幻想喜歌剧《温莎的快乐妻子们》(另译作《乐天的妻子》)堪称经典，这部歌剧也是其德语歌剧的最成功之作。歌剧的序曲生动活泼，轻松优美，深受喜爱，经常被独立出来在音乐会上单独演奏。当初就连找一个让几位“娘儿们”安心表演的场地都成问题，但歌剧一上演旋即获得巨大成功，直至今天仍然是受观众喜爱的曲目。虽然剧本和布景现在看来显得过时，但是就凭优美的音乐，这部歌剧就能一直上演下去。此外，威尔第也就同样的题材创作了歌剧《福斯塔夫》。

1979 年和 1982 年，美国与英国相继拍摄了同名电影《温莎的风流娘儿们》；1986 年 4 月 13 日晚，中央实验话剧院的《温莎的风流娘儿们》在首都剧场首演；1987 年前后，有汕头市潮剧团演出的潮剧以及由侯穗珠主创的东江戏先后上演；此外，武汉话剧院演出的《温莎的风流娘儿们》亦是舞台上的经典保留节目。

① 1642—1660 年，英国教会为了奉行严肃教规，一度关闭了各大剧院。

【经典名段中英文对照赏析】

FORD　Where had you this pretty weather-cock?

MISTRESS PAGE　I cannot tell what the dickens his name
is my husband had him of. — What do you call your
knight's name, sirrah?

ROBIN　Sir John Falstaff.

FORD　Sir John Falstaff!

(Act 3, Scene 2, 16-21)

福　　德　您这个可爱的小鬼头是哪儿来的?

培琪大娘　我总记不起把他送给我丈夫的那个人叫什么去他的名字。喂，你说你那个骑士姓甚名谁?

罗　　宾　约翰·福斯塔夫爵士。

福　　德　约翰·福斯塔夫爵士!

(第三幕第二场 16—21 行)

说明："What the dickens!"这句咒骂是针对撒旦的有感而发。"Dickens"是英国常见的姓氏狄更斯，或者衍生自"Dickin"的人名"Dick"的昵称。把"What the devil!"(去他的鬼!)这句咒骂里的"devil"(魔鬼)美化成这个姓氏，无关乎是否有个爱搞鬼的狄更斯先生。就像另一个拿来替换"devil"的字"deuce"("What the deuce!")，其原因应该离不了谐音，还有换字带来的趣味。现代或文艺复兴时期的英语，还有许多例子可佐证——比如拿"marry"(结婚)来换"Mary"(圣母玛利亚)，或是拿"gosh"(惊叹语)来换"God"(上帝)。

福德老爷在这里误入了她太太与培琪夫人设下的精密计划，她们本想用计打消福斯塔夫的求色。福德真的以为福斯塔夫能让他太太上钩——如果还没上成的话——因此看到福斯塔夫与太太的手帕交有默契的迹象就紧张起来了。福斯塔夫的随从罗宾(Robin)也成为培琪家中的一分子，这让福德迟疑不决了起来。

FALSTAFF　I will not lend thee a penny.

PISTOL　Why, then the world's mine oyster,
Which I with sword will open.

FALSTAFF　Not a penny.

(Act 2, Scene 2, 1-4)

福斯塔夫　我一个子儿也不借给你。

毕斯托尔　世界不过是我手中的牡蛎，
我用剑就可以撬开。

福斯塔夫　一个子儿也别想。

(第二幕第二场 1—4 行)

说明：今天大家夸口"世界不过是我手中的牡蛎"，是说世上的财富可以让你好整以暇，撬壳可取。福斯塔夫的跟班毕斯托尔是个吹牛大王，他说这句话却是有威胁的意味——他向来以这类咄咄逼人的夸大口吻而出名。约翰·福斯塔夫爵士，本身的吹牛功夫与毕斯托尔也算旗鼓相当，偏偏一个子儿也不借给他；毕斯托尔保证他会用剑，如果不用在福斯塔夫身上，也会指向其他无助的受害者，来撬开他们的荷包。如今，毕斯托尔的蛮横企图已被人们所淡忘，而"世界不过是我手中的牡蛎"一语则成了自大的投机宣言。

【其他经典名句】

* This is the short and the long of it. (II. ii. 56)
干脆一句话。
* There is money: spend it, spend it, spend more;
spend all I have. (II. ii. 221-222)
我这儿有的是钱，您尽管用吧，把我的钱全用完了都可以。
* As good luck would have it. (III. v. 77)
总算我命中有救。
* They say there is divinity in odd
numbers, either in nativity, chance, or death. (V. i. 3-4)
人家说单数是用来占卜生、死、机缘的。

《仲夏夜之梦》
A Midsummer Night's Dream

图 1-22 《仙王和仙后的争执》(Joseph Noel Paton 绘制，1849 年)

【导言】

《仲夏夜之梦》，一个如梦如幻的名字，是莎士比亚青春时代最后一部也是最为成熟的喜剧作品，同时也是他最著名的浪漫喜剧之一。该剧据说写于 1595—1596 年，讲述了有情人终成眷属的爱情故事。此剧在世界文学史，特别是戏剧史上影响巨大，后人将其改编成电影、故事、游戏、绘画等多种艺术形式。整部戏剧情调轻松，总体来说就是一个“乱点鸳鸯谱”的故事。剧中又穿插了小闹剧当作笑料，即众工匠为婚礼所排的“风马牛不相及”的喜剧以及排戏经过。这部戏剧没有什么深远的社会意义与内涵。它所包含的只是纯净的快乐，仿佛是一部戏剧的狂欢，中间也掠过一丝爱情所固有的烦恼，但亦是加以欢乐化、喜剧化的。

全剧故事轻快、文辞艳丽、人物设置匀称整齐，但结尾处的祝词不免有曲意迎合之意，不少研究者怀疑它是为某位贵人的婚礼而特制的。但至今还没有发现任何史实能证明这一揣测。不过，这部戏的确带有十分浓重的宫廷假面剧的气息。当然，它的形式也受到了民间仲夏节①和五硕节②庆祝活动的影响。

莎士比亚在这一时期似乎特别偏好"梦"，在同时期的作品《理查二世》和《罗密欧与朱丽叶》中，"梦"的出现也特别频繁。梦境光怪陆离，醒来之后，知其不可思议，却不会令人无法接受，这就是梦的特质。潜意识借由我们可感知的方式，在梦里呈现出来。梦境的处理不同于理性的情绪，它往往会透露我们的真正想法、感觉、欲望或恐惧等，揭露隐而不见的潜意识。梦也带有预示作用，预示未来的可能变化。据此，仲夏夜之"梦"属于预示的梦，梦醒后，恋情圆满成双，好友重修旧好，死罪撤销。但仲夏夜之"梦"又不是真正的梦，梦醒后之所以圆满，乃是因为精灵从中介入。所以剧终时，剧中人才会告诉观众读者，如果本剧显得似是而非、不合情理，那就当看戏是做梦，就把整出戏看作一场梦吧。

这部戏在一定程度上讲述了爱情的阴暗面：剧中的仙人们对爱情的态度是轻率的，他们以一种爱情魔汁来捉弄凡间的情侣，同时又一不小心让仙后爱上了波顿(Bottom)变成的驴子，由此可见爱情在他们看来纯属胡闹。在那片魔幻的森林里，四个年轻人各怀心事，在鬼马精灵迫克(Puck)的捉弄下，把原本纯洁的爱情弄成了一团糟，成了仙人们的笑柄。尽管《仲夏夜之梦》充斥了爱情的黑暗面和求爱路上的重重阻挠，但它仍可被视为一部爱情的喜剧。该剧向我们传达了这样的思想：爱是真诚的，但同时又少不了欺骗和被欺骗；爱情看上去坚固恒久，其实却是不堪一击而又稍纵即逝的。由此可见，这部戏虽是喜剧，却包含了严肃的思想。在故事的结尾处，赫米娅(Hermia)和拉山德(Lysander)幸福地结合了，他们一同兴致勃勃地观看工匠们表演的爱情悲剧；由于表演拙劣，令众人笑翻全场，然而这对恋人却丝毫没有意识到，他们的际遇其实和剧中那对命运多舛的恋人的遭遇是何其相似，不同之处只是他们没有以死亡为悲剧的终结而已。

此外，凡人们在森林里迷失了方向，工匠们在婚礼上令人啼笑皆非的表演，就连仙后都能在魔法的作用下爱上丑陋的驴子，所有这些都表明：自我的丧失也是莎士比亚想要表达的另一主题。

---

① 仲夏节(Midsummer Festival)，北欧国家的传统节日，每年6月24日前后举行。原为纪念基督教施洗者约翰的生日(6月24日)而设，后来其宗教色彩逐渐消失，成为民间节日。人们在这一天庆祝光明驱除黑暗以及万物争荣日子的到来。仲夏节已成为一个预祝五谷丰收的节日，吸引着广大的人民群众。英国人则认为在这一天夜里，森林里的仙人和女巫也会出来庆祝他们的节日，这部戏里的情节也多少与这个传说有关。

② 五硕节(May Day)，欧洲传统节日之一，用以祭祀树神、谷物神，庆祝农业收获及春天的来临。时间在4月30日，也可以称为迎春节。这一天，英国各地人民举行游园会，欢庆在漫长的寒冬之后阳光普照大地，万物开始生长，期望在这一年获得好收成。

【剧情简介】

图 1-23　《赫米娅和海伦娜》(Washington Allston 绘制，约 1818 年)

剧情共有三个主轴，刚好都与庆祝忒修斯(Theseus)公爵和希波吕忒(Hippolyta)女王的婚礼有关。一开始，赫米娅的父亲强迫她嫁给狄米特律斯(Demetrius)，当时的希腊规定家庭可以决定女儿的婚姻，女儿必须遵守，否则就要被处死或放逐。赫米娅不肯，与拉山德相约晚上在森林见面并私奔。赫米娅将她的计划告诉她最好的朋友海伦娜(Helena)；海伦娜不久前才被狄米特律斯拒绝，为了讨回狄米特律斯的欢心，她将这计划告诉给了狄米特律斯。到了晚上，狄米特律斯跟踪海伦娜，海伦娜跟踪赫米娅，赫米娅则急于寻找拉山德，四人在森林中迷路并分离，累了就在树下打盹休息。

同时，仙王奥布朗(Oberon)与仙后提泰妮娅(Titania)到达森林，并计划参加忒修斯公爵和希波吕忒女王的婚礼。提泰妮娅拒绝把她的印度童仆精灵借给奥布朗当仆人，所以奥布朗决定惩戒提泰妮娅。他要小精灵迫克去摘三色堇，并趁提泰妮娅睡觉时将三色堇花汁液滴在她的眼皮上，这样当提泰妮娅醒来时便会爱上她看到的第一个人。迫克发现了睡觉中的拉山德等人，也将三色堇花汁液滴在他们的眼皮上，并希望他们醒来时能有情人终成眷属。

与此同时，织工波顿和他的劳工朋友们在森林中排演悲剧《皮拉摩斯和西斯贝》(*Pyramus and Thisbe*)，他们计划在忒修斯公爵和希波吕忒女王的婚礼上表演。可怜的织工波顿在换装时，被小精灵迫克恶作剧变成了驴子。不巧仙后提泰妮娅醒来见到的第一个人便是他，于是仙后疯狂地爱上了驴头人身的波顿。森林的另一边，拉山德和狄米特律斯醒来时见到的第一个人都是海伦娜，于是海伦娜变成两人追求的对象，赫米娅则同时被两人抛弃。拉山德和狄米特律斯为了海伦娜而决斗，两人在森林中迷路并在树下打盹休息。

仙王奥布朗见苗头不对，要求小精灵迫克自己去解决闯下的祸。于是迫克再趁提泰妮娅和拉山德睡觉时，将三色堇花汁液滴在他们的眼皮上。这次提泰妮娅见到的第一人是奥布朗，拉山德见到的第一人是赫米娅，织工波顿的驴头法术也被解除；狄米特律斯的法术则没有被解除，他将会与海伦娜永远相爱。仙王则与仙后重修旧好。当清晨来临时，情侣们和劳工们认定这一夜发生的所有不合理事情一定都是一场梦。

情侣们回到雅典，赫米娅的父亲不再坚持他的决定。情侣们快乐地参加忒修斯公爵和希波吕忒女王的婚礼，三对新人同时结婚，并观赏织工波顿和他的朋友们的表演，他们演技拙劣，将悲剧演成了喜剧。

【演出及改编】

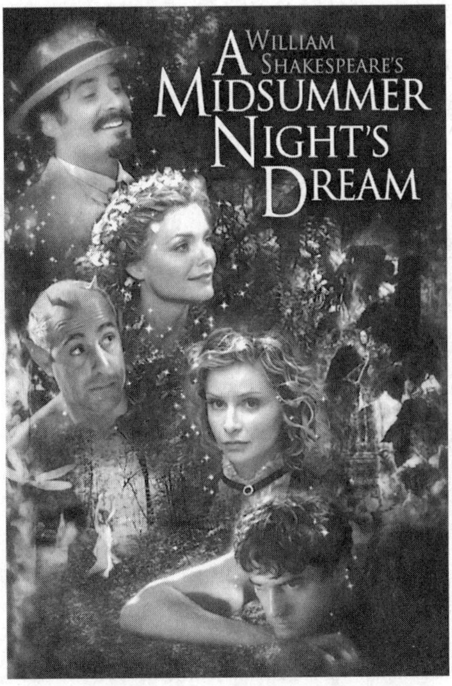

图 1-24　1999 年电影《仲夏夜之梦》海报

1642—1660 年，英国教会为了奉行严肃教规，一度关闭了各大剧院。1660 年，剧院重新开张，莎士比亚的戏剧便率先上演，首当其冲的就是《仲夏夜之梦》。不过，当时的演出似乎并不成功，人们对它的评价是“最无趣而又荒唐的戏剧”①。

然而，在接下来的几个世纪里，这部戏却受到了极大的欢迎，演出及改编可谓层出不穷，而且形式多种多样，有电影、图书、歌曲、漫画、明信片套装，甚至还有电脑游戏，等等，这恐怕是连莎翁本人都始料未及的。这里仅列举几个近现代的例子以飨读者。

仅是比较知名的同名电影就有 10 多部，分别由英国、美国、日本、意大利、德国、西班牙等国发行。其中，好莱坞于 1999 年拍摄的电影《仲夏夜之梦》最广为人知。剧中由凯文·克莱恩(Kevin Kline)饰演的波顿以及由蜜雪儿·菲佛(Michelle Pfeiffer)饰演的仙后至今仍为人津津乐道，成为世界影坛的经典银幕形象。2009 年，日本导演中江裕司对故事背景进行大胆改编，把故事发生地变成冲绳的小岛，全剧主题为友谊与女性精神，岛上热情洋溢的生活多姿多彩而又充满活力，给人耳目一新的感觉。

另一值得一提的艺术改编形式是门德尔松(Felix Mendelssohn)17 岁那年所作的钢琴四手联弹《仲夏夜之梦》序曲，次年(1827 年)改编成管弦乐曲，被称为音乐史上第一部浪漫主义标题性音乐会序曲。该序曲是门德尔松的名作之一，是古典精神与浪漫的臆想世界相结合的典范之作。作曲家的着笔不在悲剧性、哲理性或是角色的刻画，而是着重描写大自然的诗情画意以及民间神话的幻想。曲中仙女的舞乐、情人的追逐、小丑的顽舞、花妖的轻盈等的恶作剧，完全糅合在缥缈的幻境当中。乐曲好像展现了夏天月明之夜，在森林中的神奇生活。神秘的气氛和诗意的背景使乐曲罩上幻想和仙境的特殊色彩，被赞为与威廉·莎士比亚剧作“珠联璧合”的配乐。其中著名的《婚礼进行曲》(*Wedding March*)就出自这部作品。

1998 年，《仲夏夜之梦》曾作为中央戏剧学院表演系本科毕业大戏在北京上演。时隔 9 年，于 2007 年 11 月再次亮相保利剧院的全新版本由中国国家话剧院出品，演员又几乎都是中央戏剧学院毕业生。2004 年，中国戏曲学院也上演了同名京剧《仲夏夜之梦》。原剧天马行空的剧情加入国粹这一艺术表现形式，演出广受好评。

【经典名段中英文对照赏析】

LYSANDER　Ay me! For aught that I could ever read,
Could ever hear by tale or history,

① Kehler, Dorothea. *A Midsummer Night's Dream*: *Critical Essays*. Hove, East Sussex: Psychology Press, 1998, p. 6.

The course of true love never did run smooth;
But either it was different in blood —

HERMIA O cross! too high to be enthrall'd to low.

LYSANDER Or else misgraffed in respect of years —

HERMIA O spite! too old to be engag'd to young.

LYSANDER Or else it stood upon the choice of friends —

HERMIA O hell! to choose love by another's eyes.

(Act 1, Scene 1, 132-140)

拉山德 唉!我在书上读到的,
在传说或历史中听到的,
真正的爱情,所走的道路永远是崎岖多阻;
不是因为血统的差异——

赫米娅 不幸啊,尊贵的要向微贱者屈节臣服!

拉山德 便是因为年龄上的悬殊——

赫米娅 可憎啊,年老的要和年轻人发生关系!

拉山德 或者因为信从了亲友们的选择——

赫米娅 倒霉啊,选择爱人要依赖他人的眼光!

(第一幕第一场132—140行)

说明:拉山德和赫米娅这对年轻的情侣如同所有喜剧里的年轻情侣一样,一开始就遇到了麻烦。赫米娅的父亲决定把女儿许配给狄米特律斯,而不是拉山德;要是她不从,就得接受雅典法律的制裁——也就是说要么判处死刑,要么关到修道院里去。拉山德用这个论点来"安慰"她,说"真爱的路径永远崎岖多阻"("The course of true love never did run smooth"),显然是将爱情比喻为河流。他举的例子——引出了赫米娅相应的答复——说明了事态会因为阶级(血统)和年龄的不同而变得愈发复杂,也往往会受他人(所谓的朋友)左右。其余的抱怨可参看下一段引文"Swift as a shadow"。顺便说一句,拉山德以"难以嫁接(引申为"悬殊")"("misgraffed")来比喻婚姻有如植物间的杂交。园艺类的比喻在莎翁的作品里是很常见的。

LYSANDER

Or, if there were a sympathy in choice,
War, death, or sickness did lay siege to it,

Making it momentany① as a sound,
Swift as a shadow, short as any dream;
Brief as the lightning in the collied night,
That, in a spleen, unfolds both heaven and earth;
And ere a man hath power to say 'Behold!',
The jaws of darkness do devour it up:
So quick bright things come to confusion.

(Act 1, Scene 1, 141-149)

拉山德　或者，即使彼此两情相悦，
但战争、死亡或疾病却侵害着它，
使它像一个声音、
一片影子、一段梦、
黑夜中的一道闪电那样短促，
在一刹那间展现了天堂和地狱，
但还来不及说一声"瞧啊!"
黑暗早已张开口把它吞噬了。
光明的事物，总是那样很快地变成了混沌。

（第一幕第一场 141—149 行）

说明：拉山德在谈论真爱，他确信爱的路径"永远崎岖多阻"("never did run smooth")。(参见上一段引文)即便爱情源于"两情相悦"("sympathy")，而不是迫于家庭压力，依然会出现各种困难。战争、死亡、疾病——简言之，岁月的摧残——都会向真心恋人发起攻击，使他们的爱像声音一样"短促"("momentany"[momentary])。

拉山德被这个念头困住了，衍生出了更多冗长的比喻来形容爱的短暂——爱情如同影子一般"稍纵即逝"("swift")，仿佛仲夏夜之梦一样短暂，又如闪电的光亮一般简短。这道闪电在一刹那间展现("unfold")了天堂和地狱，"黑暗之口"("jaws of darkness")却又迅即把它吞噬了，于是人生里就只剩下一片黑暗。("collied"的意思是"像煤炭一样黑"，与"collier"[煤矿工人]同根。)对拉山德而言，爱情就是"quick bright thing"(昙花一现的光明)，被无情的岁月和自然界的侵袭给弄得乱七八糟。

拉山德所说的"swift as a shadow"是这段话里最有名的句子，最早出自 12 世纪前后的

① "momentany"是 16、17 世纪的常用拼写方式，即"momentary"。

谚语“to flee like a shadow”(“跑得像影子一样快”)。

PUCK

Captain of our fairy band,
Helena is here at hand,
And the youth, mistook by me,
Pleading for a lover's fee.
Shall we their fond pageant see?
Lord, what fools these mortals be!

(Act 3, Scene 2, 110-115)

迫克 报告神仙界的头脑,
海伦娜已被我带到,
她后面随着那少年,
正在哀求着她眷怜。
瞧瞧那痴愚的形状,
凡人真蠢得没法想!

(第三幕第二场 110—115 行)

说明:淘气小仙迫克带仙王奥布朗去看一场好戏——他称之为“痴愚的形状”(“fond [foolish] pageant”)。两对雅典情侣迷失在了精灵的森林里,刚刚都做出了古怪的举动,当然,这是迫克搞的鬼。奥布朗本想借助爱情神药的力量来撮合那对吵架的情侣,不料迫克却把仙药错点在了别人的眼皮上。本来是海伦娜追求狄米特律斯,狄米特律斯追求赫米娅,赫米娅爱拉山德。可是现在,由于迫克的失误,拉山德追起了海伦娜。因为奥布朗的成功干预,狄米特律斯也追起了海伦娜,这才是他最初设想的结果。

尽管情侣们的重重纠葛都跟仙界脱不了干系,迫克还责怪是因为他们自己太笨才生出这些事端。在他看来,情侣们的举动只是上演了一出逗神仙们开心的好戏,而他们自己却演得那么认真。莎士比亚似乎认为爱情是一种疯狂的举动,它会使恋爱中的人做出傻事。正如忒修斯公爵所说,情侣跟疯子和诗人一样,都是幻想家,“都是幻想的产儿”(“of imagination all compact [composed]”)(V. i. 8)。虽然他们的奇思妙想都是不理性的,却也是创造的行为,能带来“超乎冷静的理智所能充分了解的一切”(“More than cool reason ever comprehends”)(V. i. 6)。忒修斯并不完全赞同情侣和诗人们的疯狂臆想,但作为诗人的莎士比亚却似乎更加包容。

【其他经典名句】

* Love looks not with the eyes, but with the mind;
And therefore is wing'd Cupid painted blind. (I. i. 234-235)
爱情不是用眼睛，而是用心灵看着的，因此生着翅膀的丘比特常被描成盲目的样子。

* Apollo flies, and Daphne holds the chase;
The dove pursues the griffin; the mild hind
Makes speed to catch the tiger — bootless speed
When cowardice pursues and valor flies! (II. i. 231-234)
逃走的是阿波罗，追赶的是达芙妮；鸽子追逐着鹰隼；温柔的牝鹿追捕着猛虎；然而弱者追求勇者，结果总是徒劳无益的。①

* Lovers and madmen have such seething brains,
Such shaping fantasies, that apprehend
More than cool reason ever comprehends. (V. i. 4-6)
情人们和疯子们都富于纷乱的思想和成形的幻觉，他们所理会到的永远不是冷静的理智所能充分了解的。

* Or, in the night, imagining some fear,
How easy is a bush suppos'd a bear! (V. i. 21-22)
夜间一转到恐惧的念头，一株灌木一下子便会变成一头熊。

① 希腊罗马神话中日神阿波罗爱仙女达芙妮，达芙妮避之而化为月桂树。

《无事生非》
Much Ado About Nothing

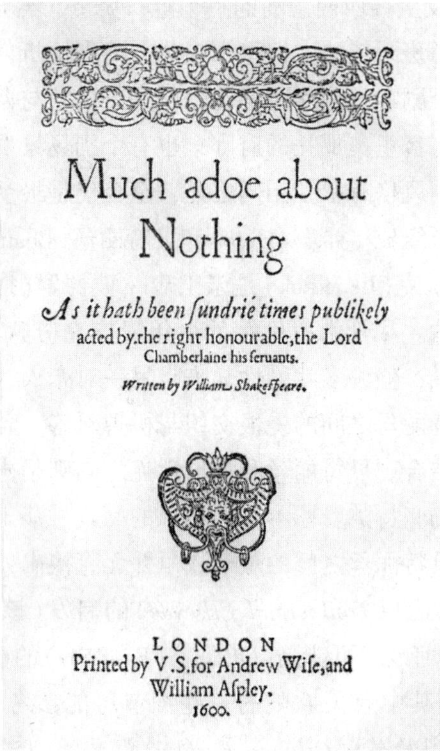
Much adoe about Nothing

As it hath been sundrie times publikely acted by the right honourable, the Lord Chamberlaine his seruants.

Written by William Shakespeare.

LONDON
Printed by V.S. for Andrew Wise, and William Aspley.
1600.

图 1-25 《无事生非》四开本扉页(1600 年)

【导言】

《无事生非》(又译《捕风捉影》)于 1600 年以四开本的形式首次出版，这也是 1623 年《第一对开本》之前的唯一版本。这部戏的首演时间据推测是在 1598—1599 年的秋冬时节。迄今有历史记载的最早的演出则是 1612—1613 年冬季在皇宫的表演，当时是为了庆祝 1613 年 2 月 14 日伊丽莎白公主(Prince Elizabeth)与弗雷德里克五世(Frederick V)大婚。《无事生非》是莎士比亚喜剧写作最成熟时期的创作，内容热闹欢乐，富有哲思。故事主旨为面具、伪装或游戏，剧中人物探寻的则是男女关系中的自我意识以及真诚与尊重。

比起莎士比亚的其他喜剧（如《错误的喜剧》《仲夏夜之梦》《皆大欢喜》《第十二夜》等），本剧场景及语言都较为接近真实生活。《无》剧没有脱离现实的浪漫场景（如《皆大欢喜》里的亚登森林或《第十二夜》里的伊利亚），故事都发生在城市中；剧中人并非一见钟情（如罗密欧与朱丽叶、《皆大欢喜》的罗瑟琳与奥兰多），而是相识的友人；本剧语言也不像极度浪漫的诗文（如《皆大欢喜》《第十二夜》），而是当时的一般口语。诸如此类的安排，使得本剧真实性高，仿佛是会发生在一般人身上的故事。

《无事生非》这个故事发生在西西里岛的一个港口城市，名叫墨西拿，紧邻意大利的南端。尽管西西里此时尚由西班牙统治，但剧中人物却清晰地折射出意大利南部的痕迹。也许这并不是巧合，因为这个剧本的创作时期正好就是英格兰与西班牙的交战期。全剧主要情节的发生地都在墨西拿总督里奥那托的府邸，也有个别场景发生在墨西拿城里。

这部剧与现代浪漫喜剧风格有很多相同之处，至今仍是最受欢迎的莎翁剧作之一。剧中的架构主要由两对情侣所组成。希罗（Hero）和贝特丽丝（Beatrice）是情同手足的表姊妹，克劳狄奥（Claudio）和培尼狄克（Benedick）是亲王唐·彼德罗（Don Pedro）的好友，四人双双演出两种截然不同的爱情。尽管佛罗伦萨的少年贵族克劳狄奥和里奥那托（Leonato）的女儿希罗的感情线才是主线，但许多戏剧性却来自另一对恋人，即帕度亚的少年贵族培尼狄克和里奥那托的侄女贝特丽丝之间的爱恨交织与机智对答。希罗优雅沉静，克劳狄奥叱咤战场，两人代表传统的结合。贝特丽丝和培尼狄克之间则是永无休止的唇枪舌战，尽管最终配对成功，但两人都仍坚持戴着原本尖酸嘲讽的面具。莎士比亚在创作时可能被数个作品所影响。培尼狄克和贝特丽丝之间的欢乐战争并无直接出处，但极有可能受到了乔叟长诗《特洛伊罗斯与克瑞西达》（*Troilus and Criseyde*）的启发（该诗也启发了莎翁同题材戏剧）。克劳狄奥和希罗的坎坷爱情可能是以班戴洛（Bandello）的《故事集》（*Novella*）（1554）中的第22个故事为蓝本，其中有关欺骗的一些细节可能参考了意大利诗人阿里奥斯托（Ariosto）①的长诗《疯狂的奥兰多》（*Orlando Furioso*）英文版（1591）的第五卷以及斯宾塞的长诗《仙后》，这则含悲剧成分的故事，带有浪漫多情的意大利风味。而完美朝臣的典范则可能取自卡斯蒂利欧内（Baldassare Castiglione）1528年的作品《廷臣论》（*The Book of the Courtier*）。

培尼狄克和贝特丽丝之间的纠葛显然才是作者真正的兴趣点所在，有的出版商甚至在扉页上会加上“培尼狄克与贝特丽丝”的字样来吸引读者。对性别的挑衅与歧视是《无事生非》的一个主要话题，而这是与当时文艺复兴时期的整个氛围息息相关的：传统的有关性

① 阿里奥斯托（Ariosto，1474—1533），意大利诗人。史诗《疯狂的奥兰多》（1516）被公认是意大利文艺复兴时期最好的文学巨著，风靡整个欧洲，影响远大。他还写了5部喜剧，都依据拉丁古典文学，灵感来源于当代生活。尽管文学性并不强，但却是用地方方言模仿的拉丁喜剧，后来欧洲的喜剧受此影响，就以各地方言写作为特色。

别的诸多成见受到了沉重的打击，而且似乎已经激起了对于腐朽的社会秩序的种种焦虑。在这种情况下，喜剧无疑是一种平息这种焦虑思想的绝佳方法。然而，颇具讽刺意味的是，随着这部戏的广受欢迎，这种焦虑感反而与日俱增，这与剧中的不少细节都不无关系：培尼狄克机智诙谐地发泄了男人的焦虑，说女人牙尖嘴利、水性杨花；在当时那个父权社会里，男人的忠诚是建立在常规的荣誉和友情以及对女人天生的优越感之上的。他们认为女人天生易变，这一点时不时就反映在一些有关通奸的笑话上，也可以在一定程度上解释克劳狄奥为什么会轻易相信那些对希罗的诽谤。

妻子的不忠是莎翁比较喜欢表达的一个主题。他笔下的很多人物似乎都有这个念头，他们认为男人根本无法知道自己的妻子是否忠贞，因此女人就显得愈发肆无忌惮。唐·约翰(Don John) 就利用了克劳狄奥的骄傲和对妻子不贞的担忧，最后引发了那一幕悲剧性的婚礼场景。由于男人对女人普遍的不信任，许多人就会轻易相信希罗是不纯洁的，甚至连她的亲生父亲都准备对她大加指责，尽管这一切都没有任何直接证据。这一题旨贯穿全剧，而且经常会跟“角”①连在一起；而“角”正是妻子不忠的一个象征。

《无事生非》里有很多欺骗和自我欺骗的细节。这些游戏和伎俩的初衷往往都是很好的——使人坠入情网，帮人得偿所愿，抑或让人自我反省。但也不是所有欺骗的意图都是好的，比如唐·彼德罗以克劳狄奥的名义向希罗求爱，又如唐·约翰的侍从波拉契奥(Borachio)在希罗的窗前碰见“希罗”(其实是假扮希罗的侍女玛格莱特[Margaret])。此外，在莎士比亚的喜剧中，几乎都是在与死神错身而过之后，才得到圆满结果，例如早期的《错误的喜剧》《仲夏夜之梦》和后来的《皆大欢喜》等。但与《威尼斯商人》和《一报还一报》相比，本剧中的死亡威胁就显得毫不紧迫。私生子唐·约翰和《奥赛罗》中的伊阿古(Iago)一样邪恶，善于利用人们不可靠的视觉和听觉来误导仇人。但他陷害希罗并不是为了求什么好处，只不过是想惹怒亲王兄长，让亲王和亲王周遭的人都变得和他自己一样阴郁罢了。剧中对唐·约翰这个角色的心理、性格和背景并未加以着墨，故只能说这是为阻碍喜剧收场的一项安排。

此剧还有一个值得关注的细节，那就是“nothing”和“noting”这两个词。这两个词在莎士比亚时期属同音异形异义词。从字面意思上来看，这部戏的标题暗示了有一场大惊小怪(“much ado”)来源于一些无关紧要的小事(“nothing”)，这里的小事就包括对希罗不贞的捕风捉影的指责。这个标题同样也可以理解为“Much Ado About Noting”，因此“无事生非”也有“注意”“纪录”“窃听”的双关语暗示。“窃听”在剧中不仅常见，而且至关重要，是造成误解或澄清事实的关键。而“nothing”本身也是个双关语，“an O-thing”（或“nothing”，抑或“no thing”)是伊丽莎白时期对“阴道”的俗称，这里多少也有些性暗示的意味。

① 相关典故详见第 77 页《温莎的风流娘儿们》中有关“男人头上长角”的注释。

【剧情简介】

图 1-26　培尼狄克(Jean-Louis Fesch 绘制，1770 年)

阿拉贡亲王唐·彼德罗与庶弟唐·约翰及少年贵族克劳狄奥、培尼狄克等受到总督里奥那托的热情款待。克劳狄奥爱上了总督的独生女儿希罗。亲王从中撮合，并说服总督答应了他们的婚事。

培尼狄克和总督的侄女贝特丽丝是一对口舌冤家，每次相遇总是唇枪舌剑，互不相让。此剧一开始，他俩就又见了面，立即你一言我一语地斗起嘴来，一种浓郁的喜剧氛围很快便在他们幽默诙谐的口舌之争中悄然形成。亲王倒觉得他俩是天造地设的一对，于是决定充当爱神，使他俩早日陷入情网。他先是假装在闲谈中透露说贝特丽丝如痴如醉地偷偷爱着培尼狄克，并故意让培尼狄克听见；随后，亲王又安排希罗同侍女谈论培尼狄克是如何狂热地暗恋着贝特丽丝，并有意让贝特丽丝偷听到。此计果然有效，这对欢喜冤家迅速坠入爱河。

唐·约翰是个阴险小人。他一面指使自己的仆人约希罗的侍女在希罗卧室的窗前幽会，一面又特意通知亲王和克劳狄奥前来偷窥。亲王和克劳狄奥都以为穿着希罗服装的侍女就是希罗本人，于是上当受骗。在第二天的婚礼上，克劳狄奥当众指责希罗放荡不贞，亲王也在一旁帮腔，希罗无端受辱，当场晕倒。主持婚礼的神父救醒希罗后，建议总督对外假称希罗已死，且为她办丧事。面对这突如其来的变故，贝特丽丝和培尼狄克始终保持着清醒的头脑。他俩不遗余力地为希罗伸张正义。在此过程中，他们之间的感情也与日俱增。

唐·约翰的阴谋终于败露，希罗的冤情得以昭雪。克劳狄奥闻讯追悔莫及，与亲王一起向总督请罪，甘愿受任何惩罚。总督宽恕了他们，说希罗有一个与她相貌酷似的堂妹，要克劳狄奥娶她为妻。婚礼中，当克劳狄奥揭开新娘的面纱时，惊喜地发现她就是"死而复生"的希罗。培尼狄克和贝特丽丝的爱情此时也已完全成熟。培尼狄克以一个甜蜜的吻宣告了他们婚礼的开始。大家欢快地绕着两对有情人翩翩起舞，全剧在欢快的舞曲声中结束。

【演出及改编】

图 1-27　1993 年美国电影《无事生非》剧照

《无事生非》这部戏一直都是莎翁最受欢迎的喜剧之一。在莎士比亚之后登上文坛的诗人里昂拉德·狄格斯(Leonard Digges)于 1640 年发表了一首诗评，其中这样写道："只要让贝特丽丝和培尼狄克一出场，看哪，顷刻间，正厅、楼座、包厢就挤满了人。"[①]这足以

① 原文："let but Beatrice/And Benedick be seen, lo in a trice/ The cockpit, galleries, boxes, all are full." Ghose, Indira. *Much Ado About Nothing: Language and Writing*. London: Bloomsbury Publishing, 2017, Chapter 3 "Language Through Time".

表明这一对可爱的人物形象深受观众欢迎。

《无事生非》自从创作出来以后，就一直在世界各地的舞台上长演不衰，其改编形式亦多种多样：除舞台剧表演形式之外，还有电视剧、电影、歌剧、音乐剧等多种艺术形式。首个英文版的电影是1913年由Phillips Smalley执导的无声电影；在1973年的纽约莎士比亚戏剧节上，Joseph Papp将这一名著再作改编，并制作了录像带和DVD；1993年由肯尼思·布拉纳自导自演的同名影片(又译《抱得有情郎》)可谓大牌云集，除了有英国剧坛王子之称的肯尼思·布拉纳的倾情演绎之外，主要演员还有基努·里维斯(Keanu Reeves)、爱玛·汤普森(Emma Thompson)、丹泽尔·华盛顿(Denzel Washington)及凯特·贝金塞(Kate Beckinsale)等好莱坞当红影星，该片上映后大受欢迎；2006年"美国音乐剧工程"制作了音乐剧《男孩回家》(*The Boys Are Coming Home*)，该剧套用《无事生非》的剧情，并将这部戏的背景放在了"二战"时期的美国。

我国早在1957年6月就有《无事生非》的舞台演出，当时是由上海戏剧学院师资进修班表演的。1961年5月，上海青年话剧团公演了《无事生非》，由祝希娟、焦晃等主演。1986年4月，在首届中国莎士比亚戏剧节上，由安徽省黄梅戏剧团演出的黄梅戏《无事生非》取得了巨大的成功：编导者从云南、贵州等地的兄弟民族的风土人情中找到了移植的土壤，将原作的时代、环境、人物、故事等较妥帖地揉入我国少数民族的文化历史中，"夫妻双双把家还"式的抒情韵律与英国的莎士比亚结合起来，促成了中国传统戏曲与莎剧的一次成功焊接。无怪乎当年看演出时，亲临现场观剧的时任国际莎协主席菲力浦·布洛克班克(Philip Brockbank)不无感慨地在致剧组的信中说："看了你们演出的《无事生非》，我谨在此表达我极度喜悦的心情。我认为，你们的演出喜庆欢乐，雍容华贵，诙谐有趣而又富于人性的启迪。我真诚希望你们能继续运用中国的方式给莎士比亚戏剧以新的活力和风格。"①

【经典名段中英文对照赏析】

LEONATO Well, niece, I hope to see you one day fitted with a husband.

BEATRICE Not till God make men of some other metal than earth. Would it not grieve a woman to be over-mastered with a pierce of valiant dust, to make an

① "在首届莎士比亚戏剧节上黄梅戏《无事生非》放异彩"。详见《黄梅戏艺术》，1986年第2期，第4-7页。

account of her life to a clod of wayward marl? No, uncle, I'll none: Adam's sons are my brethren, and truly I hold it a sin to match in my kindred.

(Act 2, Scene 1, 52-59)

里奥那托 好，侄女，我希望看见你有一天嫁到一个丈夫。

贝特丽丝 那就等上帝用别于泥土的材料做的男人吧。一个女人要把她的终身付托给一块顽固的泥土，还要在他面前低头伏小，岂不倒霉！不，叔叔，亚当的儿子都是我的兄弟，跟自己的亲族结婚是一件罪恶哩。

(第二幕第一场 52—59 行)

说明：贝特丽丝是莎士比亚笔下极迷人的角色，也是口舌极厉害的一位。她亦如她的冤家，即后来的夫婿培尼狄克，都是对待异性的暴君。在这里她的叔叔里奥那托开玩笑地预告了她最后会被人"配对"(像配家具一样)，就算她百般抗拒也没用。不过贝特丽丝半开玩笑地坚称，委身于一块"顽固的泥土"既荒谬又羞耻。

但是贝特丽丝在这里用"valiant"则有些奇怪，特别是她拿"wayward marl"(一意孤行的土块)来与"valiant dust"对仗。今天这个词听来比她当时的用意则要高贵些。"valiant"在这里应该是指"坚牢""稳固"，这个意思在莎士比亚的时代便已通行。在贝特丽丝看来，男人不过是塑成固体的泥土罢了。此外她还风凉地说既然大家都是亚当的子女，结婚原本就是乱伦。

CLAUDIO Silence is the perfectest herald of joy: I were but little happy, if I could say how much. Lady, as you are mine, I am yours: I give away myself for you and dote upon the exchange.

BEATRICE Speak, cousin; or, if you cannot, stop his mouth with a kiss, and let not him speak neither.

DON PEDRO In faith, lady, you have a merry heart.

BEATRICE Yea, my lord; I thank it, poor fool, it keeps on the windy side of care.

(Act 2, Scene 1, 288-296)

克劳狄奥 静默是表示快乐的最好的方法；要是我能够说出我的心里多么快乐，那么我的快乐只是有限度的。小姐，您现在既然已经属于我，我也就是属于您的了；我把我自己跟您交换，我要把您当作瓌宝一样珍爱。

贝特丽丝　说呀，妹妹；要是你不知道说些什么话好，你就用一个吻堵住他的嘴，让他也不要说话。

唐·彼德罗　真的，小姐，您真会说笑。

贝特丽丝　是的，殿下；也幸亏是这样，我这可怜的傻子才能留在忧虑的上风处。

（第二幕第一场 288—296 行）

说明：少不更事的克劳狄奥与少不更事的希罗，经历莎士比亚惯用的焦急与疑虑情节后定亲了。希罗机智的堂姐贝特丽丝就捉弄这位准新娘，催她说说话，要不然就“堵”他的嘴，即吻他。彼德罗对她的戏谑加了评语，他插进这句话是因为贝特丽丝宣称她连结婚的念头都鄙视(参见“valiant dust”)。她答道，她的心就像个“可怜的傻子”，为了维生糊口，必须得“留在忧虑的上风处”。这个意象来自何处并无定论，不过评论家们都同意“on the windy side of care”大约就是说“out of care’s way”(不挡住忧虑的路)。

也有人认为该意象可能来自航海术语，从这个观点来看，“windy side”就是忧虑的“上风处”，因此可以把风力从忧虑的帆上抢来。《牛津英语大词典》则觉得这句话是说，在上风处才不会被忧虑“闻到并攻击”。

在较晚期的喜剧《第十二夜》里，费边(Fabian)赞同安德鲁·艾古契克爵士(Sir Andrew Aguecheek)写给某假想情敌的一封火爆的谩骂信。费边语带讥讽地说：“避开诉讼之攻击”(“Still you keep o’th’ windy side of the law”)(III. iv. 163)，意思是离开毁谤的悬崖，免得摔进官司的深谷。

LEONATO　　Therefore give me no counsel:
My griefs cry louder than advertisement.
ANTONIO　Therein do men from children nothing differ.
LEONATO　I pray thee peace, I will be flesh and blood;
For there was never yet philosopher
That could endure the toothache patiently,
However they have writ the style of gods,
And made a push at chance and sufferance.

(Act 5, Scene 1, 31-38)

里奥那托　所以不要给我劝告，

我的悲哀的呼号会盖住劝告的声音。

安东尼奥 人们就是在这种地方，跟小孩子没有分别。

里奥那托 请你不必多说。我只是个血肉之躯的凡人；
就是那些写惯洋洋洒洒的大文的哲学家们，
尽管他们像天上的神明一样，
蔑视着人生的灾难痛苦，
一旦他们的牙齿痛起来，也是会忍受不住的。

(第五幕第一场 31—38 行)

说明：里奥那托与弟弟争辩禁欲主义式的忍耐时，对这种美德嗤之以鼻。亲眼目睹了女儿在婚礼的早上遭未婚夫指控为通奸，导致自己的名誉间接受损，又因为指控而把女儿好好教训了一顿，搞得她几乎羞愧而死，里奥那托早已没有心情去原谅别人和遗忘此事了。安东尼奥(Antonio)坚称，沉溺于过度悲伤与自怜自艾是极其幼稚的行为。里奥那托则反驳说，就算哲学家们装得再像天神一样不谙世俗的痛苦与悲欢，患了牙病时他们一样会哇哇乱叫。

里奥那托话里带刺，暗暗嘲讽了哲学家们"蔑视着人生的灾难痛苦"("made a push at chance and sufferance")；"push"既可以是一种"pish"——轻蔑的拒绝，如"pish-posh"——还可以理解为"反击，反抗"。尽管禁欲主义者们蔑视逆境与灾难("sufferance")的折磨，他们其实却正在用自大的诳语自欺欺人。

【其他经典名句】

* I had rather hear my dog bark at a crow than a man
swear he loves me. (I. i. 126-127)
与其叫我听一个男人发誓说他爱我，我宁愿听我的狗向着一只乌鸦叫。

* Thou wilt never get thee a
husband, if thou be so shrewd of thy tongue. (II. i. 16-17)
你要是说话这样刻薄，我看你一辈子也嫁不出去的。

* He that hath a beard is more than a youth, and he
that hath no beard is less than a man. (II. i. 32-33)
有胡子的人年纪一定不小了，没有胡子的人，算不得须眉男子。

* Let every eye negotiate for itself
And trust no agent; for beauty is a witch

Against whose charms faith melteth into blood. (II. i. 169-171)

谁生着眼睛，让他自己去传达情愫吧，总不要请别人代劳；因为美貌是一个女巫，在她的魔力之下，忠诚是会在热情里溶解的。

* Sigh no more, ladies, sigh no more,
Men were deceivers ever,
One foot in sea, and one on shore,
To one thing constant never. (II. iii. 61-64)
不要叹气，姑娘，不要叹气，
男人们都是些骗子，
一脚在岸上，一脚在海里，
他天性是朝三暮四。

* The most peaceable
way for you, if you do take a thief, is to let him show
himself what he is and steal out of your company. (III. iii. 56-58)

为了省些麻烦，要是你们碰见了一个贼，顶好的办法就是让他使出他的看家本领来，偷偷地溜走了事。

* The fashion wears
out more apparel than the man. (III. iii. 135-136)

往往一件衣服没有穿旧，流行的式样已经变了两三通。

* As they say, 'when the age is in, the wit is out'. (III. v. 32-33)

人家说的，年纪一老，人也变糊涂啦。

* If a man do not erect in
this age his own tomb ere he dies, he shall live no longer
in monument than the bell rings, and the widow weeps. (V. ii. 73-75)

可是当今之世，谁要是不乘他自己未死之前预先把墓志铭刻好，那么等到丧钟敲过，他的寡妇哭过几声以后，谁也不会再记得他了。

《驯悍记》
The Taming of the Shrew

图 1-28 《驯悍记》(Augustus Egg 绘制，1860 年)

【导言】

《驯悍记》约写于 1593—1594 年，主要情节，包括比恩卡和路森修等人物，则来自阿里奥斯托的喜剧作品《求婚者》(*I Suppositi*)。此外，正剧前面还有一个引子，故事有点像《南柯梦》，不过莎士比亚似乎没有把它续完。《驯悍记》名义上以意大利为背景，其实写的是莎士比亚故乡的风土人情。由于《驯悍记》现存有另一个不同的版本 *The Taming of a Shrew*(《驯悍记》通行本为 *The Taming of the Shrew*)，故演出时的主题以及其如何出版是一个复杂的问题。学者普遍相信，"*A Shrew*"出自莎士比亚喜剧的一个不精确的盗印本。《驯悍记》也因《第一对开本》的收录而在 1623 年首次出版，但"*A Shrew*"版本则有 1594 年、1596 年及 1607 年的版本。

对于《驯悍记》有许多不同的解释。从现代的女性主义的角度来看这部戏显然贬抑女性，尤其其结尾不可忍受。但是彼特鲁乔(Petruchio)在驯服凯瑟丽娜(Katherina)时自己也受了同样多的罪——为了让凯瑟丽娜受饿，他自己不吃饭；为了让凯瑟丽娜自己认识到自己的疯狂，他本人也发疯；为了强迫凯瑟丽娜不睡觉，他也通宵不睡。凯瑟丽娜的"狂暴"似乎只有通过他的这些极端手段才能被克服。最后凯瑟丽娜被塑造成一个被当时社会所接受的女性。可能存在的争议在于，不符合传统及基本礼节的女子，是否需要最后重新塑造成符合社会的模型，且当时社会中的女性是否为独立的现代女性。

其实，这个戏不仅仅是简单的男人制服女人的故事，更多的是一出男女关系的爱情戏。与剧名相反，谁征服了谁和谁驯服了谁并不重要，重要的是要体现彼特鲁乔和凯瑟丽娜两颗孤独寂寞的心彼此都有爱的需要，互相接近，互相鼓励。剧中人物都在设定的场景中，展示出个性色彩。像彼特鲁乔，这位凯瑟丽娜的求婚者，实际是面镜子，把凯瑟丽娜的缺点暴露无遗，促使她逐渐认识了自我，找回了真正的性格本质。《驯悍记》让我们看到了一个作为思想家的莎士比亚。它不但体现了人物性格的复杂组合，而且体现了莎士比亚和现代人思想的结合，这种结合使人物内在精神和心理形成转换，造成了强烈的对比，产生了复杂而又美妙的艺术境界。

丈夫驯妇的题材并不少见。但莎士比亚却给这个题材灌注了人文主义者对人的探索的激情。彼特鲁乔不相信外层表象，一心要唤醒人的深层意识。女主人公为此也经历了自我唤醒的过程——这一点具有广泛的意义。它跨越古代和现代、跨越舞台与观众的界限，入木三分地洞悉现代社会生活难以破译的难题，并给以正确、圆满的解释。《驯悍记》久演不衰，观众百看不厌，其内在驱动力大概就在这里。

【剧情简介】

图 1-29　《驯悍记》第四幕第三场彼特鲁乔故意挑刺裁缝给新娘做的袍子

（Charles Robert Leslie 绘制，1832 年）

第一幕前还有一个引子，说这部剧是演给克利斯朵夫·斯赖(Christopher Sly)看的。斯赖是个补锅匠，还是个酒鬼，因为不肯付酒钱被人赶出了酒店。他在酒店外面沉睡的时候，有一个爵士经过酒店看到了他。爵士决定拿斯赖来取笑。他让人将斯赖抬入一间豪华住房，放在床上。斯赖醒来后别人告诉他，他实际上是一个爵士，但他忘了他是谁，他在酒店里的经历只不过是他的梦。有个青年打扮成少女，对他说是他的妻子。虽然别人一再请斯赖去看戏，但是斯赖坚持让他的妻子立刻与他上床。最后斯赖还是被说服看戏，而这出戏就是《驯悍记》。

《驯悍记》剧名中的"悍妇"是帕多瓦商人巴普提斯塔(Baptista Minola)的女儿凯瑟丽娜。她情绪变化非常剧烈，没有哪个男人能够控制得了她。有一幕，她将她的妹妹比恩卡(Bianca)绑在椅子上，问她最喜欢哪一个求婚人，她妹妹无法回答她，她就打她的妹妹。在另一幕中，她又用笛子打她的音乐教师。她的妹妹是一个温顺美丽的少女，城里许多贵人都向她求婚。她往往被称为"理想的妇女"。但是巴普提斯塔发过一个誓：在大女儿凯瑟丽娜出嫁前他不会让他的小女儿结婚。比恩卡的两个求婚者决定联盟想办法为凯瑟丽娜找一个丈夫，这样他们就可以竞争比恩卡了。这两个求婚者，一个是年老白发的葛莱米奥(Gremio)，另一个则是年轻调皮的霍坦西奥(Hortensio)。

这时，两个外人出现了，情况变得复杂了。其中一个外人是比萨富商文森修(Vincentio)的儿子路森修(Lucentio)，他爱上了比恩卡；另一个是彼特鲁乔，他好像只爱钱。当巴普提斯塔提到比恩卡需要一个教师时，葛莱米奥和霍坦西奥就争着要找一个来赢得巴普提斯塔的好感。葛莱米奥推荐路森修为"知识分子"，而霍坦西奥则说服彼特鲁乔推荐他为音乐教师。这样，路森修和霍坦西奥就背着巴普提斯塔假冒教师，向比恩卡示好。

与此同时，彼特鲁乔听说了凯瑟丽娜的巨额嫁妆，因此他企图向凯瑟丽娜求婚。他与凯瑟丽娜交谈，并很快就与凯瑟丽娜结婚，获得了他想要的嫁妆，最后不顾凯瑟丽娜的反对将她带回家。到家后他开始驯服他的新娘——他不让她睡觉，找出种种原因不让她吃饭，为她买漂亮的衣服然后又将这些衣服扯碎。凯瑟丽娜被这些举动深深打击，当彼特鲁乔最后对凯瑟丽娜说他们要回帕多瓦参加比恩卡的婚礼时，凯瑟丽娜非常愿意服从。当他们回到帕多瓦时，凯瑟丽娜已经被完全驯服了。她向其他人表示，假如她丈夫要求的话，她就会将太阳称为月亮，月亮称为太阳。

比恩卡与路森修结婚(其间还有一个非常复杂的故事，路森修的仆人扮演主人，而他本人则扮演教师)。霍坦西奥娶了一个富寡妇。在喜筵上，彼特鲁乔自夸说他过去无法驯服的妻子现在完全服从他了。巴普提斯塔、路森修和霍坦西奥都不相信他，而且后两者坚信他们的妻子更听话。彼特鲁乔建议他们打赌，让一个仆人去叫他们的妻子，谁的妻子最服从谁就赢。巴普提斯塔不相信悍妇凯瑟丽娜真的被驯服了，因此在赌注上又添了一份巨大的嫁妆。结果凯瑟丽娜是唯一听话到来的，又为彼特鲁乔赢得了一份嫁妆。最后其他妻子也被唤来，凯瑟丽娜独白说妻子们应该始终听她们丈夫的话。

【演出及改编】

图 1-30　斯赖酒醒后发现自己躺在大床上，身穿华服，周围奴仆成群；爵士本人也扮成仆人躲在帐后（雕版画，R. Smirke 绘，Boydell's Shakespeare 系列插图，约 18 世纪末—19 世纪初）

图 1-31　英国 TNT 剧院演出的《驯悍记》片段

16 世纪末，《驯悍记》首次登台即受到了热烈欢迎，富有幽默感的英国观众陶醉于丈夫缓慢而有心计地征服悍妇的种种场面。历经几个世纪，这一名著依然以各种艺术形式在世界各地久演不衰。本书编者亦有幸于 2008 年 11 月在北京大学百年讲堂观看了英国 TNT 剧团倾情演绎的原汁原味的《驯悍记》，引子里的斯赖和男主角彼特鲁乔由同一演员扮演，演员上场是从观众席走向舞台，演出效果盛况空前。

最早的《驯悍记》电影是 1908 年的一部无声电影；最早的有声电影是 1929 年拍的一部美国电影；1966 年拍的版本是美国和意大利合拍的，因以伊丽莎白 · 泰勒(Elizabeth Taylor)为主角而非常有名；1980 年英国广播公司也拍过一个版本。中国艺术家和观众对这一作品也格外喜爱：早在 1913 年 12 月，春柳社同人就在长沙寿春园演出过《驯悍》等剧；1933 年这一名著被改编为粤剧搬上舞台，取名为《刁蛮公主憨驸马》；2002 年，《驯悍记》再次以豫剧形式上演，命名为《谁家有女》。此外，还有音乐剧《刁蛮公主》，1952 年的经典电影《蓬门今始为君开》，1999 年的少年喜剧《对面恶女看过来》和 2003 年的电影《爱娃的爱》。成立于 1980 年的英国 TNT 剧院从 21 世纪初开始创作莎士比亚的系列作品，其中的《驯悍记》于 2008 年起在中国巡演，取得了巨大的反响。

【经典名段中英文对照赏析】

HOSTESS You will not pay for the glasses you have burst?

SLY No, not a denier. Go by, Saint Jeronimy! Go to thy cold bed and warm thee.

HOSTESS I know my remedy; I must go fetch the thirdborough. [*Exit*]

SLY Third, or fourth, or fifth borough, I'll answer him by law. I'll not budge an inch, boy; let him come, and kindly. [*Falls asleep*]

(Induction, Scene 1, 6-14)

女店主 你打碎了的杯子不肯赔我吗?

斯　赖 不，一个子儿也不给你。骚货，你还是钻进你那冰冷的被窝里去吧。

女店主 我知道怎样对付你这种家伙；我去叫官差来抓你。(下。)

斯　赖 随他来吧，我没有犯法，看他能把我怎样。是好汉决不逃走，让他来吧。(躺在地上睡去。)

(序幕第一场 6—14 行)

说明："一寸我也不移"（"I'll not budge an inch"）是补锅匠克利斯朵夫·斯赖对日常英语作出的最大贡献。这句话的另一个说法——"I'll not yield an inch"，在《驯悍记》完成不久前已经加入了英语词汇，但是斯赖的独特自创却流传了下来。"budge"作为动词来使用，意思是"躁动、移动"，这在当时也是十分新鲜的；现有的最早的例子出自 1590 年，约早于本剧 3 年。

《牛津英语大词典》指出，这个动词几乎一直用于否定句——你永远只能在某处"not budge"；如果说"Oh, sure, I'll budge if you like"（哦，没问题，要是你愿意我就挪开），听起来就会很滑稽。在另一部完成于《驯悍记》不久之后的喜剧《威尼斯商人》里，朗斯洛特·高波（Launcelot Gobbo）讲述了心中良知与恶念的斗争，良知说"Launcelot, budge not"（II. ii. 18）（朗斯洛特，别动摇），恶念则催促他"budge"。

《驯悍记》开场时，斯赖喝醉后跌跌撞撞地走出了一家酒馆，在那儿闹事。老板娘要求他赔偿打破的玻璃杯，他拒绝了，老板娘于是要诉诸法律——去找"thirdborough"，也就是治安官。他那无厘头的答复——"过去吧，圣杰洛尼米！"（"Go by, Saint Jeronimy!"）——是一句念错了的名言（"Go by, Hieronymo!"），出自托马斯·基德的《西班牙悲剧》（*The Spanish Tragedy*），Hieronymo 为剧中主角，被认为可能是莎翁笔下哈姆雷特的原型。伦敦当局常抱怨说，像斯赖这样爱逛剧院的学徒工，该在店里补锅时不好好待着，却爱去剧院搞破坏，又爱喝酒闹事。

【其他经典名句】

* Therefore they thought it good you hear a play
And frame your mind to mirth and merriment,
Which bars a thousand harms and lengthens life. (Induction. ii. 137-139)
太多的忧愁会使人发狂，因此他们以为您最好听听戏开开心，这样才可以消灾延寿。

* And let the world slip, we shall ne'er be younger. (Induction. ii. 145)
让我们享受青春，管他什么世事沧桑！

* There's small choice in
rotten apples. (I. i. 133-134)
两只坏苹果之间，没有什么选择。

* Nothing comes amiss, so
money comes withal. (I. ii. 80-81)
什么都可以不在乎，可就是得有钱。

* Who woo'd in haste and means to wed at leisure. (III. ii. 11)

他求婚的时候那么性急，一到结婚的时候，却又这样慢腾腾了。

* For 'tis the mind that makes the body rich;
And as the sun breaks through the darkest clouds,
So honor peereth in the meanest habit. (IV. iii. 170-172)

因为使身体阔气，还要靠心灵。正像太阳会从乌云中探出头来一样，布衣粗服，可以格外显出一个人的正直。

* To offer war where they should kneel for peace,
Or seek for rule, supremacy, and sway,
When they are bound to serve, love, and obey. (V. ii. 163-165)

应当长跪乞和的时候，她却向他挑战；应当尽心竭力服侍他、敬爱他、顺从他的时候，她却企图篡夺主权，发号施令。

《第十二夜》
Twelfth Night

图 1-32　《奥西诺与薇奥拉》(Frederick Richard Pickersgill 绘制，1850 年)

【导言】

《第十二夜》是一部浪漫喜剧，与莎士比亚许多其他剧作不同的是，它有另外一个名字——《各遂所愿》(*What You Will*)。整个故事围绕着伪装、幻觉、隐藏身份等主题发展，剧情本身就十分有趣，再加上几个角色，如奥丽维娅(Olivia)的管家马伏里奥(Malvolio)、小丑费斯特(Feste)等的行为、言语，更增添了喜剧效果，引出许多笑话。这出喜剧被认为是莎士比亚最优秀的喜剧之一。

《第十二夜》原来就是为庆祝主显节(Epiphany)前夕而作。1 月 5 日的主显节前夕(第十二夜)是基督教节日的一个分支，那一天晚上是十二天圣诞季的最后一夜，之后就是圣诞节后第十二日(1 月 6 日)的主显节了，主显节纪念的是东方三博士对耶稣基督的朝拜。不过，在《第十二夜》整个剧本中没有任何与这个节日或圣诞节有关的内容。到了伊丽莎白时期的英国，主显节已经演变成狂欢作乐的日子，主显节过后接着就是狂欢季的开始，狂欢季要一直持续到忏悔星期二(四旬节的前一天)。所以《第十二夜》的剧名，或许暗示着一个脱离现实的嘉年华世界，任何离奇的事件都不需要合理的解释，所有不合常理的结局也都可以成立。比如故事一开始，奥丽维娅就那么坚定地说七年为其兄长守丧，七年不嫁也不见外人，可她刚见薇奥拉(Viola)一面就爱上了她。奥西诺(Duke Orsino)在几分钟前还以为薇奥拉是个男仆，却一下子就接受仍穿着男装的她，并决定娶她为妻子。

本剧的首演也确实在“第十二夜”。霍特森(Leslie Hotson)曾写了一本书名叫《第十二夜的首夜》(*First Night of Twelfth Nights*)，内容就是描述该剧首演的状况。霍特森相信，莎翁是奉皇室之命，因应意大利伯恰诺公爵(Duke of Bracciano)奥西诺(Don Virginio Orsino)造访英国，而写下这个剧本，并在1600年的圣诞节后第十二夜(也就是隔年的1月6日)演出。但公爵来访的消息在12月26日才传至英国，若霍特森所言属实，那就表示：在短短的十一二天之内，莎翁就写好剧本，所有演员就熟记台词并完成排演。

被誉为“娇艳明媚”喜剧的《第十二夜》是莎士比亚创作第一时期写下的最后一个喜剧。国际莎学界一般认为，这出喜剧是莎士比亚创作道路上从欢乐喜剧走向阴暗喜剧的转折点，此后仅有的两部喜剧《终成眷属》和《一报还一报》均是在逗笑中蕴含颇多苦涩，而且自这出戏以后，莎翁就进入了他最辉煌的悲剧创作时期。这部戏里的爱恨纠葛主要来源于英国作家巴纳贝·黎西(Barnabe Rich)的短篇小说《阿波纽斯和西拉的历史》(*Of Apollonius and Silla*)，而这一作品则又是根据意大利小说家班戴洛的小说而写成。

读《第十二夜》的故事，无论读到哪个桥段，都会感到轻松舒畅。剧中的两个女主人公尤为给人留下深刻的印象：奥丽维娅和薇奥拉不仅品貌出众，而且才情过人，有高尚的自我牺牲精神和忠贞不二的品德，言谈举止无不闪耀着文艺复兴时期人文主义者的理想光环。她们无私忘我、坚贞不渝的性格是在蔑视世俗观念、争取人格独立、追求人人平等的苦斗中形成的。除了迷人的女主人公之外，最令人捧腹的莫过于马伏里奥了。他为了飞黄腾达，费尽心机地阻挡伯爵小姐所有的追求者，而自己却打着吃“天鹅肉”的如意算盘。不想，最终偷鸡不成蚀把米，多情反被无情弄，落得个出丑露乖的下场。

尽管莎士比亚向我们描述了一个俗套的三角恋的喜剧故事，即薇奥拉、奥丽维娅和奥西诺之间的情感纠葛(第五幕开场之时奥西诺仍想着追求奥丽维娅，在最终真相大白之前确实存在她爱他、他爱她、她爱她的三角闭环)，但在剧情展开的过程中，我们却能时时感受到他想要表达的人文主义爱情观和人生观。与此同时，这一喜剧的主题思想和社会意义也自然地流露了出来：奥丽维娅以纪念亡兄为借口而守丧，其实是对爱而不得的一种自我保护，而一见到了女扮男装的薇奥拉，她心中的爱情之火就立刻点燃了。通过这一戏眼，莎翁想告诉我们，违反人性的禁欲主义是绝对应该批判的，而觉醒了的爱情则更显可贵，尽管这一段“爱恋”终究没有结果，却唤醒了奥丽维娅胸中潜伏已久的爱的欲望。剧中的一对对佳偶都是反对封建门第观念的斗士：薇奥拉以侍童的身份爱上了身份尊贵的公爵奥西诺，伯爵小姐奥丽维娅拒绝门当户对的伯爵的追求，转而爱上地位卑下的男仆，最后又与对其一见钟情的西巴斯辛(Sebastian)走到了一起。这一串串爱情的轨迹无不投射出爱情战胜门第的题旨。纯洁的亲情与友情也是莎翁着力要表现的另一主题：薇奥拉甘当伯爵的信使，终究赢得了他本人的好感，为他们之间爱的萌芽奠定了坚实的基础；薇奥拉与兄长西巴斯辛相互关怀，互为承担；奥丽维娅对亡兄的深切思念，幻化为真实的守孝；西巴斯辛与安东尼奥(Antonio)船长之间风雨同舟，患难与共。莎翁笔下这一幕幕感人至深的场景无不折射出友情的璀璨光芒，也反过来映衬并抨击了伪善的马伏里奥、粗鄙不堪的托比爵士(Sir Toby)之流的陋习和败行，更加升华了友谊的高尚纯美这一主题。

【剧情简介】

图 1-33　《奥丽维娅》(Edmund Leighton 绘制，1888 年展出)

西巴斯辛和薇奥拉是相貌相同的孪生兄妹。在一次航海事故中，两人在伊利里亚(Illyria)①岸边失散。薇奥拉以为哥哥身遭不幸，便女扮男装，化名西萨里奥(Cesario)，投到当地奥西诺公爵的门下当侍童。奥西诺公爵派薇奥拉替他向年轻貌美而富有的伯爵小姐奥丽维娅求婚。可是，这时薇奥拉对主人奥西诺暗恋已久。而奥丽维娅却对代主求婚的薇奥拉一见钟情。事情变得微妙复杂了。

① 伊利里亚是古代南欧国名，在今欧洲巴尔干半岛西北部，包括亚德里亚海东岸及其内地，大致相当于今斯洛文尼亚、克罗地亚和波斯尼亚—黑塞哥维那部分地区。

与此同时，一个密谋正在奥丽维娅家中进行。她的叔父托比等人由于受到傲慢的大管家马伏里奥的斥责，欲对他进行报复。他们模仿奥丽维娅的笔迹写了一封情书给马伏里奥，信中鼓励他大胆求爱，并要他经常穿着令人厌恶的黄色长袜。马伏里奥鬼迷心窍，上了他们的当，丑态百出；而奥丽维娅则以为管家在发疯。

为赢得奥丽维娅的芳心，奥西诺再次派薇奥拉到奥丽维娅的家中游说。奥丽维娅愈加爱慕薇奥拉了。而奥丽维娅的叔父却执意要将她嫁给蠢笨的富户安德鲁(Sir Andrew)，于是便与奥丽维娅的女仆玛莉娅(Maria)一起极力鼓动安德鲁和薇奥拉决斗。

原来薇奥拉的哥哥西巴斯辛遇难时被海盗船长安东尼奥所救，俩人结成莫逆之交。来到伊利里亚后，安东尼奥船长惧怕伊利里亚当局的追捕，不能陪西巴斯辛逛城，便把钱袋交给他使用。

安东尼奥船长意外地碰到正在和安德鲁决斗的薇奥拉，他错把她当成她的哥哥西巴斯辛，遂上前拔刀相助。然而，路过此地的警察认出了他并把他逮捕。安东尼奥看到薇奥拉对自己被捕既无动于衷，也不肯还他钱袋，大为吃惊，遂指责她忘恩负义。安德鲁等人还想找薇奥拉决斗，但是他们遇到了西巴斯辛，错把他当成薇奥拉，便拔剑相向，幸被及时赶来的奥丽维娅所制止。奥丽维娅也错把西巴斯辛当成薇奥拉，并把他请到家里示爱，俩人遂私下结成百年之好。

马伏里奥被宣布患有精神错乱而关进了暗室，并被装扮成牧师的小丑而遭百般戏弄。后来马伏里奥得机写信向奥丽维娅小姐申辩，才使得真相大白。

最后，西巴斯辛和薇奥拉兄妹重逢，和奥丽维娅相爱；奥西诺公爵被薇奥拉的品貌所感动，宣布娶她为妻；安东尼奥船长亦获自由。除马伏里奥外，众人均皆大欢喜。

【演出及改编】

图 1-34　马伏里奥向奥丽维娅示爱，侍女玛莉娅在一旁偷笑(Daniel Maclise 绘制，1840 年)

早在1602年2月2日，《第十二夜》就曾在中殿律师学院①的礼堂上演过，当时一名现场观看的律师John Manningham在日记里对此有很详细的描述。除了对马伏里奥的表演颇感兴趣之外，他还提到了一个很有意思的现象，那就是，由男演员来扮演女性角色，而这名女性本身又在女扮男装。伊丽莎白时期的戏剧结构原本就系统地将性别差异的本质与含义做了模糊的处理，而男演员扮女角也正是这一时期戏剧演出的一个自然特点，但在《第十二夜》这部戏里，这种性别的错位却有特殊的意义。正因为《第十二夜》的本质就在于对性别认同与性吸引力的探索，于是让男演员来扮演薇奥拉就加深了人们对雌雄共体和性别模糊的印象。多数现代学者认为，《第十二夜》中关于性别的描述其实来自莎翁所处的时代里普遍认知的一个现象，那就是“女人不过是不完美的男人”。这种想法也充分解释了为什么在《第十二夜》的演员和角色里，性别之间的差异几乎是难以分辨的了。

之后《第十二夜》经多次改编，并反复被搬上舞台。1955年，在莎士比亚纪念剧院(Shakespeare Memorial Theatre)上演了《第十二夜》，该剧由劳伦斯·奥利弗扮演马伏里奥，费雯·丽(Vivien Leigh)则一人分饰薇奥拉和西巴斯辛两角。还有一个值得一提的演出是1984年10月到11月在美国明尼阿波里斯市的表演，该剧将整个背景置于一个原始的马戏世界，进一步强调了它欢快的嘉年华色调。

《第十二夜》曾被多次改编成影视作品。早在1910年，美国就发行了默片。之后苏联、美国、英国都多次将它改编并搬上银幕。1996年的英国片《第十二夜》将剧情放置在19世纪，因为剧中很多喜剧素材都有生搬硬套之嫌，该片上映后受到了不少批评。2006年的一部影片《她就是这个男人》(*She's the Man*) 将这个故事改编成了一个当代儿童喜剧，故事发生在一所名叫伊利里亚的预科学校里。奥斯卡获奖影片《恋爱中的莎士比亚》(又译《莎翁情史》)(*Shakespeare in Love*)对《第十二夜》的写作有不少暗示：在影片临近结尾处，伊丽莎白一世命莎士比亚为主显节前夜的庆典写一部喜剧。影片中莎士比亚的爱人“薇奥拉”由因本片而荣获奥斯卡影后的格温妮丝·帕特洛(Gwyneth Paltrow)所扮演，在片中她是一位富商之女，假扮男孩来当演员；而莎士比亚则是个经济上捉襟见肘，事业上又文思枯竭的剧作家，正打算创作一部名为《罗密欧与朱丽叶》的戏剧。在影片的最后一场戏里，“薇奥拉”成了莎士比亚创作《第十二夜》女主人公“真正”的灵感源泉。

我国人民对《第十二夜》这部作品也尤为喜爱，曾经多次以各种艺术形式将它搬上舞台。早在1957年，上海电影演员剧团就在上海公演了《第十二夜》，孙道临、秦怡等人均参加了演出；1959年，上影演员剧团再度演出这一名著，时逢党的八届七中全会在上海召开，毛泽东、周恩来等中央领导观看了此剧并亲切接见了主创人员；1985年，广州红豆粤剧团演出的粤剧《天作之合》就是根据《第十二夜》改编的；1986年2月，越剧《第十二夜》

① 中殿律师学院(Middle Temple)，英国伦敦四个培养律师的组织之一。

在上海首演，参加第三届上海戏剧节和首届中国莎士比亚戏剧节，该剧将莎剧人物情节的内涵与越剧的表演艺术和谐地结合了起来，被誉为“东西方戏剧的有机综合”；同年4月，上海木偶剧团改编的《孪生兄妹》在风雷剧场首演，该剧同样也是为参加莎剧节而创作的；同年春，中国香港艺术节也演出了粤语话剧《元宵》(根据《第十二夜》改编)。

【经典名段中英文对照赏析】

DUKE ORSINO

If music be the food of love, play on;
Give me excess of it, that, surfeiting,
The appetite may sicken, and so die.
That strain again, it had a dying fall:
O, it came o'er my ear like the sweet sound,
That breathes upon a bank of violets,
Stealing and giving odour! Enough; no more:
'Tis not so sweet now as it was before.

(Act 1, Scene 1, 1-15)

奥西诺公爵 假如音乐是爱情的食粮，那么奏下去吧；尽量地奏下去，好让爱情因过饱噎塞而死。又奏起这个调子来了！它有一种渐渐消沉下去的节奏。啊！它经过我的耳畔，就像微风吹拂一丛紫罗兰，发出轻柔的声音，一面把花香偷走，一面又把花香分送。够了！别再奏下去了！它现在已经不像原来那样甜蜜了。

(第一幕第一场1—15行)

说明：伊利里亚的奥西诺公爵掌管《第十二夜》里欢乐而又混乱的世界，他以颇具节庆的气氛揭开了本剧的大幕，由于这个忧郁恋人的矫揉造作，本剧的开场显得有些酸溜溜的。他深信自己已经疯狂地爱上了一位富有的小姐，可惜对方对他却没有意思，而且正在为她哥哥服丧，因此对奥西诺不合时宜的殷勤大为光火。公爵为自己的相思病想了个疗方，那就是用热情把自己撑饱。

奥西诺任性闹情绪的行为让人觉得很好笑，这种例子在莎剧中比比皆是，其间最为生动的莫过于《皆大欢喜》和《无事生非》。对于像奥西诺一样喜欢装模作样要忧郁的人而言，其所作所为无非是想引起别人的注意，这么一来，做作的肢体语言要比真诚的情感显得重要得多。

MARIA　If you desire the spleen, and will laugh
yourselves into stitches, follow me. Yond gull Malvolio
is turn'd heathen, a very renegado; for there is no
Christian that means to be sav'd by believing rightly
can ever believe such impossible passages of
grossness. He's in yellow stockings.
SIR TOBY　And cross-gartered?
MARIA　Most villainously; like a pedant that keeps a
school i' th' church.

(Act 3, Scene 2, 66-74)

玛 莉 娅　要是你们愿意捧腹大笑，不怕笑到腰酸背痛，那么跟我来吧。那只蠢鹅马伏里奥已经信了邪道，变成一个十足的异教徒了；因为没有一个相信正道而希望得救的基督徒，会作出这种丑恶不堪的奇形怪状来的。他穿着黄袜子呢。
托比爵士　袜带是十字交叉的吗?
玛 莉 娅　再难看不过的了，就像个在寺院里开学堂的塾师先生。

(第三幕第二场 66—74 行)

说明："stitch"作为名词的本来意思是"stab"，即用物体尖锐的头去扎。从这个意思我们衍生了大多数其他含义，既可作名词，也可作动词来使用。我们"stitch"布料就是用针去刺布；慢跑时产生"stitches"就是感到刺痛。玛莉娅邀请同伙们来"laugh yourselves into stitches"，就是指大笑这种有氧运动所产生的面部扭曲和刺痛。在文艺复兴的精神生物学的概念里，人们认为这类狂喜的情绪，是藏在脾脏里的，这里也是其他突发情绪的发源地。此时激发这个器官活动的原因是管家马伏里奥被骗，以为主人奥丽维娅小姐爱上了他，还以为她酷爱黄袜子和"十字交叉"的袜带。这些极其做作的服饰显然不适合马伏里奥的着装风格，只会让奥丽维娅更加坚信他真的发疯了。

MALVOLIO　Go hang yourselves all! You are idle shallow
things, I am not of your element. You shall know more
hereafter. [*Exit*]
SIR TOBY　Is't possible?

FABIAN If this were play'd upon a stage now, I could condemn it as an improbable fiction.

(Act 3, Scene 4, 123-128)

马伏里奥 你们全给我去上吊吧！你们都是些浅薄无聊的东西；我不是跟你们一样的人。你们就会知道的。(下。)

托比爵士 有这等事吗?

费　　边 要是这种情形在舞台上表演起来，我一定要批评它捏造得出乎情理之外。

(第三幕第四场 123—128 行)

说明：玛莉娅、托比爵士和他们一帮人本来在一起狂欢作乐，却被马伏里奥给扫了兴，于是极为恼怒，决定报复马伏里奥，骗他做出完全疯狂的举动。(参见“laugh yourselves into stitches”)女主人奥丽维娅对马伏里奥的新造型和挑逗举动嗤之以鼻，称之为“愚蠢之至”(“mid-summer madness”)，并把他交给他的敌人处置，在这里继续受折磨。出鬼点子的费边惊讶于马伏里奥竟然这么容易上当受骗，把近来发生的一些事比作一出糟糕的戏。(莎士比亚善于让剧中角色引起观众注意，提醒观众他是虚构故事的一分子，这不是第一次也不是最后一次，不过这是最有名的一个例子。)“不合情理的虚构故事”(“improbable fiction”)之所以受到谴责，主要是因为当时从亚里士多德那里传承的批评的教条：可能性——舞台上发生的也可以真的在现实生活中发生——是喜剧的必然要素。当然，费边、莎士比亚和每一个观众都知道马伏里奥这么好骗主要是为了博大家一笑，管他合不合亚里士多德的理论呢。

【其他经典名句】

* Better a witty
fool than a foolish wit. (I. v. 34-35)
与其做愚蠢的智人，不如做聪明的愚人。

* What is love? 'tis not hereafter;
Present mirth hath present laughter; What's to come is still
unsure:
In delay there lies no plenty;
Then come kiss me, sweet and twenty,
Youth's a stuff will not endure. (II. iii. 47-52)

什么是爱情？它不在明天；欢笑嬉游莫放过了眼前，将来的事有谁能猜料？不要蹉跎了大好的年华；来吻着我吧，你双十娇娃，转眼青春早化成衰老。

* Then let thy love be younger than thyself,
Or thy affection cannot hold the bent:
For women are as roses, whose fair flower
Being once display'd, doth fall that very hour. (II. iv. 36-39)

那么选一个比你年轻一点的姑娘做你的爱人吧，否则你的爱情便不能常青——女人正像是娇艳的蔷薇，花开才不久便转眼枯萎。

* Some are born great, some achieve
greatness, and some have greatness thrust upon 'em. (II. v. 140-141)

有的人是生来的富贵，有的人是挣来的富贵，有的人是送上来的富贵。

* In nature there's no blemish but the mind;
None can be call'd deform'd but the unkind:
Virtue is beauty, but the beauteous evil
Are empty trunks o'er flourish'd by the devil. (III. iv. 366-369)

心上的瑕疵是真的垢污；无情的人才是残废之徒。善即是美；但美丽的奸恶，是魔鬼雕就文彩的空椟。

* Thus the whirligig of time brings in his revenges. (V. i. 369)

风水轮流转，您也遭了报应了。

《维洛那二绅士》
The Two Gentlemen of Verona

图 1-35　凡伦丁从普洛丢斯手上救走西尔维娅(William Holman Hunt 绘制，1851 年)

【导言】

这是莎士比亚早期一出关于友情、爱情、见异思迁和重归于好的欢快喜剧，也是所有莎剧中人物最少的一部戏。二绅士中一个忠于爱情，更忠于友情；另一个则喜新厌旧，贪图钱财，不惜试图夺取朋友的情人，最终悔过而回到自己原来恋人的身旁。两位女主角，一位是著名歌曲《西尔维娅伊何人》(*Who is Sylvia*)的歌中人，一位是莎士比亚笔下第一个女扮男装的勇敢女性朱丽娅(Julia)。本剧中还有两个富于英国乡土味的情节。一是丑角朗斯(Launce)和他的小狗克来勃(Crab)。朗斯是普洛丢斯(Proteus)的傻仆，被认为是这部戏的一大亮点，而他的狗克来勃则被认为是这部经典里最抢戏的不会说话的角色。二是类似罗宾汉的一伙绿林强盗。这使本剧有了自己的特色，因为本来求婚者角逐的故事是文艺复兴时期意大利、西班牙、葡萄牙、英国喜剧中一个共同的主旋律，易于雷同。莎士比亚年轻志高，在本剧中作了一些突破性的尝试，从中可以看出莎士比亚日后大加发挥的一些奇思妙想的最初酝酿。

本剧的具体创作日期至今未有定论，但普遍认为这是莎士比亚最早的作品之一，约作于1594年前后。有一种说法认为，《维洛那二绅士》可能是莎士比亚第一部用于舞台演出的作品，因为它暴露了莎士比亚的经验不足以及对技术处理的不确定性。如在最后一场戏的处理上，忠诚的恋人把他心爱的姑娘让给了企图强暴她的人，作为一种宽恕的见证，这种表现方式其实是莎士比亚缺乏成熟性的一个标志。这部戏也收入了1623年出版的《第一对开本》。

此剧主要取材于当时已译成英文的《意大利二绅士》(《十日谈》中的情节)。有些情节也可能来自葡萄牙诗人蒙特马约(Jorge de Montemayor)创作的小说《情人戴安娜》(*Los Siete Libros de la Diana*)。据说，莎士比亚最初可能读的是该小说的法文译本或是未正式出版的英文译本，甚至他还有可能看过一部取材于该小说的英文戏剧《菲力克斯和菲利梅娜的故事》(*The History of Felix and Philiomena*)。《维洛那二绅士》中四个年轻人之间纠葛的爱情故事同这本小说里的情节如出一辙。

比较来看，本剧在莎剧中名声不算很大，但它对理解莎士比亚的创作却很有帮助。在写法上，它一反传统的闹剧形式，开始着力塑造人物。剧中仆人之间的谈话俏皮幽默，男女主人公的抒情独白优美动人，言词隽永。朱丽娅仿佛是莎士比亚剧中一系列形象，包括《皆大欢喜》中的罗瑟琳、《第十二夜》中的薇奥拉和《辛白林》中的伊摩琴(Imogen)的原型。她们都曾女扮男装，都忠实于自己的感情，又都具有果断坚毅、奋力进取的自强性格。莎士比亚从她们身上捕捉内在的心理，寻找人间的美德，这一系列女性人物群像，成为莎士比亚戏剧人物的重要组成部分。从人物性格描写看，莎士比亚更注重典型环境中的典型人物，如小丑朗斯，不仅滑稽幽默，而且善良机智，有正义感，是作者生活观点的直接表达者。他的言行绝不代表自身，而是让人看到人民的智慧和美德。而莎士比亚在《维洛那二绅士》中，仅仅以一段独白(见【经典名段中英文对照赏析】)，就把一个傻里傻气、外愚内秀，充满人情味的傻得可爱的丑角活灵活现地展现在了观众的面前。恩格斯曾对傻仆朗斯给予了极高的评价："单是那个兰斯(朗斯)和他的狗克莱勃(克来勃)就比全部德国喜剧加在一起更具有价值。"①

由于是莎士比亚的早期作品，该故事中对人物的塑造相对简单。凡伦丁(Valentine)是忠诚不贰的典范，普洛丢斯是对爱情不忠的情人，朱丽娅代表了多情的女性，西尔维娅(Sylvia)则是常规的稳重女性。原作中大量运用了双关语，在伊丽莎白时期戏剧中很常见。而且根据猜测，该早期作品现存的内容是经过删减的，这也能解释文中的许多前后矛盾。如场景的切换前后不连贯，人物的性格不统一，等等。但该作品情节发展节奏适宜，并且穿插了荒诞的细节描述，使得故事情节的进展出乎意料。作为莎士比亚早期的练笔，已经

① 转引自孙家琇：《马克思 恩格斯和莎士比亚戏剧》，中国戏剧出版社，1981年版，第15页。

可以初见他的功底。该剧的情节具有相当的戏剧效果，使舞台不会留有单调气氛。

【剧情简介】

图 1-36 《西尔维娅》(Charles Edward Perugini 绘制，1888 年)

凡伦丁和普洛丢斯是维洛那出身贵族的一对要好的朋友。凡伦丁不愿意驻守家园，把青春消磨在慵懒的无聊中，于是他决定去米兰见见世面。普洛丢斯却沉浸在和朱丽娅的爱情之中，对学问和世事都毫不关心。凡伦丁到达米兰公爵府后，被公爵女儿西尔维娅的美貌和善良所吸引。西尔维娅也爱上了他，两人渐生浓浓的爱意。此时的普洛丢斯也被父亲送到了公爵府求职，意图日后有所成就。临行前，他与朱丽娅山盟海誓，可是当他见到西尔维娅的时候，便立刻爱上了她。他向公爵密告了凡伦丁和西尔维娅要私奔的事情，导致凡伦丁被放逐。

而朱丽娅为了寻找爱人，女扮男装只身前往公爵府并成为侍从。当她目睹普洛丢斯对西尔维娅的爱意后，伤心极了，可她偶然了解到西尔维娅爱的是凡伦丁。此时的凡伦丁在森林中遭到强盗的抢劫，可因为他一番机智的说辞，强盗们将他推为首领。正在思念着凡伦丁的西尔维娅正面对着父亲的逼婚，在爱格勒莫(Eglamour)老先生的帮助下，她顺利地逃出王宫，但却被凡伦丁领导的强盗们所抓获。正当她要被带到凡伦丁的面前时，普洛丢斯却带着伪装成他的侍从的朱丽娅前来拯救西尔维娅。普洛丢斯在众人面前向西尔维娅诉说爱意，却发现凡伦丁也在现场。普洛丢斯不由得感到一阵羞愧，他当下表示忏悔。凡伦丁大度地原谅了他。而朱丽娅也向普洛丢斯表明身份，他被她真挚的爱所打动，重新爱上了她。由于凡伦丁对西尔维娅勇敢的爱，公爵决定成全他们，并赦免了凡伦丁手下的强盗们。于是两对相爱的人一起回到王宫举行了盛大的婚礼。

【演出及改编】

图 1-37　凡伦丁向西尔维娅示爱，她的父亲米兰公爵在一边偷看(Alfred Elmore 绘制，1857 年)

莎士比亚时代并无关于这部戏的演出记载，我们所知的最早演出是 1762 年在特鲁里街剧院的表演，这个版本突出了朗斯和他的狗的角色。莎士比亚的原本则于 1784 年在卡文园上演。从 18 世纪中期开始，导演们常常删去最后一场中凡伦丁将西尔维娅让给曾经企图强暴她的普洛丢斯，作为宽恕和友谊的象征的桥段。《维洛那二绅士》上演较少，在说英语的国家的演出并不太成功；相反，在欧洲大陆却要受欢迎得多。著名的莎翁学者斯坦利·威尔斯(Stanley Wells)[①]曾说："经过改编，增加音乐元素，调整最后一场戏的重点，

① 斯坦利·威尔斯(Stanley Wells，1930—　)，著名莎士比亚学者，曾担任莎士比亚出生地信托基金会(Shakespeare Birthplace Trust)名誉主席，也是牛津大学出版社和企鹅出版社莎士比亚系列丛书总编。

从而减少凡伦丁将西尔维娅献给普洛丢斯的突兀，再加上场景的更新，这部戏就最为成功了。”①

1971—1973 年，这部戏曾以音乐剧形式上演。2004 年，斯图尔特·德雷珀(Stuart Draper)把这出戏改编成了一个同性恋的版本，在纽约的格林威治剧场上演。2009 年，导演乔·道宁(Joe Dowling)执导了最新的《维洛那二绅士》，这个版本把整出戏当成 1955 年的一个电视直播秀。巨大的黑白监视器被放置在舞台两侧，摄像机把舞台上的表演实时记录，在演出前和间隙还有广告插播。演员嘴里说的是原剧中的台词，穿的则是现代服装，用的是 20 世纪 50 年代的道具。这并不是一个音乐剧版本，而是一个摇滚乐加舞蹈，偶尔还混杂有动作戏的新的艺术形式。

在电影《恋爱中的莎士比亚》(又名《莎翁情史》)里，《维洛那二绅士》的片段就曾为女王伊丽莎白一世演出过，并受到了极大的关注。2000 年，在美国大受欢迎的电视剧《恋爱时代》(*Dawson's Creek*，又名《道森的小溪》)第四季《海角边的二绅士》(*The Two Gentlemen of Capeside*)，就轻松地借鉴了《维洛那二绅士》的主题：道森(Dawson)和佩西(Pacey)，两个好朋友，因为爱上了同一个女孩而反目成仇。故事一开始就是剧中人在英语课上阅读《维洛那二绅士》。

至于中国改编本剧的演出则较少，目前只上演了 1985 年的一部川剧。

【经典名段中英文对照赏析】

LAUNCE

I think Crab, my dog, be the sourest —
natured dog that lives: my mother weeping, my father
wailing, my sister crying, our maid howling, our cat
wringing her hands, and all our house in a great
perplexity, yet did not this cruel-hearted cur shed one
tear: he is a stone, a very pebble stone, and has
no more pity in him than a dog: a Jew would have wept
to have seen our parting.

(Act 2, Scene 3, 5-12)

① Wells, Stanley; Taylor, Gary; Jowett, John; Montgomery, William. *The Oxford Shakespeare: The Complete Works*. Oxford: Oxford University Press, 2005, p. 1.

朗斯　我想我的狗克来勃是最狠心的一条狗。我的妈眼泪直流，我的爸涕泗横流，我的妹妹放声大哭，我家的丫头也嚎啕喊叫，就是我们养的猫儿也悲伤得乱搓两手，一份人家弄得七零八乱，可是这条狠心的恶狗却不流一点泪儿。他是一块石头，像一条狗一样没有心肝；就是犹太人，看见我们分别的情形，也会禁不住流泪的。

（第二幕第三场 5—12 行）

说明：这段独白是第二幕第三场的开场戏，此时朗斯正牵着他的狗走在维洛那的街道上，这也是他在本剧的第一次亮相。此刻他刚离开自己的家乡，准备跟随主人普洛丢斯前往京城。这段话有点相当于他的自我介绍，有关他的家世背景也一目了然。字里行间，他自说自话，但也看得出他家里浓厚的人情味以及他和小狗克来勃之间的友谊。语言风趣幽默，一个可爱的小丑形象跃然纸上，被莎学专家称为本剧的一大亮点。

VALENTINE

Then I am paid;
And once again I do receive thee honest.
Who by repentance is not satisfied
Is nor of heaven nor earth, for these are pleas'd:
By penitence the Eternal's wrath's appeas'd.
And, that my love may appear plain and free,
All that was mine in Silvia I give thee.

(Act 5, Scene 4, 77-83)

凡伦丁　那就罢了，
你既然真心悔过，我也就不再计较，仍旧把你当做一个朋友。
能够忏悔的人，
无论天上人间都可以不咎既往。
上帝的愤怒也会因为忏悔而平息的。
为了表示我对你的友情的坦率真诚起见，
我愿意把我在西尔维娅心中的地位让给你。

（第五幕第四场 77—83 行）

说明：凡伦丁为人谦卑善良，对朋友慷慨无私，对爱情忠贞不渝，堪称完美。他注重友谊，甚至把友情看得比爱情还要重，对昔日好友的图谋不轨毫无戒心。与邪恶的普洛丢斯的性格刚好相反，但却善良得有些失去了原则，显得不近情理，过于理想化。从这段台词我们可以看出，当普洛丢斯对自己的行为稍作忏悔之后，凡伦丁竟然天真地提出把心爱的西尔维娅让给他，这在现实生活中显然是很难成立的。

【其他经典名句】

* Love, thou know'st, is full of jealousy. (II. iv. 177)
你知道爱情是充满着嫉妒的。

* Win her with gifts, if she respects not words:
Dumb jewels often in their silent kind
More than quick words do move a woman's mind. (III. i. 89-91)
她要是不爱听空话，那么就用礼物去博取她的欢心；
无言的珠宝比之流利的言辞，
往往更能打动女人的心。

* A woman sometime scorns what best contents her. (III. i. 93)
女人有时在表面上装作不以为意，其实心里是万分喜欢的。

* Hope is a lover's staff: walk hence with that
And manage it, against despairing thoughts. (III. i. 246-247)
希望是恋人们的唯一凭藉，你不要灰心，尽管到远处去吧。

* You must lay lime to tangle her desires
By wailful sonnets, whose composed rhymes
Should be full-fraught with serviceable vows. (III. ii. 68-70)
您该写几首缠绵凄恻的情诗，申说着您是怎样愿意为她鞠躬尽瘁，才可以笼络住她的心。

* Black men are pearls in beauteous ladies' eyes. (V. ii. 12)
粗黑的男子，是美人眼中的明珠。①

① 美女喜欢丑男。

第二章
莎士比亚的历史剧世界

莎士比亚一生共创作了10部历史剧，也有人说是11部[①]，依次包括《亨利六世》(上)(*Henry VI, Part I*)、《亨利六世》(中)(*Henry VI, Part II*)、《亨利六世》(下)(*Henry VI, Part III*)、《理查三世》(*Richard III*)、《约翰王》(*King John*)、《理查二世》(*Richard II*)、《亨利四世》(上)(*Henry IV, Part I*)、《亨利四世》(下)(*Henry IV, Part II*)、《亨利五世》(*Henry V*)，以及《亨利八世》(*Henry VIII*)。

莎士比亚的10部历史剧中有9部均创作于他的第一时期，即1590—1600年，这个时期同样也是他的喜剧创作的高峰期。9部历史剧中除《约翰王》是写13世纪初的英国历史之外，其他8部则是内容相衔接的2个四部曲：《亨利六世》(上)(中)(下)与《理查三世》涉及了15世纪中后期的某些历史事件；《理查二世》、《亨利四世》(上)(下)与《亨利五世》则反映的是15世纪早期的历史事件，涉及的历史时期涵盖了从亨利四世推翻理查二世统治(1399)到亨利五世在阿金库尔战役(Battle of Agincourt)中战胜法国军队(1415)。这些历史剧概括了英国历史上百余年间的动乱，塑造了一系列正、反面君主形象，反映了莎士比亚反对封建割据，拥护中央集权，谴责暴君暴政，要求开明君主进行自上而下改革，建立和谐社会关系的人文主义政治与道德理想。

这一时期莎士比亚人文主义思想和艺术风格的逐渐形成，与当时的历史现状是分不开的。当时的英国正处于伊丽莎白女王统治的鼎盛时期，王权稳固统一，经济繁荣。莎士比亚对在现实社会中实现人文主义理想充满信心，作品洋溢着乐观明朗的色彩。比如，《亨利四世》展现的是国内局势动荡的画面，贵族们联合起来反叛国王，但叛乱最终被平息；王太子早先生活放荡，后来认识错误，在平定内乱中立下战功。剧作中，历史事实和艺术

---

① 也有人将《爱德华三世》(*Edward III*)划入莎士比亚的历史剧范畴；但大部分批评家则认为这部作品只是疑似莎翁的剧作，并不一定是他本人所写。本书将依据后一种看法，并未将这部作品归入莎翁的历史剧类别。

虚构达到高度统一。人物形象中以福斯塔夫最为生动，此人自私、懒惰、畏缩，却又机警、灵巧、乐观，令人忍俊不禁。在莎翁的历史剧当中，很多君主是反面角色。伊丽莎白女王当然知道这一点，但她并没有下令禁止演出莎士比亚的戏剧，因为莎士比亚从来就没有对女王有任何不敬；相反，他写了很多歌颂女王和她母亲的剧本，赢得了大家的喜爱，如果他敢把女王写成反面角色，那他早就人头落地了。

虽然历史剧传统上根据创作时间分为上述的两组“四部曲”（可以从中一览莎翁创作技巧走向成熟的进程），但本章为方便梳理和理解，采取了依照历史史实的排序方式：以讲述金雀花王朝早期“无地王”的《约翰王》肇始，到本家末代国王退场的《理查二世》；随后的兰开斯特王朝始于《亨利四世》（上）（下），盛于《亨利五世》，时间跨度较大的《亨利六世》（上）（中）（下）则见证了玫瑰战争的腥风血雨；而夺取王位的约克王朝，也伴随着《理查三世》中篡权暴君“再给我一匹马”的哀嚎而落幕。经历了百年动荡的英格兰在《亨利八世》中恢复了平稳繁荣，预备迎接英国女王伊丽莎白一世。由此，读者可以借助莎翁戏剧拼接出一幅历史长卷，在诗人妙笔下品味风云变幻。

《约翰王》
King John

图 2-1 约翰王的肖像

【导言】

《约翰王》最初在舞台上演出时大获成功，不过在近现代舞台上很少上演，主要是因为此剧大体上接近于时事问题剧。1590—1610 年，自然对观众有很大的号召力，但是时过境迁，观众如今不可能仍有那种身临其境的亲切感受。本剧也是莎翁唯一一部触及当时的宗教问题以及英国君王与罗马教皇间的冲突的戏剧。从文学观点而论，此剧有急救之嫌，尚不能收入莎翁的佳作之列。

本剧据说写于 1594—1596 年，于 1623 年首次发表在《第一对开本》中，当时的标题是“The Life and Death of King John”，在历史剧部分列于首位。本剧情节开始于约翰王生命的第 34 年，仅包含了他在位的 17 年。剧本的史料仍取自霍林希德所著的《编年史》。不过，莎翁的这部戏与早前的一部历史剧《动荡不安的约翰王朝》(*The Troublesome Reign of King John*)(约作于 1589 年，作者不详)有着千丝万缕的联系。现代学者普遍认为，早期的那部戏为莎士比亚提供了素材和故事框架，只是莎翁的《约翰王》对《动荡不安的约翰王朝》中强烈的民族主义和新教偏见进行了淡化，并由此作出了适当的删节和改编。

《约翰王》这部历史剧的主人公是英王亨利二世(Henry II)和阿基坦的埃莉诺(Eleanor

of Aquitaine)①之子，也是亨利三世(Henry III)的父亲，于1199—1216年在位。本剧描写的是12、13世纪之交约翰王一生的主要经历，如他和法国王室为争夺英国王位而进行的两次战争，他对王位合法继承人的迫害、对教会的掠夺、与罗马教廷的冲突，贵族们对他的叛离和归顺，以及他被僧侣毒害致死等情节。剧中人物形象鲜明，有许多动人的情景。当约翰的寡嫂、亚瑟(Arthur)王子之母康斯丹丝(Constance)遭到法王菲利普(King Philip)的背弃时，当她的爱子被俘时，她所倾诉的怨愤和悲哀使人不由得对她产生同情；亚瑟王子在恳求赫伯特(Hubert)不要伤害他的双目时发出的近乎绝望的哀号催人泪下；而当贵族们得知亚瑟遇害后，他们对约翰的义愤和叛离使人又不禁为贵族们的义举感到振奋。剧中主要人物的性格特点，如约翰的卑怯自私、法王的伪善、法皇太子路易(Louis)的奸诈、奥地利公爵利摩琪斯(Limoges, Duke of Austria)的趋炎附势、红衣主教潘杜尔夫(Pandulph)的纵横捭阖、私生子菲利普(Philip)的粗率坦诚等，都能通过他们自己的行为表露无遗。本剧不仅显示了莎士比亚塑造人物的高超技巧，也说明他写作英国历史剧的宗旨是为了鼓励英国人民，激发他们的爱国热情。

在莎士比亚笔下，主人公约翰王是个复杂的人物形象。他自私自利，畏缩怯懦，不仅背信弃义，而且不讲道理。他不顾兄长狮心王理查(Richard the Lionheart)传王位于亚瑟的遗命，自己直接继承了王位。此后，为了巩固王位，他又多次谋害亚瑟，导致亚瑟死亡。但他并非怙恶不悛的暴君，在作恶之时或作恶之后常有忏悔之意。当他听到贵族们因亚瑟之死而背弃自己时希望亚瑟未死。法军向英国进犯时，他虽决心抗战到底，但终因无力回天而向法国妥协。他先抗议罗马教皇干涉英国内政，后又通过潘杜尔夫主教向教皇表示屈从。莎翁虽对约翰王的恶行作了批判，但对他保家卫国、反对教皇的行为还是持肯定态度的。历史上伊丽莎白女王的王位就不曾获得教皇的认可，而且她执政期间的英国国教是反对罗马教皇的新教，因此，约翰王反对教皇干政的言论无疑会得到女王的赞许。剧中的另一主要角色——私生子菲利普在某种程度上代表了英国的民族精神。他没有幻想和自责，全心致力于国家的统一，对无能君王约翰也极尽忠诚；他这么做并非基于约翰的个人魅力，而是基于约翰代表着整个民族这一特殊地位。由此，我们也可以从菲利普这里揭示出本剧的主题——维护国家的统一。

纵观莎翁的历史剧，我们不难看出，《约翰王》之前的历史剧大多有一个受命运或上帝支配的道德倾向，如《理查三世》中的一连串报应就是典型的例子。但在本剧中，命运、上帝和道德的作用几乎全部消失，只剩下乔装打扮的现实利害。约翰王杀亚瑟后又嫁祸于

① 阿基坦的埃莉诺(Eleanor of Aquitaine)，欧洲中世纪最有财富和权力的女人之一，阿基坦女公爵，先是法国国王路易七世的王后，他们于1137年结婚。路易六世安排这段婚姻，是为了他儿子可从中得到埃莉诺的嫁妆——阿基坦封地及当地的封臣。后来埃莉诺又嫁给了英格兰国王亨利二世，成为王后。

人，他加冕的起因，法王和皇太子路易反复无常的态度，其背后的根本原因都是为了利益的争夺。那些所谓政治的忠诚，宗教的虔心以及亲情、友情和爱情等漂亮的言辞，通通不过是现实利害的遮羞布。在本剧第二幕第一场中，私生子那段有关私利是世界这个滚木球中的铅块的独白，可算作对这一切的概括。

【剧情简介】

图 2-2　Herbert Beerbohm Tree 扮演的约翰王(Charles Buchel 绘制，1900 年)

法国使者前来拜见约翰王，要求约翰将王位传给他的侄子亚瑟，因为亚瑟才是法王菲利普认定的合法继承人。如果约翰拒绝退位，就要受到战争的威胁。约翰无意中发现罗伯特·福康布里奇(Robert Faulconbridge)与其同母异父的兄长菲利普·福康布里奇(Philip the Bastard，人称私生子，后更名为理查)之间为了田产发生了争执，其间菲利普其实是理查一世私生子的事实暴露了。理查一世和约翰二人之母埃莉诺太后建议菲利普放弃这块地以换取骑士头衔，最终约翰王封私生子菲利普为理查骑士。

法王菲利普及其军队包围了英军占领的安吉尔斯城，威胁说除非城民支持亚瑟，否则就要发动袭击。菲利普还得到了奥地利公爵的助战，据说正是他杀死了理查王，但此时与之站在同一战线上的亚瑟王子原谅了他杀害狮心王理查的罪行。英军抵达，埃莉诺与亚瑟之母康斯丹丝也开始了口舌之战。菲利普王和约翰王都在安吉尔斯城市民面前大声呼吁，意欲拉拢，无奈均毫无结果；市民代表说他们只会支持正义的国王，无论是谁。在这种情况下，约翰王和菲利普王都相信胜者为王，于是各自调兵遣将，鼓角齐鸣，两军交锋，一场恶战开始了。

私生子菲利普把安吉尔斯城市民的疑虑和坚拒双方入城的言辞看作愚弄英法两国君王的伎俩。他向两王献计，暂时停止互斗，化敌为友，联合起来镇压暴民。之后再重整旗鼓彼此开战，谁胜谁负由命运之神来抉择。两王都很喜欢这个计谋，欣然应允，议定两军联合攻打安吉尔斯。安吉尔斯城市民无力抵抗，于是向两王提出一个和平合作的方策：这个建议是让英王约翰的外甥女白兰绮(Blanche)与法王之子路易皇太子联姻。约翰王和菲利普王均认同这一建议，因为这个计划能让约翰更加牢固地守住他的王位，而路易也能为法国扩充一定的疆土。尽管康斯丹丝恼羞成怒，斥责菲利普见利忘义，欺骗他们母子，但最终路易还是和白兰绮结婚了。

教皇特使潘杜尔夫凭借罗马教皇的名义诘难约翰为何不服从教廷，任命不合教皇心意的人为大主教。约翰公开拒绝撤回他的旨意，因而被宣布逐出教会。潘杜尔夫宣布支持路易，不过菲利普王仍有些迟疑，因为他才刚刚与约翰联姻不久。潘杜尔夫此时极力周旋，晓以利害，菲利普王反复思忖，再三度量，终于采纳路易王子的意见，向约翰王宣战。战争一触即发，私生子砍下了奥地利公爵的头，报了杀父之仇。安吉尔斯城市民和亚瑟都成了英军的瓮中之鳖。埃莉诺留在法国照管英国财产，而私生子则被派往英国各修道院去筹措资金。约翰命侍从长赫伯特杀死亚瑟。潘杜尔夫向路易挑明，他现在获取英国王位的可能性与亚瑟或约翰一样大，于是路易欣然应允，率军踏上进攻英格兰的征程。

赫伯特奉密令处死亚瑟，亚瑟哀求他不要用热铁烫瞎他的眼睛。在这个少年的苦苦哀求之下，他竟然顿生怜悯之心，放了亚瑟一条生路。王公贵族们也纷纷敦促约翰释放亚瑟。约翰最终同意了他们的建议，不料此时赫伯特却宣称亚瑟已死。贵族们都认为亚瑟是被谋害致死，于是都倒戈至路易一方。私生子报告说，各修道院对于约翰企图掠夺他们的钱财一事都耿耿于怀。赫伯特与约翰展开了争执，其间他透露说亚瑟仍然活着。约翰十分高兴，并派他把这个消息报告给王公贵族们。不料，亚瑟在逃命途中，从城墙上摔下跌死在了石头之上。贵族们都认为亚瑟是被约翰所杀，拒绝相信赫伯特的只言片语。为了挽救国家灭亡的命运，约翰王只好委曲求全，厚着脸皮请来潘杜尔夫，用花言巧语装扮虚情假意，说他愿意认错，归顺罗马教皇，唯一的条件就是希望教皇能阻止法军进攻英国。此时约翰王身边已是众叛亲离，四面楚歌，私生子成了他屈指可数的可信赖之人，于是他命令私生子率英军反击法国。

潘杜尔夫未能说服路易王子退军。王子接纳了叛离约翰王的那些贵族大臣后，表面上如获至宝，好言安抚，内心却有如意算盘：打败约翰王之后就处死他们，以绝后患。私生子率英军抵达，对路易施以威胁，不料无果而终。战争爆发后，双方均损失惨重，路易的增援舰队也在渡海时触礁沉没。许多英国贵族知道路易王子背信弃义的阴谋后又重返英国。约翰身染重病，在修道院养病期间被一僧人毒死。他临死之前，贵族们都围在他的身边。私生子此时意欲对路易的军队发起最后的袭击，不料被告知潘杜尔夫已带着和平协议抵达了。英国贵族们发誓效忠约翰的儿子亨利王子，私生子则反思说，这一段插曲教导了大家，内部争吵有可能会像外敌入侵一样使得英国的命运岌岌可危。

【演出及改编】

图 2-3　约翰王之死(1865 年特鲁里街演出版)

在维多利亚时代，《约翰王》是莎翁最常上演的戏剧之一，部分原因是当时的观众很喜欢其华丽而又富于戏剧性的场面、布景与服装。然而，这部戏之后就一直不太受欢迎了。如今，知道这部戏的人很少，上演得就更少了。出现这种现象的主要原因是此剧牵涉英国的一个最难处理的问题——宗教问题，而莎士比亚对于英王与教皇之争的处理方法，一方面暴露了教皇的压迫手段，另一方面又暴露了英王的丧权辱国，使得此剧在两方面都不讨好。在英国王朝复辟期间的 1660—1688 年，此剧便无任何上演记录。

该剧已知的最早表演记录是在 1737 年，当时的演出地点是在特鲁里街的皇家剧院。桂冠诗人科雷·西柏(Colley Cibber)于 1736 年改编了《约翰王》，但是 1745 年才在卡文园得以上演。改编本的主旨是攻击罗马天主教会，可以说是恢复了《动荡不安的约翰王朝》原有的色彩：不仅情节改动很多，原有的第一幕也全部删除另写，就连全剧的文字也改动了，成为十足的政治剧。改编本虽然上演在后，但此时恰逢复辟斯图亚特王朝而发起的叛乱期间，这个本子正好迎合了人民的情绪，所以是颇受欢迎的。

不过这个改编本也刺激了《约翰王》原本的上演。著名演员加里克(David Garrick)于改编本上演5天后在特鲁里街主演了约翰王。此后《约翰王》即不断上演，恢复了其舞台地位。1823年，肯布尔(Charles Kemble)的演出开辟了19世纪莎剧遵从史实的传统。1846年，基恩(Charles Kean)在美国的盛大演出极为成功。此后在英国的表演次数较少，直到1890年才在莎士比亚的故居有《约翰王》的上演，翌年牛津大学戏剧会再次演出此剧。1915年，本剧被搬上了百老汇的舞台。

由英国演员赫伯特·比尔伯姆·特里(Herbert Beerbohm Tree)领衔主演的《约翰王》是目前已知改编的最早的莎士比亚的电影。这是一部无声短片，描述了第五幕第七场中国王临死前的痛苦挣扎。此外，《约翰王》还分别于1951年和1984年被拍摄成电视剧。

【经典名段中英文对照赏析】

BASTARD

Commodity, the bias of the world,
The world, who of itself is peised well,
Made to run even upon even ground,
Till this advantage, this vile-drawing bias,
This sway of motion, this commodity,
Makes it take head from all indifferency,
From all direction, purpose, course, intent:
…
Since kings break faith upon commodity,
Gain, be my lord, for I will worship thee!

(Act 2, Scene 1, 574-580; 597-598)

私生子 “利益”，这颠倒乾坤的势力；这世界本来是安放得好好的，循着平稳的轨道平稳前进，都是这“利益”，这引人作恶的势力，这动摇不定的“利益”，使它脱离了不偏不颇的正道，迷失了它正当的方向、鹄的①和途径……既然国王们也会因“利益”而背弃信义；“利益”，做我的君主吧，因为我要崇拜你！

(第二幕第一场574—580行；597—598行)

① 鹄的：指箭靶的中心；目的。

说明：在《约翰王》中，私生子虽然性格粗率好斗，但有强烈的爱国热情和民族自豪感，善于观察和剖析时事。他不满约翰王迫害小亚瑟，却又不背弃英国，支持约翰王抵抗法国。莎士比亚在这部戏里多次让他作为自己的代言人，颇有说服力。此时的菲利普发现自己是狮心王理查的私生子，甚为高兴，甘愿放弃所有家产而随约翰王远赴法国作战，效忠国家。他离权力中心仅咫尺之遥，但却又永远被排除在权力之外。这样一来，他可以站在一个非常独特、有利的位置，可以仔细观察这个物欲横流的权力世界的运作，深切地感受到个人利益是这个世界中唯一可供遵循的法则。在他看来，周围的一切都是疯狂的。

【其他经典名句】

* I am I, howe'er I was begot.（I. i. 175）
私生也好，官生也好，我总是这么一个我。

* Falsehood falsehood cures.（III. i. 203）
欺诳可以医治欺诳。

* Life is as tedious as a twice-told tale
Vexing the dull ear of a drowsy man.（III. iii. 108-109）
人生就像一段重复叙述的故事一般可厌，扰乱一个倦怠者的懒洋洋的耳朵。

* Evils that take leave,
On their departure most of all show evil.（III. iii. 114-115）
灾祸临去之时，它的毒焰也最为可怕。

* When fortune means to men most good,
She looks upon them with a threatening eye.（III. iii. 119-120）
当命运有心眷顾世人的时候，她会故意向他们怒目而视。

* And he that stands upon a slipp'ry place
Makes nice of no vile hold to stay him up.（III. iii. 137-138）
站在易于滑跌的地面上的人，不惜抓住一根枯朽的烂木支持他的平稳。①

① 此句朱生豪译本属第三幕第四场。

《理查二世》
Richard II

图 2-4　伦敦威斯敏斯特教堂中理查二世的画像

【导言】

《理查二世》的写作年代并无确切的根据，一般认为是 1595 年，与《罗密欧与朱丽叶》和《仲夏夜之梦》几乎同时。此时的莎士比亚已经完成了他历史剧的第一个四部曲(《亨利六世》三部曲和《理查三世》)，而本剧则是他的第二个历史剧四部曲的第一部。但就史实而言，第二个四部曲(《理查二世》、《亨利四世》两部和《亨利五世》)所涉及的历史发生在

第一个四部曲之前，本剧正是这 8 部戏真正的历史起点。

《理查二世》的主要历史素材照例源于史学家霍林希德的《编年史》，讲述了亨利四世篡夺王位以及理查二世遭罢黜的史实。在莎翁的生花妙笔之下，这一段史实获得了戏剧化的再现，富有浓烈的抒情色彩。

这部剧跟莎翁其他的历史剧相比显得与众不同。从结构上来讲，莎士比亚用了悲剧的结构来描述一个政治性的主题：波林勃洛克(Bolingbroke，即后来的亨利四世)的篡位以及他和理查之间对王位的争夺和斗争。在第四幕和第五幕中，莎翁刻意埋下伏笔，讲述了一些与理查命运无关的插曲，而这些事件在之后四部曲的其他戏剧中均可以找到答案。从语言上来看，这部戏也很有特色。《理查二世》全剧几乎都是用诗体写成，这在莎翁的历史剧里是绝无仅有的。全剧包含了许多令人记忆深刻的比喻，比如在第三幕第四场中把英格兰和一座花园相提并论，在第四幕中将英王比作狮子和太阳。《理查二世》的语言比莎翁早期的历史剧显得更为生动，在这部戏里，作者运用了大量长篇的诗句、比喻以及独白来反映理查的特有性格：他只喜欢对事态作出分析，却不愿履行自己的君王职责而对之施以影响。他总是在讲话的时候使用大量的比喻等修辞手法，比如把太阳比作他君王地位的象征，等等。

理查二世和后来的亨利四世的矛盾贯穿始终，两人的形象各有特色，莎翁在不同情境下作出了具体褒贬，也留有余地。莎翁本人是拥护集权而反对分裂的，自然也是赞同理查王的正统地位，剧中多次有相关暗示与表达。的确，理查二世整体看来更像是个徒有其表的公子哥，并不是理想中那么英明的君主。他的王位的确合法合理，但他并不适合当一个国王，外强中干、唯我独尊等都是他的不足与平庸之处。亨利四世则和理查二世截然相反，他有雄心壮志，是个擅长政治与军事的能者，将自己从不利地位成功反转，获得了贵族和人民的支持。莎翁欣赏亨利四世的才智，但也认为他不够合法，在戏剧即将结束的时候，莎翁表明这位新君王将遭受报应。两代君王的博弈过程也体现了“君王与逆反”“正统与篡权”“理者与能者”等主题，但基调仍立足于莎翁一贯追求的“和谐君主制”。

【剧情简介】

本历史剧的故事背景大约发生在 1398—1400 年，故事的主角是国王理查二世。一天，理查二世召见了亨利·波林勃洛克(即位后称为亨利四世)和诺福克公爵托马斯·毛勃雷(Thomas Mowbray，Duke of Norfolk)，这两人发生了争执，波林勃洛克控告毛勃雷是国中恶贼，指出其三条罪状：贪污军饷八千金，煽动国内叛乱，以及设计杀害理查王的叔父葛罗斯特公爵(Duke of Gloucester)。波林勃洛克严厉谴责了毛勃雷，称其曾经从中作梗，唆使葛罗斯特公爵轻信小人的话导致被害，同时，波林勃洛克也表明自己立志要为葛罗斯特公爵报仇雪恨。此话自然是戳中了理查王的心坎，理查王先是称赞了波林勃洛克的决心，但是也不忘一碗水端平，也告诉毛勃雷自己绝不会有所偏袒，表明了自己的大公无私。毛勃雷听国王表态后，义正言辞地驳斥了波林勃洛克的指控，表示这三条罪状都是子虚乌有。一时间，双方各执一词，争执不休。

图 2-5　2017 年英国皇家莎士比亚剧团《理查二世》剧照

其实，理查王自明，自己才是应该对葛罗斯特公爵的死负责任的，所以很怕双方继续争执下去会暴露自己的秘密。在双方争吵难以缓和之时，理查王停止了从中调和，让两人在考文垂比武，并用颇为暧昧的语气表示比武的胜负自然代表了冥冥之中的公道，从而转移了视线。为什么说理查王才应对葛罗斯特的死负责任呢？这要从 20 多年前说起：1377 年，国王爱德华三世(Edward III)驾崩，将王位直接传给了自己的孙子，也就是 17 岁的理查王。缺少政治手段和经验的理查王年轻气盛，总是和对他谄媚的那些人混在一起，却对对他有监护权的三位叔父略有敌意。三位叔父都是有责任心之大臣，并不放心理查王的决策，自然少不了处处干预。三叔父葛罗斯特公爵当上枢密院总长之后，不顾理查王的意愿，直接处死理查王的两个亲信。这件事刺中了理查王，但他也知道不好发作，隐忍了数年，等自己和亲信的王权势力壮大之后，自行宣布遣散监护人。三位叔父自然是不满的，理查王知道三叔父葛罗斯特公爵是最精明的，于是设计将葛罗斯特关进卡莱尔城堡，接下来，城堡传来了葛罗斯特公爵的死讯。另外两位叔父兰开斯特公爵(Duke of Lancaster)和约克公爵(Duke of York)心里早有怀疑，只是选择了保持沉默。兰开斯特公爵正是波林勃洛克的父亲，在理查王下令比武之前，他在自己儿子和毛勃雷的博弈中也一直扮演着一个和事佬的角色，还是想尽量按照国王的意思来，但看到理查王竟然打算以比武来定夺罪名，他也开始对理查王很是失望。在指定比武的日子，角斗场来了不少朝中重臣，比武双方也不甘示弱。让人感到意外的是，理查王突然阻止了这场决斗，宣布还是将二人放逐。

此时的兰开斯特公爵年纪很大，放逐的生离对父子来说等于死别。父子悲痛告别之后，理查王洋洋得意，毫不掩饰内心的高兴，这是因为他一直以来都忌惮波林勃洛克，担心他受到国内平民的欢迎。波林勃洛克的放逐深深打击了兰开斯特公爵，他一病不起，理查王甚至还对其进行嘲笑。兰开斯特公爵被国王激怒，指出理查王的荒淫无道之事，例如杀害葛罗斯特公爵。在一番对峙之后，兰开斯特公爵在悲愤中离世，理查王以补贴征战爱尔兰的军费为由，没收了他的全部财产，也以此由头断了波林勃洛克的爵位。波林勃洛克收到被剥夺爵位的王命之后，也自行结束流放，率兵攻打回到英国，表明要争取自己的合法继承权，此举受到了一些民众的支持，在朝廷中也得到了贵族亨利·潘西(Henry Persy，即后来《亨利四世》中的霍茨波)的支持。理查王从爱尔兰回来之后，才知道原来强劲的威尔士军队在得到他已战死的假消息后已然解散，波林勃洛克也杀死了理查王的心腹布希(Bushy)和格林(Green)。理查王自知势力被损，躲进了弗林特城堡，没成想，正在势头上的波林勃洛克奋起直追，在弗林特城堡发现了理查王，落魄的理查王被羁押回了伦敦——理查二世国王成了亨利的囚徒。此时，人心朝向亨利，在伦敦的议员大会上，理查和亨利针锋相对。波林勃洛克公开要求彻查理查王的罪行并要求其退位，由他来接替王位。新君主上位的道路是不平坦的，理查一派的旧贵族纷纷反对新君，在一番镇压的政治斗争之下，不少密谋者被处死。理查也被亨利王囚禁在弗林特城堡，他的王后被遣送到法国。不久后，亨利王暗示艾克斯顿爵士(Sir Piers Exton)去刺杀理查，艾克斯顿为表忠心前往弗林特堡毒害了理查二世。新君主亨利没有嘉奖艾克斯顿爵士，迎接这位刺客的是被放逐。稳定了王位的亨利王郁郁寡欢，还郑重其事地表达了自己的默哀。

【演出及改编】

1601 年 2 月 7 日，环球剧院上演过《查理二世》。1607 年 9 月 30 日，英国东印度公司的“红龙号”船(The Red Dragon)上也曾上演过本剧。路易斯·西奥博尔德(Lewis Theobald)于 1719 年在林肯客栈(Lincoln's Inn Fields)进行了成功的改编。20 世纪，《理查二世》恢复了不少演出，更加注重剧中寓意。1929 年，老维克剧院(Old Vic Theatre)上演本剧，由约翰·吉尔古德(John Gielgud)饰演理查二世，引起戏剧界关注。1937 年，百老汇上演本剧，由莫里斯·埃文斯(Maurice Evans)主演，在纽约打响名气。导演理查德·科特雷尔(Richard Cottrell)的版本在 1969 年的爱丁堡音乐节和 1970 年的 BBC 电视台中闪亮亮相，获得广泛关注。1974 年，皇家莎士比亚剧团上演伊恩·理查逊(Ian Richardson)主演版本的《理查二世》，演技精湛，成为后来演员参考的重要标杆。1978 年 BBC 出品的 DVD 莎剧是最受欢迎的版本之一，该版本由德里克·雅各比(Derek Jacobi)饰演理查二世。

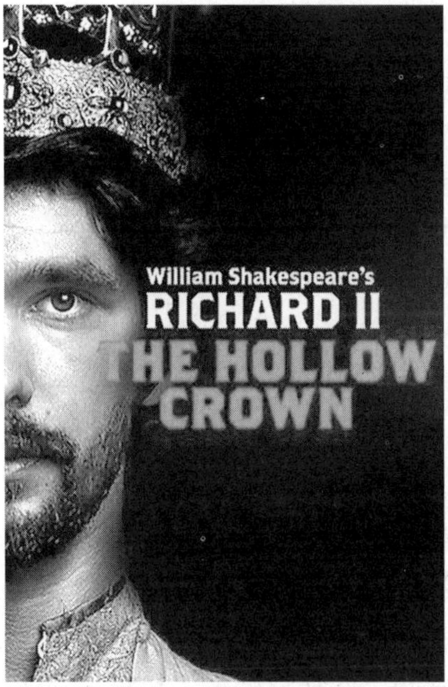

图 2-6　2012 年 BBC 历史电视电影系列《空王冠》第一集《理查二世》海报

《空王冠》(*The Hollow Crown*)系列的电视电影是 2012 年伦敦文化奥运的重点推荐剧目，于当年 6 月播出，主角理查二世由本·卫肖(Ben Whishaw)饰演，导演是英国名导鲁伯特·古尔德(Rupert Goold)，他曾多次将莎士比亚的作品进行改编。2013 年皇家莎士比亚剧团上演本剧，由大卫·田纳特(David Tennant)担任主角饰演理查二世，皇家莎士比亚剧团与伦敦独立电影发行公司——影像屋娱乐公司联合发起的 RSC Live 版本，在莎翁出生地埃文河畔斯特拉特福的皇家莎士比亚剧院（Royal Shakespeare Theatre)录制。伸进观众席的 U 型舞台，双层王位升降台和翻盖式地牢的调度，反射英宫空间与政治波云诡谲的全长 2.5 公里仿全息幕帘，都让人有身临其境之感。2019 年伦敦伊斯灵顿的阿尔梅达剧院(Almeida Theatre)上演本剧，主演为西蒙·拉塞尔·比尔(Simon Russell Beale)，该版本时长约 1.5 小时，场景和布局极其精简，整体看来，舞台更像一个冰冷的金属盒子，历史上硝烟四起的内战被演绎得像一部政治惊悚片。

【经典名段中英文对照赏析】

THOMAS MOWBRAY

　　　　　　　　My dear dear lord,

The purest treasure mortal times afford

Is spotless reputation — that away,
Men are but gilded loam or painted clay.
A jewel in a ten-times barr'd-up chest
Is a bold spirit in a loyal breast.
Mine honour is my life; both grow in one,
Take honour from me, and my life is done.
Then, dear my liege, mine honour let me try;
In that I live and for that will I die.

(Act 1, Scene 1, 176-185)

毛勃雷 我的好陛下，无瑕的名誉是世间最纯粹的珍宝；失去了名誉，人类不过是一些镀金的粪土，染色的泥块。忠贞的胸膛里一颗勇敢的心灵，就像藏在十重键锁的箱中的珠玉。我的荣誉就是我的生命，二者互相结为一体；取去我的荣誉，我的生命也就不再存在。所以，我的好陛下，让我为我的荣誉而战吧；我借着荣誉而生，也愿为荣誉而死。

(第一幕第一场 176—185 行)

说明："spotless reputation"指无瑕的名誉，清白的名声。"reputation"当好名声讲是 16 世纪中叶以后的事，而"spotless reputation"这个说法则似乎源于此处。这一场戏，诺福克公爵托马斯·毛勃雷极为愤慨，因为亨利·波林勃洛克，也就是未来的亨利四世指控他犯有叛国罪，而单是指控本身就玷污了他的名声。国王理查令他息怒和忍耐，而毛勃雷则提出异议，说出了这段广为传诵的话，总结了当时人们对于价值和尊严的看法。即"无瑕的名誉是世间最纯粹的珍宝；失去了名誉，人类不过是一些镀金的粪土，染色的泥块"。要知道在文艺复兴时期，玷污一个人的名声往往会挑起争端和决斗，毛勃雷讲完这段华而不实的话之后，随即就有了一场决斗。西方人如此看重名誉，因此要小心提防不在乎自己名誉的人。有谚语道，"Beware of him who regards not his reputation."(要谨防不注重自己名誉的人。)要知道："A word of scandal spreads like a spot of oil."(好事不出门，坏事传千里。)长久以来建立的威望可能顷刻间全无。但更为可怕的是那种表里不一、徒有虚名的人，美国著名作家哈伯德(Hubbard)有句名言："Many a man's reputation would not know his character if they met on the street."(许多人的名声如果在街上遇到自己的品德会互相不认识。)

【其他经典名句】

* Since the more fair and crystal is the sky,
The uglier seem the clouds that in it fly. (I. i. 41-42)
天色越是晴朗空明，越显得浮云的混浊。
* Lions make leopards tame. (I. i. 174)
雄狮的神威可以使豹子慑伏。
* For they breathe truth that breathe their words in pain. (II. i. 8)
真理往往是在痛苦呻吟中说出来的。
* I count myself in nothing else so happy
As in a soul rememb'ring my good friends. (II. iii. 46-47)
我所唯一引为骄傲的事，就是我有一个不忘友情的灵魂。
* And fight and die is death destroying death;
Where fearing dying pays death servile breath. (III. ii. 184-185)
奋战而死，是死亡摧毁死亡；畏怯而死，却做了死亡的奴隶。
* Twice saying 'pardon' doth not pardon twain,
But makes one pardon strong. (V. iii. 132-133)
把宽恕说了两次，并不是把宽恕分而为二，而只会格外加强宽恕的力量。

《亨利四世》(上)
Henry IV, Part I

图 2-7　亨利四世(16 世纪，藏于伦敦国家肖像馆)

【导言】

《亨利四世》分为上、下篇，在 1623 年的《第一对开本》收录之前就已经出版多次，历史材料来源于《编年史》，除此之外，剧作家可能还参考过当年的戏剧《亨利五世的辉煌胜利》(*The Famous Victories of Henry V*)和塞缪尔·丹尼尔(Samuel Daniel)的长诗《内战》(*The Civile Wares*)的前四章。学术界基本上认为《亨利四世》是莎士比亚最成熟的历史剧，尤其是上篇。上篇的历史背景是 1402—1403 年的英国，该剧以历史事件的脉络为线索，但也不是完全按照史实来构造人物形象，例如，历史上的霍茨波(昵称 Hotspur，本名 Henry Percy)和哈里王子(昵称 Hal 或 Harry，本名 Henry)年龄也不是一般大小。本剧回顾了《理查二世》中的历史事件，在剧情上和《理查二世》紧密衔接，因此熟悉《理查二世》中的事件对了解本剧人物动机是有帮助的。

本剧开始于亨利王(King Henry IV)和潘西(Percy)一家的矛盾，直到最后王军战胜叛军。在故事的推进中，我们也看到莎翁尖锐地批判了贵族封建割据的状态，并且支持中央集权的君主政体。整体而言，本剧设有明显的主线和副线，主线是亨利王和哈里王子镇压叛军的过程，副线围绕福斯塔夫(Sir John Falstaff)这个角色展开，哈里王子和福斯塔夫的互动也十分有趣。哈里王子的形象有着一体两面性，他既是和下层社会厮混在一起的浪荡子，在觉醒之后又表现出了高贵的骑士形象；他追求个人天性发展，崇高的荣誉感让他成长为一个出色的王位继承人。霍茨波是叛军一方的核心人物，他野心勃勃，意图封建割据，分割国家，但是结局证实了中央集权是大势所趋。福斯塔夫这个角色，比起名义上的骑士，更像一个地痞流氓，而且擅长生活玩乐。福斯塔夫既连接着王宫贵族，又联系着英国底层平民，通过这个角色，我们可以看到不少普通民众生活的方方面面，透视到当时英国各阶层民众生活的广阔图景。福斯塔夫可以说是莎士比亚笔下最伟大的喜剧人物，在他身上我们既能看到古罗马喜剧中自大的武士的影子，又能看到王宫弄臣的痕迹，还有古典喜剧中要赖皮的食客形象。尽管福斯塔夫有太多"流氓行径"，但他仍然以睿智犀利的连珠妙语博得了观众的喜爱。本剧在宫廷里演出的时候，福斯塔夫这个角色曾打动了伊丽莎白女王，她特别喜欢这个角色，后来还要求剧作家再创作戏剧，以福斯塔夫谈情说爱为主题。莎翁接下了女王的"命题作文"的任务，于 1597 年推出了喜剧《温莎的风流娘儿们》。在评论界，这条副线的故事被称为"福斯塔夫式的背景"，曾有评论家表示，这条线可不仅仅是辅助主线情节，剧作家将其描绘得太有魅力，竟有"喧宾夺主"的效果。本剧创造性地结合了历史剧和喜剧的优势，结构形式也具有多样性。除此之外，本剧的戏剧张力还来自历史人物政治动机较模糊这一特点，以及塑造人物方面所具有的独创性，等等。

【剧情简介】

图 2-8　在 BBC《空王冠》剧中饰演亨利四世的老戏骨杰瑞米·爱因斯

在《理查二世》的故事中，我们知道亨利·波林勃洛克继理查二世之后登上王位，史称亨利四世。戴上王冠的亨利四世达到了政治目的，但是他内心一直无法安宁，毕竟他知道，自己并不是一个合法的王位继承人，所以他原本计划在圣地祭拜以减轻罪恶感。在亨利王执政初期，他进行了一些改革，意在讨好民众，但因此触犯了一些贵族的利益，导致国内矛盾尖锐。亨利深思熟虑之后，决定发动一场东征，转移人们的视线，缓解国内矛盾。议会就此进行热烈讨论，大家已经从各个方面作出计划安排和部署。没想到，威尔士传来了许多坏消息，比如威尔士人葛兰道厄(Owen Glendower)发动了兵变，侵扰了英格兰的边界。不仅如此，北方也发生叛乱，苏格兰人发动了南下入侵的战争，诺森伯兰伯爵亨利·潘西(Henry Percy，Earl of Northumberland)一家奋力还击。在这些边界战事的干扰之下，亨利不得不搁置东征计划。

亨利考虑的远远不只战争本身。霍茨波的军队的确击败了苏格兰部队，亨利表面高兴，内心还是防着霍茨波，潘西家族功劳越大，能人越多，亨利王位受到的威胁就越大。尤其是一想到霍茨波英勇善战，而自己的儿子哈里王子(威尔士亲王)只知道贪图享受、纵情玩乐、丝毫不知上进，亨利心里难免嫉妒。就在霍茨波家族及其盟友正在计划阴谋篡权夺位的时候，哈里王子仍然与一帮地痞流氓混迹在伦敦的各个玩乐场所，他们甚至打算策划抢劫，体验当强盗和山贼的乐趣。在哈里王子这伙人中，有一位放荡不羁的老骑士——约翰·福斯塔夫爵士，他算是一个老顽童，和哈里王子混迹在一起。有一次，福斯塔夫抢劫成功，哈里王子和波因斯(Poins)化装成陌生人捉弄他，打得福斯塔夫一伙人落荒而逃。福斯塔夫回到野猪头酒馆之后，居然还大肆吹牛，说自己如何抢到了财物，结果自然是遭到了哈里王子的无情戳穿。他们打打闹闹，计划着下一次的恶作剧。就在这时，宫里来人通报，称苏格兰的道格拉斯(Archibald，Earl of Douglas)、威尔士的葛兰道厄和潘西联起手来了，哈里王子速速回宫见父亲亨利。

密谋叛乱的多方贵族势力正在北威尔士聚集开会，他们商议计划着如何与亨利王的军队开战，内部矛盾冲突不断。与此同时，亨利王和哈里王子正在促膝长谈，亨利训斥儿子不知道珍惜父辈艰苦奋斗得来的结果，也感慨可能是因为自己曾经不正当地戴上王冠，受到了上帝的惩罚，才让他的亲儿子成为祸根——堂堂一朝王子竟整天和一堆粗俗朋友在市井之中放浪形骸。亨利痛骂儿子远远比不上潘西家英勇善战的霍茨波。一番对谈之后，哈里王子羞愧难当，恨不能钻到地缝去。他向父亲发誓，一定会痛改前非，更表态势必将潘西的人头取回，赢回名誉。亨利国王看到儿子心意真诚，原谅了他，并称日后也会对他委以重任，授予王子指挥权，允许他与叛军作战，甚至允许了哈里王子的朋友福斯塔夫也率一帮步兵参战。

福斯塔夫顽疾难改，竟觉得这是一次升官发财的好机会。他收受富人家的贿赂，让他们逃避服兵役，而随意组建了一支由乞丐、罪犯等人组成的疲软军队。亨利王也希望将霍茨波收为己有，向他表明，如果他改邪归正退出反叛军营，便将其赦免，但是霍茨波直言不讳，指出亨利王过去的言而无信，无视潘西家的功劳。在战场上，福斯塔夫临阵脱逃，难当重任，哈里王子在大战道格拉斯的战争中拯救了亨利王的性命，即使受了伤也坚决不退出战场。亨利王称赞王子，说他已经赎回了自己的名誉。在和霍茨波的交战中，王子一举击败霍茨波，割其首级，国王军队取得了胜利，亨利王宽宏大量，饶恕了道格拉斯，并派军队扫除潘西家族的残余势力。最终，亨利王取得了战争的全盘胜利。

【演出及改编】

图 2-9　英国皇家莎士比亚剧团《亨利四世》(上)2016 年在中国巡演时期的宣传剧照

《空王冠》包括 4 部经典莎士比亚作品，其中有《亨利四世》(上)的精彩演绎，导演和改编都是理查德 · 艾尔(Richard Eyre)。奥斯卡影帝杰瑞米 · 爱因斯饰演亨利四世；汤姆 · 希德勒斯顿 (Tom Hiddleston)①再次出演莎剧改编作品，饰演哈里王子。该版本的《亨利四世》(上)高度还原原著，叙事结构严谨中有创新。这部戏基本上是群戏，更有利于突出布局与冲突，重点突出了哈里王子与亨利王和福斯塔夫的两种"父子情"。从视觉角度和情节发展来看，本剧的观众整体评价略高于本系列的《理查二世》。杰瑞米 · 爱因斯凭此片获得了第 20 届美国演员工会奖"电视电影/迷你剧最佳男演员"提名。

英国皇家莎士比亚剧团从 2013 年起，陆续推出 *King and Country* 系列话剧，《亨利四世》(上)就是其中之一，该剧曾到中国北京、上海和香港进行巡演。该版本给了福斯塔夫很大的发挥空间，让基调较为沉重的历史剧显得气氛轻松不少，可以说是"最具人气"的一个角色，有中国观众甚至称他为"恶棍版周伯通"。本剧的配乐也值得称赞，使用了威尔士

① 英国著名演员，中国影迷根据他的姓氏谐音称他"抖森"，曾出演《复仇者联盟》《战马》等。他在 BBC 2012 年莎剧《空王冠》系列的《亨利四世》和《亨利五世》中均出演哈里王子这一角色。

民谣以及苏格兰的民乐，让人回味无穷。

【经典名段中英文对照赏析】

PRINCE

I know you all, and will awhile uphold
The unyoked humour of your idleness.
Yet herein will I imitate the sun,
Who doth permit the base contagious clouds
To smother up his beauty from the world,
That, when he please again to be himself,
Being wanted, he may be more wonder'd at,
By breaking through the foul and ugly mists
Of vapours that did seem to strangle him.

(Act 1, Scene 2, 190-198)

亲王 我完全知道你们，现在虽然和你们在一起无聊鬼混，可是我正在效法着太阳，它容忍污浊的浮云遮蔽它的庄严的宝相，然而当它一旦穿破丑恶的雾障，大放光明的时候，人们因为仰望已久，将要格外对它惊奇赞叹。

(第一幕第二场 190—198 行)

说明：这是本剧中至关重要的一段独白，出现在主角福斯塔夫和哈里王子初登场后不久。福斯塔夫及其一帮好友离开房间后，哈里王子在这段话中袒露心迹——自己和狐朋狗友的鬼混全是假象，待到合适的时日便会改头换面、一鸣惊人。这段独白是塑造哈里王子这一角色的关键，他的内心对自己的潜力、身为王子的责任和目标一清二楚，却在日常生活中采取了浪荡的表象和蛰伏的姿态，这种耐人寻味的反差使得哈里王子的形象层次丰富起来，也为他下半部剧中令人惊艳的才干和不念旧情的冷酷做了铺垫。

这种处理方式也是文学作品中一种常见的手法——戏剧性反讽(dramatic irony)，即剧中角色和读者(观众)所掌握的信息之间存在差距，导致对情形作出不同判断。反讽(irony)作为一种修辞手法，本意为“字面含义和实际含义的不一致”，一般可以分为戏剧性反讽和字面反讽(verbal irony)，后者即人们比较熟悉的“说反话”以达到讽刺效果。而本剧中的戏剧性反讽，和俗话说的“当局者迷，旁观者清”不无相似之处，读者通过哈里王子的独白了解到他的动机，对后续情节做好心理准备。与此相反，剧中其他角色被蒙在鼓里，便引发了表象戳破后的种种反差和冲突，造就了戏剧效果。这一手法在设置悬念的故事中很常见，例如欧·亨利(O. Henry)著名的短篇小说《麦琪的礼物》(*The Gift of the Magi*)，读者一早便知晓故事中夫妇二人费尽心思为对方准备的礼物皆为徒劳。莎士比亚戏剧《奥赛罗》也是戏剧性反讽的经典例子，观众知晓伊阿古为奸人，剧中主角奥赛罗和苔丝德蒙娜则受到蒙蔽，使得后续的陷害和悲剧更加牵动人心。

【其他经典名句】

* No more the thirsty entrance of this soil
Shall daub her lips with her own children's blood,
Nor more shall trenching war channel her fields,
Nor bruise her flow'rets with the armed hoofs
Of hostile paces. (I. i. 5-9)
我们绝不让我们的国土用她自己子女的血涂染她的嘴唇；我们绝不让战壕毁坏她的田野，绝不让战马的铁蹄蹂躏她的花草。

* Send danger from the east unto the west,
So honour cross it from the north to south,
And let them grapple: O, the blood more stirs
To rouse a lion than to start a hare! (I. iii. 193-196)
让危险布满在自东至西的路上，荣誉却从北至南与之交错，让它们相互搏斗；啊！激怒一头雄狮比追赶一只野兔更使人热血沸腾。

* Tell truth, and shame the devil. (III. i. 55)
应该时时刻刻说真话羞辱魔鬼。

* I better brook the loss of brittle life
Than those proud titles thou hast won of me;
They wound my thoughts worse than sword my flesh. (V. iv. 77-80)
我宁愿失去这脆弱易碎的生命，却不能容忍你从我手里赢得了不可一世的声名；它伤害我的思想，甚于你的剑伤害我的肉体。

《亨利四世》(下)
Henry IV, Part II

图 2-10　被上议院议员拥立的亨利·波林勃洛克于 1399 年即位
(藏于大英图书馆哈雷图书馆的同时代手稿)

【导言】

《亨利四世》(下)大约写于 1598 年，情节紧接上篇，1600 年本剧以四开本形式出版，在 1623 年被收入《第一对开本》。本剧的材料来源主要是霍林希德《编年史》。下篇和上篇的戏剧风格存在明显的差异，虽然称为“上、下篇”，但其实每一部都是一个单独的戏剧个体。

本剧的故事主要发生在 15 世纪早期，在下篇中，福斯塔夫这个喜剧角色也出现了 8 场，他所代表的“喜剧色彩”仍然和历史剧的场景交替出现，但这部戏和上篇相比的确显得气氛阴沉。从情节上来看，我们看到的是社会弊端和疾病，例如反叛事件此起彼伏，上部的亨利王、诺森伯兰伯爵等人在下部中日渐衰老，剧作家在描绘他们的时候着重刻画了其衰老之像。下部中，福斯塔夫的生活相当腐败，他的生活圈中还增加了新的角色——夸夸其谈的毕斯托尔(Pistol)和妓女桃儿(Dorothy，昵称“Doll”)，情节也显得腐败堕落。和上篇相比，下篇还有一个特色，即描绘了英国的乡村生活，这也是上篇中没有的。从上层贵族到下层平民社会再到乡村生活的描述，莎士比亚也表现出了文艺复兴时代英国社会的广阔图景，虽然这也许不是剧作家有意为之，但是似乎某种意义上也预示了历史的必然趋势。莎评届相当重视福斯塔夫的“中介”地位。从审美的意义上来说，福斯塔夫这一角色表现出了“消解英雄的喜剧精神”，广受研究者、观众和读者的欢迎。哈里王子在下部中表现斐然，毋庸置疑，他即亨利五世，是剧作家追求的贯彻开明君主制的理想君王。在下篇中，哈里在社会历练的过程中学会了公民责任，也学会要尊重大法官的才智，和福斯塔夫的友情也似乎做了个了断。要成为君主的哈里远离了福斯塔夫，这一描写也强化了哈里王子的教育过程，在历练中，哈里王子认识到了戴王冠的真正意义，副线情节辅佐于主线情节在此也得以体现。哈里王子即位后最终也的确成为理想的贤明君主。总体来说，亨利五世亲贤臣、远小人，设计开疆拓土的蓝图，从浪子到英明君主的转变，顺应了时代的发展，也体现了莎翁的理想化渲染。人性是复杂的，哈里王子对福斯塔夫的“无情”在评论界虽然也受到一定的诟病，但是整体看来这是必然趋势。亨利四世亦然，在重病之中，他回想往事，不免对曾经夺取王位的事心怀愧疚，也忧愁哈里王子难以担当重任。在莎翁的笔下，亨利四世虽然在一定程度上道德欠缺，但也不失为一位智勇双全的政治家。

【剧情简介】

图 2-11　坎特伯雷大教堂英格兰国王亨利四世墓

在上篇中，我们知道霍茨波在战场上被杀害，一时间，英国国内谣言四起，巴道夫勋爵(Lord Bardolph)向诺森伯兰伯爵报告的时候，传的就是“霍茨波一方大胜”的假消息。没多久，诺森伯兰伯爵的另一个仆人从索鲁斯伯雷(Shrewsbury)赶回来，确认了霍茨波被杀的真实消息，诺森伯兰伯爵悲痛欲绝，可是已无力回天。兰开斯特亲王(Prince John of Lancaster，亨利王之子)和威斯摩兰伯爵(Earl of Westmorland)此时也率军队计划进攻到诺森伯兰的城堡，遭遇丧子之痛的诺森伯兰伯爵逐渐冷静下来，准备联合拥有精兵良将的约克大主教(Archbishop of York)共同迎战王军。此举是受到了巴道夫的启示，因为约克大主教拥有宗教正义，和他一起反对亨利四世是具有号召力的。哈里王子得到亨利王授予的军权，击退了威尔士人，多次战役之后，哈里王子得到充分的实战锻炼，拥有了高超的战斗经验，在南方击退了葛兰道厄军队。福斯塔夫并不喜欢征战威尔士的艰苦生活，因此在索鲁斯伯雷战役后不久，他又开始在伦敦大街上过着惬意的玩乐生活。一天，大法官催促福斯塔夫早点离开此地，战场还在等着他，这位胖骑士打算在出征前大吃大喝，以作告别；与此同时，哈里王子在伦敦的另一条大街上，他向波因斯谈论到自己父亲生病的事，心里十分难受，听闻福斯塔夫就在附近，哈里王子和波因斯决定去野猪头酒店捉弄福斯塔夫，昔日的朋友在酒店里聚起会来，但是也难以找到过去纵情欢乐的感觉。就在他们彼此戏谑的时候，皮多(Peto)来到酒馆，传来国王的讯息，说亨利王正在调兵遣将，准备积极应战，命亲王、福斯塔夫等人归队，一行人在野猪头酒店和同伴依依惜别。在北方，诺森伯兰伯爵的夫人和儿媳也劝说他离弃约克大主教，北上避居苏格兰，休养生息以观事态发展。

在威斯敏斯特宫里，身体日渐消瘦的亨利王因为叛乱之事难以静心修养，他衷心希望内战早点结束，好早日远征圣地。福斯塔夫却滥用亨利王授予的权力，接受应征者的贿赂，随意组织了一群由老弱病残组成的军队，继续做着自己的发财梦。在约克叛军的阵营里，反王党正聚在一起，听闻诺森伯兰伯爵已经远走苏格兰，背叛了他们，一行人有些难过。这时候，兰开斯特伯爵派出了特使威斯摩兰伯爵，劝说约克等人归顺亨利王，约克提出了补偿损失、恢复名誉等条件，在一番商讨之后，兰开斯特代表亨利王全盘答应约克大主教的要求，没想到的是，叛军首领在收到命令后马上解散了军队，军队一解散，王子就下令处决反叛的贵族们，押送他们前往刑场，处以死刑。王军取得了胜利，此时王宫里的亨利王却已病入膏肓，他把王冠放在病榻旁，传召了哈里王子前来，想进行一番交代。哈里王子来到王宫之后，以为国王已死，心里很难受，他戴上了父亲的王冠，意图要守卫这一世袭的荣誉。亨利王醒来之后十分恼火，还以为王子在自己去世前就图谋不轨。不过王子及时地赶回来了，解释了一番，消除了误解。亨利王身体着实抱恙，在弥留之际对王子谆谆教诲，希望他一定要励精图治，哈里王子也向父亲做了保证，一定竭尽所能保卫王冠。

没多久，国王驾崩，哈里王子继承王位，史称亨利五世。福斯塔夫听闻消息后兴高采烈地来到伦敦，想要找这位老朋友谋求高官厚禄。在他面前的这位“朋友”身份是国王亨利五世，以前地痞流氓小混混的身影早已不见踪影。此时的年轻国王当众放逐了福斯塔夫等人，和他们划清界限，但也还是给了他们丰厚的生活费。年轻国王的贤明执政受到了大家的称赞与拥戴，大家在新国王的带领下，设计着国家蓝图，亨利五世也和大家商议对法战争的计划。

【演出及改编】

图 2-12　英国皇家莎士比亚剧团《王与国》四部曲之《亨利四世》(下)剧照

《空王冠》系列的第三部《亨利四世》(下)紧接第一部的剧情，第二部分中，演员希德勒斯顿的戏份变得更多，演绎层次更加多样化，使得两部戏中的哈里王子形象变得完整饱满。爱因斯饰演的老国王将国王的威严和对儿子的复杂情感演绎得入木三分，和儿子冲突的一幕让观众印象颇深，不愧为一代老戏骨。

《王与国》系列的话剧之一《亨利四世》(下)于 2014 年 6 月 18 日上演，导演是格雷格里·多兰(Gregory Doran)，饰演哈里王子的是阿历克斯·哈赛尔(Alex Hassell)，饰演国王的是安东尼·舍尔(Antony Sher)。

值得一提的是，1991 年由美国导演格斯·范·桑特(Gus Van Sant)编剧和执导、著名演员瑞凡·菲尼克斯(River Phoenix)和基努·里维斯联袂出演的经典同性题材电影《我自己的爱达荷》(*My Own Private Idaho*)也是受到莎翁《亨利四世》(下)启发而创作的。里维斯饰演的富家子弟斯考特(Scott Favor)便是剧中哈尔王子的对应：他起先放荡不羁，在街头和流浪汉与男妓厮混，在父亲去世后改头换面，成为家族的继承人。而影片中肥胖、饮酒作乐、疏狂放达的流浪汉鲍勃(Bob Pigeon)便是福斯塔夫的化身。斯考特对鲍勃所讲的台词“I don't know who you are”与原剧中的“I know thee not”几乎相同。《我自己的爱达荷》堪称一次对《亨利四世》(下)跨越时空的成功移植，尽管其基调更为阴郁，重心也有所转移。影片中所展示的成长的坎坷和孤独、对于自由和快乐的向往以及未来和命运的不确定性，都是对数世纪前莎翁原作的更私人和现代的解读。

【经典名段中英文对照赏析】

FALSTAFF　My king! My Jove! I speak to thee, my heart!

KING　I know thee not, old man: fall to thy prayers;
How ill white hairs become a fool and jester!
I have long dream'd of such a kind of man,
So surfeit-swell'd, so old and so profane;
But, being awaked, I do despise my dream.
Make less thy body hence, and more thy grace;
Leave gormandizing; know the grave doth gape
For thee thrice wider than for other men.

(Act 5, Scene 5, 46-54)

福斯塔夫　我的王上！我的天神！我在对你说话，我的心肝！

亨利五世　我不认识你，老头儿。跪下来向上天祈祷吧；苍苍的白发罩在一个弄人小丑的头上，是多么不称它的庄严！我长久梦见这样一个人，这样肠肥脑满，这样年老而邪恶；可是现在觉醒过来，我就憎恶我自己所做的梦。从此以后，不要尽让你的身体肥胖，多多勤修你的德行吧；不要贪图口腹之欲，你要知道坟墓张着三倍大的阔口在等候着你。

(第五幕第五场 46—54 行)

说明：这是全剧中最后一场戏中的情节，也是全剧的高潮，通常被称为“对福斯塔夫的驳斥”(Falstaff's rejection)。哈里王子正式即位，成为亨利五世，在威斯敏斯特教堂举行加冕典礼，福斯塔夫闻讯前来表忠心，并借机向夏禄炫示自己和新国王的深厚情谊。然而亨利五世用冷酷无情的话语回应了他的热切问候，表示自己脱胎换骨的决心，和昔日损友划清界限。在后续的剧情中，国王甚至下令将福斯塔夫一众人投入监狱。

这也是莎剧中最富有争议的片段之一，几个世纪以来都有观众和批评家指责亨利五世对于这样一位情同父子的好友过于残酷，尤其是对福斯塔夫这样一位独树一帜、颇受欢迎的角色(最后也成为莎翁笔下最不幸的角色之一)。不过，读者普遍同情和喜爱福斯塔夫，是由于他看淡一切、享受生活的自由心态，然而福斯塔夫并非真正的超凡脱俗之人——他自视甚高，对待酒保比哈里王子还傲慢；爱慕虚荣，在法官勒令其还债时觉得自己受到侮辱。而且，莎士比亚试图用渐进的手法营造出二人关系的变化，本剧上半部中哈里和福斯塔夫常常在一起，到了下半部就很少了。此外，加冕典礼对于新任国王是一个转变身份、树立威信的重要机会，因此他必须在众人面前立下马威，也对自己放浪不羁的过去进行彻底否定。在这样特殊的情景中，福斯塔夫便成了倒霉鬼。

【其他经典名句】

* In poison there is physic. (I. i. 137)
毒药有时也能治病。

* All the other gifts
appertinent to man, as the malice of this age shapes
them, are not worth a gooseberry. (I. ii. 171-173)
一切属于男子的天赋的才能，都在世人的嫉视之下成为不值分文。

* Lives so in hope as in an early spring
We see th' appearing buds; which to prove fruit
Hope gives not so much warrant as despair
That frosts will bite them. (I. iii. 38-41)
希望对于我们却是无益而有害的，正像我们在早春的时候所见的初生的蓓蕾一般，希望不能保证它们开花结实，无情的寒霜却早已摧残了它们的生机。

* A peace is of the nature of a conquest,
For then both parties nobly are subdu'd,
And neither party loser. (IV. ii. 89-91)
和平本身就是一种胜利，因为双方都是光荣的屈服者，可是谁也不曾失败。

* I never knew yet but rebuke and cheque was the
reward of valour. (IV. iii. 31-32)
我知道谴责和非难永远是勇敢的报酬。

* And learning a mere hoard of gold kept by a
devil. (IV. iii. 114-115)
学问不过是一堆被魔鬼看守着的黄金。

《亨利五世》
Henry V

图 2-13　亨利五世(16 世纪画像)

【导言】

《亨利五世》大约写于 1598—1599 年，1599 年开始演出，1600 年根据演员的回忆印成了四开本并于 1602 年和 1619 年再版，在 1623 年正式收入《第一对开本》。该剧是莎士比亚第一套历史剧四部曲中的最后一部，也是莎士比亚最受欢迎的历史剧之一，历史材料来源于霍林希德 1587 年出版的第二版《编年史》。根据学者考证，本剧部分素材可能也参考过一本无名氏写的通俗戏剧《亨利五世的辉煌胜利》以及爱德华·霍尔(Edward Hall)所著的《兰开斯特与约克两大高贵家族的联合》(*The Union of the Two Illustrious Families of Lancaster and York*)，还有学者认为莎士比亚对塞缪尔·丹尼尔关于玫瑰战争的诗也很熟悉。

本历史剧的主旋律意在引导读者发挥想象力，从亨利五世(King Henry V)的处事经历中看到他蜕变成莎士比亚理想中的爱国爱民的贤明君主，体现了剧作家的审美倾向与人文追求。本历史剧有着史诗般的磅礴气势，严肃的历史叙事中又有喜剧因素的融入，颇有艺术魅力。整体上本剧结构严谨，情节丰富而生动，开场白和终曲也都有寓意。全剧洋溢着爱国主义情怀，剧作家立足于此，讴歌了亨利五世励精图治、实现了英法和平共处的历史成就。在莎士比亚眼里，亨利五世是英国国家的象征，智勇双全且德才兼备。我们不能简单地理解亨利五世的对法战争是现代历史观中的侵略战争，但是这一点也许体现了剧作家的人文主义理想和战争之间的矛盾——一方面，亨利五世是传统意义上的英雄形象，另一方面他的确出兵侵犯了当时并没有敌意的法国，屠杀了成千上万的法国兵民。除此之外，亨利五世一方面仁慈待人，但是另一方面的确处死了以前真心对他的朋友，这些矛盾的地方能够帮助我们了解莎士比亚理解的王权，要把这些放在一个矛盾复杂的体系中理解。总体来说，亨利五世在剧中仍然是一个理想君主，果断坚定，使个人情感屈服于国家与政权的需要。对国民来讲，他是一个优秀的领导者，怎么理解这一形象，历来也是仁者见仁、智者见智了。值得一提的是，剧中的次要人物中，弗鲁爱林上尉(Captain Fluellen)的形象十分突出，他的口音和口头禅十分有趣，军事知识匮乏却盲目自信，为本剧增加了不少笑料，但是弗鲁爱林上尉还是颇有正义感的，还得到了亨利五世的赞赏。

莎学界对本剧的解读有着不小的分歧。一些学者认为本剧对亨利五世的描写较为牵强，也有学者对莎士比亚笔下的兰开斯特家族的君主持批评态度，认为他们更像实用主义家，有时候的确显得不近人情。我国莎学界甚至有学者称莎士比亚的君主歌颂有“沙文主义之嫌”。除此之外，评论家对本剧的批评主要集中在开场白，看上去似乎有点过于煽动爱国主义情怀，冗长且华而不实。亨利五世把决战之日定在圣克里斯宾节(St. Crispin's Day)①，战场上亨利五世的豪言壮语也受到了我国莎学家的关注，认为这番言语鼓励了世世代代英国人为祖国战斗的爱国之情。② 当然了，本剧中的爱国主义和忠君意识是紧密结合的，这也是不能脱离的时代背景所致。

【剧情简介】

亨利四世去世后，年轻的亨利五世国王继承王位，他重用贤臣，专心治国，秉承父亲的遗愿，准备发动对法战争，因为父亲早年曾告诫他，发动对外战争能转移国内的矛盾，从而巩固国家政权。要发动对法战争，理由必须充分。亨利五世国王仔细研究英法两国的

① 圣克里斯宾节为每年的 10 月 25 日，是基督教圣人、双胞胎 Crispin 和 Crispinian 的牺牲纪念日。该节日因《亨利五世》中的阿金库尔战役而名声大噪，亨利五世著名的作战演讲也被称为“圣克里斯宾节演说”(St. Crispin's Day Speech)。

② 薛迪之:《莎剧论纲》，西北大学出版社，1994 年版。

图 2-14　BBC《空王冠》剧中由希德勒斯顿饰演的亨利五世

联姻史，根据自己的身世，亨利王坚称法国国王继承王位不是合法合理的，因此，他召集群臣，开始商议讨法大计，同时寻求坎特伯雷大主教(Archbishop of Canterbury)的支持。坎特伯雷大主教博古通今，对历史法律等领域都十分了解，亨利王告诫坎特伯雷大主教，在声明理由的时候也要合理，不可歪曲事实。大主教以《旧约·民数记》(*Numbers*)等文献为依据，举出了亨利王祖上和法兰西的渊源等，意在论证亨利王对法国王位有继承权。在大主教将对法战争的"名正言顺"叙述清楚后，英国国内开始准备战争并对法国提出要求。法国大使来到了伦敦的议事厅，当然果断拒绝了亨利王的说辞，为讽刺这位新国王的幼稚，他还带来了一箱网球用以讽刺亨利王年少时候的荒唐生活。亨利王被法国的反应激怒，更是打算对法进行一番宏伟征战。英法两国都厉兵秣马，积极备战。此时的伦敦街头仍然熙熙攘攘，野猪头酒馆依旧热闹，昔日和福斯塔夫厮混的兄弟毕斯托尔、巴道夫(Bardolph)和尼姆(Nym)计划趁着战争牟取钱财；而此时的福斯塔夫患上了严重的伤寒伤风症，在病痛中福斯塔夫离开了人世。老板娘将福斯塔夫逝世的消息告诉大家，昔日的朋友集结起来为他送行。完成使命之后，毕斯托尔一行人便跟随国王的部队，到达南安普顿，计划征战法国。战争一触即发之际，亨利王发现身边三位爵士是卖国贼，他们收下法国人的贿赂，计划谋害国王做出叛国行径，亨利王铲除了内奸之后更是信心大增，表示"不在法国称帝，就不做英格兰国王"(第二幕第二场)。法国王宫里，法王查理六世(Charles VI)正在召集大家商议战事，他担心历史重演，毕竟昔日的克雷西战役中，爱德华国王曾俘获了法国公卿。大家众说纷纭，法皇太子认为亨利性格浅薄不值一提，法元帅则提示亨利王是大智若愚，胸怀大志。经过英法两方的谈判，法王提出愿意将凯瑟琳公主(Catherine)嫁给亨利王，并陪嫁几个小公国，亨利王不满被如此"敷衍对待"，便正式发起了战斗。

亨利王亲自上阵，在前线监督作战，同时也下令军队千万不能对法国民众强取豪夺。英方军队人数相比法方少很多，法军阵营里皇太子一行人都嘲笑英国人愚蠢，只有法方人数的五分之一。雪上加霜的是，英方军队里流行起了痢疾，病号不少，亨利王在此危难情境之下，生出一计，在决战前夜，他假扮成一个普通军爷，和普通士兵谈笑风生。在年轻士兵中间他找到了自己昔日的青春活力，还了解到了士兵的心理活动，好对他们进行对应的领导，激励了士兵们的爱国情怀。次日，英军同仇敌忾，击溃了法军，法兰西大元帅被刺死在战场上，英军就这样击溃了人数众多、装备精良的法军，凯旋归来的英方军队受到了国民的欢呼与迎接，亨利王获得了国人的追捧，但是他谦虚慎行，拒绝了大臣的游行提议，只是表明这光荣属于上帝。在勃艮第公爵(Duke of Burgundy)的斡旋之下，英法两国开始了和平会谈，法国国王同意了亨利王继承法兰西王位的要求，并把女儿凯瑟琳公主嫁给了亨利王，两国正式联姻成为一家人，英法两国结为友好邻邦。

【演出及改编】

图 2-15　英国普罗派拉莎士比亚剧团(The Propeller Company)话剧《亨利五世》现场照

莎士比亚《亨利五世》的剧本有过不少的电影改编版本，早在 1944 年，劳伦斯·奥利弗就导演并主演了电影《亨利五世》，当时正处于第二次世界大战时期，拍摄此电影旨在唤起英国民众的爱国情怀。本片采用了“戏中戏”的拍摄模式，为塑造亨利王的伟大形象，此版电影还是删掉了不少原著中的负面情节；布景方面，此版本戏剧化重现了环球剧院伊丽莎白时期的舞台演出，亨利五世和法国凯瑟琳公主的爱情故事也被拍得颇具幽默感，大型战争场面更是气势恢宏。劳伦斯·奥利弗凭此片获得了 1947 年度奥斯卡终身成就奖。1989 年，英国导演肯尼思·布拉纳导演并主演了电影《亨利五世》，这个版本着重刻画战争的残酷情形，亨利五世和1944年版本中的英勇神武形象也完全不同，更像一个阴险压抑的偏执君主，此版本整体氛围诡异且阴森。2019年，由大卫·米奇欧德(David Michôd)导演的Netflix电影《兰开斯特之王》(*The King*)也是改编自莎士比亚的剧本，情节围绕15世纪英格兰的新国王亨利五世从混乱局势中脱颖而出的故事，该版本的主演是法裔美国演员蒂莫西·柴勒梅德(Timothée Chalamet)，本版本导演有意取演员的少年特色，塑造了一位"王者气息"不够，少年气十足的少年君主，整体风格写实中不缺文艺。

2012年BBC历史电视剧《空王冠》系列中，《亨利五世》是最后一部，汤姆·希德勒斯顿继续饰演亨利五世。挑起大梁的"抖森"演绎了亨利五世的辉煌成就，留名影史。在本版本中，观众看到了一个更具人性化的亨利五世，他走下了神坛，和观众对话，让观众看到了他内心的煎熬以及瞬间的软弱与无助，也让他成为一个形象更立体的君主。

环球剧院于2012年推出了多米尼克·德罗姆古尔(Dominic Dromgoole)导演版本的《亨利五世》，饰演亨利五世的是演员杰米·帕克(Jamie Parker)，本版本风格较为轻松愉快。2016年，皇家莎士比亚剧团为纪念莎士比亚逝世400周年推出了戏剧《亨利五世》，导演是格雷格里·多兰，阿历克斯·哈塞尔饰演亨利五世，下半部的喜剧效果十分突出，英国和法国的谈判也是笑料不断。

【经典名段中英文对照赏析】

KING

Once more unto the breach, dear friends, once more,
Or close the wall up with our English dead.
In peace there's nothing so becomes a man
As modest stillness and humility;
But when the blast of war blows in our ears,
Then imitate the action of the tiger:
…
Let us swear
That you are worth your breeding — which I doubt not;
For there is none of you so mean and base,
That hath not noble lustre in your eyes.
I see you stand like greyhounds in the slips,
Straining upon the start. The game's afoot.
Follow your spirit, and upon this charge

Cry 'God for Harry, England, and Saint George!'

(Act 3, scene1, 1-6; 27-34)

亨利王 好朋友们，再接再厉，向缺口冲去吧，冲不进，就拿咱们英国人的尸体去堵住这座城墙！在太平的年头，做一个大丈夫，首先就得讲斯文、讲谦逊；可是一旦咱们的耳边响起了战号的召唤，咱们效法的是饥虎怒豹……这一点，我毫不怀疑；因为你们都不是那种辱没自己、短志气的人，个个都是眼睛里闪烁着威严的光彩。这一狩猎开始啦。一鼓作气，往前直冲吧，一边冲，一边喊："上帝保佑亨利、英格兰和圣乔治!"

(第三幕第一场 1—6 行；27—34 行)

说明："Once more unto the breach, dear friends, once more"——这段话是亨利五世最著名的动员号召之一。当时英军准备对法国诺曼底地区的城市哈弗娄发起围攻，然而在一开始遭受了挫折，军心动摇。亨利五世见状，在阵前鼓舞英格兰士兵发起冲锋，为国王和祖国浴血奋战。"breach"在此处是"缺口"的意思，当时英军在哈弗娄城墙上炸开一个口子，架上云梯准备乘虚而入。亨利承认和平时期的美德是温文的风度，但军人为了更崇高的目的，在生死攸关的事态面前，必须超越平民的道德准则。这番对比帮助士兵摆脱了伦理道德的枷锁，扫清了他们心头的顾虑。

接下来，亨利试图以先人为榜样唤醒士兵的勇气——用一种超越时间的方式将所有英格兰人团结起来。更值得一提的是，亨利接下来模糊了阶级的界限，告诉众人出身乡野的农民也足以彰显英格兰的伟大精神，但凡英勇作战之人，无一卑微下贱。这里的"mean"一词原意是"普通、常见的"，后来演变为"等级卑下的"，再衍生出"品格卑下的"含义，属于词义窄化(semantic narrowing)。"base"一词顾名思义，本指"社会底层"，后来也表示道德低下。这两个词语在贬义化的过程中都沾染了阶级色彩。亨利五世这番演说无疑冲击了英格兰根深蒂固的阶级观念，用爱国主义精神和对国王的忠诚将众人团结起来，这充分体现了亨利的王者气度、高超的领导力和身先士卒的勇气，也使全剧笼罩在强烈的乐观和热血气氛中。

最后一句中，与国王和英格兰并列的圣乔治(Saint George)是著名的军人基督教信徒(military saint)。传说他是 4 世纪一位罗马军官，因基督教信仰被迫害而死。后来越来越多的事迹附着到他身上，例如圣乔治屠龙的故事。他在艺术作品中常被描绘为骑着白马、手持长枪和恶龙作战的形象。他也被后世尊为军人的保护神，英格兰军队在作战时常以他为口号。

【其他经典名句】

* And wholesome berries thrive and ripen best
Neighboured by fruit of baser quality. (I. i. 61-62)
那名种跟较差的果树为邻，就结下更多更甜的果实。

* Now all the youth of England are on fire,
And silken dalliance in the wardrobe lies:
Now thrive the armourers, and honour's thought
Reigns solely in the breast of every man. (II. 0. 1-4)①
现在，全英国的青年，心里像火一样在烧，卸下了宴会上的锦袍往衣橱里放——如今风行的是披一身戎装！沸腾在每个男儿胸中的，是那为国争光的志向。

* Every subject's duty is the King's, but
every subject's soul is his own. (IV. i. 174-175)
每个臣民都有为国效忠的本分，可是每个臣民的灵魂却是属于他自己掌管的。

* We few, we happy few, we band of brothers.
For he today that sheds his blood with me
Shall be my brother. (IV. iii. 60-62)
我们，是少数几个人，幸运的少数几个人，我们，是一支兄弟的队伍——因为，今天他跟我一起流着血，他就是我的好兄弟。

* But a good heart, Kate, is the
sun and the moon, or, rather, the sun, and not the moon,
for it shines bright and never changes, but keeps his
course truly. (V. ii. 161-164)
可是一颗真诚的心哪，凯蒂，是太阳，是月亮——或者还不如说，是太阳，不是那月亮；因为太阳光明灿烂，从没有盈亏圆缺的变化，而是始终如一，守住它的黄道。

---

① 出自第二幕开场的“唱诗班”，有序言之功用。

《亨利六世》(上)
Henry VI, Part I

图 2-16　剧中挑选红白玫瑰的场景(Henry Payne 绘制，1910 年)

【导言】

《亨利六世》分上、中、下三篇，关于作者是谁，过去有过不少争论。鉴于这部戏有许多幼稚、庸俗的地方，不少莎学家认为它不可能是莎士比亚的作品，因而提出许多设想。不过，近年来大家的意见已趋于一致，基本认为该剧是莎士比亚创作第一时期的历史剧。就写作时间而言，三篇《亨利六世》与稍后问世的《理查三世》可作为莎翁的第二套英国历史剧四部曲，形象地概括了 15 世纪英国 60 多年的历史进程(1422—1485)，描写了英法百年战争后期以及玫瑰战争①前期的政治和经济纠纷。三部《亨利六世》的主要历史素材源于史学家霍林希德的《编年史》以及爱德华·霍尔的《兰开斯特与约克两大高贵家族的联合》。

《亨利六世》(上)约作于1589—1590年，并于1594—1595年重新修订，属于莎翁最早创作的历史剧系列。莎士比亚并没有忠实于历史，其中史实的年代时有错乱，例如此剧开场是亨利五世的发丧，这本是1422年11月7日的事，当时的亨利六世还不满一周岁，而在剧中他却已经成了一个像学童一般柔弱的王子；此外，其他年代错误的例子还有很多。

《亨利六世》(上)情节繁杂，结构松散，我们看到的是一幅十分混乱的景象：在前方，战事连连；而在宫廷之内，则是群臣纷争。代表约克家族利益的普兰塔琪纳特(Richard Plantagenet，也译作理查·金雀花，后受封第三任约克公爵)和代表兰开斯特家族利益的萨穆塞特(Somerset)是在宫廷内弄权的两大代表人物。他们为了各自家族的利益而大吵大闹，最终导致救援不至，使得战功卓著的英军统帅塔尔博勋爵(Lord Talbot)和他的儿子在法国战死沙场。正如英军中的路西爵士(Sir William Lucy)所说，"忠勇尚义的塔尔博，不是陷在法国军队的手里，而是陷在英国人尔虞我诈之中"(第四幕第四场)，他的生命无疑是被英国贵族的内讧所断送的。莎翁运用民间英雄歌谣的手法描绘了塔尔博公爵的高大形象，具有极强的感染力。

本剧出场人物众多，其中圣女贞德(Joan of Arc，剧中称Joan Puzel)②的形象尤其值得一提。在莎翁笔下，法国牧羊女贞德被涂上了传奇色彩。令现代观众感到尤为不快的是对她的歪曲描写：在这部戏里，这位18岁的一代英杰被形容成了一个荡妇，一个巫婆，莎士比亚对她的浪漫化和神秘化已经到了极致的地步。尽管这一切诬蔑大多取自霍林希德，尽管伊丽莎白时代的观众并不希望从戏剧里印证史实，而且对充满狭隘民族情感的作品表示欢迎，但我们现代读者对于剧作家未能客观冷静地描述史实依然感到遗憾。不过，我们也不难看出，莎士比亚的主要笔力仍然在于表现贞德的爱国热情和英勇崇高的牺牲精神。其实，有关贞德的描述也并非史实，历史上的贞德于1431年被烧死，莎士比亚让她复活并出现在1451年的

① 玫瑰战争(Wars of the Roses，1455—1485)是兰开斯特家族(House of Lancaster)和约克家族(House of York)的支持者为了争夺英格兰王位而发生的内战。两大家族都是金雀花王朝(Plantagenet)王室的分支，为英王爱德华三世的后裔。"玫瑰战争"一名并未使用于当时，而是在历史剧《亨利六世》中以两朵玫瑰被拔标志战争的开始后才成为普遍用语。此名称源于两个家族所选的家徽，兰开斯特的红玫瑰和约克的白玫瑰。该战争大部分由马上骑士和他们的封建随从组成的军队所进行。兰开斯特家族的支持者主要在国家的北部和西部，而约克家族的支持者主要在南部和东部。玫瑰战争所导致的贵族的大量伤亡，是贵族封建力量削弱的主要原因之一，导致了都铎王朝控制下的强大的中央集权君主制的发展。战争最后以亨利七世(Henry VII)与约克的伊丽莎白(Elizabeth of York)通婚收场，为了纪念这一战争，英格兰以玫瑰为国花，并把皇室徽章改为红白玫瑰。

② 法语常称贞德为"La Pucelle d'Orléans"，意为"奥尔良的少女"。剧中使用的古英语惯常拼法"Puzel"和法语"Pucelle"相似。

英法战争中，显然是为了突出战事的曲折多变，强化戏剧情节的发展。

【剧情简介】

图 2-17　第四幕第六场塔尔博勋爵在战场上(1830 年插图)

亨利五世驾崩之后，其葬礼在威斯敏斯特教堂举行，他的幼子亨利六世继位。在葬礼进行过程中，实权派人物葛罗斯特公爵(Duke Humphrey of Gloucester)，即亨利六世的叔父，和温彻斯特主教(Bishop of Winchester)亨利 · 波福(Henry Beaufort)，即亨利六世的叔祖，就为了各自的利益发生争吵。信使接二连三来报：在亨利五世领导下占领的法国城池相继失守。此时，亨利六世的另一位叔父培福公爵(Duke of Bedford)立即带兵出征，击溃了法军，并包围了奥尔良城。不料，法国奥尔良牧羊女贞德自称奉上天之命，协助法国太子抗击英军，并且亲自上阵打败了塔尔博勋爵率领的英国军队。

与此同时，英国国内代表约克家族利益的普兰塔琪纳特和代表兰开斯特家族利益的萨穆塞特在国会花园发生争吵，双方支持者分别摘下园中的白、红玫瑰以表明立场。英国历史上臭名昭著的“红白玫瑰战争”就从这里开始，它使得成千上万的无辜百姓丧失了生命。普兰塔琪纳特和萨穆塞特的气焰越来越嚣张，他们之间的积怨也越来越深。在亨利六世举行加冕大典时他们居然激烈地争吵起来。国王恳求他们消除分歧，团结一致共同对敌，但双方面和心不和。普兰塔琪纳特受命总管法国事务，成为步兵元帅；萨穆塞特被任命为骑兵元帅。两人率部共同抗击法军。由于这两人都不肯派兵增援在波尔多被围的塔尔博，结果这员勇将和他那英勇无畏的儿子只得以劣势兵力对付法兰西太子的优势兵力，终因寡不敌众而成了疆场冤魂。在这场战争中，英军也捕获并处死了法国著名爱国英雄牧羊女贞德。

贞德一死，曾经大力支持英军的勃艮第公爵(Duke of Burgundy)马上倒向理查皇太子，拥护皇太子为王，与英国对立，使英国在法国的领地大大缩小，接着巴黎起义赶走了城里的英国驻军。处于危险境地的英国，内部政见又不统一，宫廷纷争不断，群臣明争暗斗，亨利六世决定接受教皇和罗马皇帝的调解，娶亲议和。葛罗斯特提议与法国阿玛涅克伯爵(Earl of Armagnac)之女签订婚约，以达到英法停战的目的。红玫瑰党羽萨福克伯爵(Earl of Suffolk)出于野心，有意将在法国战场俘获的安佐公爵(Duke of Anjou)瑞尼埃(Reignier)之女玛格莱特(Margaret)献给亨利六世，怂恿国王解除与前者的婚约。他幻想受自己利用的玛格莱特一旦当上王后，自己便能通过她控制国王以至整个国家。亨利六世受到迷惑，他不顾葛罗斯特和忠臣们的规劝，取消了与阿玛涅克之女的婚约，派遣萨福克为特使，去迎娶美貌绝伦的玛格莱特。此剧结尾时，萨福克带着玛格莱特来到英国，亨利沉湎于她的美色，迅即娶她为后，这就导致内部矛盾复杂化，为中篇的情节发展埋下了伏笔。

【演出及改编】

图 2-18　《圣女贞德和复仇女神》(William Hamilton 绘制，1790 年)

《亨利六世》(上)自从在1592年首演之后，其全本就很少再搬上舞台了。莎士比亚之后第一个较为明确的演出记载是在1738年3月13日于卡文园的演出，这次的表演似乎是单独的，并没有和中篇和下篇形成一个系列。接下来的一次较为确定的表演则到了1906年，当时在莎士比亚纪念剧院演出了莎翁的2个历史剧四部曲，连续上演了8个晚上。可以确定的是，这是莎剧演出史上首次四部曲和三部曲的同时上演。

这部戏在21世纪的舞台上重新受到了关注。2000年，该剧在莎士比亚的故乡斯特拉特福的天鹅剧院(Swan Theatre)重新上演，玛格莱特和圣女贞德由同一名演员扮演。贞德被火烧死之后，从灰烬中复生为玛格莱特，这一意象具有一定的象征意义。这部戏与其他5部历史剧一起上演，共同构成了一个完整的由8个部分组成的历史周期，该系列的总标题是《英格兰历史》(*This England*: *The Histories*)，这是皇家莎士比亚剧团首次尝试按时间顺序演绎这8部戏剧。《英格兰历史》于2006年作为《莎士比亚全集》的一部分在庭院剧院(Courtyard Theatre)再次上演，《亨利六世》再度登上舞台。此外，《亨利六世》(上)在德国和美国也有多次上演的经历。

为这部戏在现代戏剧史上确立地位的是约翰·巴顿(John Barton)和彼得·霍尔(Peter Hall)1963/1964年出品的RSC (Royal Shakespeare Company)四部曲，该剧是一个由3部分所组成的系列，总标题为《玫瑰战争》(*The Wars of the Roses*)，在皇家莎士比亚剧院上演。其中的第一部戏名为《亨利六世》，由《亨利六世》(上)的精缩版和《亨利六世》(中)的一半构成，一直讲到葛罗斯特公爵之死。

首次将这部戏搬上电视屏幕的是1960年由BBC出品的一个迷你系列，名为《国王们的时代》(*An Age of Kings*)。该系列共有15集，每集1小时，内容涵盖了莎士比亚的8部历史剧。该剧去掉了塔尔博这个角色，其中第9集《红玫瑰与白玫瑰》(*The Red Rose and the White*) 就是直接取材于《亨利六世》(上)并作了适当删节。此外，BBC于1983年出品的莎士比亚电视系列剧中也包括了这部戏。而且，英国的BBC、美国的NBC和CBC以及德国的柏林自由之声(Sender Freies Berlin)广播电台也都制作了以《亨利六世》(上)为蓝本的广播连续剧。

【经典名段中英文对照赏析】

JOAN

Look on thy country, look on fertile France,
And see the cities and the towns defaced
By wasting ruin of the cruel foe,
As looks the mother on her lowly babe

When death doth close his tender-dying eyes.
See, see the pining malady of France,
Behold the wounds, the most unnatural wounds,
Which thou thyself hast given her woeful breast.

(Act 3, Scene 3, 44-51)

贞德　请你看看你的祖国，看看富饶的法兰西，这许多名城大邑，被残暴的敌人践踏到什么地步了。你好比是一位母亲，眼见自己的无辜的婴儿，命在旦夕，不久即将合上幼嫩的眼睛，你心里不觉得难过吗？你看，颠连困苦的法兰西，现在已经遍体鳞伤，最可叹的是，这些创伤，有许多是你亲手造成的。

（第三幕第三场 44—51 行）

说明：牧羊女贞德出身卑微，但她自信受到圣母玛利亚的指点，应该肩负起拯救法国的历史重任。她把绝境中的法国军队鼓动起来，一举击溃英国军队，反败为胜，最终把法国皇太子扶上了王位。后来法国人把她出卖给了英国人，结果被英国人活活烧死。从伊丽莎白时代的观点来看，贞德是一个女巫和浪女的形象，但莎士比亚并未完全屈从当时人们的印象，而是把她塑造成了一个有血有肉的人物。贞德的这一番话充分表现了她的爱国热情、大无畏的精神和勇于承担的历史责任感。她劝说倒向英国的勃艮第公爵援救法国，字里行间显得情真意切，富于感染力，是一篇能令人热血沸腾的演说词。

【其他经典名句】

* Unbidden guests
  Are often welcomest when they are gone. (II. ii. 55-56)
  不速之客只在告辞以后才最受欢迎。
* Delays have dangerous ends. (III. ii. 32)
  迁延会误事的。
* Speak on, but be not over-tedious. (III. iii. 43)
  有话快说，不要过于絮叨。
* Of all base passions, fear is most accursed. (V. ii. 18)
  在一切卑劣的情感之中，恐惧是最最要不得的。

《亨利六世》(中)
Henry VI, Part II

图 2-19 葛罗斯特公爵夫人爱丽诺的自我忏悔(Edwin Austin Abbey 绘制，约 1900 年)

【导言】

《亨利六世》(中)大约作于 1590—1591 年，也有人认为这部戏的写作其实早于《亨利六世》(上)，是莎士比亚戏剧创作的处女作。

《亨利六世》(上)主要铺陈英格兰失掉法国领土以及宫廷内的政治阴谋如何导致了玫瑰战争的爆发，《亨利六世》(下)着重刻画对于矛盾和战争的恐惧。而《亨利六世》(中)主要讲述国王对平息贵族间的争执所表现出来的懦弱无能——包括受他信赖的护国公葛罗斯特公爵之死，约克公爵势力的上升，以及终究不可避免的武装冲突。这三篇《亨利六世》与稍后问世的《理查三世》共同构成了历史剧四部曲，讲述了整个玫瑰战争的前因后果，从 1422 年亨利五世之死一直写到 1485 年亨利七世的上台。正是这套历史系列剧的成功为莎士比亚的知名度树立了牢固的基础。四部曲中的《亨利六世》(中)在所有莎剧中是人物最多的一部戏，很多评论家也认为该剧是《亨利六世》三部曲中最好的一部。

《亨利六世》(中)主要取材于爱德华·霍尔的《兰开斯特与约克两大高贵家族的联合》；另外，和莎士比亚的大多数编年体历史剧一样，该剧还参考了霍林希德的《编年史》。莎士比亚与霍尔和霍林希德最大的不同在于，他把凯德(Cade)的起兵暴动、约克公爵(Duke of

York)从爱尔兰的回归和玫瑰战争的首次战役圣奥尔本斯之战(the Battle of St. Albans)合为一串连续的事件。霍尔和霍林希德都按照史实将这几个事件跨越了四年的时间来进行描述，但在莎士比亚的戏剧里，这几件事却是一件接一件发生的。莎士比亚还更改了玛格莱特和葛罗斯特公爵夫人爱丽诺(Duchess Eleanor of Gloucester)之间矛盾的这条时间线。历史上的这两个人其实从未碰过面，早在玛格莱特来到英国的四年之前，爱丽诺就因为施展巫术而遭驱逐，而在这部戏里，她们却是政治敌人。

《亨利六世》(中)表现了亨利的软弱无能，而他的无能恰恰又与玛格莱特的野心形成了强烈的对比。此外，宗教、正义和毁灭也是该剧所要表现的主题。

这部戏的主旨就在于表现亨利与生俱来的软弱个性以及他对于掌控国家和朝廷所体现出来的无能为力。很多19世纪的评论家认为，亨利作为一国之君的软弱正是《亨利六世》(中)缺乏激情的主要原因；亨利显得过于笨拙无能，这使得观众无法与他感同身受，于是他的悲剧色彩也就大大减弱了。纵观全剧，有很多这样的例子，例如，亨利未能把争执不休的贵族们联合起来，而是任其摆布，任由他们自己决定自己的所作所为；与此同时，他本人则完全被玛格莱特所左右。他的唯唯诺诺还表现在他同意监禁清白忠诚的葛罗斯特，后来又全身而退，躲避对这个错误决定的指责，在葛罗斯特遭逮捕之后逃之夭夭。亨利虽然是个好人，但却是一个可怜的君王。他的软弱还表现在他与强悍的玛格莱特王后之间的对比上。在第三幕第二场，葛罗斯特死的时候，他们之间的对比达到了最高潮。玛格莱特等人对葛罗斯特公爵肆意陷害，而身为一国之君的亨利则在这帮奸人之前显得那么优柔寡断和懦弱无能。亨利的软弱性格也许可以借由他的宗教信仰来作出部分解释：对他而言，宗教是他生活的基础和源泉，他是个虔诚的信徒，他深爱上帝，对上帝顶礼膜拜，认为玛格莱特是上帝赐给他的美丽的礼物，而他们的结合则是天作之合，这必然导致深信人性本善的他成了以玛格莱特为首的野心家们摆布的傀儡，以至于最终导致整个国家政体的失控。

与亨利和玛格莱特形成对照的护国公葛罗斯特无疑是正义的化身。他对亨利忠贞不渝，处理政务认真负责，颇受广大市民的尊敬和欢迎。在莎士比亚笔下，他不仅有着一副正直忠诚的面孔，而且是那个充满政治阴谋和夺权野心家的朝廷中罕见的无私无畏的人。葛罗斯特死后引起市民暴动，大家要求国王惩办杀人凶手，这也从一个侧面表明了他在市民中深得人心。葛罗斯特受审判之时，明白指出亨利王的危险境地；在临死之前，他又再次表达了他的忧国忧民之心，如果他的死能揭发奸人的丑恶面目，“岛国能够享受太平”(第三幕第一场)，则死而无憾！莎翁通过对葛罗斯特这一人物的艺术再现，向观众表达了人民大众对正义的渴望和诉求。

站在英国爱国主义的立场上，莎士比亚在上篇里从一定侧面丑化了法国爱国女贞德的形象，在中篇里又将农民领袖写成鲁莽无知的可笑之徒。但是即便如此，他还是通过这两个人之口说出了一些不便直言的真理。这可被视为莎士比亚的一贯作风，因为他笔下的人物从来都不是单面的。

如果葛罗斯特之死标志着英国的败落，那么约克公爵的兴起则预兆着更大的灾难即将降临。在下篇里我们将看到两大家族争夺王位，致使英国濒临绝境。

【剧情简介】

图 2-20 《红衣主教波福之死》(Joshua Reynolds 绘制，1789 年)

亨利六世不顾大臣们的反对和两派的纷争，兴高采烈地迎娶了年轻貌美的玛格莱特。玛格莱特其实私底下是萨福克伯爵的情人，萨福克正是企图通过她来对国王施加影响。而萨福克和玛格莱特阴谋的主要障碍则来自葛罗斯特公爵，他是王位的捍卫者，深得国王信任，而且在普通老百姓中也颇得人心。不过，葛罗斯特的地位却受到了他妻子的影响，因为他的妻子也对王位有所觊觎，于是正好被萨福克的爪牙所利用，被哄骗实施巫术。她召唤了一个法师前来占卜她的未来，而这个法师其实早已被以王后为首的小团体买通了，在仪式结束之前，卫兵就以叛逆罪逮捕了这位公爵夫人。经审判后她遭遇流放，葛罗斯特陷入尴尬之境。接着，萨福克又与红衣主教波福(Cardinal Beaufort)和萨穆塞特公爵联合起来，共同对付葛罗斯特，要把他彻底摧垮。萨福克以叛国罪为名对葛罗斯特提起指控，并把他关了起来，但在审判之前，萨福克早已派了两名杀手前去暗杀。与此同时，第三任约克公爵理查，即爱德华三世的第三个儿子之子(亨利是爱德华三世的四子所生)，也透露了自己对王位的野心，并且获得了萨立斯伯雷伯爵(Earl of Salisbury)和华列克伯爵(Earl of Warwick)的支持。

萨福克公爵随后因葛罗斯特之死而遭流放，而红衣主教波福则感染了热病，在对上帝的诅咒中一命呜呼。玛格莱特害怕萨福克也遭驱逐，发誓要确保他能尽快返回，可是他却在离开英格兰之后不久就被海盗杀了，他的头还被送回到了发狂的玛格莱特手里。此时，约克受命担任总指挥前去镇压在爱尔兰的一场叛乱。临出发之前，约克指使他以前手下的一名军官杰克·凯德在英国起兵暴动，为的是确保一旦普通民众对他表示支持，他就有理由带兵回国公开篡位夺权。约克公爵前往爱尔兰，表面上正好跟这次起义脱离了干系，凯德于是独自行动。起初，暴动还是很成功的，凯德自命为伦敦市长，但不久以后，他领导的这次起义就遭到了亨利的支持者克列福勋爵(Lord Clifford)的镇压，克列福劝阻凯德军队里的老百姓赶紧停止行动。被瓦解了的暴民很快就把斗争的矛头对准他们的领袖凯德，在群情激愤的怒吼声中，凯德只身潜逃，躲进肯特郡的森林里。他饥饿难忍，闯进一名乡绅的庄园，被乡绅用剑砍死。

与此同时，约克从爱尔兰率大军直逼伦敦，宣称要清君侧，赶走王后十分信任的宠臣——奸诈狡猾的萨穆塞特。国王拒绝了他的这一举措，于是约克公开宣称要夺取王位，他的两个儿子爱德华，即后来的爱德华四世(King Edward IV)，和理查，即后来的理查三世(King Richard III)也与他共同进退。此时此刻的英国贵族们则分成了两派，有的支持约克家族，有的则支持亨利和兰开斯特家族。玫瑰战争的首战圣奥尔本斯之战爆发了，萨穆塞特公爵被理查杀死，克列福勋爵则被约克杀死。尤其是约克的驼背儿子理查初露锋芒，以杀死萨穆塞特之举一鸣惊人。战斗失败后，玛格莱特劝心烦意乱的国王逃离战场，退回伦敦。在她的努力之下，小克列福加入了她的阵营，发誓要为父亲的死报仇雪恨，找约克一家算账。全剧结束之时，约克带领自己的亲信和重兵马不停蹄地追赶亨利、玛格莱特和克列福一行，要抢在他们之前到达伦敦。

【演出及改编】

《亨利六世》(中)自从在1592年前后首演之后，其全本就很少再搬上舞台了。莎士比亚时期以后第一次较为确切的演出时间是1864年4月23日（莎士比亚诞生300周年纪念日)在伦敦萨里剧院(Surrey Theatre)的表演，当时该剧做的是独立演出，没有和上篇和下篇共同上演，当时的导演詹姆斯·安德森(James Anderson)还一人分饰约克和凯德两角。有关此次演出，《伦敦新闻画报》(*The Illustrated London News*)是这样描述的："这是一次舞台演出的复兴与光复，它让一部搁置了 270 年的完全被遗忘的作品重新焕发了生机。"①1889 年和 1899 年，在莎士比亚的故乡埃文河畔斯特拉特福的莎士比亚纪念剧院又有两次此剧的单独演出。

图 2-21　第四幕第二场中凯德领导的暴乱

1977 年在皇家莎士比亚剧院的一次演出也颇为独特，当时是《亨利六世》三篇同时上演。尽管此次演出在票房上有些不尽如人意，但扮演亨利的演员艾伦·霍华德(Alan Howard)的独特表现在当时却广受赞誉。霍华德遵照史实有关真亨利发疯的细节，在表演中自然地融入了这一特点，向人们展示了一个濒于精神和情感崩溃的鲜活人物。此外，圣奥尔本斯之战的舞台表现形式也受到了人们的认可，观众只看到几个主要角色之间的斗争，没有任何多余的环节暗示说这是一场大型的战役，这样就进一步强调了整个矛盾冲突不过是来自一场小型的家庭纷争。为了与当时另一部政治性极为浓厚的系列剧《玫瑰战争》三部曲形成对比，本剧导演特里·汉兹(Terry Hands)极力确保本剧的非政治性。他认为："《玫瑰战争》关注的是强权政治，其中心意象是会议桌，而那并不是莎士比亚的本意，莎士比亚的观念远在政治之外，政治不过是一门十分肤浅的学科。"②此外，本剧在德国和美

---

① 原文"It is a revival, or rather restoration to the stage, of an utterly neglected work, which has not been played for 270 years."

King Henry VI, *Part* 2 (The Arden Shakespeare, 3rd Series), edt. Ronald Knowles. London: Bloomsbury Publishing, 1999, p. 5.

② Nelsen, Paul, and Hands, Terry. "Hands On.. An Interview with Terry Hands, Artistic Director of the RSC." *Shakespeare Bulletin*, vol. 8, no. 3, 1990, pp. 5-14.

国均有多次上演记录。

进入21世纪以后，本剧有过多次改编和演出。2000年，爱德华·霍尔(Edward Hall)将《亨利六世》三部曲改编成上、下两部在纽伯里①的水磨剧院(Watermill Theatre)上演。霍尔将《亨利六世》上、中篇合二为一，并增加了部分下篇里的内容。此次改编以其对暴力的表现形式而广受关注。整个布景被设计成屠宰场的样子，霍尔并没有像大多数演出那样赤裸裸地表现暴力，而是走向了对立面，以象征的手法来表现暴力这一主题。每当一个角色被斩首或是杀死之时，就会有一个红叶卷心菜被切成碎片，而演员则在一旁模仿死亡的情景。

而有关《亨利六世》(中)的影视及广播改编多与上篇和下篇联系在一起，作为一个整体来制作。具体可参考《亨利六世》(上)中的有关介绍。

【经典名段中英文对照赏析】

ALL God save your majesty!

CADE I thank you, good people. — There shall be no
money; all shall eat and drink on my score, and I will
apparel them all in one livery, that they may agree
like brothers and worship me their lord.

DICK The first thing we do, let's kill all the lawyers.

CADE Nay, that I mean to do.

(Act 4, Scene 2, 67-73)

群众 上帝保佑吾王陛下!

凯德 好百姓们，我们感谢你们。我要取消货币，大家的吃喝都归我承担；我要让大家穿上同样的服饰，这样他们才能和睦相处，如同兄弟一般，并且拥戴我做他们的主上。

狄克 第一件该做的事，是把所有的律师都杀光。

凯德 这是我一定要做到的。

(第四幕第二场67—73行)

说明：屠夫狄克(Dick)，一个默默无闻的小角色，却说出了整个《亨利六世》三部曲

① 纽伯里(Newbury)是英国英格兰伯克郡的一个镇。

中为数不多的一句名言。狄克乌托邦似的想法，杀光英国境内所有的律师，附加在叛军首领杰克·凯德的承诺之后，在凯德的理想世界里，他看见了一场类似共产社会主义的革命，而他自己是唯一的领袖。凯德断言，律师做的事不过是慢条斯理地来回翻阅羊皮纸文书，一心只想把普通老百姓逼得走投无路。他这种煽动言行其实是精心谋划，用于针对平凡百姓的，因为他们只求不要受到过多的打扰就行。可是尽管观众能看出凯德的道德败坏，却仍与狄克的想法一致。

1987年，三位最高法院的法官聚在一起进行模拟审判，其间17世纪的牛津伯爵(1550—1604)，即打油诗人爱德华·德·维尔(Edward de Vere)的代表律师，对莎士比亚的著作权提出了质疑。据《纽约时报》(*New York Times*)报道，这次活动的主办方，美洲大学华盛顿校区的校长“逗得在人群里的几位法律人士发出紧张的笑声，因为他还是忍不住引用了全世界最常被引用的英语作家的话(姑且无论他是谁)，脱口说出‘我们要做的第一件事，就是把所有的律师都杀光……’”果不其然，法官判埃文河畔的诗人，即莎士比亚胜诉。①

【其他经典名句】

* A heart unspotted is not easily daunted. (III. i. 100)
  无愧于心的人什么也不怕。
* Things are often spoken and seldom meant. (III. i. 268)
  往往有人只能说，不能行。
* Forbear to judge, for we are sinners all. (III. iii. 31)
  不要对别人下断语，我们全都是罪人。
* True nobility is exempt from fear. (IV. i. 131)
  真正的贵族是无所惧怕的。
* Ignorance is the curse of God,
  Knowledge the wing wherewith we fly to heaven. (IV. vii. 68-69)
  上帝谴责愚昧，而学问则是人们借以飞升天堂的羽翼。
* It is great sin to swear unto a sin,
  But greater sin to keep a sinful oath. (V. i. 182-183)
  立誓去做坏事，那是一桩大罪；如果坚持做坏事的誓言，那就是更大的罪。

① Molotsky, Irvin. “You-Know-Who Wrote the Plays, Judges Say.” *New York Times* 26 Sep., 1987: Section 1, p. 1.

《亨利六世》(下)
Henry VI, Part III

图 2-22　《华列克伯爵之死》(John Adam Houston 绘制，约 1872 年)

【导言】

《亨利六世》(下)大约作于 1590—1591 年，与《亨利六世》(中)约作于同一年。本剧的一大特色是其拥有所有莎剧作品中最长的独白，即第三幕第二场中 124—195 行理查(即后来的葛罗斯特公爵)的一段独白；另一特色则是在所有莎翁作品中，本剧是战争场面描述最多的一部戏，其中有四次战争被搬上了舞台，另外还有一次战争则是通过转述来得以体现的。该剧主要探讨对矛盾和斗争的恐惧，随着各个皇亲贵胄家庭的分崩离析，传统的道德规范也在对复仇和权势的追逐中遭到彻底的颠覆，往日秩序井然的国家也随之陷入了一片混乱。

和中篇一样，下篇的故事来源也是霍林希德的《编年史》与爱德华·霍尔的史书《兰开斯特与约克两大高贵家族的联合》。据近年学者研究，莎士比亚参考霍尔的作品要更多一些，他似乎对于霍尔特别熟悉，而对于霍林希德的史记则仅作参考。当然霍林希德本人也曾借鉴过霍尔的书，这一点也是毋庸置疑的。莎士比亚究竟是直接取材于霍尔还是间接通过了霍林希德，至今尚无定论。

自从有人提出下篇中有格林的手笔之后，本剧的著作人究竟是否为莎士比亚便一直成为讨论的问题。抨击者们的主要根据是"大学才子"罗伯特·格林在临死时所写的一个小册子《一钱不值的才子》(*A Groats-worth of Wit*)(1592)模仿了《亨利六世》(下)第一幕第四场的第137行："你这老虎的心肠包裹在女人的皮囊里啊!"("O tiger's heart wrapp'd in a woman's hide!")格林故意将这一行改写为："你这老虎的心肠包裹在戏子的皮囊里啊!"("Tiger's heart wrapped in a Player's hide.")他借此公开指斥莎士比亚是一个包藏虎狼之心的戏子，控诉他犯了"抄袭"的过错。换言之，莎士比亚抄袭了格林，格林才是原作者，而莎翁本人顶多算是修订者。不过抄袭一行一句是一码事，整个戏剧的编写则是另一码事。格林控诉莎士比亚可能并非毫无根据，莎士比亚早年也极有可能借鉴了他人的作品，但是似不能因此而否定其整个剧本的著作权。

本剧一个最为明显的主题就是"复仇"。各种不同的人物在剧中多次引用这个词来作为他们行动的原动力。复仇已经成为矛盾双方的共同目标，每一方都在力求纠正另一方所犯下的错误。在《亨利六世》(下)里，我们见证了骑士精神的最终堕落——剧中那些令人毛骨悚然的场景告诉我们，英国的军阀们正以牺牲他们的荣誉为代价来遵循无情的复仇伦理。除了充斥前半部分的"复仇"主题之外，随着剧情的发展，"复仇"已经逐渐失去其激发因子的意义；此时，冲突的本质已经变成对权力的追逐，而不再是诉诸过往的对抗。复仇不再是很多人物的主要驱动力，随着对权势的贪欲与日俱增，过去的矛盾冲突就显得微乎其微了，因为矛盾双方都在为取得最后的胜利而竭尽全力。

如同复仇让位于对权力的欲求一样，国家的政治斗争也同样让位给了琐碎的家族纷争。例如，本剧在圣奥尔本斯之战的余波中拉开序幕，接着立刻就讲到亨利和约克之间的一个协议，即兰开斯特家族将会在亨利死后把王位转让给约克家族。而真实的历史情况则是，这份协议其实不是由圣奥尔本斯之首战而引发的，而是1460年的北安普顿之战(Battle of Northampton)的结果，出于戏剧效果，莎士比亚在此刻意回避了这一段史实。此外，亨利同意在他死后将王位转让给约克家族的这个法律协议其实是缘于漫长的议会辩争，而并非剧中所描述的亨利和约克之间的私人协议。就这一点而论，一场历时五年几乎涉及举国所有贵族的大范围的政治辩论，在这部戏里却被压缩成了两个人之间的一个轻率的协定，这就进一步表明了莎翁意在描述斗争的个人本质这一特性了。

在下篇中，亨利六世驯良而软弱的性格被进一步深化了，他对约克父子夺权篡位的进攻一再容忍让步，不惜采用赠送继承权的方式来换取一时的苟且偷安。在这一点上，他比不上他的父王——著名的英格兰明君亨利五世，甚至还不如他那颇有男子气概的儿子威尔士亲王爱德华(Edward, Prince of Wales)，这一对父子彼此的言行也形成了鲜明的对照。在莎翁笔下，亨利六世是善良的，他呼唤人性的回归，感叹战乱破坏了人类的幸福，甚至还表达了他“宁愿做个牧羊人”的平凡心态。此情此景表现了剧作家对失去权势而有所悔悟的亨利王的怜惜，同时也对争权夺利的野心家们表示了深切的痛恨。与亨利王的柔弱性格形成对照的，除了他的儿子之外，就是贯穿《亨利六世》三部曲的性格刚烈强悍的玛格莱特王后。当亨利委曲求全而将王位继承权拱手相让时，玛格莱特对他的胆小鬼丈夫嗤之以鼻，即便是情人的死也丝毫不能降低她那极强的权势欲。她和亨利正好形成了一个性别的错位，亨利所表现出的顺从与慈悲恰恰是莎翁时代传统女性的“柔弱”气质，而在玛格莱特身上，我们却看到了固执与坚韧。

纵观《亨利六世》三部曲，我们不难看出，莎士比亚的人文主义思想——以和为贵的开明政治，调和各个派系之间的权势对立和政治纷争，促进社会的和谐与发展，都不自觉地渗透其中。尽管亨利六世并非莎士比亚一贯推崇的明君，但他也为人文思想付诸了努力，只不过他的柔弱性格注定了他的失败和悲剧命运。

【剧情简介】

图 2-23　《陶顿战场的亨利六世》(William Dyce 绘制，1860 年)

本剧紧跟《亨利六世》(中)的剧情，取得胜利的约克派——约克、爱德华、理查、华列克、萨立斯伯雷以及诺福克公爵，在圣奥尔本斯首战后径直撤离战场，追赶亨利和玛格莱特一行。约克到达伦敦的议会大厦后，直接坐到了国王的宝座上，他的支持者和亨利的支持者之间随之展开了对抗。华列克兵权在握，亨利受到了他的暴力威胁，只得委曲求全，与约克签署了一份协议，保证在他死后将王位永久传给约克家族及其所有后嗣子孙。

这就公开剥夺了亨利之子爱德华王子的继承权，以玛格莱特王后为首的亨利派对这一决议极为不满，于是王后干脆把亨利撇到一边，向约克派宣战，此时她还得到了克列福的支持，因为在圣奥尔本斯战役里，约克杀死了他的父亲，他下定决心要找约克报仇雪恨。

玛格莱特率军攻打约克的城堡，约克派在随后的战役中失败。在争斗中，克列福杀死了约克年仅12岁的儿子拉特兰(Rutland)。玛格莱特和克列福俘虏了约克，对他大肆嘲讽，还给他一块沾满拉特兰鲜血的手绢来擦泪，让他戴上一顶纸王冠，对他极尽凌辱之能事，最后，小克列福将他一剑刺死，报了杀父之仇，王后也刺了他一剑，挽回了君王失策的面子。此战之后，爱德华和理查为父亲约克之死而哀悼，华列克则带来消息说，他自己的军队在圣奥尔本斯第二战(the Second Battle of St. Albans)中被玛格莱特打败，亨利也回到了伦敦，并且在玛格莱特的施压下，撤回了与约克签署的协议。后来，华列克的父亲萨立斯伯雷也在被捕后遭到了处决。不过，理查和爱德华的兄弟乔治(George Plantagenet)此时也在其姐姐勃艮第公爵夫人(Duchess of Burgundy)的鼓励下，加入了他们的行列。此外，华列克的弟弟蒙太古(Montague)也与兄长站到了一起。约克派迅即重组，在陶顿之战(Battle of Towton)中，克列福被杀，约克派轻易取胜。此战之后，白玫瑰约克党的长子爱德华称王，号称爱德华四世，他御封弟弟乔治为克莱伦斯公爵(Duke of Clarence)，理查为葛罗斯特公爵。爱德华和乔治离开宫廷，而理查则向观众透露了他自己觊觎兄长王位的阴谋，不过此时此刻，他其实也不确定到底该如何着手此事。

陶顿之战后，华列克启程前往法国，代替爱德华四世向法王路易十一(Louis XI)的姨妹波那郡主(Lady Bona)求婚，力求通过联姻来确保两国之间的和平。不料华列克到达法国后却发现玛格莱特、爱德华王子和牛津伯爵(Earl of Oxford)早已到了路易那里，并且已向他寻求援助。正当路易准备要默许向玛格莱特提供兵力支持时，华列克从中干预，并且说服路易这位年轻的国王，倘若支持爱德华并且与之联姻将会给他本人带来最大的好处。然而，爱德华本人在英国却不顾乔治和理查的劝阻，执意迎娶了一位貌美如花的平民寡妇伊丽莎白·葛雷夫人(Lady Elizabeth Grey)。听到这一消息，华列克深感被人愚弄，他公开谴责爱德华四世，离弃了约克家族，转而向兰开斯特派效忠，并且把自己的长女许配给玛格莱特的儿子爱德华王子，以示他的忠诚。不久以后，乔治和蒙太古也脱离了爱德华四世，加入了华列克和兰开斯特派的行列。华列克随之率领法国军队入侵英国，爱德华四世被关进了监狱。亨利重新即位，并任命华列克和乔治为护国公。

然而此后不久，爱德华四世却被理查、海司丁斯勋爵(Lord Hastings)和斯丹莱爵士(Sir Stanley)所救。逃跑的消息传到了亨利的宫廷，年轻的里士满伯爵(Earl of Richmond)为了安全起见，被迫流亡法国。里士满是理查二世的兄弟、爱德华三世的儿子John of Gaunt的后代，因而也是一名潜在的兰开斯特家族的继承人，一旦亨利和王子遭遇不测，他也有可能即位，因此对他的保护也是很有必要的。与此同时，爱德华四世重新组建了军队，与华列克的军队形成了对峙。在巴尼特战役(Battle of Barnet)里，乔治背叛了华列克，重新加入了约克派。这就令华列克的军队陷入了一片混乱之中，约克派赢得了战役，华列克和蒙太古双双被杀。牛津伯爵和萨穆塞特公爵此时指挥兰开斯特派的军队，与刚从法国到来的玛格莱特和爱德华王子领导的另一支军队会合。其间，亨利被两个忠于爱德华四世的猎场看守人抓获，关进了伦敦塔，而爱德华则与兰开斯特派和法国的联盟军展开了正面冲突。在随后的蒂克斯伯里战役(Battle of Tewkesbury)里，约克派击溃了兰开斯特派，一举抓获了玛格莱特、爱德华王子、萨穆塞特和牛津等人。萨穆塞特被判死刑，牛津被终身监禁，玛格莱特遭流放，爱德华则因为拒绝承认约克家族的合法皇室地位而惹怒了约克家族的三兄弟，被他们共同刺死。这时，理查前往伦敦刺杀亨利。理查到伦敦塔后，与亨利二人展开了争论，理查一怒之下刺死了亨利。亨利临终前，预言了理查今后的恶行以及由此而引发的席卷全国的混乱。爱德华四世回到王宫后，以为战争终于结束，天下太平，便下旨庆祝。然而他却没意识到理查正在策划一场阴谋，意欲不惜一切代价来夺取政权。

【演出及改编】

图 2-24　1983 年 BBC 版《亨利六世》(下)剧照，全剧开场约克一方庆祝短暂的胜利

据四开本标题页介绍，此剧是由彭布罗克伯爵剧团(Pembroke's Men)上演的，该剧团在本剧上演之后不久的 1593 年解散。《亨利五世》的收场白明确地表示，《亨利六世》三部曲在舞台上早已演过而且颇受欢迎。本·琼森在他的戏剧《每个人的幽默》(*Everyman in His Humor*)(1616 年修订本)的开场白里还以不屑的口吻提到了当时成为时尚的这部以描写“约克与兰开斯特长期斗争”为内容的戏。

复辟以后，约翰·克朗(John Crowne)改编下篇为《内战之灾》(*The Miseries of Civil War*)，其中有关凯德及圣奥尔本斯首战的部分则来自中篇。不过，此改编本共2793行，仅有75行直接取自莎士比亚。1723年7月5日，西奥菲勒斯·西勃(Theophilus Cibber)的改编本上演于特鲁里街，这个改编本有985行是莎士比亚的，507行是克朗的，746行则是西勃自己的。1795年一位名叫理查德·瓦尔皮(Richard Valpy)的教师将此剧改编为《玫瑰或亨利六世》(*The Roses: or King Henry the Sixth*)在学校上演。这是专为青年演员而编的，以下篇的后四幕为主，并参考了上、中篇以及《理查二世》的资料。1817年12月22日，特鲁里街剧院上演了麦利维尔(J. H. Merivale)改编的《约克公爵理查》(*Richard Duke of York*)，该剧根据《亨利六世》三部曲改编而成，大部分采自中篇，但第五幕则相当于下篇的第一幕。

1863年薛普尔(Shepherd)与安德森(Anderson)在萨里(Surrey)剧院演出了《亨利六世》的改编本，名为《玫瑰战争》(*The Wars of the Roses*)，该剧底稿毁于火灾。1864年下篇被译为德文，在魏玛上演，是纪念莎翁诞辰三百周年演出的一系列莎士比亚历史剧之一。近代较为重要的一次演出是1906年5月4日班森(F. R. Benson)剧团在莎翁故居莎士比亚纪念节上的表演，班森本人亲自扮演了理查。

至于影视方面，尽管《亨利六世》(下)本身从未直接被改编成电影，但1911年由班森自导自演的默片《理查三世》(*Richard III*)却引用了本剧中的一些情节，包括爱德华王子之死、玛格莱特王后的流放，以及理查在伦敦塔中对亨利的暗杀。此剧还有一项殊荣，那就是第一部莎剧有声电影：1932年，阿道菲(John G. Adolfi)的电影*The Show of Shows*是一部时长三个小时的影片，该片从很多戏剧、音乐剧和小说中选取片段，由默剧电影明星约翰·巴里摩(John Barrymore)朗诵，理查在第三幕第二场中的独白出现在了影片中，这代表着电影院观众首次听到了莎剧作品。劳伦斯·奥利弗1955年出演的影片《理查三世》也引用了《亨利六世》(下)中的不少片段，该片从爱德华四世的加冕开始展开剧情(在原剧中，加冕礼并未直接表现，而是暗示其发生在第三幕第一场与第二场之间)。此外，理查在第三幕第二场和第五幕第六场中的两段独白也稍作改编，这部影片里有所体现。类似的还有英国著名导演理查德·隆克瑞恩(Richard Loncraine)于1995执导的影片《理查三世》，由伊安·麦克莱恩(Ian McKellen)亲自改编并扮演，同样引用了理查的这两段独白。该片还从《亨利六世》(下)中引用了一句台词放在其广告上，“我有本领装出笑容，一面笑着，一面动手杀人”(“I can smile and murder whiles I smile”)(III. ii. 182)。此外，英国BBC公司拍摄的莎剧电视系列片也包括了《亨利六世》(下)，和四部曲中的其他三部一样，本剧也在一个废弃的儿童游乐场中拍摄，随着剧情的进展和社会秩序的日渐混乱，这片土地也显得越来越荒芜。

【经典名段中英文对照赏析】

WARWICK　Come quickly, Montague, or I am dead.

SOMERSET　Ah, Warwick! Montague hath breathed his last;
And to the latest gasp cried out for Warwick,
And said 'Commend me to my valiant brother.'
And more he would have said, and more he spoke;
Which sounded like a cannon in a vault
That mought not be distinguished; but at last
I well might hear, deliver'd with a groan,
'O, farewell, Warwick!'

(Act 5, Scene 2, 39-47)

华 列 克　快来啊，蒙太古，你不来我就要死了。

萨穆塞特　嗳，华列克！蒙太古已经呼出了最后一口气，直到他临终喘息的时候，他还记挂着你，要我们"代他向他的英勇的兄长致敬"。他还想说许多话，讲到后来声音都像地窨里的瓮声一样听不清楚，但末了我听出他边呻吟边说的一句："唉，永别了，华列克！"

（第五幕第二场 39—47 行）

说明：当萨穆塞特公爵说华列克的弟弟蒙太古(Montague)已经"breathe his last"，这里其实省略了呼出的对象——"最后一口气"(last gasp)。"last gasp"一词在英文中出现于莎士比亚开始创作前约 10 年，而他在本剧中则以"latest gasp"的写法用了 2 次。

当玫瑰战争即将结束时，拥护弱主亨利六世的兰开斯特阵营似乎失去了希望。在兰开斯特派与约克派双方都经历了一番天旋地转的大逆转之后，勇猛的华列克全力猛攻了篡位者爱德华四世的军队，兵败临死时向弟弟蒙太古求救。萨穆塞特在战场上偶遇受伤的华列克，迫不得已告诉他蒙太古"已经呼出了最后一口气"，听到这个消息后，华列克也随之命丧黄泉了。

【其他经典名句】

* What valour were it, when a cur doth grin,

For one to thrust his hand between his teeth,

When he might spurn him with his foot away? (I. iv. 56-58)

如果看到恶狗呲牙，就把手伸到它的嘴里，那算得什么勇敢行为？只须举起脚来把它踢开就完了。

* 'Tis a happy thing

To be the father unto many sons. (III. ii. 104-105)

能当上许多孩子的爸爸，真是福气不小哩。

* Hasty marriage seldom proveth well. (IV. i. 18)

草草率率地结婚是不大有好结果的。

* A little fire is quickly trodden out,

Which, being suffer'd, rivers cannot quench. (IV. viii. 7-8)

星星之火，一踩就灭，等它蔓延起来，长江大河也浇不熄了。

《理查三世》

Richard III

图 2-25　相貌丑陋的理查三世(约 1504—1520 年，后世复原画像)

【导言】

《理查三世》是莎士比亚早期作品之一，仅晚于《亨利六世》三部曲和最早期的喜剧。该剧逼真地描述了理查三世短暂的执政时期，剧本大约创作于 1592—1593 年。这部戏剧有时被分类为悲剧[1](早期的四开本)，但是更准确的分类应该是历史剧，如《第一对开本》中的作品分类。作品从《亨利六世》(下)开始展开故事情节，是从《理查二世》开始的系列历史剧的终结篇。该作品是莎士比亚第二长的剧本，仅次于《哈姆雷特》，由于《第一对开本》中收录的《哈姆雷特》版本短于先前的四开本，因此《理查三世》实际上成了其中最长的剧本。剧本过长通常被认为是一个缺点，因为太长就很少有机会得以完整地表演，而一些

① 因其主角理查三世的形象特点接近于悲剧主人公的主要特色。

不重要的人物也常常随之删减。

另一个改编的原因是莎士比亚假设观众熟悉《亨利六世》系列，经常间接引用其中的事件，比如理查谋杀亨利六世以及亨利六世的妻子玛格莱特的败北；而现在，由于之前的作品不太为人所知，因此玛格莱特这个角色通常就被删去了，于是改编者有时就会从《亨利六世》三部曲中提取一些资料加入到剧本中来解释人物的关系。

和莎士比亚的大部分历史剧相同，《理查三世》的主要资料来源也是霍林希德所著的《编年史》。此外，他还查阅了爱德华·霍尔所著的史书《兰开斯特与约克两大高贵家族的联合》，但再追溯上去我们又发现霍尔此书有关理查三世的部分又主要取材于两本书，其中主要的是托马斯·莫尔(Thomas More)的《理查三世史》(*History of King Richard the Third*)(1513)。此书原用拉丁文写作，后来又出版了英文本，两个版本内容大同小异。并且有学者还认为莎士比亚也参阅了他所熟悉的塞缪尔·丹尼尔关于玫瑰战争的诗作。

莎士比亚既是一位主流剧作家、写"主旋律"戏剧的宫廷作家，同时又是一名流行作家、畅销书作者。《理查三世》是他早期最为成功的历史剧之一，是为适应当时英国人民对抗西班牙的爱国主义情绪而创作的。它描写了玫瑰战争末年葛罗斯特公爵(即后来的理查三世)为实现个人野心，僭位成为杀人魔王的过程，而他本人最终也受到了正义力量的讨伐，结束了罪恶的生命。该剧以严谨的情节结构、细致的心理描写成功地刻画了一个暴君的典型，是当年最受欢迎的莎士比亚剧目之一，有关它的多次出版记录就可以证明这一点：它在 1623 年第一个莎士比亚全集出版之前就已出版过 5 次，在 1623 年《第一对开本》出版之后也还出版过 2 次，可见它受观众和读者喜爱的程度。当时的名角理查·柏贝治(Richard Burbage)所创造的理查三世的奸雄形象在他死后还常为后世称道；理查三世在困兽犹斗时发出的呼唤"一匹马，一匹马，我用王冠换一匹马"("A horse! A horse! My kingdom for a horse!")(V. iv. 7)也成为千古名句，以它反讽的锋芒叩击过多少世代的读者和观众的心弦。

本剧刻意避免了对暴力行为的直接展示；除了国王的兄弟克莱伦斯公爵乔治(George, Duke of Clarence)和理查三世是死在舞台上之外，其他人，包括两位王子、海司丁斯勋爵、葛雷勋爵(Lord Grey)、沃恩爵士(Sir Vaughan)、伊丽莎白王后之弟利弗斯伯爵(Earl Rivers)、安妮(Lady Anne)、勃金汉公爵(Duke of Buckingham)，以及国王爱德华四世均死于幕后。和莎士比亚的大多数悲剧一样，本剧也在严酷的故事情节中融合了很多喜剧元素，理查的性格本质和他极力掩饰的外在表现间的反差也不自觉地透露出幽默的氛围。

本剧最突出的是对理查这一形象的刻画。这个角色脱胎于中世纪道德剧中"邪恶"这个概念化的角色，在莎翁的生花妙笔之下焕发了不朽的光彩和魅力。这是个典型的阴谋家，他造谣陷害克莱伦斯，抓住国王一纸命令立即秘密杀害了他，随后又把责任推给王后一党，陷对方于百口莫辩之境地，他自己反倒成了个心直口快、嫉恶如仇的大好人。安妮与他有杀夫杀父之仇，对他深恶痛绝，他却能凭三寸不烂之舌和虚情假意把她骗到手。而在国王死后，他又见风使舵，依据形势的变化采用收买、欺骗和残杀的手段扫除了反对他称王的敌对势力，谋杀了嗣君，爬上了国王的宝座，然后又陆续消灭重臣，甚至还害死了安妮，以巩固自己的统治地位。直到兵败被杀，他还战斗得十分骁勇。这个角色穷凶极恶，但绝不脸谱化。他相貌丑陋，但机智过人；他道德沦丧，但又有胆有识；他挣扎在自由意志和宿命论的窠臼之间，既是本剧的主人公，又是名副其实的大反派；他丰富的性格为他成为莎翁笔下最成功的角色之一打下了坚实的基础。在历史剧中，莎翁一贯善于通过人物心理活动刻画人物的性格特征，并结合人物独白表现人物的内心世界，这一点在《理查三世》中表现得尤为突出。纵观全剧，不难看出，理查主导着整个剧情的发展：全剧 25 场，他一共出现了 14 场；他发表了 10 次独白演说，其中有 5 次都集中在前 3 场。这个嗜血成性的政治野心家理查不时会跳出剧情，和台下的观众分享自己不道德的心理状态。比如，在开场戏里，跛脚驼背的理查走上舞台的自白，就一下子暴露了他那卑劣残忍的内心世界：他开门见山地把自己塑造成一个不人不鬼的人物，又把自己表现成一个情场高手和谋略之人，为此他仇恨一切好人好事，以损人利己为唯一乐趣。

无独有偶，看完《理查三世》，人们往往会很自然地联想到莎翁的另一部名剧《麦克白》。两出剧作主人公的处境相似，都是篡权夺位之人，都是通过叛逆和谋杀取得王位，也都是在相同的情况下，在和王位的合法继承人的斗争中再次失去王位；两个人物的性格也是如此相似，不忠、暴戾和专横是他们共同的特性。尽管麦克白篡位是先听信了女巫的预言和蛊惑，而理查的残暴则是从他诞生之时的预兆就可看出来，但莎士比亚仍从历史的角度，梳理了两个人的异同，在忠实于历史的基础上提炼、加工，使类似的事件产生了不同的影响——这样就有了迥然不同的审美感受，同时又表达了共同的主题，那就是企盼明君的统治以及对合法继承人的认可和拥护。

本剧除了有丰富的心理刻画之外，也是一部复仇戏，其中玛格莱特王后这个角色的设计尤其引人注意。历史上的她此时一直在法国，但莎翁出于剧情的需要，运用了他一贯擅长的技巧把她送到了英格兰，让她飘忽出入于宫廷之中，俨然是复仇女神的代言人，让她把本剧的杀戮跟过往《亨利六世》三部曲中的冤仇连成了一片。她的那场预言式的诅咒震撼了全剧，把一连串谋杀变成了报应，最终又以第五幕的冤魂戏作结，做了个有力的收束，让本剧同《亨利六世》三部曲连贯起来，形成了浑然天成的完整的戏剧结构。

本剧在相当程度上保留了古罗马戏剧家塞内加的悲剧特点。复仇是其一；另一特点表现在修辞上，尤其是剧中唇枪舌剑式的对答争辩，如理查向安妮求婚一场，就写得矛盾尖锐，波澜起伏，读来颇为耐人寻味。

【剧情简介】

图 2-26 第五幕第三场中理查梦见了所有被他杀害的人的幽灵(William Hogarth 绘制，1745 年)

剧本从理查描述他的哥哥爱德华四世即位开始："现在我们严冬般的宿怨已给这颗约克的红日照耀成为融融的夏景；那笼罩着我们王室的片片愁云全都埋进了海洋深处。"不难看出，由于兄长爱德华四世将国家管理得很成功，理查对此表露出了他的妒忌和野心。理查是一个丑陋的驼背，他描述自己"天生我一副畸形陋相，不适于调情弄爱"，他对自己的状况感到很痛苦，"就只好打定主意以歹徒自许，专事仇视眼前的闲情逸致了"。(参见【经典名段中英文对照赏析】)他计划陷害他的哥哥克莱伦斯，因为有人传说爱德华的继承人之中有个 G 字起头的要弑君篡位，而克莱伦斯的名字乔治(George)的首字母为 G；实际上后来观众发现这个篡位者其实指的是他自己——葛罗斯特(Gloucester)公爵，因为葛罗斯特的首字母就是 G。

之后理查讨好安妮夫人——亨利六世之子爱德华的寡妻，他对观众吐露，"我这个杀死了她丈夫和她父王的人，要在她极度悲愤之余娶过她来"("I, that kill'd her husband and his father: / To take her in her heart's extremest hate")(I. ii. 236)。尽管对理查有偏见，但是在他的恳求下，安妮还是同意嫁给了他。这段情节充分体现了理查的谄媚技巧。

在宫中，爱德华四世被理查阴谋陷害，王后伊丽莎白(Queen Elizabeth)的拥护者并没有很强的实力。亨利六世的寡后玛格莱特从流放途中回来，谴责理查和他身边的贵族。理查命令两个杀手去杀死被关押在伦敦塔的哥哥克莱伦斯，克莱伦斯告诉看守他做了一个梦。梦中他和弟弟葛罗斯特上了一艘想像中的船，葛罗斯特打了他，将他摔下海。他看到水底下“上千的人被海鱼啮食着”(“Ten thousand men that fishes gnaw'd upon”)(I. iv. 25)，他还看到“海底散满了金块、大锚、成堆的珍珠、无价的宝石和难以计值的饰品”(“Wedges of gold, great anchors, heaps of pearl, / Inestimable stones, unvalued jewels”)(26-27)，其中“有的嵌进了死人的头颅”(“Some lay in dead men's skulls”)(29)。接下来他梦见自己死亡，并且被他的岳父和哥哥的灵魂拷问。在他醒来后，看守安慰他入睡。之后这个看守不禁感叹“王公贵人无非把称号头衔当作尊荣，以浮面的声誉换取满心的苦恼”(“Princes have but their tides for their glories, / An outward honour for an inward toil”)(78-79)。当杀手来到后，看守将钥匙留下就离开了。克莱伦斯醒来后恳求杀手不要杀他，“你们如果为赏金而来行刺，就请回去找我弟弟葛罗斯特，他一定会为我重赏你们”(“If you be hired for meed, go back again, / And I will send you to my brother Gloucester, / Who shall reward you better for my life”)(224-226)，而杀手则告诉他“就是他派我们来杀你的”(“'Tis he that sends us to destroy you here”)(240)。最后，其中一个杀手被他说服，但是为时已晚，另一个杀手还是杀死了他。

爱德华四世去世，他的弟弟理查也去除了登基的最后一个障碍。他与自己的侄子——年轻的爱德华五世(Edward V)会面，后者返回伦敦参加加冕礼。理查将年轻的王子和他的弟弟监禁在伦敦塔。在勃金汉公爵的帮助下，理查发起了一个活动，表现出自己是王位最适合的人选。反对者海司丁斯勋爵以伪造的罪名被逮捕并处死。其他的勋爵被勃金汉的花言巧语说动，尽管理查的侄子还活在世上，他们仍接受理查作为新的国王。

理查加冕后，新地位使他有足够的信心来处置他的侄子。勃金汉提出当时理查答应赏赐他伯爵爵位和动产，但是被理查拒绝，勃金汉感到了恐惧。理查试图用老办法来说动约克的伊丽莎白公主(Elizabeth of York)，也就是被谋杀的爱德华五世的姐姐，意欲娶她为妻，但是她母亲伊丽莎白王后并不为理查所欺骗。随着勃金汉和里士满(未来的亨利七世)的相继叛乱，飘飘然的理查很快失去了他的声望，双方在波士委战场(Bosworth Field)展开激战。在战争前，理查遇见了所有被他杀害的人的幽灵。他们都和他说，“要看你绝望而死”。他醒来呼唤耶稣来帮助他，突然意识到自己在这世界上孤身一人，甚至憎恨自己。“天下无人爱怜我了；我即便死去，也没有一个人会来同情我；当然，我自己都找不出一点值得我自己怜惜的东西，何况旁人呢?”(“There is no creature loves me, / And if I die, no soul shall pity me —/Nay, wherefore should they, since that I myself/ Find in myself no pity to myself?”)(V. iii. 201-204)——理查最后的一小时体现出他开始后悔自己犯下的罪恶，可是已经太晚了。

战争开始后，理查发表了可能是英国文学中最不激动人心的演说：“莫让喋喋的梦呓使我们丧胆；良心无非是懦夫们所用的一个名词，他们害怕强有力者，借它来做搪塞；铜筋铁骨是我们的良心，刀枪是我们的法令……战吧，英国人！战吧，英勇的士兵们！……”(“Let not our babbling dreams affright our souls；/ Conscience is but a word that cowards use，/ Devised at first to keep the strong in awe. / Our strong arms be our conscience，swords our law… Fight，gentlemen of England！Fight，bold yoemen！”)(309-312；339) 里士满(Richmond)的继父斯丹莱勋爵(Lord Staney)使理查陷入了困境，在战斗达到高潮之时，理查从马上摔了下来，临死前说出了那句千古名言“一匹马，一匹马，我用王冠换一匹马”。在最后的决斗中，里士满杀死了理查。后来，里士满即位成为国王亨利七世，娶爱德华四世的长女、约克家族最佳的继承人伊丽莎白公主为妻来巩固他的统治，玫瑰战争终于结束。

【演出及改编】

图 2-27　1955 年版由劳伦斯·奥利弗主演的电影《理查三世》剧照

《理查三世》一经面世就广受欢迎，其中“一匹马，一匹马，我用王冠换一匹马”这一名句，在当时被很多作家竞相模仿，仅此一例就可见该剧是何等风靡一时。名演员理查·柏贝治扮演此剧主角，大获成功，死后尤为人们所怀念。但是在 1642 年剧院关闭以前，本剧实际舞台上演的记载却很少，至今我们只知道 1633 年 11 月 7 日有过一次上演记录，当时是为了给查理一世(Charles I)的王后海丽塔·玛丽亚(Henrietta Maria)庆祝生日。

复辟以后剧院重新开张，莎士比亚的《理查三世》仍不见上演，但是其他剧作家有关理查三世的戏却层出不穷。1700 年 7 月 9 日，演员兼剧作家西勃(Colley Cibber，1671—

1757)所改编的莎士比亚的《理查三世》上演于特鲁里街剧院，此改编本虽然曾遭受过许多严厉的批评，却依然历久不衰，在此后150多年期间，许多英美著名演员都使用过这个版本。由于《理查三世》原剧过长，共计有3619行，为了更适于舞台演出，西勃删去了好几场，并且去掉了玛格莱特和克莱伦斯这两个角色，使全剧紧缩，理查的性格演变过程成为全剧唯一的中心点，这就让有天分的演员可以在这个人物的表演上充分显示其技能，因而特别受到观众的喜爱。西勃本人亲自上阵扮演理查一角直到1739年，令这一角色在莎剧舞台上散发出更多迷人的光彩。

1845年2月20日，在莎德威斯剧院(Sadler's Wells Theatre)上演了莎士比亚的原本《理查三世》，但有删节，该剧连演了四个星期，后来再演时又回复到西勃的改编本了。继本次演出之后，《理查三世》又有过多次演出记录，均使用莎士比亚的原本，但都出于演出效果的需要，经过了大量删节。

在电影改编方面，英美两国曾经拍摄过多个版本的《理查三世》，其中美国分别于1908年、1912年和1996年拍摄过此片，英国也于1911年、1955年、1983年和1995年将此剧搬上过大银幕。当代扮演理查三世最负盛名的演员莫过于英国莎剧明星劳伦斯·奥利弗，他在1955英国版的《理查三世》中扮演了这一角色。他的表演曾被多名喜剧演员竞相模仿，出现在不同的戏剧作品中。英国影星伊安·麦克莱恩于1995年拍摄了一部节选本的《理查三世》，全剧的场景设置在20世纪30年代的英国，并假定这个国家正笼罩在法西斯的统治之下；此外，好莱坞影星艾尔· 帕西诺于1996年拍摄的纪录片《寻找理查》(*Looking for Richard*)也是以《理查三世》为蓝本的。1996年，拍摄于1912年的《理查三世》的原始拷贝被一名私人收藏家发现并捐献给了美国电影协会(American Film Institute)，这部55分钟长的影片被认为是现存最早的美国故事片。

图2-28　王晓鹰导演的《理查三世》在环球剧院和北京的演出剧照

我国对莎剧历史剧的改编和上演一直就很少见,《理查三世》则是屈指可数的由中国人排演的莎剧历史剧之一。1986 年 4 月在首届中国莎士比亚戏剧节上,中国儿童艺术剧院在首都剧场首演了此剧,获得了巨大成功。值得一提的是,中国国家话剧院王晓鹰导演的普通话版《理查三世》于 2012 年、2015 年两度在环球剧院演出,其多元化风格和独特的京剧元素收获英国观众的一致好评。

【经典名段中英文对照赏析】

RICHARD

Now is the winter of our discontent
Made glorious summer by this sun of York;
And all the clouds that lour'd upon our house
In the deep bosom of the ocean buried.
...
But I, that am not shaped for sportive tricks,
Nor made to court an amorous looking-glass;
I, that am rudely stamp'd, and want love's majesty
To strut before a wanton ambling nymph:
I, that am curtail'd of this fair proportion,
Cheated of feature by dissembling Nature,
Deformed, unfinish'd, sent before my time
Into this breathing world, scarce half made up —
And that so lamely and unfashionable
That dogs bark at me as I halt by them —
Why, I, in this weak piping time of peace,
Have no delight to pass away the time,
Unless to spy my shadow in the sun
And descant on mine own deformity.
And therefore, since I cannot prove a lover,
To entertain these fair well-spoken days,
I am determined to prove a villain
And hate the idle pleasures of these days.

(Act 1, Scene 1, 1-4; 14-31)

理查王　现在我们严冬般的宿怨已给这颗约克的红日照耀成为融融的夏景；那笼罩着我们王室的片片愁云全都埋进了海洋深处。……可是我呢，天生我一副畸形陋相，不适于调情弄爱，也无从对着含情的明镜去讨取宠幸；我比不上爱神的风采，怎能凭空在婀娜的仙姑面前昂首阔步；我既被卸除了一切匀称的身段模样，欺人的造物者又骗去了我的仪容，使得我残缺不全，不等我生长成形，便把我抛进这喘息的人间，加上我如此跛跛踬踬，满叫人看不入眼，甚至路旁的狗儿见我停下，也要狂吠几声；说实话，我在这软绵绵的歌舞升平的年代，却找不到半点赏心乐事以消磨岁月，无非背着阳光窥看自己的阴影，口中念念有词，埋怨我这废体残形。因此，我既无法由我的春心奔放，趁着韶光洋溢卖弄风情，就只好打定主意以歹徒自许，专事仇视眼前的闲情逸致了。

（第一幕第一场 1—4 行；14—31 行）

说明：理查这位未来的国王在开场戏里并不抱怨自己的不满，反而庆祝自己家族交上了好运，因为他的哥哥爱德华四世从兰开斯特家族的亨利六世手上夺来了王冠，而爱德华的徽章是太阳，它的光芒驱散了笼罩约克家族的愁云惨雾。但是就在自己的兄弟爱德华胜利登上王位的那一刻，理查心中就油然升起一种前所未有的失落感，他孤独难耐，心理极不平衡。于是，在这段深刻表现了理查心理变化的独白里，理查并没有对此刻的局势兴奋不已，而是没讲几句话就开始数落到如今当上国王的爱德华的放荡行为上了。接着他又想到自己身体畸残——天生驼背，容貌奇丑。在许多方面，焦躁的理查还是过着严冬的日子，而且他还在觊觎着王位。他想用各种奸计来创造自己的夏天，果然没过多久他就得手了。由于受到理查的造谣蛊惑和无稽挑唆，爱德华四世以图谋篡位的罪名，将克莱伦斯打入伦敦塔牢，新一轮的权位争夺战又开始了。

KING RICHARD　A horse, a horse! My kingdom for a horse!
CATESBY　Withdraw, my lord; I'll help you to a horse.
KING RICHARD　Slave! I have set my life upon a cast,
And I will stand the hazard of the die.

(Act 5, Scene 4, 7-10)

理查王　一匹马！一匹马！我的王位换一匹马！
凯茨比　后退一下，我的君王；我来扶您上马。
理查王　奴才！我已经把我这条命打过赌，

我宁可孤注一掷，决个胜负。

(第五幕第四场 7—10 行)

说明：这位驼背的坏国王理查三世，一会儿悲哀感伤，一会儿又盛气凌人，正要丧命在未来的亨利七世手里。理查最广为传诵的这句话其实只有半截子勇气——尽管他的战马已经战死沙场，他还是不愿放弃战斗。可是即便在当时，这句话也已变成不敬的话语被引用。莎士比亚同时期的剧作家、讽刺家、粗人约翰·马斯顿(John Marston)就曾疯狂地仿效理查的这句惊呼("一条船，一条船，一条船，整整一百马克换一条船!"；"一个傻子，一个傻子，一个傻子，我的鸡冠帽换一个傻子!"——鸡冠帽是当时傻子戴的帽子)。马斯顿无疑为一代代的智者定下了一个不那么狂喜的调子：这句话总能博得些廉价的笑声。

【其他经典名句】

* They that stand high have many blasts to shake them,
And if they fall, they dash themselves to pieces. (I. iii. 259-260)
高处多劲风，干枝动摇，一旦折断，当心打得你粉身碎骨。

* Talkers are no good doers. (I. iii. 351)
话多就办不成事。

* 'Tis a vile thing to die, my gracious lord,
When men are unprepared and look not for it. (III. ii. 61-62)
我的好大人，叫人们事先一无准备就送了命，该是件丧德的事吧。

* An honest tale speeds best being plainly told. (IV. iv. 358)
老老实实最能打动人心。

《亨利八世》
Henry VIII

图 2-29　亨利八世像(Hans Holbein 绘制，1542 年)

【导言】

《亨利八世》一剧创作于 1612 年，经学者考证，此部历史剧应该是由莎士比亚与同时代剧作家约翰·弗莱彻共同合作完成，整体看来，该剧语言风格前后是一致的，仅仅在第二幕第一场和第四幕第一场中的几段较长的语段中发现了弗莱彻风格的语言，因此基本可以说弗莱彻在本剧中的作用并不是主要的。1613 年 6 月，《亨利八世》演出首场，1623 年被收入《第一对开本》。初演时期，关于本剧的评论显示本剧原名为《一切为真》(*All Is True*)，可能为了使名称与历史剧传统保持一致，编辑便将剧名改为国王姓名。现行的剧本文本并不是剧作家的脚本，是根据演出改编的抄写本。本部历史剧的史料也来自 16 世纪英国历史学家霍林希德的《编年史》，剧中关于坎特伯雷大主教克兰默(Thomas Cranmer, Archbishop of Canterbury)的情节可能来自福克斯(Foxe)的《福克斯殉道者名录》(*Foxe's Book of Martyrs*)，除此之外，本剧有一些细节和塞缪尔·洛里(Samuel Rowley)的《君见余当识之》(*When You See Me You Know Me*)有相似之处，还有一些史料应该来自乔治·卡文迪许(George Cavendish)的《伍尔西红衣主教行述》(*The Life and Death of Cardinal Wolsey*)。

《亨利八世》是莎士比亚创作戏剧的压卷之作，本剧情节发生在都铎王朝第二代国王亨利八世在位的初期，也是与莎士比亚的创作时代最为接近的一部历史剧，现实性极强，但也进行了适当的艺术处理。

历史上的这一时期，政治斗争、宗教势力的博弈以及国王的离婚事件交织在一起。1531年，英王亨利八世与王后凯瑟琳(Queen Katherine)离婚，并于1533年迎娶安·波琳(Anne Boleyn)，罗马教皇便将亨利八世逐出教会，但是亨利早已逐渐控制了英国教会权力，也宣布自己为英国教会的领袖。此后，亨利的统治不断受到天主教一派的骚扰，也受到了各种支持宗教改革派别的挑战。虽然在莎士比亚的剧中，亨利八世与教廷的决裂没有明显描写，但是我们能从亨利的顾问商议与王后的离婚事件里看到亨利八世与罗马天主教廷决裂的历史背景。

尽管本剧看上去结构松散，故事情节、人物性格冲突等情节的处理与莎士比亚以前的历史剧相比略微逊色，但是我们也要认识到，这也许和剧作家的时代有紧密关系，从亨利八世开始，英国开始了反对旧教、创立国教的宗教改革，到莎士比亚时期，新教势力已经深入人心，而朝廷之上信仰旧教的势力还不容小觑。面对如此形势，莎士比亚只好使用松散的戏剧场景以及片段化的戏剧结构，从而表达严肃宫廷主题。

莎士比亚在剧中也进行了深入的再思考，在人物形象的塑造中融入人文主义理想。莎翁对亨利八世的各种行为捎带批判，描述中他似乎是一位玩忽职守的国王，对朝政不太上心，但是从对克兰默的审判起，人们似乎感觉到亨利八世又好像一直对事态发展了如指掌。红衣主教伍尔西(Cardinal Wolsey)则是披着宗教红衣的野心家形象，他有才华和干劲，但也有的是狡诈多谋的手段。剧中，伍尔西临死之前做了一番忏悔，表述自己意识到了野心使人走向堕落，做人要清白的道理。而莎翁笔下，凯瑟琳王后以及安·波琳这两位女性形象则是善良可爱的，尤其是凯瑟琳王后，她正义地提出要免除“六一税”，对亨利一往情深，临死前也对女儿及仆人给予了深厚的关怀，让人感动不已。安·波琳在莎士比亚的笔下没有过多笔墨，只看得到她并无争宠之野心，后来也不仗势欺人，对凯瑟琳也毫无针对之心。除此之外，在最后一幕中，克兰默对小公主的祝福洗礼词，颇具光辉的美感与诗意感，也证实了莎士比亚作为戏剧诗人的艺术才华闪耀无比。

【剧情简介】

都铎王朝的亨利八世执政期间，其首相——英国红衣主教托马斯·伍尔西权倾朝野。

伍尔西出身平民，凭借着自己的博学多才、敏锐智谋，靠着过人的胆识、过硬的本领打遍天下，有了一人之下万人之上的地位。野心勃勃的伍尔西日渐目中无人，利用国家渠道谋一己之利，凭借着国王给予他的荣誉扩大自己的权力。伍尔西权力日益膨胀，朝中大臣心知肚明。国王亨利八世和法国国王举行会盟之后，从法国回来，勃金汉公爵(Duke of Buckingham)不顾好友劝阻，意图伸张正义，向国王揭露伍尔西的狼子野心。没成想，宫廷四处布满眼线的伍尔西先发制人，以叛国重罪逮捕了勃金汉公爵和其女婿阿伯根尼勋爵(Lord Abergavenny)，将其关进伦敦塔监狱，并诛杀勃金汉公爵亲朋好友一连串人。逮捕诛杀事件惊动了王后凯瑟琳，她亲自出马向亨利八世陈词，指出红衣主教伍尔西加重苛捐杂税的诏令让平民生活疾苦，国王敷衍地废除了征税法令并赦免了反抗者。王后借机替勃金汉求情，不成想伍尔西早就布好局，使得国王坚信勃金汉是叛国者。伍尔西一石二鸟，让民众相信了废除征税法令是他的功劳，也让国王对勃金汉公爵印象变得极差。亨利八世不听王后劝言，为了自己的王位，还是让勃金汉公爵临刑赴死。

图 2-30　2007 年历史剧《都铎王朝》剧照，该剧主要讲述年轻的亨利八世对英国的统治以及他的婚姻生活

心狠手辣、诡计多端的伍尔西不仅借机清除了忠良之臣，还向国王进谗言，指出亨利八世与当今王后凯瑟琳——兄长亚瑟(Arthur)遗孀的婚姻并不合法。在一次伍尔西举办的假面舞会上，王室成员及社会名流出席，国王与美人安·波琳翩翩起舞，被安·波琳的美貌深深吸引，流连忘返。安·波琳是王后的侍女，从小在法国长大，刚回到英国不久。亨利八世被安·波琳迷得神魂颠倒，情绪也愈发不稳定。他心里对现在婚姻“不圣洁”的念头

愈发深重，并认为娶寡嫂是自己膝下无子嗣的罪因，便向罗马教廷提出要解除婚姻。亨利八世封安·波琳为彭布罗克侯爵夫人(Marchioness of Pembroke)，年俸禄1000英镑，大有要将其扶正的趋势。这些是伍尔西没预料到的，他原本希望国王和阿朗松公爵夫人(Duchess of Alençon)联姻，这样英法能结为同盟。于是伍尔西赶忙前往罗马要求拖延国王离婚时间，甚至秘密站在凯瑟琳一边，但显然凯瑟琳对他的虚情假意并不信任。

一天，亨利八世收到了伍尔西的一些私人信件，里面是伍尔西写给罗马教廷的控告信，还有他自己的财产清单。伍尔西的私人财产数额胜过国库，他的狼子野心昭然若揭，国王愤怒不已，将伍尔西撤职罢官，并任命托马斯·克伦威尔爵士(Sir Thomas Cromwell)为新首相，任命被称为异教徒的克兰默回国并封他为大主教，作为自己的心腹和左右手；与此同时，国王也已不动声色与安·波琳完婚。作为坎特伯雷大主教的克兰默在法庭宣布亨利八世与凯瑟琳王后的婚姻无效，亨利八世也不顾贵族们的秘密反对，仍然对其偏袒，也十分支持克兰默，还请克兰默为刚刚降世的伊丽莎白公主洗礼，当她的教父。公主受洗时，王宫里号乐齐鸣，充满了欢乐的气氛，大主教也用尽圣洁的语言歌颂伊丽莎白公主，并预言宣称，伊丽莎白公主将为英格兰带来无上的荣耀。

【演出及改编】

图2-31　2020年2月14日，日本彩之国崎玉艺术剧场举行的莎士比亚系列第35弹《亨利八世》首日公演，由吉田钢太郎与阿部宽合作

莎士比亚大约有20部戏剧能够确定具体的表演时间，《亨利八世》就是其中之一。值得一提的是，《亨利八世》在1613年6月29日以《一切为真》的标题首演，火炮道具点燃了环球剧院的茅草顶棚，使得环球剧院被焚毁，具体着火时间记录不一，所幸没有造成人员

伤亡。1628 年 6 月 29 日，国王供奉剧团在环球剧院再次表演此剧，当时的勃金汉公爵乔治·维利尔斯(George Villiers, Duke of Buckingham)到场观看此剧，并在剧中勃金汉公爵被处决的时候离场，巧合的是维利尔斯在一个月后被暗杀。1892 年，伦敦上演了由亨利·欧文爵士(Sir Henry Irving)执导的戏剧《亨利八世》，艾伦·特里（Ellen Terry）夫人饰演了剧中的王后阿拉贡的凯瑟琳，欧文本人亲自饰演了伍尔西。

约 400 年后，伦敦的莎士比亚环球剧院于 2010 年 5 月迎来了《亨利八世》的再次登台。1996 年，环球剧院根据当年的设计在剧院旧址约 205 米处得以重建，此次《亨利八世》重新登台环球剧院有着非凡的意义。伦敦地牢在翻新之后于 2013 年 3 月 1 日重新对外开放，布赖恩·布莱斯德(Brian Blessed)在剧场饰演了亨利八世，他用极具感染力的嗓音对游客进行判决，展现了亨利八世危险残暴的形象。日本著名舞台导演蜷川幸雄从 1998 年开始执导了一系列莎士比亚作品，直到 2017 年 12 月，吉田钢太郎开始接手指导莎剧。2020 年 2 月，亨利八世一角由阿部宽饰演，阔别 5 年，阿部宽再次出演舞台剧，依然表现了极强的舞台存在感。

【经典名段中英文对照赏析】

OLD LADY

You, that have so fair parts of woman on you,
Have too a woman's heart, which ever yet
Affected eminence, wealth, sovereignty;
Which, to say sooth, are blessings; and which gifts —
Saving your mincing, the capacity
Of your soft cheverel conscience would receive
If you might please to stretch it.

(Act 2, Scene 3, 27-33)

老妇人　看您长的这副女人家的俊俏模样，您那颗心也是女人的心，女人的心总是爱地位、金银、权力的，这些东西，说实话，就是福气，就是上帝的礼物，别看您假正经，您那颗软羔皮做的良心，只要您愿意把它撑开，这些礼物都装得下。

（第二幕第三场 27—33 行）

说明：这一场戏是凯瑟琳王后的侍女、未来的王后安·波琳与老妇人的对话，二人对王后遭受污蔑与冷落的命运长吁短叹，安甚至认为享受富贵却终日愁苦，不如活得贫穷但快乐知足，并且发誓自己不愿当王后。然而老妇人却指出，安的内心其实隐藏着对地位的渴望，她的品貌也配得上王后的身份。当时人们普遍认为女性软弱、与世无争且处于附属地位，但老妇人直言，女人和其他任何人一样，天生也会被地位、财富和权力所吸引，但不得不隐藏起来，也就是"假正经"，"mincing"在这里是"矫揉造作的步态"的意思。这里的比喻很有趣，将女人的心比作羔羊皮，表面上柔软薄弱，实则能容纳很多东西。不论安是否真的怀有对权力的希求，老妇人的话都向观众展示了女性被压抑的一面。而此后安虽然成为王后，命运也令人唏嘘，这里可谓一语成谶。

KATHARINE

Would I had never trod this English earth,
Or felt the flatteries that grow upon it.
Ye have angels' faces, but heaven knows your hearts.
What will become of me now, wretched lady?
I am the most unhappy woman living.
[*to her women*] Alas, poor wenches, where are now your fortunes?
Shipwrecked upon a kingdom, where no pity,
No friend, no hope; no kindred weep for me;
Almost no grave allowed me: like the lily,
That once was mistress of the field and flourished,
I'll hang my head and perish.

(Act 3, Scene 1, 143-153)

凯瑟琳王后 我真希望我从来没有踏上过英国的土地，从来没有感受过英国土地上生长的阿谀奉承。你们长着天使般的脸，可是上天知道你们的心是什么样的心。我这个可怜的王后啊，今天什么样的结局在等待我呢？我是活在世上的最不幸的女人。咳，可怜的姑娘们，你们的前程今天又在哪儿呢？我就像个沉船落难的人，漂泊到了这个国家，举目无亲，没有希望，没有人为我掬一把同情之泪，简直可以说是死无葬身之地。我像一朵百合花，一度在田野里开得十分茂盛，一时独步，现在却只有垂首待毙了。

(第三幕第一场 143—153 行)

说明：这一幕发生在王后宫中，红衣主教伍尔西和坎丕阿斯(Campeius)奉亨利八世的旨意对凯瑟琳王后进行质询，实则是用陷害的手段逼迫王后同意离婚、放弃权力。凯瑟琳是西班牙阿拉贡的公主、亨利八世的第一任妻子，也是天主教徒。亨利八世迷上安·波琳后欲与凯瑟琳离婚，但这是不被罗马天主教会允许的，亨利便借机宣布与罗马教廷分裂，英国国教自成一派，由此推进了英格兰的新教改革。在权力斗争中，凯瑟琳王后沦为政治牺牲品，晚年凄凉。

这一幕中，凯瑟琳极力向红衣主教伍尔西和坎丕阿斯这两个国王的心腹证明自己的清白，逻辑清晰，语言也富有感染力。她指出自己受到双重迫害——同时作为女人和外国人。她起初试图用受害者的身份唤起二人的同情，但伍尔西和坎丕阿斯一直为国王的利益服务，绝非超越世俗的公正之人。为此，凯瑟琳只能发出命不由己的感叹，将自己比作遭遇海难、无依无靠之人，又像风光一时但最终凋零的百合花。

【其他经典名句】

* Anger is like
A full-hot horse, who being allow'd his way
Self-mettle tires him.（I. i. 132-134）
怒气就像一匹烈性的马，如果由它的性子，就会使它自己筋疲力尽。

* I swear, 'tis better to be lowly born
And range with humble livers in content
Than to be perked up in a glistering grief
And wear a golden sorrow.（II. iii. 19-22）
我认为与其绫罗绸缎，珠光宝影，生活在忧愁痛苦之中，不如出身清寒，和贫贱人来往，倒落个知足常乐，还更好些。

* Men's evil manners live in brass, their virtues
We write in water.（IV. ii. 45-46）
人们的丑行就像刻在金石上一样，与世长存，而他们的德行，我们就写在水上。

* 'Tis a cruelty
To load a falling man.（V. ii. 110-111）
投井下石是残酷不仁的。

* She shall be, to the happiness of England
An aged princess; many days shall see her,
And yet no day without a deed to crown it.
Would I had known no more! But she must die:
She must, the saints must have her; yet a virgin,

A most unspotted lily shall she pass to th' ground,

And all the world shall mourn her. (V. iv. 56-62)

她将活到寿考之年，这将是英格兰的福气；她的来日方长，而每日都将以一件好事来结束。此后，我就不愿再说下去：但她总有千年之日，不可避免，天上的圣徒一定要把她召请去；那时她仍然是处女之身，像一朵无瑕的百合花，埋入青冢，全世界将为她哀悼。

第三章
莎士比亚的悲剧世界

莎士比亚一生共创作了 11 部悲剧，依时间顺序分别为《泰特斯·安德洛尼克斯》(*Titus Andronicus*)、《罗密欧与朱丽叶》(*Romeo and Juliet*)、《裘力斯·恺撒》(*Julius Caesar*)、《哈姆雷特》(*Hamlet*)、《特洛伊罗斯与克瑞西达》(*Troilus and Cressida*)、《奥赛罗》(*Othello*)、《李尔王》(*King Lear*)、《麦克白》(*Macbeth*)、《安东尼与克莉奥佩特拉》(*Antony and Cleopatra*)、《科利奥兰纳斯》(*Coriolanus*)和《雅典的泰门》(*Timon of Athens*)，其中相当多堪称莎士比亚戏剧中的经典之经典。大多数人就是从脍炙人口的"四大悲剧"开始了解莎士比亚的，罗密欧与朱丽叶的殉情故事也家喻户晓。莎翁很多悲剧以古典时期为背景，其中 4 部取材于普鲁塔克的《名人传》，分别为《泰特斯·安德洛尼克斯》《裘力斯·恺撒》《安东尼与克莉奥佩特拉》和《科利奥兰纳斯》。

这些戏剧大多诞生于莎士比亚职业生涯的中后期，也是他艺术创作的成熟期，在更宏大的背景和复杂的人物关系中，命运的不可控与坠落的必然造就了更牵动人心的戏剧张力。作为古希腊人口中最古老和庄严的艺术形式，悲剧被亚里士多德赋予了宣泄情绪和净化人心(catharsis)的功用。悲剧主人公往往是身份高贵的人物，既不能是奸恶之人，也并非白璧无瑕——正是人物自身的缺陷(hamartia)被特殊情境诱发，导致他犯下错误，酿成了自己的悲剧。

文艺复兴时期的悲剧也多少沿袭了这一理念，就像莎士比亚在《裘力斯·恺撒》中借凯歇斯之口所说："亲爱的勃鲁托斯，那错处并不在我们的命运，而在我们自己。"(第一幕第二场)在莎士比亚悲剧的很多主人公身上都可以看到悲剧缺陷(tragic flaw)的影子，例如奥赛罗很大程度上内化了当时的社会偏见，因而产生了自卑感和疯狂的嫉妒；哈姆雷特因为忧郁、疑虑和理想主义被叔父抢占先机；而身为奸臣、被质疑正统悲剧主角身份的麦克白，也展现出了人性的多面性。有的悲剧则更为单纯，如《罗密欧与朱丽叶》，虽然不符合传统悲剧准则，但丝毫不影响其凄恻的感染力。可以说，莎士比亚悲剧在时空律法上摆脱了古典戏剧的束缚，也在人物塑造上体现了文艺复兴时期突出的多样化和生命力。此外，悲剧通常讲述王侯将相的故事，有时也被认为包含对伊丽莎白和詹姆士时代政治的影射。

在欣赏莎士比亚高超的悲剧时，观众可以跟随剧情体味到同情和恐惧，从而意识到世界的不确定性以及很多人们习以为常的准则的脆弱。这也是悲剧的力量，让观众在平凡的生活中也能品味到美与崇高感，经历苦痛中的升华。

《安东尼与克莉奥佩特拉》
Antony and Cleopatra

图 3-1　克莉奥佩特拉欢迎安东尼的到来(A. M. Faulkner 绘制，1906 年)

【导言】

《安东尼与克莉奥佩特拉》大约写于 1606 年，1623 年录入《第一对开本》并于当年出版。本剧取材于古罗马历史学家普鲁塔克的《希腊罗马名人传》中的《安东尼传》(*Life of Mark Antony*)，早在 1579 年，托马斯·诺斯就已将此书翻译成英语。1590 年，玛丽·锡德尼(Mary Sidney)①翻译了罗伯特·加尼耶(Robert Garnier)的《玛克·安东尼》(*Marc*

① 玛丽·锡德尼(1561—1621)，彭布罗克伯爵夫人，是最早通过文学和写作出名的英国女性之一，翻译了很多戏剧和诗作，举办的文学沙龙"Wilton Circle"汇集了艾德蒙·斯宾塞、本·琼生、萨缪尔·丹尼尔等当时的文学名家。她也是著名诗人和文论家菲利普·锡德尼的妹妹。

Antoine)并出版；1594 年，萨缪尔·丹尼尔出版了一部戏剧《克莉奥佩特拉的悲剧》(*Cleopatra*)。莎士比亚有可能知道这两部作品。莎士比亚的剧作与诺斯的译本很贴近，应该主要是受他的影响。诺斯的英语版本语言丰富多彩，莎士比亚有时也整段原封不动搬入剧作。但是，爱诺巴勃斯(Enobarbus)和克莉奥佩特拉(Cleopatra)的侍从则是源于莎士比亚的创造。历史上，安东尼(Antony)和克莉奥佩特拉的风流韵事长达十多年，为了适应戏剧的形式要求，莎士比亚将事件发生的时间进行了压缩，使情节更为紧张。此外，他对情节也有所修改，如忽略不提安东尼和奥克泰维娅(Octavia)所生子女，安排安东尼和克莉奥佩特拉同一天死去等。总体来说，莎士比亚在政治上赞同普鲁塔克，但是一改普鲁塔克认为安东尼对克莉奥佩特拉的爱情是极端错误的观点，赋予了两人爱情崇高的悲剧感。

在剧中，克莉奥佩特拉所在的埃及被描绘成爱情的迷幻世界，是一块淫欲之地，罗马则是充斥着内忧外患的严酷现实世界，需要至高无上的责任心。莎士比亚将剧的矛盾集中体现在安东尼身上的个人欲望和社会责任之间的冲突，戏剧也在埃及和罗马两地交替进行，随着剧情发展，不断强化这种冲突，达到戏剧化效果。安东尼把爱情置于责任之上，感情超越了理智，导致了自我的毁灭和失败，最终摧毁了三执政体制；克莉奥佩特拉对安东尼的爱恋也是丝毫不少，她的自杀升华了他们之间的爱情。莎士比亚非但没有贬低或嘲笑他们，还突出了安东尼身上的伟人品质和克莉奥佩特拉对爱情的忠贞不渝，他们的爱情在政治利害与权势情欲消散之后，始得真情，从而将这段爱情渲染成为“让罗马融化在泰伯河里，巍巍的帝国大厦崩塌”(第一幕第一场)的千古一恋。

爱情是本剧的主题，安东尼和克莉奥佩特拉的爱情是罗马执政和埃及女王两个大人物之间的爱情，帝王之恋总不免掺有杂质，不可能纯洁，他们之间的爱情也表现出赤裸裸的情欲色彩。克莉奥佩特拉不仅是埃及女王，更是古代著名的美女，她妩媚多姿，十分性感。安东尼被她的魅力所征服。和青年人那种纯真而理想主义的爱情相比，他们的爱情充斥着强烈的情欲和占有欲。

安东尼是罗马英雄，他充满荣誉感，但是容易感情用事。他明知克莉奥佩特拉为了保存埃及王位出卖了他，却始终对她钟爱有加；明知海战对自己不利，却选择迎战，体现了他对军人荣誉的重视。和他相对的屋大维·恺撒(Octavius Caesar)则表现得冷酷无情，为权力牺牲自己的妹妹，观众对安东尼的厌恶也逐渐转变为怜悯。克莉奥佩特拉是莎士比亚笔下最为丰满的女性之一，她贵为女王统领埃及，却也陷入情欲无法自拔。她为了保住利益，狡猾多变，于是就有了她在战场上弃安东尼于不顾，向恺撒屈膝的场景，但是她最终选择追随安东尼，以死殉情。安东尼和克莉奥佩特拉最终选择了爱情，死而无怨，这符合人类自然本性以及真情实感。莎士比亚将一段盛大的罗马历史浓缩在几场政治与爱情的“游戏”中，之所以有如此大的张力，还是因为这是一场关乎人的悲剧，莎士比亚借此讴歌了人性，也揭示了人的缺点。

【剧情简介】

图 3-2　《安东尼和克莉奥佩特拉的相遇》

（新古典主义艺术家 Sir Lawrence Alma-Tadema 绘制，1883 年）

裘力斯 · 恺撒遇刺之后，玛克 · 安东尼与屋大维 · 恺撒[1]联合打败了勃鲁托斯(Brutus)和凯歇斯(Cassius)，成为罗马帝国三执政之一。[2] 当时，埃及是罗马的附属国，安东尼整天在亚历山大的埃及皇宫里饮酒作乐。埃及女王克莉奥佩特拉[3]高贵华美，充满诱惑力，再加上埃及皇宫生活奢靡，花红酒绿，使得安东尼乐不思蜀。这位曾经威风凛凛的大将军此刻拜倒在女王的石榴裙下，军人们开始为他的前程和罗马的未来担忧。

此时，罗马帝国内部动乱不断：年轻气盛的海军领袖庞培(Pompey)组织了一支海上部队要为父报仇；安东尼的兄弟和妻子联合要向恺撒宣战。不久之后，又听闻妻子死讯，安东尼觉醒，急速回国。为了巩固彼此情谊，安东尼娶了恺撒的妹妹奥克泰维娅为续弦，与庞培进行谈判，签订协约之后和他消弭分歧，达成和平协议。与此同时，克莉奥佩特拉

---

[1] 历史上罗马著名的奥古斯都皇帝，是裘力斯 · 恺撒的侄孙和继承人，通常称屋大维。在剧中，我们仍然称他为恺撒。

[2] 公元前 43 年，安东尼、屋大维和雷必达(Lepidus)在波伦尼亚附近会晤，达成协议，史称“后三头政治同盟”。“前三头政治同盟”指的是公元前 60 年李锡尼 · 克拉苏(Crassus)、格涅乌斯 · 庞培(Pompey)和裘力斯 · 恺撒结成秘密的政治同盟，目的是反对元老院。和前三头同盟的私人协议性质不同，后三头同盟后来得到了罗马公民大会的承认，具有公开、合法的性质。

[3] 克莉奥佩特拉七世，通常称埃及艳后，是古埃及托勒密王朝最后一任女法老，同恺撒、安东尼关系密切。

听闻安东尼成婚，勃然大怒，差点杀死送信的使者。但是当她听闻奥克泰维娅身材矮小并且长相一般，便又高兴起来，预料安东尼会很快回到她身边。

预言者说，安东尼和恺撒在一起，事业是不会有大发展的。安东尼听信这番话，把目光转移到东方帝国。在他前往雅典的途中，罗马传来消息，原来恺撒重新对庞培开战，屋大维声讨恺撒失信于庞培，奥克泰维娅主动提出返回罗马和哥哥沟通，安东尼派人送她回去，自己则带部下再次前往埃及。安东尼回到克莉奥佩特拉身边，宣布她全权统辖叙利亚、塞浦路斯和吕底西等地领土，并给自己和女王的儿子分封王号。于是，恺撒与安东尼彻底决裂，集结大军对安东尼和克莉奥佩特拉宣战。安东尼的优势在陆战，但他不听部属的建议，决定在海上迎战海战实力强大得多的恺撒。克莉奥佩特拉随安东尼出海迎战，在胜负难分的关键时刻，克莉奥佩特拉的旗舰转舵而逃，安东尼恼羞成怒，也只能仓皇而逃，安东尼和克莉奥佩特拉的舰队在这次海战中一败涂地。

安东尼派人去和恺撒讲和，但是恺撒对安东尼的任何条件都置之不理，却对女王的条件满口答应，要求就是把安东尼赶出埃及或者处死，想要把女王夺过来。然而，克莉奥佩特拉向安东尼发毒誓，表示不会背叛他。在之后的一次陆战中，安东尼打了胜仗，和女王一起鼓舞士兵迎战第二天的海战。然而，在艰难的海战中，埃及舰队又一次临阵脱逃，不少舰队投降，安东尼以失败告终。

安东尼怀疑克莉奥佩特拉和恺撒暗中勾结出卖了他，想要报复她。克莉奥佩特拉躲进了陵墓，派人告诉安东尼她已经自杀身亡，安东尼悲痛欲绝，举剑自刎，并且叫部下把自己抬到女王身边，他们在最后的时刻和解，安东尼死在了女王的怀抱里。恺撒深感震惊，派人会见克莉奥佩特拉，许她高贵而优厚的待遇。克莉奥佩特拉怀念安东尼无比高尚的品质和真心，不想沦为恺撒的胜利品，决心自我牺牲。就这样，克莉奥佩特拉换上了仪态万方的华服，把毒蛇置于胸前，自杀身亡。当恺撒赶到王宫时，感慨万千，下令将安东尼与克莉奥佩特拉合在一起厚葬，并发出如下感慨：“世上再也不会有第二座坟墓怀抱着这样一双著名的情侣。”(第五幕第二场)

【演出及改编】

关于《安东尼与克莉奥佩特拉》的演出众多，剧目缤纷。1947 年百老汇演员凯瑟琳·康奈尔(Katharine Cornell)①饰演的克莉奥佩特拉获得了“托尼奖”②，该剧已巡演 126 场，

① 凯瑟琳·康奈尔(1893—1974)，美国著名剧院演员，被认为是美国剧院最伟大的女演员之一。

② “托尼奖”全称为安东尼特·佩瑞奖，是由美国戏剧协会为纪念该协会创始人之一的安东尼特·佩瑞(Antoinette Perry)女士而设立的。托尼奖设立于 1947 年，被视为美国话剧和音乐剧的最高奖，常设奖项 24 个，每年 6 月举行颁奖仪式，通过哥伦比亚广播公司播出。

是百老汇历史上表演最久的剧目之一。1951 年，由劳伦斯·奥利弗和费雯丽主演、萧伯纳编剧的《恺撒和克莉奥佩特拉》先后在伦敦圣詹姆斯剧院和美国百老汇表演。2018 年，演员约翰尼·卡尔(Johnny Carr)和凯瑟琳·麦克莱门茨(Catherine McClements)在悉尼歌剧院进行了话剧版本的巡演。

图 3-3　维多利亚时代的伦敦名媛 Lily Langtry 曾登台出演过克莉奥佩特拉，摄于 1891 年

早在 1607 年，莎士比亚剧团就曾演出巴拉比·巴恩斯(Barnabe Barnes)模仿此剧而作的悲剧《魔鬼的契约》(*The Devil's Charter*)，这可以说是《安东尼与克莉奥佩特拉》最早的改编剧目。1620 年，约翰·弗莱彻和菲利普·马辛格(Philip Massinger)创作《错误的一个》(*The False One*)，该剧是受到莎士比亚影响而改编。英国诗人约翰·德莱顿 1677 年的戏剧《一切为了爱情》(*All for Love*)也深受莎士比亚的《安东尼与克莉奥佩特拉》影响。

安东尼与克莉奥佩特拉的故事也是大银幕上长盛不衰的宠儿，历史上众多顶级女星饰演过"埃及艳后"这一传奇人物，除提到过的费雯丽之外，克劳黛·考尔白(Claudette Colbert)、伊丽莎白·泰勒和莫妮卡·贝鲁奇(Monica Bellucci)等都饰演过埃及艳后。2019 年年初，美国媒体报道，凭借《一个明星的诞生》演技广受好评的流行歌手 Lady Gaga 和安吉丽娜·朱莉(Angelina Jolie)要一同竞争埃及艳后一角。

【经典名段中英文对照赏析】

ENOBARBUS

The barge she sat in, like a burnished throne,
Burned on the water; the poop was beaten gold;
Purple the sails, and so perfumed that
The winds were love-sick with them; the oars were silver,
Which to the tune of flutes kept stroke, and made
The water which they beat to follow faster,
As amorous of their strokes. For her own person,
It beggared all description: she did lie
In her pavilion, cloth-of-gold of tissue,
O'erpicturing that Venus where we see
The fancy outwork nature.
...
Age cannot wither her, nor custom stale
Her infinite variety. Other women cloy
The appetites they feed, but she makes hungry
Where most she satisfies.

(Act 2, Scene 2, 201-211; 245-248)

爱诺巴勃斯 她坐的那艘画舫就像一尊在水上燃烧的发光的宝座；舵楼是用黄金打成的，帆是紫色的，熏染着异香，逗引得风儿也为它们害起相思来了；桨是白银的，随着笛声的节奏在水面上下，使那被它们击动的痴心的水波加快了速度追随不舍。讲到她自己，那简直没有字眼可以形容；她斜卧在用金色的锦绸制成的天帐之下，比图画上巧夺天工的维纳斯女神还要娇艳万倍。……年龄不能使她衰老，习惯也腐蚀不了她的变化无穷的伎俩；别的女人使人日久生厌，她却越是给人满足，越是使人饥渴。

(第二幕第二场 201—211；245—248 行)

说明：在昔特纳斯河(River of Cydnus)举行的盛大游船会上，安东尼和他的朋友爱诺巴勃斯首次见到了克莉奥佩特拉，爱诺巴勃斯是这么描述这位埃及艳后的美貌的：她的游船也许还能用文字来形容，女王本身则是“没有字眼可以形容”（beggared all description）的。大家都知道“beggar”是“乞丐”的意思，不过，这个单词也可以作动词用，意思是“使得……无用”或“无……所能及”，可以和大家比较熟悉的“beyond description”替换。以此类推，“beggar all imagination”则表示“无法想象”。“to beggar”这个动词到16世纪才出现，原义是“使沦为乞丐，使穷困”，这里用的是比喻义“竭尽所有资源”。克莉奥佩特拉坐在那精雕细琢的宝座上游船的景象是语言无法描述的，所有的语言在她面前都黯然失色。

“her infinite variety”（“她变化无穷的伎俩”）——爱诺巴勃斯评价克莉奥佩特拉说她不像普通的女人，她的美永远不会因为“习惯”（熟悉）而“腐蚀”；她的魅力永不凋零，只会与日俱增，变得更加丰富多彩（“Age cannot wither her, nor custom stale/ Her infinite variety”）。变化多端，无疑是女人的天性，常常令人感到害怕，遭人嘲弄，就像很多谚语所反映的那样：“A woman is a weathercock.”（女人的心，善变的天。）“A woman's mind and winter wind change often.”（女人的想法和冬季的朔风一样，变幻莫测，波谲云诡。）英国剧作家萧伯纳（George Bernard Shaw）在他的《华伦夫人的职业》（*Mrs. Warren's Profession*）中说：“The fickleness of the women I love is only equaled by the infernal constancy of the women who love me.”（我所爱的女性们的水性杨花，只有爱我的女性们的执着不移可与伦比。）女人的善变对追求者和丈夫同样都造成威胁，可是在克莉奥佩特拉这里，多变却成了一种激情，一种让爱永保新鲜以留住爱人的魔力。

【其他经典名句】

* There's beggary in the love that can be reckon'd. (I. i. 14)
  可以量深浅的爱是贫乏的。
* Thou art, if thou dar'st be, the earthly Jove,
  Whate'er the ocean pales or sky inclips
  Is thine, if thou wilt ha't. (II. vii. 67-69)
  你要是有胆量，就可以做地上的君王；大洋环抱之内，苍天覆盖之下，都属于你的所有，只要你有这样的雄心。
* Fall not a tear, I say; one of them rates
  All that is won and lost. Give me a kiss.
  Even this repays me. (III. xi. 69-71)
  不要掉下一滴泪来，你的一滴泪的价值，抵得上我所得而复失的一切。给我一吻吧，这就可以给我充分的补偿了。
* Men's judgments are

A parcel of their fortunes, and things outward
Do draw the inward quality after them
To suffer all alike. (III. xiii. 31-34)

理智也是他们命运中的一部分，一个人倒了霉，他的头脑也就跟着糊涂了。

* All's but naught;
Patience is sottish, and impatience does
Become a dog that's mad. Then is it sin
To rush into the secret house of death
Ere death dare come to us? (IV. xv. 82-86)

一切都只是空虚无聊；忍着像傻瓜，不忍着又像疯狗；那么在死神还不敢侵犯我们以前，就奔进了幽秘的死窟，是不是罪恶呢？

* For his bounty,
There was no winter in't; an autumn it was
That grew the more by reaping. His delights
Were dolphin-like: they showed his back above
The element they lived in. In his livery
Walked crowns and crownets; realms and islands were
As plates dropped from his pocket. (V. ii. 85-90)

他的慷慨是没有冬天的，那是一个收获不尽的丰年；他的欢悦有如长鲸泳浮于碧海之中；戴着王冠宝冕的君主在他左右追随服役，国土和岛屿是一枚枚从他衣袋里掉下来的金钱。

* The stroke of death is as a lover's pinch,
Which hurts and is desired. (V. ii. 293-294)

那么死神的刺击正像情人手下的一捻，虽然疼痛，却是情愿的。

《科利奥兰纳斯》
Coriolanus

图 3-4　维吉利娅意识到丈夫科利奥兰纳斯消失(Thomas Woolner 雕刻，1867 年)

【导言】

《科利奥兰纳斯》是莎士比亚最后的悲剧作品之一，约写于 1607—1608 年，在 1609—1610 年间首次在伦敦黑衣修士剧院演出，1623 年收入《第一对开本》。这部罗马悲剧取材于古罗马历史学家普鲁塔克《名人传》中的《科利奥兰纳斯传》(*Life of Coriolanus*)，托马斯・诺斯将其翻译成英文。莎士比亚可能还参考过李维(Titus Livius)的《罗马史》(*Ab Urbe Condita*)。该剧背景是公元前 5 世纪的罗马，当时罗马还只是意大利的一个城邦，战火连天，正处于由君主制向共和政体转变的过程中，平民与贵族矛盾激化。许多研究者指出，该剧的情节与莎士比亚时期的英国也有某种关联。1607 年，伦敦城内激进主义泛滥，国王与议会矛盾不断，英国中部也发生了人民群众骚动，从莎士比亚对贵族和平民矛盾的描写中，可以窥见 17 世纪早期英国的某些政治景象。整体而言，《科利奥兰纳斯》和莎士比亚的其他剧作相比，影响力较小，但是该剧深受政治群体青睐。历史上，左翼与右翼争先借鉴剧中观点，甚至法西斯分子也根据其政治需要改编演绎此剧。不得不说，在这部剧中，莎士比亚显示出了他对历史和国家事务熟稔的特点，科利奥兰纳斯(Coriolanus)身上集中发生了各式政治事件。莎士比亚以一种诗人的热情和哲学家的敏锐讨论了一系列社会问题：贵族统治与民主政治、少数人的特权与多数人的要求、自由和奴役、权力与滥权、战争与和平。

除了政治问题，该剧人物性格描写部分也吸引了人们的关注，尤其是近些年来热衷于心理研究的学者们对这部剧很感兴趣。科利奥兰纳斯这一人物性格被莎士比亚塑造得相当漂亮，他热爱个人荣誉，轻视大众言论，他的骄傲和光荣都是彼此关联的。他的骄傲表现在他钢铁般不可动摇的意志，对荣誉的热爱表现在他力图压制各种反对力量，获得了朋友和敌人的赞赏；他希望通过自己的行动赢得别人的好感，但是又轻视民众对他的赞扬，甚至对此很不耐烦。科利奥兰纳斯孤傲的人生准则和极端的个人主义，促使他叛离祖国和人民，甚至成为复仇者，走到罗马的对立面。这一惊心动魄且看上去不可思议的转变在莎士比亚的描写下却并不显得突兀，因为他的性格发展过程在剧中是符合逻辑的；科利奥兰纳斯的自我意识恶性膨胀，悲剧的结局是必然的结果。

早期评论家多认为该剧远不如莎士比亚之前创造的四大悲剧，的确，如果将这个剧本放在莎士比亚悲剧的成熟的参考框架中考察，确实有很多地方背离了“莎式模式”，很重要的一点就是该剧缺乏超时空的伟大悲剧的活力以及形而上的教义。后期评论则集中在科利奥兰纳斯和市民的冲突性质上，有人认为他是一个高贵的英雄，也有人认为他是一个自取灭亡的极端主义者。关于这部剧，研究者往往逃不过这几个争议较大的问题：怎样看待科利奥兰纳斯及其悲剧成因？怎样看待科利奥兰纳斯和民众的关系？莎士比亚的人民观究竟是怎样的？不妨思考一下。

【剧情简介】

年轻气盛的卡厄斯·马歇斯(Caius Marcius)是一位骁勇善战的罗马将军，他曾经为国家立下赫赫战功，但是他的缺点也非常明显：他傲慢自大，脾气暴躁，在饥荒时期，以武力来镇压民众，常引起人们的不满。一次，街头发生暴动，深受人民爱戴的元老院议员米尼涅斯·阿格立巴(Menenius Agrippa)出面处理，他告诉民众，政府正在竭力解难，号召大家团结一致，共抗饥荒。当听到民众对他的好友马歇斯很是不满的话语时，他还为好友辩解，称马歇斯为保卫国家和人民历经了17次战争，立下过汗马功劳。但是仍有民众不领情，表示马歇斯过于骄傲，已经过大于功了。马歇斯见状，更加蔑视群众，指责他们违法乱纪，扰乱朝纲。话音未落，使者传来消息称沃尔西人在大将塔勒斯·奥菲狄乌斯(Tullus Aufidius)的带领下发动了起义，元老院的贵族们推举马歇斯率兵抗击外敌入侵。

图 3-5 伏伦妮娅恳求儿子科利奥兰纳斯不要毁灭罗马(Richard Westall 绘制，1800 年)

马歇斯不负众望，所向披靡，士兵在他的带领下占领了科利奥里，大败敌军，马歇斯也被尊称为“科利奥兰纳斯”，凯旋而归。为了表彰科利奥兰纳斯，元老院提名他为执政。按照规矩，他应该在市集发表演讲，争取民众的支持；然而，生性傲慢的科利奥兰纳斯不喜这一套作派，生硬地完成了流程，没想到这事正成为科利奥兰纳斯的仇人——护民官裘涅斯·勃鲁托斯(Junius Brutus)和西西涅斯·维鲁特斯(Sicinius Velutus)手里的把柄，他们背后造谣称科利奥兰纳斯上台之后一定会剥夺民众自由。许多民众被勃鲁托斯等人的言辞煽动起来，前往元老院撤回对他的支持。科利奥兰纳斯见状，按捺不住心中的气愤，开始抨击时政，侮辱民众。这正中仇人下怀，护民官宣称科利奥兰纳斯是人民的叛徒，宣布要处死他，科利奥兰纳斯在朋友的劝说下被迫离开市集，暂得保全。米尼涅斯这时出面，对市民动之以情，晓之以理，强调科利奥兰纳斯对国家有功，固然脾气不好，人们应该对他循序渐进，尽量态度缓和，否则可能爆发内战，于国民不利。事后，他们劝说科利奥兰纳斯从大局出发，向民众道歉。科利奥兰纳斯听取了家人朋友的建议，忍气吞声地站在了广场演讲台上。然而，那两个护民官变本加厉地污蔑科利奥兰纳斯，又一次将他激怒。这一次，科利奥兰纳斯不顾一切地大发脾气，再次惹恼了群众，最终被逐出城门。

无处可去的科利奥兰纳斯佯装成乞丐，来到了安息城，投奔之前的手下败将奥菲狄乌斯，后者热情款待了科利奥兰纳斯，委以重任，让其统帅沃尔斯军队进攻罗马。罗马人闻风丧胆，惊恐万分，派科利奥兰纳斯的上级考密涅斯(Cominius)和米尼涅斯去劝说求情，科利奥兰纳斯不为所动。没想到，罗马方面派科利奥兰纳斯的母亲、妻子和儿子着丧服前来，科利奥兰纳斯只有跪下表达内心的歉意。他母亲提出让科利奥兰纳斯出面和解，为双方斡旋和平。科利奥兰纳斯在元首面前提出和平协议的时候，奥菲狄乌斯站出来，称科利奥兰纳斯背信弃义，不顾沃尔西人民的重托，甚至在元首、士兵和百姓面前，一一列举科利奥兰纳斯曾经的战绩，这大大刺激了沃尔西人的自尊心，当场群情激愤，奥菲狄乌斯和其官僚趁乱拔出剑朝科利奥兰纳斯砍去，一代英雄就这样倒在血泊之中死去了。

【演出及改编】

图 3-6　2014 年英国国家大剧院制作汤姆·希德勒斯顿主演的《科利奥兰纳斯》

1952—1955 年，贝尔托特·布莱希特将《科利奥兰纳斯》改编成戏剧《科利奥兰》(*Coriolan*)，增加了异化效果，将其变成工人群体的悲剧，然而布莱希特 1956 年去世，剧本没有完成。曼弗雷德·韦克韦尔特(Manfred Wekwerth)和约阿希姆·藤舍特(Joachim Tenschert)续作此戏剧，1962 年，该改编版本的戏剧在法兰克福成功上演。斯洛伐克作曲家 Ján Cikker 将该剧改编成一部歌剧，1974 年在布拉格首演。2003 年，皇家莎士比亚剧团在密歇根大学演出了这部剧，导演大卫·法尔(David Farr)称这部剧体现了古代仪式化的文明现代化的过程，导演借用了武士道精神来表现他的观点，认为该剧实质上讲的是民主的诞生。2011 年，拉尔夫·费因斯(Ralph Fiennes)导演并主演了电影《科利奥兰纳斯》，这部片子在电影评论网站“烂番茄”(Rottentomatoes)上获得 93%的评分，并获得认证新鲜奖。费因斯版本的影片描绘了科利奥兰纳斯的人物形象，但是没有试图使他的行为更加合理化，他似乎是“激进左翼分子”的雏形，总是蔑视颓废的自由民主和那些被压迫者，还喜欢使用暴力来对抗那些违抗他意愿的群体，身上似乎有种潜在的帝国主义气质。2014 年，由丹玛尔仓库(Donmar Warehouse)出品的戏剧《科利奥兰纳斯》在英国国家大剧院上演，这部戏剧由汤姆·希德勒斯顿主演，成功带动不少年轻一代对于莎剧中较为冷门剧目的关注。

【经典名段中英文对照赏析】

CORIOLANUS Cut me to pieces, Volsces, men and lads,
Stain all your edges on me. Boy! False hound!
If you have writ your annals true, 'tis there
That, like an eagle in a dove-cote, I
Flutter'd your Volscians in Corioles.
Alone I did it. Boy!

(Act 5, Scene 6, 111-116)

科利奥兰纳斯 把我斩成片段吧，沃尔西人；成人和儿童们，让你们的剑上都沾着我的血吧。孩子！说谎的狗！要是你们的历史上记载的是实事，那么你们可以翻开来看一看，我曾经怎样像一头闯入鸽棚里的鹰似的，在科利奥里城里单拳独掌，把你们这些沃尔西人打得落花流水。孩子！

(第五幕第六场 111—116 行)

说明：在最后一幕，在科利奥兰纳斯与沃尔西人的厮杀中，他呐喊道：“把我斩成片段吧，沃尔西人；成人和儿童们，让你们的剑上都沾着我的血吧。”(“Cut me to pieces, Volsces, men and lads, / Stain all your edges on me.”)而这呐喊声却是他对往事的追悔，这个“曾经像一头鸽棚里的鹰似的”(“like an eagle in a dove-cote”)，“把沃尔西人打得落花流水”(“flutter'd your Volscians”)的英雄却将要惨死在沃尔西人的刀下了。把一头老鹰放在鸽子棚里，可以想象鸽棚里有多么混乱，这一比喻倒是与中文里的“鸡犬不宁”如出一辙。虽然莎翁的原句现在已经少有人使用，但人们保留了莎翁的这一比喻，“flutter the dove-cote”便沿用至今。

【其他经典名句】

* He covets less
Than misery itself would give, rewards
His deeds with doing them, and is content
To spend the time to end it. (II. ii. 126-129)
他的欲望比吝啬者的度量更小；行为的本身便是他给自己的酬报。

* Ingratitude is monstrous,
and for the multitude to be ingrateful were to make a
monster of the multitude. (II. iii. 9-11)
忘恩负义是一种极大的罪恶，忘恩负义的群众是一个可怕的妖魔。

* Honour and policy, like unsevered friends,
I' th' war do grow together. (III. ii. 42-43)
在战争中间，荣誉和权谋就像亲密的朋友一样不可分离。

* Extremities was the trier of spirits;
That common chances common men could bear,
That when the sea was calm all boats alike
Showed mastership in floating; fortune's blows,
When most struck home, being gentle wounded, craves
A noble cunning. (IV. i. 4-9)
患难可以考验一个人的品格；非常的境遇方才可以显出非常的气节；波平浪静的海面，所有的船只都可以并驱竞胜；命运的铁拳击中要害的时候，只有大勇大智的人才能够处之泰然。

* One fire drives out one fire, one nail;
Rights by rights falter, strengths by strengths do fail. (IV. vii. 54-55)
一个火焰驱走另一个火焰，一枚钉打掉另一枚钉；权利因权利而转移，强力被强力所屈服。

* How royal 'twas to pardon
When it was less expected. (V. i. 18-19)
宽恕人家所不能宽恕的，是一种多么高贵的行为。

《哈姆雷特》
Hamlet

图 3-7 雕刻版画《哈姆雷特，霍拉旭，马西勒斯和鬼魂》(Robert Thew 绘制，1796 年)

【导言】

《哈姆雷特》的故事最早大约在 10 世纪出现在斯堪的纳维亚半岛，13 世纪丹麦历史学家萨克索·格拉马狄库斯(Saxo Grammaticus)在《丹麦史》(*Gesta Danorum*)中将其录入；约在 1570 年，法国作家贝勒福雷(François de Belleforest)将其译成法语，收于《悲剧故事集》(*Histoires tragiques*)中；约在 1590 年，英国剧作家托马斯·基德将这个故事以悲剧表演的形式搬上舞台，但是这一版本已经失传。据猜测，莎士比亚的《哈姆雷特》是根据这一版本改写的。据考证，莎士比亚的《哈姆雷特》可能创作于 1600 年或 1601 年，并于 1603 年第一次出版四开本，但是总共只有 2000 行，和今天的版本差别很大。

《哈姆雷特》的原始材料讲述了一位丹麦王子的故事：王子的叔叔谋杀了王子的父亲，窃取了王位还娶了王子的母亲。王子假装对此事一无所知，装傻充愣，在叔叔放松警惕的时候设法杀死了叔叔，完成了报仇大计。莎士比亚将哈姆雷特(Hamlet)塑造成一位擅长哲学思考的王子。鬼魂告诉哈姆雷特有关他叔叔的罪行，他也一直在猜疑，但是始终无法证明，这导致他的复仇行动一直延宕。莎士比亚把这种不确定性称为哈姆雷特的个人特征，在剧中设置了很多模糊的场域，观众也一直不知道如何解决才好。例如，鬼魂提供的信息究竟是可靠的还是只是引诱哈姆雷特？哈姆雷特的母亲乔特鲁德(Gertrude)是否参与了克劳狄斯(Claudius)的阴谋？奥菲利娅(Ophelia)到底是死于自杀还是事故？哈姆雷特抛弃奥菲利娅之后是否还爱着她？哈姆雷特的复仇是否符合道德规范？很多疑问伴随着观众，即使到结局人们依然不清楚事情的真相，正义是否得到了伸张也不置可否。

莎士比亚创作这部剧的时候英国正处于文艺复兴时期，这部悲剧的受众也是英国伊丽莎白时期的观众。对他们来说，私下的复仇是不道德的，甚至是违法的，克劳狄斯也是一个合法的统治者，在没有任何证据的情况下就杀了他相当于犯罪，毕竟鬼魂的说辞不足以为证。正是出于这个考虑，哈姆雷特的延宕显得更加符合莎士比亚的本质思想，更加符合文艺复兴时期的社会思潮。文艺复兴起源于15世纪的意大利，人们在这场运动中开始重新认识在中世纪湮灭的古希腊文化和拉丁经典，正如哈姆雷特在第二幕第二场里所说："人类是一件多么了不得的杰作！多么高贵的理性！多么伟大的力量！多么优美的仪表！多么文雅的举动！在行为上多么像一个天使！在智慧上多么像一个天神！宇宙的精华！万物的灵长！"这段台词取材于意大利思想家乔万尼·皮克·德拉·米兰多拉(Giovanni Pico della Mirandola)的《论人的尊严》(*Oratio de hominis dignitate*)，表现了剧作的人文主义倾向。在16、17世纪，文艺复兴运动扩展到其他国家，人们对人文主义的怀疑也与日俱增。人们慢慢认识到人类理解能力的局限性，例如，当时的法国人文主义者蒙田(Montaigne)主张经验的世界只不过是表象的世界，人类不可能从表象看到隐藏在背后的"现实"。这便是莎士比亚的戏剧角色所置身的世界，哈姆雷特面临着艰难的任务，要去纠正他所认为的黑暗、不公，在没有证据的情况下要创造证据，哈姆雷特思考到了一些难以回答的问题，这些问题又是涉及超自然力和形而上学的。整体而言，《哈姆雷特》这部剧表现了认识他者的困难，他者的世界实际上是一个表象的世界，他者的罪行与无辜、动机与感情、疯狂与冷静都难以认知。

哈姆雷特这一形象内涵丰富，有很大的研究空间，前人对哈姆雷特有各种各样的认识。其一是"复仇王子"说。18世纪之前的西方评论主要是这种说法，这是从戏剧中自然而然得到的结论，甚至国内有人说过，他不过是宫廷斗争中的一个不太精明的王子，仅此而已。这种说法否定了一般教学课堂认为的哈姆雷特是一个"人文主义者"的说法。其二是"人文主义者典型"说。这是目前我国学界主导性的一种说法，直接来自苏联，依据是"文学是社会现实矛盾的反映"，当时英国社会的矛盾是新兴的人文主义者和封建统治者之间的矛盾，戏剧中对应的就是哈姆雷特和克劳狄斯的矛盾。其三是"封建王子"说。这一说法和第二种说法是针锋相对的，该说法认为，哈姆雷特要重振乾坤，要用复仇的方式恢复父王的时代，这不过是欧洲中世纪封建帝王的举措而已，并不是人文主义者的行为。而且哈姆雷特的封建意识很浓重，对爱情的信念也没有多深，没有考虑过他对奥菲利娅造成的伤害，自己也是很偏激的，在他的身上似乎有一种破坏欲。除此之外，还有“伟大的侏儒和渺小的巨人”的混合体说法，“人性丑恶论者”说等看法。

【剧情简介】

图 3-8 《哈姆雷特面前的演员》(Władysław Czachórski 绘制，1875 年，藏于波兰华沙国家博物馆)

一天，正在威登堡大学读书的丹麦王子哈姆雷特被紧急召回至艾尔西诺的王宫。原来，他的父亲丹麦国王突然去世，哈姆雷特的叔叔，也就是国王的弟弟克劳狄斯坐上了王位，并娶了哈姆雷特的母亲乔特鲁德。发生的种种事端让哈姆雷特整天郁郁寡欢，哈姆雷特的好友霍拉旭(Horatio)和两个军官向哈姆雷特报告，说在城堡上看到了国王的幽灵，于是哈姆雷特亲自来到城堡上和幽灵会面，得到了一个可怕的信息：是叔叔杀死了父亲。哈姆雷特因此面临一个巨大而艰难的使命，那就是为父亲报仇。

从此以后，哈姆雷特开始了装疯卖傻的生活，他拒绝了奥菲利娅的爱情，还暗中观察国王的一举一动；与此同时，克劳狄斯和波洛涅斯(Polonius)对哈姆雷特的种种古怪行为心存疑虑，于是派人监视他。哈姆雷特邀请了一班巡回演出的戏子来到王宫，准备模仿国王被谋害的实情，上演一出谋杀戏剧，以此来试探克劳狄斯的反应。果不其然，克劳狄斯在看了这出戏之后心神不宁，戏还未结束，便匆匆离去。哈姆雷特心里已经很确定叔叔即杀父仇人，但是他看到叔叔在祈祷，便下不了决心杀死他为父报仇，因为哈姆雷特认为，此时杀掉克劳狄斯，他的灵魂会升入天堂，但是哈姆雷特显然想要他下地狱。王后乔特鲁德呵斥哈姆雷特的行为，母子俩发生了激烈争吵，躲在幕后听母子谈话的波洛涅斯忍不住大喊起来，哈姆雷特以为是克劳狄斯，于是抽出匕首刺过去，结果将波洛涅斯刺死。克劳狄斯对哈姆雷特越来越不放心，于是派他到英国去，想借英国人之手除掉哈姆雷特，但是在路途中哈姆雷特被海盗救下，之后平安回到了丹麦。此时，父亲波洛涅斯的死导致奥菲利娅精神失常，坠河而死，波洛涅斯的儿子雷欧提斯(Laertes)赶回来替父报仇，国王想利用雷欧提斯加害哈姆雷特，提出让雷欧提斯与哈姆雷特决斗，并在剑上面涂了毒药。在决斗中，雷欧提斯用毒剑刺伤了哈姆雷特，哈姆雷特转过来也用毒剑刺伤了雷欧提斯。庆祝王子胜利时，王后误饮了国王给哈姆雷特准备的毒酒，临死前，王后和雷欧提斯揭穿了国王的罪行，哈姆雷特用毒剑刺死了国王。只剩下霍拉旭一人，将所发生的一切告诉后人。此后，挪威王子福丁布拉斯(Fortinbras)从波兰征战回来，向丹麦提出国土要求，恢复了国家秩序。

【演出及改编】

图 3-9　1948 年劳伦斯·奥利弗执导并主演的电影《哈姆雷特》剧照

《哈姆雷特》有众多改编版本，以电影为主，也有改编成别的舞台形式的。

1948 年的英国电影《哈姆雷特》是由劳伦斯·奥利弗导演，劳伦斯·奥利弗、简·西蒙斯(Jean Simmons)等人主演的一部剧情片。该片于 1948 年 5 月 4 日在英国上映，获得了 5 项奥斯卡金像奖。影片发生在庞大的建筑物里，一系列的布景装置让人感觉置身于城堡与监狱的环境中，除了最起码的家具之外一无所有。这部影片的画面处理确实高度戏剧化，和偶尔出现的室外镜头形成鲜明对比。美国 1964 年的《哈姆雷特》是由 Joseph Papp 执导的剧情片，Alfred Ryder，Howard Da Silva 以及 Julie Harris 等参加演出。1970 年由 David

Giles 执导的电视电影版本上映。法国 1979 年版本的电视电影《哈姆雷特》是由 Renaud Saint Pierre 执导的剧情片，Bernard Fresson 参加演出。1990 年佛朗哥·泽菲雷里(Franco Zeffirelli)拍摄的《哈姆雷特》是一部大制作、大卡司的作品。电影的男女主角都是赫赫有名的好莱坞影星，梅尔·吉布森(Mel Gibson)饰演哈姆雷特，饰演奥菲利娅的海伦娜·伯翰·卡特(Helena Bonham-Carter)更是被誉为“英伦玫瑰”的亮眼明星。电影选址于一座非常具有丹麦风格的城堡中，影片中的戏服也相当具有中世纪华丽的感觉。为了增加电影的娱乐性和观赏性，导演在影片中加入了很多动作场景，尽管很多人认为这部影片过于商业化，但是不得不承认，这部电影也是众多《哈姆雷特》改编剧中比较忠于原著的一部。除此之外，意大利(1908 年)、德国(1921 年)、瑞典(1955 年)、苏联(1963 年)、阿根廷(1964 年)、波兰(2004 年)等国家在不同时代都对《哈姆雷特》进行过改编再创作，这充分说明了《哈姆雷特》的巨大魅力。

东方世界也对莎士比亚的这部经典有诸多版本的改编。早在 1935 年，印度就有一个电影版本，导演是 Sohrab Modi；1954 年，印度的 Kishore Sahu 也导演了电影版本《哈姆雷特》。1994 年，上海越剧院明月剧团将《哈姆雷特》改编成中国古代宫廷斗争的古装越剧，该剧拓展了越剧题材，中国式的宫廷服装、中国式唱词是极大亮点，词曲改编与舞台处理堪称典范；北京人艺 2009 年推出了话剧《哈姆雷特》，这个版本以英若诚先生的译本为基础，对其中 7 处场景进行了改动，删减了原剧的 1/3，是一部很有现代感的古典剧目；2018 年，京剧版本的《哈姆雷特》在丹麦上演，该版本的人物都是以中国姓氏命名的，保持戏剧框架原貌，为唱、念、做、打提供了足够的空间，这一中国传统戏曲版本充分展示了各个行当的声腔特点，并最大限度地利用了各自特长。

【经典名段中英文对照赏析】

HAMLET

To be, or not to be, that is the question:
Whether 'tis nobler in the mind to suffer
The slings and arrows of outrageous fortune
Or to take arms against a sea of troubles
And by opposing end them. To die — to sleep,
No more; and by a sleep to say we end
The heart-ache and the thousand natural shocks
That flesh is heir to: 'Tis a consummation
Devoutly to be wished. To die: to sleep —

To sleep: perchance to dream — ay, there's the rub:
For in that sleep of death what dreams may come
When we have shuffled off this mortal coil
Must give us pause — there's the respect
That makes calamity of so long life.
For who would bear the whips and scorns of time,
Th' oppressor's wrong, the poor man's contumely,
The pangs of dispriz'd love, the law's delay,
The insolence of office and the spurns
That patient merit of the unworthy takes,
When he himself might his quietus make
With a bare bodkin? Who would these fardels bear
To grunt and sweat under a weary life
But that the dread of something after death
The undiscover'd country from whose bourn
No traveller returns puzzles the will
And makes us rather bear those ills we have
Than fly to others that we know not of.
Thus conscience does make cowards of us all
And thus the native hue of resolution
Is sicklied o'er with the pale cast of thought,
And enterprises of great pith and moment
With this regard their currents turn awry
And lose the name of action.

(Act 3, Scene 1, 56-87)

哈姆雷特 生存还是毁灭，这是一个值得考虑的问题；默然忍受命运的暴虐的毒箭，或是挺身反抗人世的无涯的苦难，在奋斗中扫清那一切，这两种行为，哪一种更高贵？死了，睡去了，什么都完了；要是在这一种睡眠之中，我们心头的创痛，以及其他无数血肉之躯所不能避免的打击，都可以从此消失，那正是我们求之不得的结局。死了，睡去了；睡去了也许还会做梦。嗯，阻碍就在这儿：因为当我们摆脱了这一具朽腐的皮囊以后，在那死的睡眠里，究竟将要做些什么梦，那不能不使我们踌躇顾虑。人们甘心久困于患难之中，也就是为了这一个缘故。谁愿意忍受人世的鞭挞和讥嘲、压迫者的凌辱、傲慢者的冷眼、被轻蔑的爱情的惨痛、法律的迁延、官吏的横暴和费尽辛勤所换来的小人的鄙视，要是他只要用一柄小小的刀子，就可以清算他自己的一生？谁愿意负着这样的重担，在烦劳的生命的压迫下呻吟流汗，倘不是因为惧怕不可知的死后，惧怕那从来不曾有一个旅人回来过的神秘之国，是它迷惑了我们的意志，使我们宁愿忍受目前的折磨，不敢向我们所不知道的痛苦飞去？这样，重重的顾虑使我们全变成了懦夫，决心的赤热的光彩，被审慎的思维盖上了一层灰色，伟大的事业在这一种考虑之下，也会逆流而退，失去了行动的意义。

（第三幕第一场 56—87 行）

说明：“To be, or not to be, that is the question.”（生存还是毁灭，这是一个值得考虑的问题。）这大概是英国文学里最有名的一句话了。如果仔细解读哈姆雷特的思路，就会发现他所说的“活着”（“being”）和“逝去”（“not being”）的概念是相当复杂的。他不只是在问到底生和死哪一个更好，因为这两个概念是很难明确加以区分的——“being”看上去似乎更像“not being”，反之亦然。“活着”在哈姆雷特看来，是一个被动的状态，是要“忍受”（suffer）命运的无情打击，而“死去”则成了抗击那些打击的行为；生其实是一种缓慢的死亡，是对命运威力的屈服。而另一方面，死亡开启了一场行动的人生，向无边的苦海发起进攻——想想就会觉得这其实是完全没有希望的。

从修辞上说，此箴言运用了对照（antithesis）的手法。莎翁将这一技法在作品之中运用得淋漓尽致，如《裘力斯·恺撒》中有这样一句：“Cowards die many times before their death; the valiant never taste of death but once.”（II. ii. 32）（懦夫在未死以前，就已经死过好多次；而勇士一生只死一次。）前后对照，相映成趣，寓理深刻，发人深思。这种修辞在文学作品中尤为常见，又比如本杰明·富兰克林（Benjamin Franklin）对婚姻的阐述：“哪里有无爱情的婚姻，哪里便有无婚姻的爱情。”（Where there's marriage without love, there will be love without marriage.）

HAMLET

Heaven and earth,
Must I remember? Why, she would hang on him
As if increase of appetite had grown
By what it fed on. And yet within a month —
Let me not think on't. Frailty, thy name is woman —

（Act 1, Scene 2, 142-146）

哈姆雷特 天和地啊！我必须记着吗？嘿，她会偎倚在他的身旁，好像吃了美味的食物，格外促进了食欲一般；可是，只有一个月的时间，我不能再想下去了！脆弱啊，你的名字就是女人！

(第一幕第二场 142—146 行)

说明：哈姆雷特在他的第一段独白里，回忆起他母亲乔特鲁德与先王之间的温馨画面。令他感到厌烦的是，母后以前在情欲上是那么地依附于先王，可在先王死后一个月，她就转身嫁给了小叔克劳狄斯，哈姆雷特声称，“他们俩人可迥然不同，就像我永远也比不上大力神赫拉克勒斯一般”(“My father's brother, but no more like my father than I to Hercules”)(I. ii. 152-153)，他把父亲和叔父比作“许珀里翁和萨梯”(“Hyperion to a Satyr”)(140)——也就是太阳神同半人半兽的好色之徒的天壤之别。在哈姆雷特的眼里，母亲是女人的原型。正是母亲的乱伦不贞令他振臂高呼：“脆弱啊，你的名字就是女人!”(“Frailty, thy name is woman—”)需要注意的是这里的“frailty”其实指的并不是身体上的脆弱，而是“moral weakness”，也就是道德上的软弱。

在英文中也有一系列反映女子“懦弱”之偏见的习语：“Woman is made to weep.”(女子生来好哭。)“Nothing dries so fast as a woman's tears.”(易干不过女子泪。)“Woman is made of glass.”(女子脆复弱，像是玻璃货。)“Glass and lasses are brittle wares.”(少女嫩脆，瓷杯易碎。)更有不少习语反映了当时社会对女性的歧视，比如：“Man, woman and devil are the three degrees of comparison.”(男人、妇女和魔鬼，三级差别分贱贵。)“A man of straw is worth of a woman of gold.”(稻草男儿抵得上金玉女子。)

LORD POLONIUS

My liege, and madam, to expostulate
What majesty should be, what duty is,
Why day is day, night night, and time is time,
Were nothing but to waste night, day and time.
Therefore, since brevity is the soul of wit,
And tediousness the limbs and outward flourishes,
I will be brief. Your noble son is mad.

(Act 2, Scene 2, 86-92)

波洛涅斯 王上，娘娘，要是我向你们长篇大论地解释君上的尊严，臣下的名分，白昼何以为白昼，黑夜何以为黑夜，时间何以为时间，那不过徒然浪费了昼、夜、时间；所以，既然简洁是智慧的灵魂，冗长是肤浅的藻饰，我还是把话说得简单一些吧。你们的那位殿下是疯了。

（第二幕第二场 86—92 行）

说明："Brevity is the soul of wit"（简洁是智慧的灵魂）已经成为标准的英语谚语，在它演变的过程中，人们已经不再关注其上下文了。尽管波洛涅斯对自己的"wit"（也就是聪明）颇为得意，但他却是全剧说话最不简洁，也是最不"聪明"的人物之一。弗洛伊德在他的著作《玩笑与下意识的关系》（*Jokes and Their Relation to the Unconscious*）中就曾经恰当地将波洛涅斯称作"爱唠叨的人"（the old chatterbox）。①

至于"brevity"，"简洁"不等于"不写"，而是指"用尽量少的语言表达尽量多的信息"。美国总统林肯（Abraham Lincoln）曾在葛底斯堡发表著名的演说（Gettysburg Address），里面的"民有"（"of the people"）、"民治"（"by the people"）、"民享"（"for the people"），可谓将语言的简洁美发挥到了极致。短短几个单词道出了政府工作的职能与义务。同样，英国著名哲学家培根（Francis Bacon）在他的 *Of Studies*（《论学问》）一文中写道："学习可以怡情，可以博采，可以长才。"（"Studies serve for delight, for ornament, and for ability."）也可谓异曲同工。

【其他经典名句】

* Neither a borrower nor a lender be.（I. iii. 75）
不要向人告贷，也不要借钱给人。

* One may smile, and smile, and be a villain.（I. v. 108）
一个人可以尽管满面都是笑，骨子里却是杀人的奸贼。

* There are more things in heaven and earth, Horatio,
Than are dreamt of in your philosophy.（I. v. 174-175）
天地之间有许多事情，是哲学所没有梦想到的呢。

* There is nothing
either good or bad, but thinking makes it so.（II. ii. 250-251）
世上的事情本来没有善恶，都是各人的思想把它们分别出来的。

① Bartolovich, Crystal; Hillman, David; Howard, Jean E. *Marx and Freud*: *Great Shakespeareans*: Vol. X. London: Bloomsbury Publishing, 2014, p. 164.

* What a piece of work is a man,
how noble in reason, how infinite in faculties, in form
and moving how express and admirable, in action how
like an angel, in apprehension how like a god: the
beauty of the world; the paragon of animals — and yet,
to me, what is this quintessence of dust? (II. ii. 305-310)
人类是一件多么了不得的杰作！多么高贵的理性！多么伟大的力量！多么优美的仪表！多么文雅的举动！在行为上多么像一个天使！在智慧上多么像一个天神！宇宙的精华！万物的灵长！可是在我看来，这一个泥土塑成的生命算得了什么？

* To the noble mind
Rich gifts wax poor when givers prove unkind. (III. i. 100-101)
因为在有骨气的人看来，送礼的人要是变了心，礼物虽贵，也会失去了价值。

* The power of beauty will sooner
transform honesty from what it is to a bawd than the
force of honesty can translate beauty into his likeness. (III. i. 111-113)
因为美丽可以使贞洁变成淫荡，贞洁却未必能使美丽受它自己的感化。

* Suit the action to the word,
the word to the action, with this special observance,
that you o'erstep not the modesty of nature. For
any thing so o'erdone is from the purpose of playing,
whose end, both at the first and now, was and is to
hold as 'twere the mirror up to nature; to show virtue
her feature, scorn her own image, and the very age
and body of the time his form and pressure. (III. ii. 18-25)
把动作和言语互相配合起来；特别要注意到这一点，你不能越过自然的常道；因为任何过分的表现都是和演剧的原意相反的，自有戏剧以来，它的目的始终是反映自然，显示善恶的本来面目，给它的时代看一看它自己演变发展的模型。

* Assume a virtue if you have it not. (III. iv. 162)
即使您已经失节，也得勉力学做一个贞节妇人的样子。

* There's a special
providence in the fall of a sparrow. (V. ii. 218-219)
一只雀子的生死都是命运预先注定的。

* If thou didst ever hold me in thy heart,

Absent thee from felicity awhile,
And in this harsh world draw thy breath in pain
To tell my story.（V. ii. 353-356）

你倘然爱我，请你暂时牺牲一下天堂上的幸福，留在这一个冷酷的人间，替我传述我的故事吧。

* The rest is silence.（V. ii. 364）

此外仅余沉默而已。

《裘力斯·恺撒》
Julius Caesar

图 3-10　恺撒的鬼魂对勃鲁托斯的未来作出警告(Richard Westall 绘制，1802 年)

【导言】

《裘力斯·恺撒》创作于 1599 年，并于当年首演。1623 年，莎翁的《第一对开本》收录此剧并首次出版。这部剧题材来自古罗马传记作家普鲁塔克的《名人传》，除此之外，莎士比亚应该对普鲁塔克的《道德论集》(*Moralia*)中的相关部分也非常熟悉。《名人传》是拉丁文写成，莎士比亚阅读的版本经过了多次转译，先由阿米欧(Amyot)从拉丁文翻译成法文，又由诺斯爵士从法文翻译成英文。莎士比亚的剧作运用了古典辞藻、更加贴近时代的人物性格描写和演讲艺术，可以感受到他是受到了普鲁塔克的影响，但是他也进行了大量改写，如把 3 年的时间跨度改为 5 天，符合了戏剧艺术的需要，也增加了历史事件的戏剧性和政治意蕴。

《裘力斯·恺撒》的思想性、艺术性都很高，地位仅次于莎士比亚的四大悲剧，但是主题似乎很模糊。我们知道伊丽莎白时期的人们精通古希腊、罗马的历史，人们很容易觉察到《裘力斯·恺撒》中关于罗马由共和制转为帝制和当时伊丽莎白一世逐渐巩固君主权力的趋势有相似之处。1599 年，伊丽莎白一世已经在位近 40 年，她为了巩固扩大自己的权力，牺牲了贵族和下议院的利益。她当时将近 60 岁，但是没有继承人(和恺撒相仿)，很多人担心伊丽莎白去世会造成英国混乱，出现内战。莎士比亚借古喻今，对时局的引申意义十分深刻。莎士比亚通过古罗马的一场政治争斗表达了他的基本政治观点：王权的强大稳定是社会稳定的保障；君臣和谐是政治稳定的前提；民众力量要谨慎引导；君、臣、民三者和谐才是治国安邦之道。在历史观依然起作用的同时，莎士比亚将方向转向悲剧主题，探讨人的本质，成功将悲剧主角作为主攻方向，所塑造的主要男性角色都令人魂牵梦绕。

故事的中心题材是“恺撒遇刺”，剧中正面描写恺撒(Julius Caesar)并不多，他在第三幕第一场就被刺杀，但是恺撒仍然是该剧的主角。莎士比亚悲剧中的主角要同时满足三个条件：人物出类拔萃，结局是死亡，影响是灾难性的。① 恺撒印证了所有这些特点。勃鲁托斯(Brutus)的行径贯穿全剧，所以他也是剧作结构上的主人公。在剧中，莎士比亚对勃鲁托斯的刻画最为详尽，也最为深刻：他是一个值得同情的角色，他的初衷和目的都是为了罗马，但是他又不止一次犯下错误；他在军事上急躁盲动，对手下又仁爱慈善，在爱妻自杀身亡噩耗传来时又表现得坚韧不拔。他的形象的确令读者、观众印象深刻，甚至他的敌人安东尼都赞叹他是一个“高贵的罗马人”。但是勃鲁托斯对罗马共和国的民主自由抱有过高的理想，这种理想又带有很大的局限性；他执念于自己抽象的理念和信仰，是一个盲目天真的人，因此他注定要走向悲剧的结局。另一个关键人物是安东尼(Antony)。他是一个清醒的精于权术的政治家，他雄才大略，审时度势，注重保存实力，在演讲中一口一个“勃鲁托斯是一个正人君子”(第三幕第二场)，但是通过演讲将恺撒和勃鲁托斯对立起来，扭转了舆论，从而向反恺撒势力宣战并最终大获全胜。

在一部剧中出现如此多形象出众的主人公，也证实了莎士比亚刻画人物的高超技巧，这些特点鲜明的人物之间产生的冲突导向了最终结局。他们既是情节展开的起因，又是人物内心世界外在化和对象化的基础。

【剧情简介】

罗马执政官裘力斯·恺撒在公元前 44 年的腓利比战役中获胜，雄伟的号角声伴随着民众热闹的欢呼声欢迎恺撒从西班牙班师回朝；这时，有占卜者向恺撒发出警告，告诫他

---

① Bradley. A. C.. *Shakespearean Tragedy*, Lecture 1 “The Substance of Shakespearean Tragedy”. London: Macmillan, 1992, pp. 1-30.

要“留心3月15日”，然而，恺撒并没有在意占卜者的话。

图3-11 《裘力斯·恺撒之死》(Vincenzo Camuccini 绘制，1806年，藏于意大利那不勒斯的卡波迪蒙特美术馆)

原来，在人群涌动的赞颂荣华之下确实潜伏着政客们的阴谋，暗藏着反叛者的杀机。以凯歇斯(Cassius)和凯斯卡(Caska)为首的一帮罗马贵族私下沆瀣一气，企图除掉恺撒。然而这一帮贵族号召力还不够，他们需要找一个更有名望的贵族来支撑他们的行为，于是他们想到了勃鲁托斯。勃鲁托斯是凯歇斯的姐夫，是一位善良公正、一心为罗马着想的品德高尚的贵族，受到民众爱戴、贵族尊重，而且深受恺撒信赖。狡黠的凯歇斯准备投其所好，他知道勃鲁托斯一心为共和国着想，于是模仿不同的笔迹，写了多封匿名信，假造了市民对勃鲁托斯的爱戴以及对恺撒执政担忧和恐慌的假象。为了民众利益，勃鲁托斯站在了凯歇斯他们这边，反对恺撒。

3月14日夜里，大自然出现各种凶兆，恺撒的夫人凯尔弗妮娅(Calpurnia)被噩梦缠身，梦里看见恺撒的塑像鲜血淋漓。她劝恺撒白天不要出门，恺撒同意了；然而凯歇斯登门要接他去元老院，凯歇斯挖空心思，为恺撒重新释梦，将夫人的梦解释成大吉大利的迹象，还说元老院今天要为他加冕，劝他不要错过良机。恺撒听信凯歇斯的话，便和他一起在阴谋家的前呼后拥之间走向圣殿，恺撒的追随者安东尼也被人借机拉走。在元老院中，凯歇斯等人逐渐靠近恺撒，阴谋家们一一举剑刺向他，致使恺撒倒地身亡。

在葬礼上，勃鲁托斯毫不躲避，向人们解释他为什么要杀死恺撒；然而安东尼更加能言善辩，公开彰显了恺撒的伟大功绩，痛斥了杀死恺撒之人的罪行。民众在安东尼的讲演下义愤填膺，表示反对勃鲁托斯等人的罪行，勃鲁托斯被迫逃离罗马；安东尼则和屋大维(Octavius)联手，打击勃鲁托斯；勃鲁托斯的妻子、凯歇斯的姐姐鲍西娅(Portia)在平叛大军的威慑下，心神不宁而自杀身亡，凯歇斯感到后悔莫及；勃鲁托斯由于过度悲伤，也准备大战，将部队开到腓利比平原。战争开始时，勃鲁托斯略占上风，然而在另一战场，凯歇斯错判军情，命令侍从处死自己。临终前，凯歇斯感慨万千：“恺撒，我用杀死你的那柄剑，替你复了仇了。”(第五幕第三场)恺撒的鬼魂又两次在夜里出现在勃鲁托斯的面前，追兵迫近时，勃鲁托斯知道气数已尽，于是扑向了侍从手上的剑。

安东尼在战场上大获全胜，称赞勃鲁托斯为“最高贵的罗马人”(第五幕第五场)，因为只有勃鲁托斯是基于正义、为了大众利益而选择刺杀恺撒，其他人只是由于嫉妒。

【演出及改编】

图 3-12　2018 年伦敦塔桥剧场(Bridge Theatre)上演的浸入式戏剧《裘力斯·恺撒》

2012 年意大利上映的电影《恺撒必须死》(*Cesare deve morire*)，是近几年的优秀莎剧电影改编，这部电影在柏林电影节获得金熊奖最佳影片。电影中，一批来自五湖四海的重刑犯在监狱的房间、走道、操场上演绎了 2000 年前莎士比亚笔下的阴谋与悲剧，戏中戏的相互融合、戏剧与现实的双重映射造就了强烈的艺术效果。

英国 TNT 剧院原版话剧《裘力斯·恺撒》大获成功。如同莎翁时代一样，一人分饰多角和性别反串也是鲜明的 TNT 特色。为表彰 TNT 剧院对英国戏剧的杰出贡献，2013 年，查尔斯王子代表英国女王授予剧院艺术总监保罗·斯特宾(Paul Stebbings)大英帝国勋章(MBE)。

2018 年 3 月，伦敦塔桥剧场上演的浸入式现代版改编戏剧《裘力斯·恺撒》，将恺撒大帝的故事与美国总统特朗普巧妙联系起来。舞台设计是比较新颖的圆形舞台(arena stage)，有一半观众参与其中，充当罗马暴民。演员十分出彩，包括英国知名男演员本·

卫肖和北爱尔兰演员 Michelle Fairley。此外，演出还采用了非传统选角方法，其中很多主角由少数族裔演员扮演，包括非裔、华裔、印度裔等。

【经典名段中英文对照赏析】

ANTONY

When that the poor have cried, Caesar hath wept:
Ambition should be made of sterner stuff.
Yet Brutus says, he was ambitious,
And Brutus is an honourable man.

(Act 3, Scene 2, 91-94)

安东尼 穷苦的人哀哭的时候，恺撒曾经为他们流泪；野心者是不应当这样仁慈的。然而勃鲁托斯却说他是有野心的，而勃鲁托斯是一个正人君子。

(第三幕第二场 91—94 行)

说明：勃鲁托斯是刺杀恺撒的暗杀者之一，早前曾质问罗马市民，是"宁愿让恺撒活在世上，大家作奴隶而死呢，还是让恺撒死去，大家作自由人而生"("rather Caesar were living, and die all slaves, than that Caesar were dead, to live all freemen")(III. ii. 22-24)。安东尼对这种想法嗤之以鼻，他认为恺撒是没有野心来统治人人艳羡的共和国同胞的。他把恺撒描绘成穷人的朋友，"穷苦的人哀哭的时候，恺撒曾经为他们流泪"("When that the poor have cried, Caesar hath wept")。而勃鲁托斯在他眼里，则是背叛朋友恺撒的铁石心肠的人。

"And Brutus is an honourable man"("而勃鲁托斯是一个正人君子")，这句台词反复在安东尼口中出现，实为讽刺。荣誉感是勃鲁托斯最引以为豪的品质(他本人也名副其实)，而安东尼在葬礼仪式上故意强调这一点，是为了旁敲侧击他的忘恩负义和背叛。此外，安东尼整段演说口语化风格更强烈，更具有煽动性，与前面勃鲁托斯庄严的演说形成对照，将二人的性格差异体现得淋漓尽致。

【其他经典名句】

* It was Greek to me. (I. ii. 283)
  那我可一点儿都不懂。

* I have seen tempests when the scolding winds
Have rived the knotty oaks, and I have seen
Th' ambitious ocean swell, and rage, and foam,
To be exalted with the threatening clouds. (I. iii. 5-8)
我曾经看见过咆哮的狂风劈碎多节的橡树；我曾经看见过野心的海洋奔腾澎湃，把浪沫喷涌到阴郁的黑云之上。

* Either there is a civil strife in heaven,
Or else the world, too saucy with the gods,
Incenses them to send destruction. (I. iii. 11-13)
倘不是天上起了纷争，一定因为世人的侮慢激怒了神明，使他们决心把这世界毁灭。

* I know he would not be a wolf
But that he sees the Romans are but sheep.
He were no lion, were not Romans hinds. (I. iii. 104-106)
我知道他只是因为看见罗马人都是绵羊，所以才做一头狼；罗马人倘不是一群鹿，他就不会成为一头狮子。

* And therefore think him as a serpent's egg
Which, hatch'd, would, as his kind, grow mischievous,
And kill him in the shell. (II. i. 32-34)
我们应当把他当作一蛇蛋，与其让他孵出以后害人，不如趁他还在壳里的时候就把他杀死。

* Cowards die many times before their deaths;
he valiant never taste of death but once. (II. ii. 32-33)
懦夫在未死以前，就已经死过好多次；勇士一生只死一次。

* Friends, Romans, countrymen, lend me your ears. (III. ii. 74)
各位朋友，各位罗马人，各位同胞，请你们听我说。

《李尔王》
King Lear

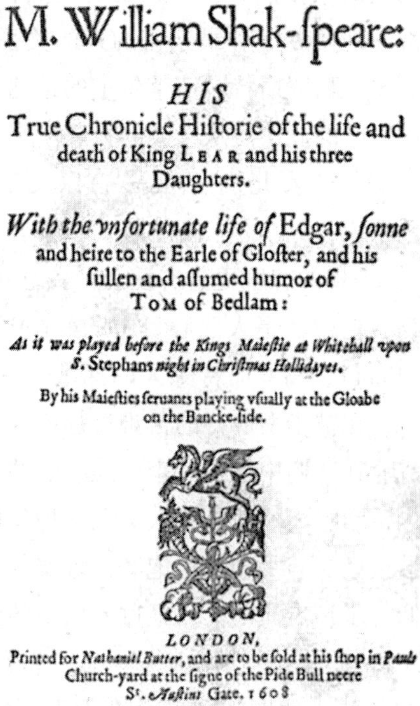

M. William Shak-ſpeare:

HIS

True Chronicle Hiſtorie of the life and death of King LEAR and his three Daughters.

With the vnfortunate life of Edgar, *ſonne* and heire to the Earle of Gloſter, and his ſullen and aſſumed humor of TOM of Bedlam:

As it was played before the Kings Maieſtie at Whitehall vpon S. Stephans *night in Chriſtmas Hollidayes.*

By his Maieſties ſeruants playing vſually at the Gloabe on the Bancke-ſide.

LONDON,

Printed for *Nathaniel Butter*, and are to be ſold at his ſhop in *Pauls* Church-yard at the ſigne of the Pide Bull neere St. *Auſtins* Gate. 1608

图 3-13 《李尔王》四开本扉页，1608 年

【导言】

《李尔王》约写于 1605 年，演出记载始于 1606 年，1608 年出版《第一四开本》，1623 年收入《第一对开本》。该剧主线是李尔王(King Lear)的故事，取材于早期戏剧《李尔王及其三女的悲剧》(*King Leir*)，原剧中结局大团圆。辅线情节葛罗斯特(Earl of Gloucester)和儿子的故事参考了菲利普·锡德尼(Philip Sidney)①的小说《阿卡迪亚》(*Arcadia*)。

① 菲利普·锡德尼(1554—1586)，英国诗人和政治家，也是伊丽莎白时期最著名的人物之一，著有诗集《爱星者和星星》(*Astrophil and Stella*)、文论集《诗辨》(*An Apology for Poetry*)。

整个剧作围绕两个主题：多个子女和父母之间的关系以及君主分割土地所造成的乱象。其深层次探讨的是家庭秩序和国家秩序，除了外界秩序需要维护，个人感情秩序的维护也需要理清情绪。对李尔王来说，他最开始就一直被自己的愤怒狂躁所支配。这部剧的确是一部悲壮的道德剧，最终来讲，秩序与和谐占了上风。通过这个充满人性冲突的故事，莎士比亚强调了人道，凸显了他的社会理想，呼吁了美好的道德伦理义务以及对于人性中神性的思考。

李尔王的悲惨命运有着典型的象征意义，李尔王的真疯和爱德伽(Edgar)的装疯形成了对比，同时，他们两人都被动地割断了和最亲密的人的关系，陷入了深深的痛苦之中。李尔王和葛罗斯特也形成了对比，葛罗斯特同情李尔王的遭遇，痛恨他的两个女儿，讽刺的是，他也正受着挑唆去杀死自己的儿子。从社会的大环境来看，即使李尔王没有生出退意，像大女儿高纳里尔(Goneril)、二女儿里根(Regan)以及爱德蒙(Edmund)这样的人也会想方设法夺权。爱德蒙在剧中说："老的一代没落了，年轻的一代才会兴起。"(第三幕第三场)这也是一种折射，令其表现的悲剧更具有社会性和时代性。

李尔王是全剧的核心人物，他曾经是人民心目中的好国王。他任用贤能、治国有方，受到忠诚的大臣肯特(Earl of Kent)、葛罗斯特等人的拥戴。后来，李尔王长期居于高位，远离人民群众，成为封建暴君。在被子女虐待的苦难过程中，李尔王终于觉醒了，他不断自我反省，但是悔恨已晚，最后在悲痛中死去。李尔王生活的几个阶段体现了他思想性格的转变过程，他的自觉意识也不断突出。他是有人文主义理想的：他追求子女公平，想要避免后代争权夺利，追求和谐生活。但是理想很饱满，现实却很残酷，利欲熏心异化了人性，使得李尔王的威信和信仰一步步走向破灭。经过暴风雨的洗涤，李尔王的内心掀起了风暴："吹吧，风啊！吹破了你的脸，猛烈地吹吧！"(第三幕第二场)大自然的暴风雨和内心的暴风雨让他一步步又走向觉醒，他期待和谐社会伦理环境的自觉意识最终还是有所发展。

剧中，李尔王的小女儿科迪利娅(Cordelia)是一位人文主义理想女性的化身，她重视人的人格，待人真诚，高尚而勇敢。葛罗斯特伯爵颇有正义感，为李尔王抱不平，但是他被庶子爱德蒙蒙蔽了双眼，他的故事和李尔王相得益彰。爱德伽遭到迫害之后流浪荒野，他没有被打垮，反而在各种历练中成为强者，终于以无名战士的身份和爱德蒙决战，最后才露出身份。剧中各种各样的人物性格发展鲜明真实，人物体系完整，不同类型的角色形象跃然纸上。

【剧情简介】

李尔王上了年纪，身体每况愈下，逐渐萌生出退位颐养天年的想法，但是如何分配土地呢?李尔王决定对三个女儿——高纳里尔、里根和科迪利娅进行考察。一天,他召唤了三个女儿和两个女婿——奥本尼(Albany)和康华尔(Cornwall)两位公爵,宣称他要在退位之前知道哪个女儿最爱自己,要她们依次表孝心。

图 3-14 《〈李尔王〉:科迪利娅的诀别》

(Edwin Austin Abbey 绘制,1897—1898 年,藏于美国大都会艺术博物馆)

大女儿说对父亲的爱胜过眼珠、生命和自由,二女儿说世上所有的快乐都不能和父亲获得的快乐相比。李尔王龙颜大悦,让她们都得到了三分之一的国土。轮到小女儿的时候,李尔王更加期待了,因为平日里他最宠小女儿,他迫切希望听到科迪利娅的动听言辞。然而,科迪利娅是一个纯真朴实的姑娘,她认为对父亲的爱不能仅靠虚假的话来证明,所以她的回答是她会尽做女儿的孝心爱父亲,但是只是本分上的,一分不会多也不会少,以后如果出嫁了,丈夫也会获得一半的爱、关心和责任。李尔王听了非常生气,当场和小女儿断绝父女关系,将原打算给小女儿的土地分成两半给了大女儿和二女儿。经过这件事,科迪利娅的追求者之一法兰西国王认为她朴实无华、天性真诚,对她越发尊敬爱恋,决定娶科迪利娅为妻,于是科迪利娅离开家乡,走之前也不忘嘱咐姐姐要好好对待父亲。

科迪利娅离开后不久,李尔王住进了高纳里尔府邸,但是不到一个月她就对父亲感到厌烦,尤其是父亲 100 个骑士的开销。高纳里尔家里人对李尔王百般为难,这时来了一位卑贱的穷人自荐为李尔王服务,原来他是昔日被李尔王流放的忠臣肯特伯爵,此时改名为凯由斯(Caius),以卑微低下的仆人身份暗中保护李尔王。高纳里尔对父亲提出要减少骑士人数,李尔王忍无可忍,写信给二女儿想要住在她家,但是二女儿受到姐姐挑拨,和姐姐一起欺压父亲,几番波折之后,两个不孝的女儿残酷地将年迈的父亲撵出门外任其流浪。

李尔王的重臣葛罗斯特伯爵也遭遇了类似的事情。原来，他家里的长子爱德伽本应享有继承权，私生子爱德蒙却满心嫉妒设计陷害哥哥，挑拨哥哥和父亲的关系，爱德伽被葛罗斯特伯爵赶出家门，终日在孤山野洼里流浪。爱德伽后来和李尔王偶遇，成了忘年之交。

葛罗斯特听说李尔王女儿密谋弑父，于是密告肯特，将李尔王转移到多佛，爱德蒙此时却向康华尔告发父亲，导致其被挖掉眼珠。此时已是法兰西王后的科迪利娅将父亲接到身边，精心照料，也准备为父报仇。在不列颠，奥本尼率人抵抗法军，法军失利，李尔王和科迪利娅被俘，爱德蒙下令要秘密处死李尔王父女。战争胜利后，高纳里尔因争风吃醋毒死了妹妹里根，后因与爱德蒙私通之事曝光自杀身亡。葛罗斯特知道自己误解了长子之后悲痛去世，爱德伽拿出证据并举剑杀死了恶行累累的爱德蒙。爱德蒙死前良心发现，撤回杀死李尔王父女的命令，然而为时已晚，科迪利娅已被缢死，李尔王悲痛欲绝，也跟随爱女而去。

【演出及改编】

图 3-15 2018 年 NT LIVE(英国国家大剧院现场版)《李尔王》

作为莎士比亚的四大悲剧之一，《李尔王》拥有众多版本的演出及改编。

1916 年美国 Ernest C. Warde 执导黑白电影版本；1953 年美国 Andrew McCullough 导演黑白电影；1970 年，苏联导演柯静采夫(Kozintsev)完成了影片《李尔王》的拍摄，这一版本的音乐设计意图通过非常带有共性的音乐语言来营造特殊效果，柯静采夫对这出戏的理解是：《李尔王》涉及一种因不平等、不公平的恶行而土崩瓦解的文明，是一出描写欺骗的多重悲剧，李尔王曾经分不清真话和谄媚，自以为有无边的权力，而实际上并非如此。在一系列自欺欺人之后，他终于理解了他一度为王的世界，在他和臣民中最贫困的阶层接触的时候，他发现了自己的智慧，懂得了社会的真正本性。

1971 年英国和丹麦合拍了电影《李尔王》，由彼得·布鲁克导演；1982 年英美合拍《李尔王》，由 Jonathan Miller 导演；1984 年 Michael Elliott 导演、劳伦斯·奥利弗主演了又一版本；1987 年巴哈马和美国合拍，出品了由让-吕克·戈达尔(Jean-Luc Godard)执导，朱莉·德尔佩(Julie Delpy)、伍迪·艾伦(Woody Allen)、莱奥·卡拉克斯(Leos Carax)等主演的剧情片；2008 年，英美合拍版本由崔佛·纳恩(Trevor Nunn)执导，伊安·麦克莱恩等主演；2018 年由理查德·艾尔执导，安东尼·霍普金斯(Anthony Hopkins)、艾玛·汤普森(Emma Thompson)主演的 BBC 电影《李尔王》，于 2019 年 1 月荣获第 24 届评论家选择奖电视类最佳电视电影提名奖。

英国 TNT 剧院的话剧《李尔王》由保罗·斯特宾执导，该版本戏剧效果相当不错，在 30 多个国家演出了 1000 多场，颇受好评。

1985 年，黑泽明根据《李尔王》改编了日本电影《乱》(*Ran*)，再次获得极大成功，这使得他在莎剧改编的电影世界里拥有殊荣。导演再次把古老西方悲剧移植到日本的武士时代，该影片揭露了因人类深重罪孽而导致自取灭亡的下场的主题，宣扬了导演本人一贯相信的因果报应的道德观。日本在 2007 年将《李尔王》改编成日本故事，主角的身份被改编为精英社长。2017 年，中国国家大剧院联合北京李六乙戏剧工作室打造了话剧《李尔王》，由著名演员濮存昕主演，该版本选择了杨世彭的翻译版本。

【经典名段中英文对照赏析】

LEAR

Blow winds and crack your cheeks! Rage, blow!
You cataracts and hurricanoes, spout
Till you have drenched our steeples, drowned the cocks!
You sulphurous and thought-executing fires,
Vaunt-couriers of oak-cleaving thunderbolts,
Singe my white head! And thou, all-shaking thunder,
Strike flat the thick rotundity o' the world,
Crack nature's moulds, all germens spill at once
That make ingrateful man!

(Act 3, Scene 2, 1-9)

李尔　吹吧，风啊！吹破你的脸颊，猛烈地吹吧！你瀑布一样的倾盆大雨，尽管倒泻下来，直到淹没我们教堂的尖顶和房上的风信标吧！你思想一样迅捷的硫磺电火，劈开橡树的巨雷的先驱，烧焦我的白发吧！你，震撼一切的霹雳啊，把这粗壮的圆地球击平了吧！打碎造物的模型，一下子散尽摧毁制造忘恩负义的人类的种子吧！

（第三幕第二场 1—9 行）

说明：李尔王剥夺了小女儿的继承权，将财产和权柄交与大女儿和二女儿。可是财产和权力一到手，她们便虐待父亲，对他横加指责，百般挑剔，后来竟拒绝收留父亲，将他逐出门外。李尔王沦为乞丐，四处流浪，在一个暴风雨之夜他痛苦地喊道："我是没犯多大的罪却遭报应太深的人。"（"I am a man more sinned against than sinning."）（III. ii. 59）人们后来就用这一成语表示"受到的惩罚超过所犯的过失"，即"人负己甚于己负人"。我们在中学课本里学过一篇激情澎湃的散文诗《雷电颂》，选自著名的中文话剧《屈原》，莎翁的"Blow winds and crack your cheeks! Rage, blow!"一句十分经典，郭沫若在《雷电颂》中有类似表达："风！你咆哮吧！咆哮吧！尽力地咆哮吧！"徐迟同志在第一次阅读了《屈原》之后，写信给作者指出了这一点，并建议将其删除。郭沫若在回信中承认："莎翁原剧里的台词和气势的确和我的'有平行'。"但他称自己在创作《屈原》前并未读过《李尔王》，并提出两部剧的主人公在相似情景中的不同心态——屈原被雷电同化，坚毅不屈；而李尔王保持异化，浑化衰老。1978 年郭沫若去世后，徐迟在纪念文章《郭沫若、屈原和蔡文姬》一文中称自己当初对郭的质疑欠妥。①

GLOUCESTER

He has some reason, else he could not beg.
I' the last night's storm I such a fellow saw,
Which made me think a man a worm. My son
Came then into my mind, and yet my mind
Was then scarce friends with him. I have heard more since:
As flies to wanton boys are we to the gods,
They kill us for their sport.

(Act 4, Scene 1, 33-39)

---

① 转引自杨建民：《郭沫若所作〈屈原〉袭用〈李尔王〉?》，《中华读书报》2013 年 5 月 8 日第 14 版。

葛罗斯特 他的理智还没有完全丧失，否则他不会向人乞讨。在昨晚的暴风雨里，我也看见这样一个家伙，他使我想起一个人不过等于一条虫；那时候我的儿子的形象闪进我的心里，可是当时我正在恨他，不愿想起他；后来我才听到一些其他的事。天神对于我们，正像顽童对于苍蝇一样，他们为了戏弄而把我们杀害。

(第四幕第一场 33—39 行)

说明：这也许是这出绝望的戏里最绝望的台词，葛罗斯特伯爵历经一幕幕凄惨与残酷，他的一番话将这些苦楚展现到了无以复加的地步。由于他在一个风雨交加的夜里好心地照顾了受辱的李尔王，国王的两个敌人里根公主及其驸马就弄瞎了他的双眼。葛罗斯特和李尔王一样，不得不面对残酷的现实。李尔王以为自己的大女儿和二女儿很孝顺，却在被两个女儿赶出家门后才知道真相。同样，葛罗斯特以为自己的儿子爱德伽大逆不道，把儿子扫地出门后才发现他其实是清白的。自命不凡的葛罗斯特同李尔王一样也被迫吞下这枚苦果——上天的残酷，还有人性的恶毒。

"As flies to wanton boys are we to the gods, /They kill us for their sport."伯爵用莎翁广为传诵的两句话对自己的醒悟做了个总结。在这里，他把诸神比作幼稚、自我又不公道的小孩儿("wanton boys")，把人比作微不足道的飞虫("flies")，只不过是供孩子们凌虐玩耍的对象。这不禁令人想到了《仲夏夜之梦》中，小精灵迫克捉弄那两对无辜的恋人，为他们乱点鸳鸯谱之后，还要嘲笑他们"What fools these mortals be"(III. ii. 115)("凡人真蠢得没法想")，可谓异曲同工之妙！

【其他经典名句】

* Nothing will come of nothing. (I. i. 90)
  没有只能换到没有。
* Love's not love
  When it is mingled with regards that stands
  Aloof from th'entire point. (I. i. 240-242)
  爱情要是搀杂了和它本身不相关涉的考虑，那就不是真的爱情。
* How sharper than a serpent's tooth it is
  To have a thankless child. (I. iv. 280-281)
  一个不知感谢的孩子比毒蛇的牙齿还要尖利。
* 'Tis the time's plague when madmen lead the blind. (IV. i. 49)
  疯子带领瞎子走路，本来就是这时代的病态。

* Why should a dog, a horse, a rat have life
And thou no breath at all? (V. iii. 305-306)
为什么一条狗、一匹马、一只耗子，都有它们的生命，你却没有一丝呼吸？

《麦克白》
Macbeth

图 3-16　麦克白与班柯遇见女巫(Marcus Gheeraerts 绘制，《编年史》插图，1577 年)

【导言】

《麦克白》约发表于 1606 年，故事取材于 16 世纪英国历史学家霍林希德的《编年史》。苏格兰有这么两段历史：10 世纪时的叛臣唐瓦德(Donwald)谋杀国王德夫(King Duff)，11 世纪时麦克白(Macbeth)使用暴力夺权成为国王。莎士比亚将这两个不相干的故事艺术化地综合在一起，精心考究地注入新兴资产阶级的人文主义思想，颇有创新意义。

剧中的人物虽然身着封建时代的苏格兰服饰，但演的却是 16 世纪末 17 世纪初的英国社会政治问题现象，可以说，这部剧或多或少地鞭挞了 14—17 世纪英国出现的暴君。麦克白从国家功臣变成弑君篡权、谋杀朝臣的暴君：他的优点毋庸置疑，他性格坚强，有毅力，这使得他成为卫国勇士；但与此同时，他又胆大妄为，不断加重自身罪孽。我们不难看出，莎士比亚从人文主义出发，目的在于写出麦克白性格中的善与恶、雄心与野心的并存对抗无时无刻不受环境影响，又无时无刻不反映社会阶级冲突，集中表现了一位拥有勇敢品质的杰出将才被卑劣私欲和邪恶势力不断腐蚀的过程。麦克白的悲剧说明：人的内在性格冲突也能复杂地反映两种或多种社会力量的斗争。莎士比亚在塑造麦克白形象的过程中刻画了一系列杀人犯复杂的内心活动，宴会、鬼魂出现的一系列场景暴露了麦克白作为一名弑君者的犯罪心理过程，他的心理活动也让他的悲剧蒙上了一层奇异的色彩。

麦克白夫人(Lady Macbeth)和麦克白比起来，更加狠毒。她一直指责麦克白怯懦，不赞成他用“正当手段”争取王位等。麦克白夫人一直在激发麦克白性格中的恶的一面，让麦克白的私欲极大地膨胀，她甚至声称不惜把还在吃奶的小婴儿脑袋砸破，可谓罪行累累。但是，即使是如此凶狠的女人，她的内心也无法负担起血腥罪行，以至于后来难以承受，梦游直至变疯而死。

《麦克白》是莎士比亚悲剧中最短也是最血腥的一部，被认为是现实主义和浪漫主义水乳交融的一部剧。在第一场戏中，莎士比亚就通过女巫的咒语确定了“清白即是黑暗，黑暗即是清白”(“Fair is foul, and foul is fair”[I. i. 11]，朱译“美即丑恶丑即美”)的主题思想，在剧中我们也能感受到鲜血、黑暗、死亡、疾病等令人惊恐的意象，通过这些意象反复强调了这个主题。《麦克白》的情节、主题、语言的综合高度艺术化使其成为莎士比亚最具有艺术特色和最令人惊心动魄的巨作之一，这部悲剧也真实地反映了时代精神，有一定的深度和广度，成为莎士比亚戏剧的典范。

【剧情简介】

图 3-17　《麦克白夫人梦游》(Henry Fuseli 绘制，18 世纪晚期，藏于法国卢浮宫)

麦克白是一位苏格兰将军，在镇压由挪威国王支持的叛乱过程中，麦克白和大将班柯(Banquo)浴血奋战，猛烈地向敌人进攻，最终挪威国王缴械求和，国王邓肯(King

Duncan)为了奖励麦克白，决定将叛徒考特爵士(Thane of Cawdor)的爵位转赠给麦克白。在返程途中，麦克白和班柯偶遇三个女巫，三个女巫称呼麦克白为葛莱密斯爵士(Thane of Glamis)、考特爵士、未来的君王，并且告诉班柯他的后代会君临天下。过后，三个女巫便消失了。

没过多久，国王邓肯果然授予了麦克白考特爵士的头衔，女巫的预言得到了应验。麦克白感到惊慌，又有些不安，马上写信将此事告知妻子。麦克白夫人在得知这件事后发誓一定竭尽全力帮助丈夫，麦克白也听任私欲的膨胀，他们在国王来访的时候用匕首刺死了国王并嫁祸给两个侍卫。国王的两个儿子马尔康(Malcolm)和道纳本(Donalbain)担心性命不保，分别逃到了爱尔兰和英格兰，于是乎，麦克白作为国王的近亲即位了。成为国王的麦克白想到女巫的预言都实现了，对于班柯后代的预言感到恐惧，于是特地邀请班柯父子同赴国宴，雇杀手杀掉了班柯，但是班柯的儿子弗里恩斯(Fleance)逃掉了。在庆功宴上，麦克白恍惚之中看到了班柯的灵魂，一时惊恐万分，麦克白夫人担心丈夫泄露了罪恶，便以旧病复发为借口终止了宴会。麦克白再次造访女巫，女巫说一切都会好的，除非有一天勃南森林会冲着他向邓西嫩高山移动。当麦克白走出女巫的山洞时，三位使者策马奔来，报告说逃往英格兰的苏格兰重臣麦克德夫(Macduff)已经与王子马尔康会合了，英格兰国王还允诺要帮他们夺回苏格兰。麦克白暴怒，突袭并血洗了麦克德夫城堡，麦克德夫家族的人都葬命于此。也正是这次暴行，坚定了远在苏格兰的马尔康和麦克德夫消灭麦克白的决心。自此，苏格兰陷入恐怖氛围之中。

很快英格兰军队和苏格兰军队在勃南森林附近会合了，住在邓西嫩的麦克白夫妇终日惶惶不安，麦克白夫人更是经常梦游，倾诉自己的秘密，导致众人皆知。麦克白既要顾及妻子，又要抗击入侵的英格兰人。没过多久，麦克白夫人精神失常自杀身亡，麦克白感到孤立无援。不久之后，探子传来消息，发现了一座活动的森林，原来勃南森林正向邓西嫩方向缓缓移来，此时的麦克白真的感到心惊肉跳。原来，这是马尔康的一个计谋：他的军队来到勃南森林时，为了隐藏全军的真实人数、迷惑麦克白方的视线，马尔康下令，每一个士兵都要砍一根树枝举在身前一齐前进。正是这件事吓坏了麦克白，军队锐气大减，在战场上，麦克白与麦克德夫狭路相逢，麦克德夫砍下了麦克白的头颅，交给了合法的君主马尔康，在贵族和臣民的支持之下，马尔康正式成为苏格兰国王。

【演出及改编】

美国在1916年由John Emerson执导过黑白电影《麦克白》，由康斯坦斯·柯莉儿(Constance Collier)主演。1948年奥逊·威尔斯(Orson Welles)导演并主演了黑白电影版，这个版本用超现实布景展现出荒蛮世界，刻意调整演员的演绎方式，不受常规束缚，有着

图 3-18　1955 年劳伦斯·奥利弗和费雯·丽主演的英国皇家莎士比亚剧团《麦克白》剧照

梦游般的风格。值得一提的是，这个版本令英美观众无所适从，却深受法国观众喜爱。1960 年由乔治·谢弗尔(George Schaefer)导演的《麦克白》则是将戏剧舞台的表演用电影的形式表现，这个版本的麦克白夫人是一个十足的悍妇，完全没有体现出女性的性格特征；麦克白也是大嚷大叫、男子汉气概十足，没有表现出这个角色的精神分裂和内心虚弱。1971 年英美合拍了电影版本，由罗曼·波兰斯基(Roman Polanski)执导；1979 年英国 Philip Casson 导演，伊安·麦克莱恩和朱迪·丹奇(Judi Dench)主演了电影版；1997 年英国导演 Jeremy Freeston 也曾拍过电影版；英国 TNT 剧院从 2000 年开始创作莎士比亚的系列作品，其中就包括《麦克白》；2005 年，该版本的《麦克白》剧组曾在上海、武汉等地演出，是英国 TNT 剧院访华的首个剧目。2010 年，英国导演鲁伯特·古尔德(Rupert Goold)导演电影《麦克白》，由帕特里克·斯图尔特(Patrick Stewart)主演。2015 年澳大利亚导演贾斯汀·库泽尔(Justin Kurzel)执导，迈克尔·法斯宾德(Michael Fassbender)、玛丽昂·歌迪亚(Marion Cotillard)等人主演的电影版在英国上映，这个版本未提到麦克白夫人的国籍，但是让演员玛丽昂·歌迪亚保留了自己的法国口音，令她身上有一层异乡人的气质。苏格兰历史上的确有过多位来自法国的王后，因此这种诠释也别具特色。

日本著名导演黑泽明早在 1957 年就曾将《麦克白》改编成电影《蜘蛛巢城》，将故事的背景改成了日本的战国时代，蜘蛛巢城是主城区的名字，剧中人物姓名则完全是日本式的。之所以叫“蜘蛛巢城”，是因为日本战国时代的堡垒构造，当时的部分堡垒是利用迷宫似的森林作为防护屏障，而这种森林被称为“蛛脚森林”，入侵者一进入森林就仿佛虫子进了蜘蛛网般无法脱身。由此既符合日本历史又和《麦克白》剧中情景吻合。电影呈现了水墨画般的效果，也借鉴了传统绘画中大面积留白的特点，画面结构均衡，审美性高。印度也曾拍过电影版本，2003 年由威邵·巴拉德瓦杰(Vishal Bhardwaj)导演的印度电影《麦克白》出品，后在各国上映。2014 年，中国导演黄盈改编了中国话剧版《麦克白》，在话剧版本中运用了一些中国戏曲，甚至用英文唱京剧，对原著的台词只删不改；在剧中加入了东方幽默的色彩，生生将冷酷嗜血的大悲剧演绎成了笑料百出的讽刺喜剧，颇有创新，在中国和日本都广受好评，令人拍案叫绝。此外，中国台湾的当代传奇剧场也改编了由吴兴国主演的《欲望城国》，其故事情节框架均源自《麦克白》。

《麦克白》是莎士比亚戏剧中表演难度最高的剧作之一，18 世纪以来，男女演员及创作者争论的焦点之一就是如何表现麦克白和妻子之间不断变化着的力量对比。即使是奥逊·威尔斯的影片版本都几乎没有表现这一对夫妻之间的关系，因为他一心只想表现麦克白的阴沉力量，导致麦克白夫人毫无发挥空间，而黑泽明的版本则较好地体现了麦克白和妻子之间的奇特关系①。

【经典名段中英文对照赏析】

MACBETH

To-morrow, and to-morrow, and to-morrow,
Creeps in this petty pace from day to day,
To the last syllable of recorded time;
And all our yesterdays have lighted fools
The way to dusty death. Out, out, brief candle!
Life's but a walking shadow, a poor player,
That struts and frets his hour upon the stage,
And then is heard no more. It is a tale
Told by an idiot, full of sound and fury,
Signifying nothing.

(Act 5, Scene 5, 19-28)

① 黑泽明版大胆运用日本传统“能剧”形式，在麦克白夫妇的对手戏中，将二人相互依存又同时受控于命运的关系表现得极具特色。

麦克白　明天，明天，再一个明天，一天接着一天地蹑步前进，直到最后一秒钟的时间。我们所有的昨天，不过替傻子们照亮了到死亡的土壤中去的路。熄灭了吧，熄灭了吧。短促的烛光！人生不过是一个行走的影子，一个在舞台上指手画脚的拙劣的伶人，登场片刻，就在无声无息中悄然退下；它是一个愚人所讲的故事，充满着喧哗和骚动，却找不到一点意义。

（第五幕第五场 19—28 行）

说明：麦克白的这一段独白表达了他最悲观的绝望，三个"to-morrow"传达了节奏感，像生命的最后几个音节，也像剧中的时间串成的字句，将人一步步带入想象中。"petty"（小）来自法语；而"brief candle"又是极悲哀的意象，与光亮有关，但是不禁让人感叹，"human life is weak and short"。麦克白感叹人生，觉得自己像一个蹩脚的演员，很费劲地在表演着，到最终又悄无声息地退下，并没有留下什么。那为什么又说像"傻瓜在讲故事"呢？因为"a poor player"讲故事是不会注重抑扬顿挫的，充满着喧闹，显然，我们可以看到麦克白已经后悔曾经的做法。一声"signifying nothing"表达出了他深深的无奈，生命即将结束，这一生是不是白白来过了呢？夫人去世，麦克白似乎并不伤心，因为他已经做好了追随夫人而去的准备。用这一句结尾，也表达了莎士比亚的戏剧观念：人生就是一场表演，我们每个人都是在自己舞台上的演员。受此启发，威廉·福克纳①的名作《喧哗与骚动》(*The Sound and the Fury*)的标题便是取自这段台词。

莎士比亚时期，剧院倒闭之前有可能会上演《麦克白》，经营不善的剧院也可能上演这部剧来挽救生意。《麦克白》是一部"back-up play"（备用剧），因为此剧比较短，角色少。但往往要关门大吉的剧院仅靠一部剧是无力回天的，因此《麦克白》这部剧就经常伴随着各个剧院走向穷途末路，同时也为自己增添了一抹诡异的色彩。欧美剧院由此有一个传统：在剧院演出《麦克白》时不能直接说出剧名，而要用"The Scottish Play""MacBee""Mr. and Mrs. M""The Scottish King"等来取代，以避免种种不吉之事的发生。

KING　Is execution done on Cawdor? Or not
Those in commission yet returned?
MALCOLM　My liege,
They are not yet come back. But I have spoke
With one that saw him die, who did report,

① 威廉·福克纳(1897—1962)：20 世纪美国南方最杰出的小说家之一，被称作南方文艺复兴的旗手和南方文学的精神领袖。

That very frankly he confessed his treasons,
Implored your highness' pardon, and set forth
A deep repentance. Nothing in his life
Became him like the leaving it.

(Act 1, Scene 4, 1-8)

邓　肯　考特的死刑有没有执行完毕？监刑的人还没有回来吗？

马尔康　陛下，他们还没有回来，可是我曾经和一个亲眼看见他死的人谈过话，他说他很坦白地供认他的叛逆，请求您宽恕他的罪恶，并且表示深切的悔恨。他的一生行事，从来不曾像他临终的时候那样值得钦佩。

(第一幕第四场 1—8 行)

说明：叛将考特爵士在挪威战役中倒戈反击自己的国王——苏格兰王邓肯。此时有人来报，他已因叛国罪而被处以极刑。这可大大地便宜了英勇的麦克白，正如三女巫所预言的那样，他如愿以偿地继承了前爵士的封号。皇子马尔康描绘了这位前任考特爵士在绞刑架上戏剧性忏悔的一幕。马尔康用道德说教的口吻说，“他的一生行事，从来不曾”(“Noting in his life”)像他遭处决时这么“得体”(“became him”)。因为考特在临死时用直率、诚恳的忏悔弥补了此前的大逆不道，反而成为虔诚和忠贞的典范，受到统治者的宽恕和褒奖。马尔康后来惋惜其“视死如归”(“had been studied in his death”)(I. iv. 9)，邓肯也哀叹难以从脸上探察人的忠心，甚至怀疑自己忘恩负义。因此，邓肯对下一刻入场的麦克白的功勋不吝赞美，大加行赏，这与后来麦克白的背叛构成了绝妙的对称和讽刺。

LADY MACBETH

How now, my lord, why do you keep alone,
Of sorriest fancies your companions making,
Using those thoughts which should indeed have died
With them they think on? Things without all remedy
Should be without regard: what's done, is done.

(Act 3, Scene 2, 8-12)

麦克白夫人　啊！我的主！您为什么一个人孤零零的，让最悲哀的幻想做您的伴侣，把您的思想念念不忘地集中在一个已死者的身上？无法挽回的事，只好听其自然；事情干了就算了。

（第三幕第二场 8—12 行）

说明：“What's done is done”，意思是“木已成舟，覆水难收”。麦克白虽然在麦克白夫人的怂恿下杀死了国王邓肯，但此时的他内心矛盾重重，偶尔会有一丝罪恶感涌上心头。麦克白夫人觉得他太优柔寡断，于是劝说道：“无法挽回的事，只好听其自然；事情干了就算了。”（“Things without all remedy should be without regard；what's done is done.”）现在“What's done is done”已成为习语。英语里还有另一句谚语使用了相似的结构：“Whatever will be，will be.”（世事不可强求，该是你的一定是你的。）

在《麦克白》的第一幕第七场中，麦克白曾说“要是干了以后就完了，那么还是快一点干”，然而事后又焦灼痛苦、寝食难安。与此相比，麦克白夫人显然拥有更坚定的意志和对宿命的冷峻态度，这句话既是对丈夫的责备和安抚，也是对她自己灵魂的反复劝解，因为后文中麦克白夫人也没有逃脱惊惶发疯的命运。这说明，已经干过的事情还远远没有结束，甚至只是个开始。第五幕第一场中，麦克白夫人对医生的喃喃呓语“What's done cannot be undone”（70）便折射出她内心深处的恐惧和悔恨。

LADY MACBETH

The raven himself is hoarse
That croaks the fatal entrance of Duncan
Under my battlements. Come，you spirits
That tend on mortal thoughts，unsex me here，
And fill me from the crown to the toe，top-full
Of direst cruelty.

（Act 1，Scene 5，38-43）

麦克白夫人　报告邓肯走进我这堡门来送死的乌鸦，它的叫声是嘶哑的。来，注视着人类恶念的魔鬼们！解除我的女性的柔弱，用最凶恶的残忍自顶至踵贯注在我的全身。

（第一幕第五场 38—43 行）

说明：“解除我的女性的柔弱”为原文“unsex me”的阐释性补译，直译为“解除我的性别”。《牛津英语大词典》中的释义为“Deprive of gender，sexuality，or the characteristic attributes or qualities of one or other sex”，强调了对性别、性向乃至性别特点的消除。这里

的“性别”特指社会文化性意义上的性别（gender），即附属于某一性别的特质，如所谓的“男性气质”与“女性气质”。在西方一分为二的传统性别观念中，力量与残忍属于典型的男性特质，而柔弱与仁慈则为传承自圣母玛利亚的女性特质。野心勃勃的麦克白夫人显然是这一刻板印象的反面。而她对冷酷和狠毒的推崇，对解除性别束缚的呼唤，长期以来都是性别理论乃至女性主义文学研究的重要话题。虽然莎翁本人可能无意于为解放麦克白夫人呼吁，但这一情节的确反映了前现代西方文化中客观存在且根深蒂固的性别印象。而麦克白夫人对软弱和受压迫的鄙弃，对权力与意志的渴望，也让读者窥见了这一长期被视为反面人物的女性的另一面。

【其他经典名句】

* So foul and fair a day I have not seen. (I. III. 38)
我从来没有见过这样阴郁而又光明的日子。

* And oftentimes, to win us to our harm,
The instruments of darkness tell us truths,
Win us with honest trifles, to betray's
In deepest consequence. (I. iii. 123-126)
魔鬼为了要陷害我们起见，往往故意向我们说真话，在小事情上取得我们的信任，然后我们在重要的关头便会堕入他的圈套。

* I dare do all that may become a man;
Who dares do more, is none. (I. vii. 46-47)
只要是男子汉做的事，我都敢做；没有人比我有更大的胆量。

* There's daggers in men's smiles. (II. iii. 140)
人们的笑脸里都暗藏着利刃。

* Things bad begun make strong themselves by ill. (III. ii. 55)
以不义开始的事情，必须用罪恶使它巩固。

* I am in blood
Stepp'd in so far, that, should I wade no more,
Returning were as tedious as go o'er. (III. iv. 135-137)
我已经两足深陷于血泊之中，要是不再涉血前进，那么回头的路也是同样使人厌倦的。

* Angels are bright still, though the brightest fell:
Though all things foul would wear the brows of grace,
Yet Grace must still look so. (IV. iii. 21-23)

最光明的那位天使也许会堕落，可是天使总是光明的；罪恶虽然可以遮蔽美德，美德仍然会露出它的光辉来。

* The night is long that never finds the day. (IV. iii. 240)
黑夜无论怎样悠长，白昼总会到来。

《奥赛罗》
Othello

图 3-19 《奥赛罗和苔丝狄蒙娜》(Albrecht De Vriendt 绘制，19 世纪后期)

【导言】

《奥赛罗》大约写于 1604 年，并于当年 11 月 1 日在詹姆士一世王宫里首次由国王供奉剧团演出。1622 年首次出版，1623 年收入《第一对开本》。故事的背景取材于 16 世纪下半叶威尼斯与土耳其之间的战争，1570 年，土耳其人入侵威尼斯并于次年占领该岛。莎士比亚剧中关于此次战争冲突的背景可能来自 1603 年英国出版的理查·诺斯(Richard Knolles)写的《土耳其人的历史》(*Generall Historie of the Turkes*)，故事的素材则是来源于意大利人钦提奥(Giraldi Cinthio)的短篇小说《一个摩尔上尉》(*Un Capitano Moro*)，该篇收入 1565 年出版的《寓言百篇》(*Gli Hecatommithi*)中。只是，该故事集在莎士比亚时代并没有英文译本，1584 年在巴黎出版了法文版。不过，从《奥赛罗》的语言习惯来看，莎士比亚有可能直接阅读了钦提奥的意大利原文，也有可能是通过其他途径知晓这个故事的。

“摩尔”一词现在主要指生活在北非，信仰伊斯兰教的阿拉伯人，但是这个词在当时的意义相当广泛，有时甚至指其他地区的非洲人。在伊丽莎白时期，摩尔人的形象经常出现在戏剧舞台上，但是没有哪一个能像奥赛罗（Othello）一样成为主要角色或者英雄人物。钦提奥写短篇小说《一个摩尔上尉》的目的是要表明苔丝狄蒙娜（Desdemona）选择嫁给一个种族、信仰和教育程度都迥然不同的丈夫是一个错误的决定。莎士比亚也强调了奥赛罗的黑人身份，但是也表明了他的基督徒身份，从而提高了他的出身，在当时人们看来他似乎因此有了崇高光辉的形象，奥赛罗和苔丝狄蒙娜的爱情在莎士比亚的笔下也由此得到了升华。

《奥赛罗》在莎士比亚四大悲剧中占有独特的位置，原因很简单：它是以家庭问题为故事中心的，不涉及王国毁灭、政权争夺等问题。在这部剧中，莎士比亚突出了“嫉妒心理”：在嫉妒心作祟下，爱恨情仇发展到极致，把主人公拖向毁灭。奥赛罗是一位英勇的将军，高贵的将领，但是他在爱情方面却毫无经验，听信伊阿古的谗言，“生怕自己被戴了绿帽子”的恐惧心理被一直放大，也生怕自己的好名声因妻子的背弃遭到玷污。收不住的人性的阴暗面在最后将所有人拖向了悲剧的下场。

对于奥赛罗本人而言，他的悲剧和他弱化的人文主义自觉意识不无关系，他一直称伊阿古（Iago）为“正直的伊阿古”，夸赞其忠实和义气。和哈姆雷特相反，奥赛罗在剧情中的自觉意识是越来越弱的，他在听信伊阿古谗言的过程中也逐渐迷失了人生的方向，他杀死妻子，正是出于轻信他人，还以为自己扼杀美艳却不贞洁的妻子是为社会惩处邪恶；他把个人荣誉和尊严看得高于一切，甚至比妻子的生命还重要，而伊阿古正是看准了他这个弱点。奥赛罗在最后的告别辞中既为自己的过失辩护，也为亏待和失去苔丝狄蒙娜彻底忏悔；在他的辩护中，他强调了个人荣誉和尊严的重大意义。T·S·艾略特指出，奥赛罗此时的辩护采取了一种美学上的而不是道义上的姿态，才把自己转变成一位令人感动的悲剧人物，[①] 因此我们也可以知道，奥赛罗的自我剖析远不如哈姆雷特那般认真深刻。但是他的忏悔是真诚的，最终还是证明了事情的真相。

当然，莎士比亚创作戏剧的时候面向的是伊丽莎白时代观众所能接受的道德行为处事模式，也是按照观众能接受的行为模式来刻画人物。当时，只要是怀疑妻子外遇，丈夫就有权对她采取激烈行为，所以剧中奥赛罗认为他掐死苔丝狄蒙娜是天经地义、符合规范的，尽管这明显不符合今天的价值观念。在伊丽莎白时代的观众看来，苔丝狄蒙娜未经父

① 此说法来自T·S·艾略特在1927年发表的莎评名篇《莎士比亚和塞内加的苦修主义》，方平译，杨周翰校，见《莎士比亚评论汇编》（下），杨周翰编选，中国社会科学出版社，1981年11月第1版，第106-121页。

母允许就秘密嫁给奥赛罗，干涉处理丈夫的事务，这些行为出自贵族女子，令人不可思议，因此，在当时观众的心里，奥赛罗对她的怀疑也是顺理成章的。

纵观全剧，剧情发展的时间跨度看似很大，但实际上第一幕之后的所有事件都发生在一天半的时间里，这样的快节奏进一步压缩了行为扩张的空间，使得奥赛罗没有足够的时间去考虑，只能任情感肆虐。虽然《奥赛罗》在气势和格局上不及莎士比亚其他的大悲剧，但是其凭着娴熟的戏剧创作技巧、紧凑的情节和生动的人物刻画，仍然是莎士比亚最优秀的戏剧之一。

【剧情简介】

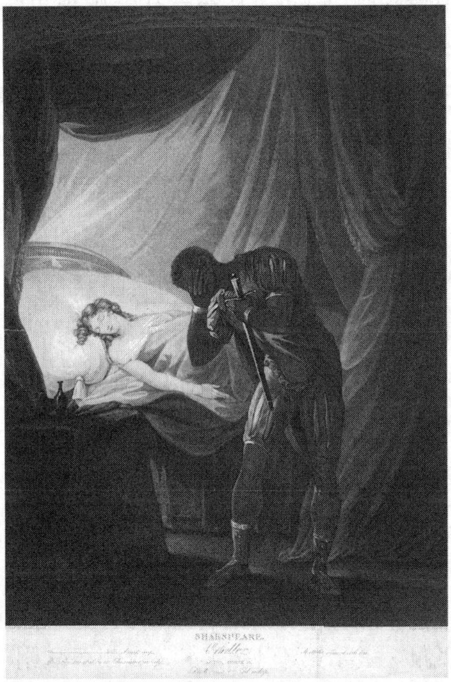

图 3-20　睡梦中的苔丝狄蒙娜(Josiah Boydell 绘制，1803 年)

奥赛罗是一位来自摩尔的战士，他骁勇善战，战功赫赫，荣升为威尼斯部队的将军，还获得了元老勃拉班修(Brabantio)的女儿苔丝狄蒙娜的芳心，二人私下成婚。

奥赛罗提拔了军官麦克尔·凯西奥(Cassio)做自己的副将，这使得对这一职位垂涎已久的伊阿古心怀不满，他下定决心要报复奥赛罗。伊阿古报复的方式就是先找到了苔丝狄蒙娜曾经的追求者罗德利哥(Roderigo)，对他煽风点火，利用他对奥赛罗的妒意，让他去找苔丝狄蒙娜的父亲勃拉班修，指控奥赛罗使用妖法蛊惑了苔丝狄蒙娜并引诱其与之秘密结婚。勃拉班修勃然大怒，要拉着奥赛罗和他一起去面见公爵。就在此时，公爵派奥赛罗率军前往塞浦路斯，以抗击土耳其舰队的侵扰。在元老面前，奥赛罗阐述了自己和苔丝狄蒙娜的恋爱过程，随后也得到了女方的证实，并不存在蛊惑一事。勃拉班修没办法，也只能承认他们爱情光明磊落，并同意了苔丝狄蒙娜随夫征战的诉求。

然而，苔丝狄蒙娜的生活刚好由伊阿古夫妇负责，伊阿古由此可以接近她的起居。伊阿古迷惑奥赛罗，让奥赛罗相信苔丝狄蒙娜和副将凯西奥有私情，挑拨了奥赛罗夫妇的关系。除此之外，伊阿古还灌醉凯西奥，想方设法让凯西奥和罗德利哥在大街上打斗。奥赛罗见状，解除了凯西奥的副将职位，让伊阿古取而代之。用心险恶的伊阿古还劝说凯西奥去找苔丝狄蒙娜求情，来恢复职位。这样一来，凯西奥加速陷入了伊阿古精心设计的陷阱。

伊阿古让自己的妻子爱米利娅(Emilia)从苔丝狄蒙娜那里骗来一块绣花手帕，这块手帕是奥赛罗第一次送给苔丝狄蒙娜的礼物。伊阿古将手帕偷偷丢在了凯西奥的房间里，凯西奥又将这块手帕拿给自己的情人比恩卡(Bianca)，想让她描摹手帕的花式。被伊阿古骗过来的奥赛罗目睹了这一幕，以为凯西奥和情人调情嬉笑是在嘲讽苔丝狄蒙娜不贞，非常愤恨，于是决定让伊阿古除掉凯西奥，而自己则要亲手结束妻子的生命。

这时候，苔丝狄蒙娜的亲戚来到了岛上，带来了公爵的信，命令奥赛罗回去，让凯西奥留守塞浦路斯，担任总督。伊阿古见势不妙，加速阴谋行动，令杀手刺杀凯西奥未果。奥赛罗此时也越发难以控制情绪，不听侍女对绣花手帕的解释，粗暴动手打了妻子，用被子蒙住并掐死了妻子。伊阿古的妻子爱米利娅发现奥赛罗受骗杀妻，愤怒揭发了丈夫，伊阿古狗急跳墙，刺死了爱米利娅，仓皇而逃。奥赛罗悔恨万分，自刎随苔丝狄蒙娜而死。最后，凯西奥接替了奥赛罗的职位，派人抓住了伊阿古，恶人终有恶报。

【演出及改编】

意大利著名作曲家朱塞佩·威尔第于1887年完成四幕歌剧《奥泰罗》(人名拼写有细微差别)，同年2月首演于米兰，威尔第吸取了瓦格纳“音乐剧”的某些创作手法，更加注意发挥乐队的表现功能，使音乐语言与剧情结合更加紧密。

1951年奥逊·威尔斯执导并主演了黑白电影《奥赛罗》，本片被评为第5届戛纳电影节最佳影片，这个版本非常接近原著的气质，充分运用外景、剪辑和声画对位等电影手法把原剧的戏剧气氛描绘得非常有感染力。1955年，苏联拍摄了彩色影片《奥赛罗》，这个版本高度浪漫化、画面化，充分利用克里米亚海边的壮丽景色，拍摄了大量外景。该片曾在中国内地放映，程之和毕克等人的配音是一大亮点。1965年劳伦斯·奥利弗主演的英国电影《奥赛罗》上映，该片获得奥斯卡、金球奖多项大奖提名。1986年意大利、荷兰合拍

图 3-21　TNT 剧院版《奥赛罗》剧照

的意大利语版本电影《奥赛罗》由佛朗哥·泽菲雷里执导，该片曾获得奥斯卡、戛纳以及金球奖多项提名。

2000 年后，英国 TNT 剧院创作了话剧《奥赛罗》，在全球各地广受好评。

【经典名段中英文对照赏析】

OTHELLO

It is the cause, it is the cause, my soul!
Let me not name it to you, you chaste stars,
It is the cause. Yet I'll not shed her blood
Nor scar that whiter skin of hers than snow
And smooth as monumental alabaster:
Yet she must die, else she'll betray more men.
Put out the light, and then put out the light!
If I quench thee, thou flaming minister,
I can again thy former light restore

Should I repent me. But once put out thy light,
Thou cunning'st pattern of excelling nature,
I know not where is that Promethean heat
That can thy light relume: when I have plucked thy rose
I cannot give it vital growth again,
It needs must wither. I'll smell thee on the tree;
O balmy breath, that dost almost persuade
Justice to break her sword! Once more, one more:
Be thus when thou art dead and I will kill thee
And love thee after. Once more, and that's the last.
[*He smells, then kisses her.*]
So sweet was ne'er so fatal. I must weep,
But they are cruel tears. This sorrow's heavenly,
It strikes where it doth love. She wakes.

(Act 5, Scene 2, 1-22)

奥赛罗　只是为了一个原因，只是为了一个原因，我的灵魂！纯洁的星星啊，让我不要向你们说出这个原因！只是为了这一个原因。可是我不愿溅她的血，也不愿毁伤她那比白雪更皎洁、比石膏更腻滑的肌肤。可是她不能不死，否则她将要陷害更多的男子。让我熄灭了这一盏灯，然后再熄灭你的生命之灯。融融的灯光啊，我把你吹熄以后，要是我心生后悔，仍旧可以把你重新点亮；可是你，造化最精美的样本啊，你的火焰一旦熄灭，我不知道什么地方有那天上的神火，能够燃起你原来的光彩！我摘下了蔷薇，就不能再给它已失的生机，只好让它枯萎凋谢；当它还在枝头的时候，我要嗅一嗅它的芳香。啊，甘美的气息！你几乎诱动公道的心，使她折断她的利剑了！再一个吻，再一个吻。愿你到死都是这样；我要杀死你，然后再爱你。再一个吻，这是最后的一吻了；① 这样销魂，却又是这样无比的惨痛！我必须哭泣，然而这些是无情的眼泪。这一阵阵悲伤是神圣的，因为它要惩罚的正是它最疼爱的。她醒来了。

（第五幕第二场 1—22 行）

① 朱生豪译本此处缺舞台说明“He smells, then kisses her”的翻译，本句意为“他嗅她的气息，并亲吻她”。

说明：在这令人毛骨悚然的一幕里，奥赛罗先猛吻他的妻子，不让她呼吸似的，接着趁她熟睡时真的把她闷死了。奥赛罗说“So sweet was ne’er so fatal”，也许他认为正是妻子苔丝狄蒙娜的甜美给她带来了灭顶之灾，因为这给她招来了婚外情。又或许奥赛罗指的是他自己的亲吻，充满了柔情，却同时又是谋杀的前奏。这句话也暗示了奥赛罗本人的命运——苔丝狄蒙娜的魅力，对他是幸运也是致命的灾厄。苔丝狄蒙娜作为莎剧中最浓墨重彩地表现美丽这一特质的女性之一，被赋予了独一无二的纯真与圣洁。第一幕第一场中伊阿古曾用“白母羊”(“white ewe”)形容苔丝狄蒙娜，这一宗教色彩浓郁的比喻也暗指了她的白璧无瑕和牺牲品的命运。本段中“比白雪更皎洁、比石膏更腻滑的肌肤”再次强调她的纯白之美，与黑暗的猜忌与死亡形成对照。

矛盾修辞也是本段的特色之一，将“fatal”与“sweet”，“cruel”与“tears”，“sorrow”与“heavenly”等色彩悬殊的词语并置，引发了丰富的联想，以冲突造就感染力。(关于矛盾修辞法详见《罗密欧与朱丽叶》一节)奥赛罗对妻子的深爱与迷醉、被妒忌和猜疑啮咬的扭曲以及决心亲手杀死所爱的孤注一掷混合在这段著名的独白中：这位浪漫、富有诗人气质，然而却以自我为中心、脾性冲动的悲剧主角的形象跃然纸上。

IAGO

O beware, my lord, of jealousy!
It is the green-eyed monster, which doth mock
The meat it feeds on. That cuckold lives in bliss
Who, certain of his fate, loves not his wronger,
But O, what damned minutes tells he o’er
Who dotes yet doubts, suspects yet strongly loves!

(Act 3, Scene 3, 167-172)

伊阿古 啊，主帅，您要留心嫉妒啊；那是一个绿眼的妖魔，谁做了它的牺牲，就要受它的玩弄。本来并不爱他的妻子的那种丈夫，虽然明知被他的妻子欺骗，算来还是幸福的；可是啊！一方面那样痴心疼爱，一方面又是那样满腹狐疑，这才是活活的受罪！

(第三幕第三场 167—172 行)

说明：“green-eyed monster”，绿眼的妖魔，用来比喻“嫉妒之人”。在莎士比亚的时代，男人是家里的主人，有个不忠的妻子就是极大的屈辱。《奥赛罗》中，邪恶的伊阿古提醒奥赛罗嫉妒心可能带来的危害，并把这种情感形容成绿眼的怪物“the green-eyed monster”。莎士比亚除了在《奥赛罗》中使用该短语，还在《威尼斯商人》中使用过：

第三幕第二场中，当鲍西娅的心上人巴萨尼奥选对了匣子，并对鲍西娅一番真诚表白后，鲍西娅顿时感到了爱情的来临："一切纷杂的思绪；多心的疑虑、鲁莽的绝望、战栗的恐惧、酸性的猜忌，多么快地烟消云散了！"(How all the other passions fleet to air: / As doubtful thoughts, and rash-embrac'd despair, / And shuddering fear, and green-eyed jealousy.)(III. ii. 108-110)

现代生活中这个短语也被用来形容嫉妒，用"green-eyed"或者"green with envy"来表示"嫉妒，眼红"。此外，由于美元纸币是绿颜色的，美国人通常把钞票称为"greenback"，因而"green"在美国也具有"钱财、钞票、有经济实力"等意义。

【其他经典名句】

* We cannot all be masters, nor all masters
cannot betruly followed. (I. i. 42-43)
不能每个人都是主人，每个主人也不是都有忠心的仆人。

* But I will wear my heart upon my sleeve
For daws to peck at: I am not what I am. (I. i. 63-64)
要是我表面上的恭而敬之的行为会泄露我内心的活动，那么不久我就要掬出我的心来，让乌鸦们乱啄了。

* Keep upyour bright swords, for the dew will rust them. (I. ii. 59)
收起你们明晃晃的剑，它们沾了露水会生锈的。

* The robbed that smiles steals something from the thief,
He robs himself that spends a bootless grief. (I. iii. 209-210)
聪明人遭盗窃毫不介意；痛哭流涕反而伤害自己。

* Good name in man and woman, dear my lord,
Is the immediate jewel of their souls:
Who steals my purse steals trash — 'tis something-nothing. (III. iii. 158-160)
无论男人女人，名誉是他们灵魂里面最贴身的珍宝。谁偷窃我的钱囊的，不过偷窃到一些废物，一些虚无的东西。

* O curse of marriage
That we can call these delicate creatures ours
And not their appetites! (III. iii. 272-274)
啊！结婚的烦恼！我们可以在名义上把这些可爱的人儿称为我们所有，却不能支配她们的爱憎喜恶。

《罗密欧与朱丽叶》
Romeo and Juliet

图 3-22 《罗密欧与朱丽叶》(Frank Dicksee 绘制, 1884 年, 藏于英国南安普顿市美术馆)

【导言】

《罗密欧与朱丽叶》是莎士比亚早期的一部悲剧，这部悲剧不是莎士比亚的原创，早在莎士比亚之前的几百年间，罗密欧(Romeo)与朱丽叶(Juliet)的故事就在意大利维洛那地区广为流传。1554 年意大利人文主义小说家班戴洛创作了小说《罗密欧与朱丽叶》(*Giuletta e Romeo*)，1559 年被法国人 Pierre Boaistuau 翻译成法语收入《悲剧历史》(*Histories tragiques*)并出版；1562 年，英国诗人亚瑟·布鲁克(Arthur Brooke)将该小说翻译成英语韵文，引入英国；1567 年，英国作家威廉·佩因特把这个故事改编成散文形式，收录在《安乐宫》一书中。莎士比亚的戏剧情节有很多直接来自布鲁克的诗作;① 莎士比亚增加了茂丘西奥(Mercutio)和奶妈两个角色；完整的《罗密欧与朱丽叶》大约写成于1594年，1596年首演，1597年出版四开本，1599年出版第二个四开本，1609年出版第三版，1623年被收入《第一对开本》。莎士比亚有很多剧作采用了新的方式再创造原始的故事，《罗密欧与朱丽叶》也是如此。事实是，莎士比亚创作的《罗密欧与朱丽叶》在很多方面超过了原来的版本，从语言风格上提高了故事的艺术价值，使戏剧节奏更加紧张，将9个月发生的故事压缩到了紧张狂热的4天内，等等。当时正是清教盛行的时期，盛行道德主义的说教，莎士比亚用抒情诗意的手法歌颂了纯粹的恋爱故事，因此这部剧也代表了一种别开生面的戏剧类型。《罗密欧与朱丽叶》被公认为世界文学史上最典型的爱情悲剧，有着无可比拟的知名度和上座记录，世界各国的文学家、艺术家、评论家也都对此饶有兴趣。我国很多学者将这部莎剧和元杂剧、明传奇剧进行比较，成果颇丰。这部剧在我国也有很多读者，尤其是青年读者，译本就有梁实秋、朱生豪、曹未风、曹禺、田汉和徐志摩等人的近10种。

全剧分为五幕二十一场，每一幕开场都是提纲挈领的优美开场诗。随着故事的行进，故事的浪漫主义色彩也越来越浓厚，剧本追求美、追求和谐的理想也越来越强烈，主角的形象也越发鲜明。这是一曲爱与美的颂歌，是彰显真爱的典范之作。罗朱的爱情来自一见钟情，是世俗的，也是纯洁的；是精神的，但也包含欲望的成分。对这种世俗爱情的追求，体现了人文主义的萌芽；他们的爱恋充满着激情，也流淌着诗意。此剧的主旋律永远会给人以美的享受，罗朱二人在朱丽叶家花园幽会的场景是全剧最美好的一幕，他们的爱在这一夜已经到了海枯石烂的程度，双方都如痴如醉，心里除了彼此再也容不下任何事、任何人，几乎没有人不为之动容。

这部剧为什么有如此魅力呢？几百年来人们对这部剧的主题众说纷纭，它表现了激烈的冲突，两位年轻人的美好爱情和生活被家族的仇恨激发起来的斗争无情地破坏了，影射了新时期的道德观念和旧道德观念之间的冲突，也表现了新人文主义时期的和平统一思想和旧的封建骚乱现象之间的冲突。莎士比亚赋予了罗密欧与朱丽叶以自我意识和自觉意识，也赋予了他们悲剧的和谐之美，这种自我意识和悲剧的和谐美并不是生硬展现，而是从故事情节中爱战胜恨、爱情战胜礼法制度的过程中表现出来的。两个家庭的冲突某种程度上导致了悲剧的结果，不详的命运始终困扰着这一对恋人，莎士比亚似乎表现了人的命运本身就是悲剧的根本所在。学者在这个问题上起了争议，到底悲剧是命中注定还是只是一连串的意外导致的？支持命运说的学者大多偏向星象的前定作用，也有人指出剧中人物

① 莎士比亚的《罗密欧与朱丽叶》中很多情节直接来自布鲁克的长诗，比如罗密欧与朱丽叶舞会相遇、秘密举行婚礼、假死自杀的情节，等等。

与伊丽莎白时代的体液学说①有关。也有学者认为剧中的离奇意外并不是很频繁，罗密欧杀死了提伯尔特(Tybalt)不是因为角色的人物瑕疵，只是形势所迫。

罗密欧与朱丽叶的生死恋是悲剧的内涵主旨，其他均为外延引申意义，同时这些主题又是紧密联系的。只需读一读这出悲剧的开场诗和亲王的退场诗，就可明白剧作家的意图所在。从“为爱而生，殉情而死”的内涵来说，我们认定罗密欧与朱丽叶个人的爱与情萌发于心，表现于行，且都能跟家族、社会发生种种关系。男女主人公的悲惨结局既是剧情发展的逻辑必然，也是悲剧美学的需要——把人生有价值的东西毁灭给人们看。这里寄寓的美学理想，能激发人们认识、改造现实，这无疑是该剧重要的现实意义。

【剧情简介】

图 3-23 《罗密欧与朱丽叶》(Ford Madox Brown 绘制，1870 年，藏于美国特拉华艺术博物馆)

在意大利东北部城市维洛那有两家门第、财势相当的大家族：凯普莱特(Capulet)家族

① 当时的人们认为机体的生命取决于四种体液——血、黏液、黄胆汁和黑胆汁，四种元素的各种不同配合是这四种液体的基础，每一种液体又与一定的“气质”相适应，每一个人的气质取决于他体内占优势的那种液体。如热是血的基础，来自心，如果血占优势，则属于多血质。四体液平衡，则身体健康；失调，则多病。

和蒙太古(Montague)家族，谁都不知道两大家族从何时开始总在争斗，仆人之间打闹，到后来亲戚朋友也参与了武斗。但是两大家族之间也有人是不热衷于这些无谓的斗争的，蒙太古家族的独生子罗密欧、凯普莱特家族的独生女朱丽叶就是这样的人。

罗密欧最开始是青睐高冷美女罗瑟琳(Rosaline)的，一直想着如何获取美人欢心，朱丽叶则是想要一场热烈的爱情，对家族纷争从来不感兴趣。在好友班伏里奥(Benvolio)的建议之下，罗密欧决定戴上面具去仇家凯普莱特家参加晚宴和舞会。班伏里奥觉得罗密欧爱上罗瑟琳不过是一时兴起，在这次宴会上他如果看到别的名媛美人一定会改心意。大概是班伏里奥非常有经验，看出了罗密欧的表现不是真的陷入爱河吧。与此同时，朱丽叶也在考虑将母亲推荐的亲戚帕里斯伯爵(Count Paris)作为结婚对象，她思考的是自己能否真的爱上帕里斯。

凯普莱特家族的晚宴如期举行：族人以及四面八方来的贵客，包括众多漂亮小姐和太太，各路受邀宾客济济一堂，当然除了蒙太古家的人。罗密欧和好友班伏里奥、茂丘西奥戴上了面具扮作假面舞者。在这次舞会上，罗密欧与朱丽叶头一次相遇，他发现朱丽叶才是他心中的仙女，他感慨道："我从前的恋爱是假非真，今晚才遇见绝世佳人。"(第一幕第五场)这时凯普莱特家族的提伯尔特已经注意到罗密欧过来了，出于对家族光荣的维护以及对朱丽叶的爱慕，他恨不得当场就杀了罗密欧，但是凯普莱特制止了提伯尔特，提伯尔特只好忍气吞声，准备伺机向罗密欧寻衅滋事。

舞会后，罗密欧流连忘返，在凯普莱特家族的花园里徘徊着，这时朱丽叶自言自语道："只要你宣誓做我的爱人，我也不愿再姓凯普莱特了。"(第二幕第二场)罗密欧此时欣喜若狂，忍不住回应："从今以后我也不叫罗密欧了。"他们互诉衷肠，这一夜恋爱的美好充斥着他们，他们早已忘记了任何别的事。

通过奶妈传信息，罗密欧与朱丽叶已经打算私自成婚，朱丽叶在家里等待的时候，维洛那广场上发生了大事：两个家族的几位年轻人发生了口角，提伯尔特重伤了茂丘西奥，导致茂丘西奥伤重而亡，罗密欧拔出剑和提伯尔特决斗，结果提伯尔特被罗密欧刺中要害，倒地身亡。亲王决定放逐罗密欧以平定两家的纷争，显然，罗密欧不愿意离开朱丽叶；与此同时，朱丽叶被家里人逼迫着要嫁给帕里斯。朱丽叶坚决不从，于是到神父劳伦斯(Friar Laurence)处求助。劳伦斯想出了一个妙计，拿出一小瓶迷药给朱丽叶，让她先回家答应父亲，嫁给帕里斯，等到周三晚上睡觉时喝下迷药，她就会像死去那样昏睡过去，等到家里人安葬她之后便会醒过来；同时，神父也托师弟约翰(John)送信给罗密欧，要他按时赶往墓穴，这样他们二人便可逃往曼多亚。

然而，在举行婚礼的前一天晚上，朱丽叶听从神父的指示，喝下了迷药，所有人都以为她死去了；可惜的是，约翰遇到了阻力，并没能将信送给罗密欧。罗密欧听说了爱妻的死讯，五雷轰顶，感觉活着已经没有意义了；他进入了朱丽叶的墓穴，喝下了一瓶事先准备好的真毒药。朱丽叶醒过来时发现罗密欧已经死在了身旁，悲痛欲绝，她吻过罗密欧之后，便抓起他的匕首自杀，扑倒在了爱人的身边，和他一起永别人世。凯普莱特家族和蒙太古家族终于在一对儿女被迫害的教训中幡然悔悟，双方握手和解，为彼此的孩子互铸金像，象征着他们至死不渝的爱情，也象征着两个家族的和解。

【演出及改编】

图 3-24　1968 年意大利导演佛朗哥·泽菲雷里执导的电影《罗密欧与朱丽叶》海报

《罗密欧与朱丽叶》是莎士比亚最受欢迎的戏剧之一，不同时期各国有很多版本的演出及改编。

1785 年，《罗密欧与朱丽叶》的芭蕾舞剧版本就曾首演，后来 1809 年圣彼得堡的伊万·瓦尔伯格(Ivan Valberkh)版和 1811 年的文森罗·伽里奥提(Vincenzo Galleoti)版都再次采用这个戏剧的主题进行编舞。法国曾改编了歌剧，于 1867 年 4 月 27 日在法国巴黎抒情剧院首演，该部歌剧共五幕。1940 年，苏联基洛夫芭蕾舞团在基洛夫国家歌剧芭蕾剧院演出芭蕾舞剧版本的《罗密欧与朱丽叶》，获得了巨大的成功。1936 年《罗密欧与朱丽叶》的电影版本由乔治·库克(George Cukor)导演，瑙玛·希拉(Norma Shearer)参加演出，本片曾获奥斯卡最佳影片提名。1954 年，由意大利导演雷纳托·卡斯特拉尼(Renato Castellani)执导，劳伦斯·哈维(Laurence Harvey)、苏珊·申塔尔(Susan Shentall)等主演的影片获得了 1954 年第 19 届威尼斯国际电影节金狮奖，这部电影在电影节上首映就获得了广大好评，因为它用彩色电影再现了15世纪意大利的光彩夺目，但是选角上仍可商榷；于是，在15年之后的1968年，导演佛朗哥·泽菲雷里结合舞台流畅、激动的风格，对1954年版本作出修订，这个版本最终牺牲了莎士比亚的戏剧诗篇，竭尽全力美化外观，活跃动作。打斗场景被拍得生龙活虎，导演强调的是青春、初恋，所以将罗密欧与朱丽叶的角色给了新人演员——16岁的莱昂纳德·怀廷(Leonard Whiting)以及15岁的奥丽维娅·赫西(Olivia Hussey)，这个版本的朱丽叶经常被人评价为最美的朱丽叶，兼具东方美和西方美，还有一股淡淡的忧伤气质。该版本在亚洲，尤其是日韩掀起罗密欧与朱丽叶热潮。1996年，美国福克斯电影公司制作了现代改编版的《罗密欧与朱丽叶》，罗密欧由莱昂纳多·迪卡普里奥(Leonardo DiCaprio)出演，朱丽叶由克莱尔·丹尼斯(Claire Danes)出演，该片充满着后现代主义的MTV风格，借用古典故事框架来表现现代都市青年的爱情生活，这个版本的导演巴兹·鲁霍曼(Baz Luhrmann)另辟蹊径，试图在现代与古典的中间地带为作品寻找位置。该片在全球各地电影节获奖不少，是一部独特的莎剧改编作品。法国曾有歌剧版本的《罗密欧与朱丽叶》，在新世纪之际，法国又出新招，2001年1月18日，由Gérard Presgurvic操刀的音乐剧出世，剧情与原作稍有不同，这部音乐剧被翻译成14种语言在多国巡回演出，甚至曾经获得过“21世纪最伟大的流行音乐剧”的美誉。

除了在西方有众多版本的改编，在东方也少不了这部莎剧经典的改编。日本GONZO株式会社在2007年春季播出的《罗密欧与朱丽叶》备受关注，这个漫画版本的《罗密欧与朱丽叶》制作精良，故事另类，朱丽叶是凯普莱特家族唯一的幸存者，罗密欧是饱受父亲独裁之苦的蒙太古家族的继承人，漫画故事围绕他们之间的爱情展开。2007年日本电视剧《罗密欧与朱丽叶~交错~》演绎了日本现代版的罗密欧与朱丽叶，由长泽雅美和泷泽秀明主演。2013年由姜涛导演的中国版音乐话剧《罗密欧与朱丽叶》也登上了舞台，该版本的《罗密欧与朱丽叶》结合了很多中国元素，运用了传统曲艺中的“快板”“快书”等说唱手法来介绍剧情，用中国武术与京剧的“武打”场景来代替西方的“斗剑”式打斗场景，而且该音乐作品以“一见钟情”“楼台相会”为主题，颇具中国特色。

【经典名段中英文对照赏析】

Two households, both alike in dignity,
In fair Verona, where we lay our scene,
From ancient grudge break to new mutiny,
Where civil blood makes civil hands unclean.
From forth the fatal loins of these two foes
A pair of star-cross'd lovers take their life;

Whose misadventure'd piteous overthrows
Doth with their death bury their parents' strife.

(Prologue, 1-8)

故事发生在维洛那名城，
有两家门第相当的巨族，
累世的宿怨激起了新争，
鲜血把市民的白手污渎。
是命运注定这两家仇敌，
生下了一双不幸的恋人，
他们的悲惨凄凉的殒灭，
和解了他们交恶的尊亲。

(开场诗 1—8 行)

说明：《罗密欧与朱丽叶》开场的这段序幕诗已经暗示了这个悲情的故事，"……是命运注定这两家仇敌，生下了一双不幸的恋人("A pair of star-cross'd lovers take their life")，他们的悲惨凄凉的殒灭，和解了他们交恶的尊亲。"

"star-cross'd lovers"字面的理解是"lovers crossed by the star"，即一对情侣被天上的星星在两人之间画了条线，从而分开了。这一表达让人不禁联想到牛郎织女这对跨越星系厮守的情侣，不过，囿于东西方在那个年代几乎没有交集，这个西方词条的产生应该不是源于这一东方传说的影响。"star-crossed"(时运不济的)这个词起源于占星术(astrology)，传说星星的位置能够控制人的命运，如果一对情侣的命运"thwarted by a malign star"(被扫把星阻挠)，便不会有好结果。

JULIET 'Tis almost morning. I would have thee gone,
And yet no farther than a wanton's bird,
That lets it hop a little from her hand,
Like a poor prisoner in his twisted gyves,
And with a silken thread plucks it back again,
So loving-jealous of his liberty.
ROMEO I would I were thy bird.
JULIET Sweet, so would I,
Yet I should kill thee with much cherishing.

Good night, good night. Parting is such sweet sorrow,

That I shall say good night till it be morrow.

(Act 2, Scene 2, 176-185)

朱丽叶　天快要亮了，我希望你快去；可是我就好比一个被惯坏的女孩子，像放松一个囚犯似地让她心爱的鸟儿暂时跳出她的掌心，又用一根丝线把它拉了回来，爱的私心使她不愿意给它自由。

罗密欧　我但愿我是你的鸟儿。

朱丽叶　好人，我也但愿这样；可是我怕你会死在我的过分的爱抚里。晚安！晚安！离别是这样甜蜜的凄清，我真要向你道晚安直到天明！

(第二幕第二场 176—185 行)

说明：朱丽叶把互为矛盾的两个概念——欢乐和痛苦结合了起来。离别是悲伤的，这一点不难理解；但为何离别又是欢乐的呢？有人解释说因为朱丽叶喜欢和罗密欧在一起，不管是什么事情，所以即使是分别的时候，也是甜蜜的。但人们往往更愿意将“sweet”理解为：如果两个人在分开的时候感到很难受、很伤感，那能说明两人都在爱着对方；只要有爱的感觉，就是甜美的心绪；况且，暂时的分别只会让不远将来的幸福重逢变得更加美好，更加令人向往。

这里的“sweet sorrow”是莎翁惯用的修辞手法——矛盾修饰法(oxymoron)，用两种不相调和，甚至是截然相反的特征来形容某一事物，看似矛盾，实则更加深刻地揭示了事物的本质特征。这种修辞手法给我们留下最深刻印象的当属《罗密欧与朱丽叶》。剧中，罗密欧在忍无可忍的情况下，杀死了朱丽叶的表哥，自己也因此被放逐他乡。朱丽叶在获悉这一切后，内心十分痛苦矛盾：一个是她最亲爱的表哥，一个是她热恋着的夫君，她此时此刻能说些什么呢？于是，她这样指责罗密欧：“美丽的暴君！天使般的魔鬼！披着白鸽羽毛的乌鸦！豺狼样残忍的羔羊！……一个万恶的圣人，一个庄严的奸徒！”(Beautiful tyrant! Fiend angelical! / Dove-feathered raven, wolvish-ravening lamb! /... A damned saint, an honorable villain!)(III. ii. 75-76; 79)这四句看似矛盾的句子，恰恰是女主人公内心极度矛盾的真实表露。

《罗密欧与朱丽叶》中另一个运用了矛盾修饰法的例子便是被爱情弄得神魂颠倒、如醉如痴的罗密欧的这番感叹：“啊，吵吵闹闹的相爱，亲亲热热的怨恨！啊，无中生有的一切！啊，沉重的轻浮，严肃的狂妄，整齐的混乱，铅铸的羽毛，光明的烟雾，寒冷的火焰，憔悴的健康，永远觉醒的睡眠，否定的存在！”(Why, then, O brawling love, O loving hate, / O anything, of nothing first create! / O heavy lightness, serious vanity, / Mis-shapen chaos of well-seeming forms! / Feather of lead, bright smoke, cold fire, sick health, / Still-waking sleep that is not what it is!)(I. i. 175-180)这是一个初坠爱河的少年对爱情的真切感受：既渴望爱情，又惧怕爱情。

【其他经典名句】

* He jests at scars that never felt a wound. (II. ii. 1)
  没有受过伤的才会讥笑别人身上的伤痕。
* What's in a name? That which we call a rose
  By any other word would smell as sweet. (II. ii. 43-44)
  姓名本来是没有意义的；我们叫作玫瑰的这一种花，要是换了个名字，它的香味还是同样的芬芳。
* A thousand times good night. (II. ii. 154)
  一千次的晚安！
* Love goes toward love as schoolboys from their books,
  But love from love, toward school with heavy looks. (II. ii. 156-157)
  恋爱的人去赴他情人的约会，像一个放学归来的儿童；可是当他和情人分别的时候，却像上学去一般满脸懊丧。
* Virtue itself turns vice, being misapplied,
  And vice sometime by action dignified. (II. iii. 17-18)
  美德的误用会变成罪过，罪恶有时反会造成善果。
* Wisely and slow; they stumble that run fast. (II. iii. 90)
  凡事三思而行；跑得太快是会滑倒的。
* Therefore love moderately; long love doth so.
  Too swift arrives as tardy as too slow. (II. vi. 9-15)
  不太热烈的爱情才会维持久远；太快和太慢，结果都不会圆满。

《雅典的泰门》
Timon of Athens

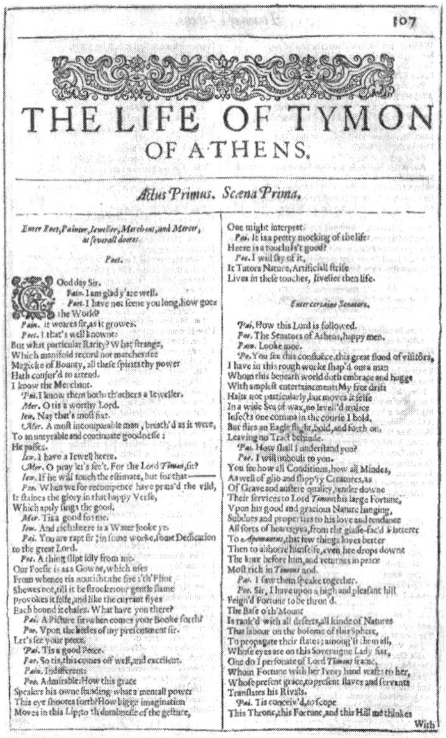

107

THE LIFE OF TYMON OF ATHENS.

Actus Primus. Scœna Prima.

Enter Poet, Painter, Jeweller, Merchant, and Mercer, at severall doores.

Poet.

Good day Sir.
Pain. I am glad y'are well.
Poet. I have not seene you long, how goes the World?
Pain. It weares sir, as it growes.
Poet. I that's well knowne:
But what particular Rarity? What strange,
Which manifold record not matches: see
Magicke of Bounty, all these spirits thy power
Hath conjur'd to attend.
I know the Merchant.
Pai. I know them both: th'others a Jeweller.
Mer. O tis a worthy Lord.
Jew. Nay that's most fixt.
Mer. A most incomparable man, breath'd as it were,
To an untyrable and continuate goodnesse:
He passes.
Jew. I have a Jewell heere.
Mer. O pray let's see't. For the Lord *Timon*, sir?
Jew. If he will touch the estimate, but for that——
Poe. When we for recompence have prais'd the vild,
It staines the glory in that happy Verse,
Which aptly sings the good.
Mer. Tis a good forme.
Jew. And rich: heere is a Water looke ye.
Pai. You are rapt sir; in some worke, some Dedication to the great Lord.
Poe. A thing slipt idly from me.
Our Poesie is as a Gowne, which uses
From whence tis nourisht: the fire i'th' Flint
Shewes not, till it be strooke: our gentle flame
Provokes it selfe, and like the currant flyes
Each bound it chafes. What have you there?
Pai. A Picture sir: when comes your Booke forth?
Poe. Upon the heeles of my presentment sir.
Let's see your peece.
Pai. Tis a good Peece.
Poe. So tis, this comes off well, and excellent.
Pain. Indifferent.
Poe. Admirable: How this grace
Speakes his owne standing: what a mentall power
This eye shootes forth? How bigge imagination
Moves in this Lip, to th' dumbnesse of the gesture,
One might interpret.
Pai. It is a pretty mocking of the life:
Heere is a touch: Is't good?
Poe. I will say of it,
It Tutors Nature, Artificiall strife
Lives in these touches, livelier then life.

Enter certaine Senators.

Pai. How this Lord is followed.
Poe. The Senators of Athens, happy men.
Pain. Looke moe.
Po. You see this confluence, this great flood of visitors,
I have in this rough worke shap'd out a man
Whom this beneath world doth embrace and hugge
With amplest entertainment: My free drift
Halts not particularly, but moves it selfe
In a wide Sea of wax, no levell'd malice
Infects one comma in the course I hold,
But flies an Eagle flight, bold, and forth on,
Leaving no Tract behinde.
Pai. How shall I understand you?
Poe. I will unboult to you.
You see how all Conditions, how all Mindes,
As well of glib and slipp'ry Creatures, as
Of Grave and austere quality, tender downe
Their services to Lord *Timon*: his large Fortune,
Upon his good and gracious Nature hanging,
Subdues and properties to his love and tendance
All sorts of hearts; yea, from the glasse-fac'd Flatterer
To *Apemantus*, that few things loves better
Then to abhorre himselfe; even hee drops downe
The knee before him, and returnes in peace
Most rich in *Timons* nod.
Pai. I saw them speake together.
Poe. Sir, I have upon a high and pleasant hill
Feign'd Fortune to be thron'd.
The Base o'th' Mount
Is rank'd with all deserts, all kinde of Natures
That labour on the bosome of this Sphere,
To propagate their states; among'st them all,
Whose eyes are on this Soveraigne Lady fixt,
One do I personate of Lord *Timons* frame,
Whom Fortune with her Ivory hand wafts to her,
Whose present grace, to present slaves and servants
Translates his Rivals.
Pai. Tis conceiv'd, to scope
This Throne, this Fortune, and this Hill me thinkes
With

图 3-25　1623 年《第一对开本》中《雅典的泰门》首页副本

【导言】

《雅典的泰门》是莎士比亚的最后一部悲剧，约写于 1606—1608 年，1623 年录入莎士比亚的《第一对开本》。有学者认为，该剧可能是莎士比亚和剧作家托马斯·米多尔顿(Thomas Middleton)合写的；还有学者认为，该剧并没有写完，或者没有修改完，因为剧中很多情节前后不一致；甚至有学者认为这部剧没有上演过，可能由于未创作完成，也可能是因为这部剧蕴涵了尖锐批判詹姆斯时代英国社会的金融管理体制的主题。不过，莎士比亚的许多剧作都缺乏上演记录，因此不能就此判断该剧没有上演过。剧中素材来源于多部作品：威廉·佩因特的《安乐宫》、诺斯爵士翻译的普鲁塔克作品《名人传》中关于安东尼和艾西巴第斯(Alcibiades)的生平记述，以及古罗马讽刺散文家卢西恩(Lucian of Samosata)的对话集《泰门或厌世者》(*Timon the Misanthrope*)。有莎学家考证，该剧故事情节和普鲁塔克笔下艾西巴第斯传记中关于泰门(Timon)的情节有相似之处，取材于卢西恩的《泰门或厌世者》的素材则包括管家弗莱维斯(Flavius)的情节以及温水宴待客的部分。

这部悲剧有众多优点：场景描写生动、剧情连贯、结构紧密以及安排合理，但是，缺点也很明显：整个悲剧中艾西巴第斯的情节和主线情节衔接得生硬，明显有缺陷；诗文运用不够均衡，人物刻画很是平淡。目前，学术界一致认为《雅典的泰门》是一部未完成的巨作，由于种种原因，莎士比亚可能最终放弃了对剧本进行必要的加工润色。

这部剧很明显地关注到了友情和货币借贷的问题，富人泰门乐善好施，但也因此负债累累，之前的所谓朋友几乎都弃他而去。在莎士比亚时代，英国的贵族阶层生活奢靡，挥霍成风，不少人入不敷出，由此产生了新的信贷市场。詹姆斯一世也是如此，馈赠亲朋，自己只得债台高筑，给王室金库造成了巨大亏空，莎士比亚试图通过这部剧引发人们关注上流社会这种乱象。在詹姆斯时代，金融交易模式发生变革，原来朋友之间非正式的借贷足以应付资金交易，后来高利贷则逐渐被广泛采用。在剧中，泰门也因此发现朋友关系不能产生金钱效应，友情也并不能保证借贷安全，最终认识到了友谊与私利、利益与情谊以及个人品格和财富之间的关系。该剧还揭露并鞭挞了人性恶和社会恶，泰门反抗的心路历程结构相当完整。这些主题均给人以不同方面的启发。

泰门出身贵族之家，拥有巨额财产，他却从来不傲视穷人、恃富而骄，他生性善良仁厚、品德高尚，总是助人为乐，商人称泰门是“一位举世无比的人”(第一幕第一场)。泰门虽然不是莎士比亚手下典范的理想人物，但他仍然是一位有着人文主义理想光辉的人。在遭受背信弃义之后，泰门变得愤世嫉俗，对金钱的厌恶在他那段经典的独白中表现了出来，他说，“这东西，只这一点点儿，就可以使黑的变成白的，丑的变成美的，错的变成对的，卑贱变成尊贵，老人变成少年，懦夫变成勇士”(第四幕第三场)。马克思很喜欢泰门的这句话，认为莎士比亚“绝妙地描写了货币的本质”，更是体现了莎士比亚“深入细致地思考，鞭辟入里地剖析”的创作态度。①

【剧情简介】

泰门曾经是雅典的一位大将，为城邦立下过赫赫军功，他还家世显贵，富丽堂皇的府邸不厌其烦地接待各行各业的人。泰门为人仗义，出手阔绰，商人、艺术家、贵族甚至元老们都前呼后拥地奉承着他，大家都称他为贵人。

① 转引自孟宪强：《马克思　恩格斯与莎士比亚》，陕西人民出版社，1984年版，第212页。

图 3-26　第四幕第三场泰门在野外发现黄金(Johann Ramberg 绘制，1829 年)

不少人都受到过泰门的优待，年轻绅士文提狄斯(Ventidius)欠人五泰伦①债务，被送进监狱，泰门立即拿钱，派人把他赎出来；仆人要结婚了，奈何贫困，女方家里不乐意，泰门也慷慨解囊，得以成全二人姻缘；诗人找他出版作品，泰门也大力支持；画家拿画给他鉴赏，泰门也重金买下收藏；商人把昂贵的商品送到泰门府里，说优先让他挑选，泰门便欣然掏钱，全部购下……家里的管家弗莱维斯多次劝他不要如此铺张，哲学家艾帕曼特斯(Apemantus)也警告他不要和那群伪君子来往，可是泰门通通都听不进去。

不久之后，挥霍无度的泰门果然倾家荡产，债台高筑。最开始他还很乐观，天真地以为自己曾经帮助了如此多的人，他自己遇到困难的时候，那些朋友一定会来帮他的。仆人们纷纷去尝试，可是都吃了闭门羹，连泰门最有把握的文提狄斯都拒绝了他，尽管文提狄斯此前继承了父亲的遗产，变成了有钱人。泰门感到十分气愤，猛然觉醒，这些酒肉朋友不过是一群忘恩负义的卑鄙小人。于是，他决定报复这些人，再次宴请这些人，但掀开盖子时，盘子里装的全是水，在座的人们正诧异着，泰门高声叫骂来宾们忘恩负义，将盘子摔到他们脸上然后将他们全部赶出家门。与此同时，泰门的好友，将军艾西巴第斯因为替一个被误判死刑的忠勇士兵求情而被元老院排挤，惨遭流放。

举行酒筵之后，泰门远离尘世，独自躲进森林，艾西巴第斯也因为愤恨，正在集合人

① 英语通常称“the Attic Talent”，古希腊罗马通行的货币单位，由重量单位引申而来，此处“五泰伦钱”等于五泰伦重量的黄金或白银。

马，揭竿起义，准备进攻雅典。一次，泰门无意间在山洞里发现了埋在地下的金子，又巧合碰到了艾西巴第斯的军队路过。老友重遇，最开始泰门并不待见艾西巴第斯，但是听说了艾西巴第斯的反叛计划之后，泰门便十分支持，把金子捐献出来给军队买军饷，鼓励艾西巴第斯把雅典夷为平地。有了泰门的支持，部队更加斗志昂扬了，艾西巴第斯便率领军队杀向了雅典。不久后，泰门忠诚的管家弗莱维斯找到了他，诚恳地向泰门表示要继续服侍他，他的忠心和真情打动了泰门，泰门心软了，给了弗莱维斯一大笔财宝，但还是将他赶走了。诗人和画家听说泰门最近有一笔宝藏，想要过来续旧情，被泰门臭骂一顿。由于城邦受到艾西巴第斯的猛烈进攻，元老们想请泰门重返军队，希望他能出征保护城邦。但是，如今的泰门憎恨社会，憎恨人民，对元老们的请求不为所动。经过疯狂的战争之后，艾西巴第斯意识到老百姓不过是无辜者，他愿意和解，但是前提是他必须杀掉自己和泰门的仇敌。于是，艾西巴第斯率军开进了雅典城，和元老院达成和平协议，而泰门却在大海边的山洞里悄然离世。

【演出及改编】

图 3-27　2006 年皇家莎士比亚剧团《雅典的泰门》演出照片

1678 年，托马斯·沙德威尔(Thomas Shadwell)制作了广受欢迎的改编剧《泰门历史》(*The History of Timon of Athens*)，沙德威尔在剧中加入了两名女性：泰门不忠的未婚妻梅丽莎(Melissa)和对泰门忠诚却被抛弃的情妇埃文德拉(Evandra)。20 世纪 60 年代，彼得·布鲁克指导了法语版本，泰门在剧中是一位穿着白色燕尾服的无辜天真的理想主义者，在第二部分他的燕尾服则被撕裂。英国剧作家格林·坎农(Glyn Cannon)改编了一部名为《泰门的女儿》(*Timon's Daughter*)的剧作，于2008年5月在悉尼老菲茨罗伊剧院首演，这一版本的主题是让人们重新审视慈善事业，主要讲述了泰门的女儿爱丽丝(Alice)的冒险故事。英国国家大剧院在2010年上演了由保罗·本特尔(Paul Bentall)主演的戏剧，是一个现代版本，融合了不少政治讽刺，结合了当下现实。

【经典名段中英文对照赏析】

FLAVIUS

Good fellows all,
The latest of my wealth I'll share amongst you.
Wherever we shall meet, for Timon's sake
Let's yet be fellows. Let's shake our heads and say,
As 'twere a knell unto our master's fortunes,
'We have seen better days'.

(Act 4, Scene 2, 22-27)

弗莱维斯　各位好兄弟，我愿意把我剩余下来的几个钱分给你们。以后我们无论在什么地方相会，为了泰门的缘故，让我们仍旧都是好朋友；让我们摇摇头，叹口气，悲悼我们主人家业的零落，说，“我们都是曾经见过好日子的!”

(第四幕第二场22—27行)

说明：本场戏中，泰门的仆人们看到世态炎凉，感叹道：“这样一份人家也会冰消瓦解！这样一位贵主人也会一朝失势！什么都完了！没有一个朋友和他患难相依!”“他的知交一见他的财产化为泥土，也就悄悄溜走，只有他们所发的虚伪的誓言，还像一个已经掏空的钱袋似的留在他的身边。”泰门的总管弗莱维斯也感叹主人家业的零落，说：“我们都是曾经见过好日子的。”(“We have seen better days.”)

虽然这一表达早在1590年就出现在历史剧《托马斯·莫尔爵士》(*Sir Thomas More*)这一作品中，但人们真正了解并记住这句话还是始于莎士比亚的这出《雅典的泰门》。对于这一表达，最巧妙的用法之一是著名导演吕克·贝松(Luc Besson)的代表作——电影《这个杀手不太冷》(*Léon*)里的一段对话：

—How are you today?（你今天还好吗?）

—I've seen better days.（不是太好。）

【其他经典名句】

* I know no man

Can justly praise but what he does affect. (I. ii. 217-218)

我知道一个人倘不是真心喜欢一样东西，决不会把它赞美得恰如其分。

* The devil knew not what he did when he made man

politic; he crossed himself by 't. (III. iii. 30-31)

魔鬼把人们造得这样奸诈，一定后悔无及。

* Nothing emboldens sin so much as mercy. (III. v. 3)

姑息的结果只是放纵了罪恶。

* To revenge is no valour, but to bear. (III. v. 41)

报复不是勇敢，忍受才是勇敢。

* Thus much of this will make

Black white; foul fair; wrong right;

Base noble; old young; coward valiant. (IV. iii. 28-30)

就是这些东西，可以使黑的变成白的，丑的变成美的，错的变成对的，卑贱变成尊贵，老人变成少年，懦夫变成勇士。

《泰特斯·安德洛尼克斯》
Titus Andronicus

图 3-28　拉维妮娅向塔摩拉求饶(Edward Smith 绘制，1841 年)

【导言】

《泰特斯·安德洛尼克斯》约写于 1592 年，[1] 是莎士比亚早期创作的第一部悲剧，1594 年此剧以四开本形式首次出版，此后在 1600 年、1611 年又分别出版了两个四开本，1623 年收入《第一对开本》。这部剧作相比莎士比亚的其他作品，水准要低劣一些，很多莎士比亚的仰慕者认为这个剧并不是莎士比亚的作品，而承认该剧是莎士比亚作品的学者则认为莎士比亚创作该剧的时候可能只有 26 岁，是他第一次创作悲剧，所以情有可原。目前，有学者认为剧作家乔治·皮尔(George Peele)可能参与了第一幕的创作；多数权威莎学家则认为，除开第一幕，其余各幕均由莎士比亚创作。

这部剧的素材也是来源于多方的。拉维妮娅的故事可能受到古罗马诗人奥维德的《变

① 另一说写于 1590—1593 年。

形记》中菲罗墨拉(Philomela)被残害的情节的影响；复仇的情节可能受到古罗马悲剧作家塞内加的复仇戏剧的影响，如《泰斯特斯》(*Thyestes*)和《美狄亚》(*Medea*)等；剧作的严酷情节可能受到莎士比亚同时期作家马洛和皮尔的恐怖剧作的启发。

该剧的色彩的确不同于莎士比亚的其他悲剧，表现出了野蛮的气质，充满了恐怖的残杀：被杀死的人数近10人，每一桩凶杀都骇人听闻，方法残忍无比，比如砍手臂、割舌头、吃人肉、活埋等，的确是广受批评家诟病的一个硬伤。除此之外，该剧在人物塑造上缺少性格描写，人物心理刻画不足，辞藻华丽但是缺乏个性，这些也是被批评家批评的部分。

伊丽莎白时代的观众的确喜好血腥的复仇剧，该剧上演时还是受到了广大观众的热烈追捧。《泰特斯·安德洛尼克斯》是莎士比亚创作的第一部悲剧，对莎士比亚后来创作悲剧有很关键的意义，它显现出了莎士比亚悲剧的独创性。首先，这部剧的内容是关乎政治的，个人恩怨和国家安危、对外战争和境内动乱融合在一起，这些都是莎士比亚创作中最为关心的问题。其次，这部剧有批评倾向，莎士比亚悲剧和塞内加悲剧的差异在于莎剧有严肃的目的，这部剧也不例外，其目的不是用残忍的事件刺激观众，而是包含着严肃的道德批判目的。再次，这部剧已经有了莎士比亚悲剧特点的雏形，如丰富生动的情节、构思巧妙的冲突处理、极具艺术魅力的诗歌创作等，都为莎士比亚之后的悲剧创作奠定了基础。也有人给予这部剧很好的评价，称这部剧在莎士比亚早期不成熟阶段的9部戏中算得上优秀，也预示着悲剧是莎剧中卓越的类型。

【剧情简介】

泰特斯·安德洛尼克斯(Titus Andronicus)是罗马的一位常胜将军，在一次讨伐哥特人的战争胜利之后，泰特斯俘获了哥特女王塔摩拉(Tamora)以及她的三个儿子，将他们带回罗马作为战利品。为了纪念这场战争中阵亡的罗马将士，泰特斯的儿子路歇斯(Lucius)杀死了塔摩拉的大儿子作为祭品，此事也在塔摩拉心里埋下了仇恨的种子。

泰特斯保卫了国家，受到民众的爱戴，众人一致举荐他为皇帝，可是泰特斯拒绝了，推荐皇长子萨特尼纳斯(Saturninus)为新皇，并将女儿拉维妮娅(Lavinia)许配给他。然而，萨特尼纳斯的弟弟巴西安纳斯(Bassianus)声称与拉维妮娅有婚约在先，二人在兄弟们的帮助下逃走了。泰特斯一怒之下，杀死了帮助女儿逃走的小儿子穆歇斯(Mutius)。让人没想到的是，萨特尼纳斯在此时看上了俘虏塔摩拉，并立她为皇后，同时，这位新皇帝也允许巴西安纳斯和拉维妮娅回到皇宫。发生这一系列事情之后，萨特尼纳斯对泰特斯谢意全无甚至厌恶，塔摩拉心中也一直有向泰特斯复仇的欲望，塔摩拉建议萨特尼纳斯假意与之释嫌修好，夫妇俩决定背地里对付泰特斯。

图 3-29　路歇斯告诉他的父亲护民官已经离开(Jean-Michel Moreau 绘制，1785 年雕版)

在一次盛大的狩猎活动中，拉维妮娅和巴西安纳斯无意中在森林深处发现了皇后塔摩拉与宠奴艾伦(Aaron)正在偷情，塔摩拉担心被揭发，于是先下手为强，在自己两个儿子狄米特律斯(Demetrius)和契伦(Chiron)面前哭诉称自己遭到巴西安纳斯和拉维妮娅侮辱。两个儿子本来就垂涎拉维妮娅的美色，这下借机刺杀了巴西安纳斯，将其抛尸荒野，并且轮奸了拉维妮娅。为了堵住她的嘴，二人残忍地割掉了她的舌头，砍下了她的双手。这还不够，塔摩拉和艾伦还伪造了信件，诬陷泰特斯的两个儿子马歇斯(Martius)和昆塔斯(Quintus)为杀害巴西安纳斯的凶手。皇帝受到蒙蔽，大发雷霆，后向皇家法院告发泰特斯的两个儿子杀死了自己的弟弟。法官判处了马歇斯和昆塔斯死刑，泰特斯的第三个儿子路歇斯因为试图营救哥哥也遭到放逐。

泰特斯此时非常绝望，歹毒的艾伦再生一计，前来假传圣旨，宣称只要砍掉他们家父子三人①其中的一只手献给皇帝以表诚意就可以赦免马歇斯和昆塔斯的死罪。无奈之下，泰特斯砍下了自己的一只手，献给了皇帝。没过多久，使者送来了被退回来的那只手，还

① 指的是泰特斯、路歇斯以及路歇斯的弟弟玛克斯(Marcus)。

有泰特斯两个儿子的头颅。泰特斯心灰意冷，肝肠寸断，发誓要报仇雪恨。被放逐的儿子路歇斯跑到了哥特人那里招募军队，准备向萨特尼纳斯讨还血债。

可怜的拉维妮娅用嘴衔着小树枝在泥沙上写出了恶人狄米特律斯和契伦的名字，设法告诉父亲他们犯下的残酷罪行。这时候，塔摩拉产下了一名黑色皮肤的婴儿，原来这个孩子是艾伦的，为了掩人耳目，艾伦想办法用一个白人婴儿掉包了自己的孩子，让人们误以为皇后产下了皇帝的孩子。泰特斯则佯装发疯，在家设宴款待皇帝夫妇，他趁机杀死了塔摩拉的两个儿子并把他们剁成肉酱，用他们的肉做成馅饼招待皇帝夫妇。随后，泰特斯亲手杀死女儿拉维妮娅结束她的耻辱，刺杀了皇后报仇雪恨。萨特尼纳斯皇帝怒杀泰特斯，赶回来的路歇斯看到父亲被杀，也举剑刺死了皇帝。路歇斯将事情的经过告诉了民众，真相得以大白，人们推崇路歇斯为罗马皇帝，即位后的路歇斯见恶人艾伦毫无悔意，下令活埋艾伦。

【演出及改编】

图 3-30　2006 年在英国莎士比亚环球剧院上演的《泰特斯·安德洛尼克斯》①

这部以古罗马历史为题材的莎剧确实是一部充满凶杀暴虐和渲染恐怖气氛的塞内加式的复仇剧，适合阅读，各幕均有阴谋诡计和血泊仇杀以及各种惨不忍睹的暴力行为，现场演出的难度极大。

1678 年，由爱德华·拉文斯克罗夫特(Edward Ravenscroft)改编自《泰特斯·安德洛尼

① 该剧追求真实特效，表现出了剧本“血腥”的特点，图为饰演拉维妮娅的演员劳拉·里斯(Laura Rees)。

克斯》的英文同名剧作，又名《被强暴的拉维妮娅》(*The Rape of Lavinia*)，在伦敦的特鲁里街上演，这个版本的戏剧表演获得了巨大的成功。拉文斯克罗夫特对戏剧进行了大幅度的改动，删除了第四幕的情节，对暴力事件进行缓和处理，并将军队由哥特人组成改为由忠于泰特斯的罗马百夫长组成。在英国，这个剧最成功的改编是1850年首演的由艾拉·奥尔德里奇(Ira Aldridge)和C. A. 萨默塞特(Somerset)改编的版本，艾伦被重写为该剧的英雄，塔摩拉的形象改编成贞洁皇后，和艾伦只是朋友，拉维妮娅被强奸和残害的情节被移除，等等。这部改编剧在票房上非常成功，《泰晤士报》称赞该剧的改写比莎士比亚的原作更加有水准。1951年在美国欧文剧院上演的改编版本《安德洛尼克斯》只有35分钟，这部剧十分强调血腥，删除了艾伦一角。2012年，作为世界莎士比亚戏剧节的一部分，中国香港导演邓树荣指导的粤语版本上演，该改编版本有着极简主义的特点，“血腥味”少，拉维妮娅在被砍断双手后只是戴着红色手套。戏剧进行过程中一直有一个叙述者，时而第一人称，时而第三人称叙述，该剧获得了极好的评价。2017年，印度导演 Bornila Chatterjee 根据此剧改编的电影《饥饿传说》(*The Hungry*)上映，印度元素和暴力美学的光影效果颇有看点。

【经典名段中英文对照赏析】

TITUS

Hark, wretches, how I mean to martyr you:
This one hand yet is left to cut your throats,
Whiles that Lavinia 'tween her stumps doth hold
The basin that receives your guilty blood.
…
And now, prepare your throats. Lavinia, come,
Receive the blood, and when that they are dead
Let me go grind their bones to powder small,
And with this hateful liquor temper it,
And in that paste let their vile heads be baked.
Come, come, be everyone officious
To make this banquet, which I wish may prove
More stern and bloody than the Centaurs' feast.
[*He cuts their throats*]

(Act 5, Scene 2, 180-183; 196-203)

泰特斯 听着，狗东西！听我说我要怎样处死你们，我这一只剩下的手还可以割断你们的咽喉，拉维妮娅用她的断臂捧着的那个盆子，就是预备盛放你们罪恶的血液的。……现在伸出你们的头颈来吧。拉维妮娅，来。让他们的血接在这盆子里；等他们死了以后，我就去把他们的骨头磨成灰粉，用这可憎的血水把它调和了，再把他们这两颗奸恶的头颅放在那面饼里烘焙。来，来，大家帮我一臂之力，安排这一场残酷的盛宴(割二人咽喉)。

(第五幕第二场 180—183 行；196—203 行)

说明：该剧看上去似乎是一段罗马历史，令人浮想联翩，其实并非如此。本剧中的复仇情节是螺旋式的，以杀人祭牲开始，即屠戮哥特女王塔摩拉的长子阿拉勃斯(Alarbus)来血祭与哥特人激战中阵亡的罗马将军泰特斯的儿子们。从历史的维度来说，古罗马从未有过"人牲"，但几乎所有文化传统中都有"人牲"的原初印记。对莎士比亚及其观众来说，罗马能唤起人们对罗马天主教会以及早先的异教徒帝国的回忆。由此，剧中的种种行为便被赋予了丰富的影射意义，如终极祭祀(ultimate sacrifice)、上帝之子被钉十字架(the crucifixion of God's own Son)以及由此引发的教义差异。对天主教徒和新教徒而言，"殉道"("martyred")一词同样意义深远，在剧中则适用于拉维妮娅。拉维妮娅在帮助父亲杀死契伦和狄米特律斯之后，父亲让她"接血"("receive the blood")，可谓对"圣餐"(the Eucharist)语言的阴郁模仿，尽管"圣餐"中的滴滴鲜血昭示的是耶稣拯救世界。至于盛宴之上的酒是真实的血液还是仅为象征符号，这一问题迄今仍激辩不休。

【其他经典名句】

* Sweet mercy is nobility's true badge. (I. i. 122)
慈悲是高尚的人格的真实的标记。

* A speedier course than lingering languishment
Must we pursue. (I. i. 610-611)①
与其在无望的相思中熬受着长期的痛苦，不如采取一种干脆爽快的行动。

* Come and take choice of all my library,
And so beguile thy sorrow. (IV. i. 34-35)
来，到我的书斋里去挑选吧。读书可以帮助你忘记你的悲哀。

① 在朱译本中，该句在第二幕第一场。

* Coal-black is better than another hue
In that it scorns to bear another hue;
For all the water in the ocean
Can never turn the swan's black legs to white,
Although she lave them hourly in the flood. (IV. ii. 101-105)

黑炭才是最好的颜色，它是不屑于用其他的色彩涂染的；大洋里所有的水不能使天鹅的黑腿变成白色，虽然它每时每刻都在波涛里冲洗。

* Is the sun dimmed, that gnats do fly in it? (IV. iv. 82)

太阳会因为蚊蚋的飞翔而黯淡了它的光辉吗？

《特洛伊罗斯与克瑞西达》
Troilus and Cressida

图 3-31 《特洛伊罗斯与克瑞西达》第五幕第二场克瑞西达与狄俄墨得斯在营帐相会
(Angelica Kauffmann 绘制，1789 年)

【导言】

希腊神话中的特洛伊①王子特洛伊罗斯(Troilus)的形象给了莎士比亚灵感，但特洛伊罗斯与克瑞西达(Cressida)的故事只是一个中世纪的传奇，与希腊神话并无直接关系。莎士比亚的剧作《特洛伊罗斯与克瑞西达》里的主要情节参考了不少前人的作品：其中的爱情主线主要参照了乔叟的长篇叙事诗《特洛伊罗斯与克瑞西达》(*Troilus and Criseyde*)(1372—1384)，而有关特洛伊战争(Trojan War)的部分则参照了约翰·利得盖特(John Lydgate)的《特洛伊被困记》(*Troy Book*)(1420)以及卡克斯顿(Caxton)翻译的《特洛伊历史回顾》(*Recuyell of the Historyes of Troye*)；劝阿喀琉斯(Achilles)参战的故事取材于荷马(Homer)史诗《伊利亚特》(*Iliad*)，莎翁可能参阅的是恰普曼(George Chapman)的译本；此外，他还参看了各种中世纪和文艺复兴时期的其他有关作品。

① 朱译本称“特洛亚城”，本节依照当今通行译法仍称“特洛伊”。

本剧的题材在17世纪早期十分流行，莎士比亚也有可能受到了同期其他戏剧作品的启发。如托马斯·海伍德(Thomas Heywood)的两部曲《铁器时代》(*The Iron Age*)也描述了特洛伊战争以及特洛伊罗斯与克瑞西达的故事，但他和莎士比亚的作品哪一个在前则尚无定论。莎士比亚的作品《特洛伊罗斯与克瑞西达》约作于1601—1602年，是他为数不多的问题剧①之一。尽管这一剧作的题材并无新意，但经过莎士比亚的生花妙笔，仍有其独创性。

本剧讲了两个故事：一是古代史上有名的特洛伊战争的故事；二是在特洛伊战争背景下展开的特洛伊罗斯和克瑞西达的爱情故事。简言之，一谈战争，二谈爱情。通过特洛伊之战和克瑞西达背叛爱情的情节，反映出时代、人性和价值观念的变化。这部作品情节发展不够自然流畅，暴露人物心理的阴暗面较多，对人生的一些价值标准，如荣誉和爱情采取疑问和讽刺的态度，因而被誉为莎翁的问题剧代表作之一。

关于特洛伊战争的起因，一般史书上都说是为了争夺美丽的海伦(Helen)。由于特洛伊王子帕里斯(Paris)抢走了斯巴达王墨涅拉俄斯(Menelaus, King of Sparta)的王妃海伦，才引发了希腊人的围城战。希腊诸王子发誓，一定要攻克特洛伊。莎士比亚在《特》剧的“开场白”中指出：“这就是战端。”为了进行报复，希腊人大动干戈，兵临特洛伊城下。他们在围城7年后发出通牒，交还海伦即可休兵。这时希腊军营中纪律松弛，士气涣散。将士之间互相猜忌，互相倾轧。在莎士比亚笔下，希腊所有将领已不是原来荷马所鼓吹的那种英雄。他们一个个道德败坏，全都是纵欲的淫棍。而在特洛伊方面，以父王普赖姆(Priam)为首的家庭兼军政集团则团结一致，共同对敌。直到剧本结尾，特洛伊罗斯决心复仇，战斗仍未结束。

本剧的情感主线说的是特洛伊罗斯和克瑞西达的爱情故事。特洛伊罗斯是特洛伊国王普赖姆的幼子。克瑞西达是特洛伊祭司卡尔卡斯(Calchas)的女儿。尊贵的王子和出身低微的牧师的女儿同为主人公，打破了悲剧写上层人物、喜剧写较低下人物的传统界限，一起来完成莎士比亚交给他们的任务——在爱情问题上从正反两面现身说法。但残酷的战争改变了克瑞西达的命运，把她变成了负心的女人。特洛伊罗斯的心碎了，他的爱情理想像肥皂泡一样破灭了。

《特》剧似乎是莎剧中最令人困惑的剧本之一，300多年来一直受到“冷处理”。直到第二次世界大战以后，才以其反战的内容得到了应有的重视。严格说来，不是《特》剧令人困惑，而是人们没有深入分析它的主旨而造成的“自我困惑”。有的论者在将《特》剧和《哈姆

---

① 另外两部较为知名的问题剧也是莎士比亚的最后两部喜剧：《终成眷属》和《一报还一报》。这几部剧的写作时间、风格甚至内容都十分接近；也有人认为《哈姆雷特》也可算作问题剧。但一般认为莎士比亚的三大问题剧依时间顺序就是：《特洛伊罗斯与克瑞西达》(1601—1602)、《终成眷属》(1602—1603)和《一报还一报》(1604)。

雷特》作比较时，谈到了这两部剧的许多相似之处，如两者都运用了大量的双关语和亦庄亦谐的手法，都使用了食物和疾病等主导意象，都对英雄人物的荣誉观进行了反讽等。遗憾的是，他们未能指出这两个剧所体现的莎士比亚创作思想的连续性(《特》剧正好作于《哈姆雷特》完成之后的次年)。莎士比亚在《哈姆雷特》中揭示了人道主义理想和社会丑恶现实之间的矛盾，也触及了战争和爱情两大问题。《特》剧正是作者对战争和爱情进行综合考察的继续和发展。所以对这两大问题的反思和反讽，是《特》剧和《哈姆雷特》主要的相似之处，其创作思想的连续性正突出地表现在这里。

关于《特》剧的体裁，众说纷纭，多少年来，一直没有定位。最早有人认为，它是莎士比亚"最机智的喜剧"，或称"讽刺性喜剧"。1609 年的四开本在书名页上把它标为史剧，但在序言("致读者")中又把它说成喜剧，近代还有人称它为"黑色喜剧"或"荒诞喜剧"。1623 年的对开本则把《特》剧归在悲剧类中。大多数评论家认为，它是 1600—1602 年伦敦戏剧界的"剧场之战"的反映。当时，坚持古典主义创作方法的琼森和主张自由创作的德克(Thomas Dekker)与马斯顿(John Marston)，分别为不同的儿童戏班编剧。两个戏班竞争激烈，对立的剧作家互相揭短，在戏剧创作问题上展开了论战。莎士比亚和琼森本是好友，到了 1602 年，由于鲜为人知的原因，也可能由于创作思想上的分歧，两人开始疏远。莎士比亚所属的剧团不再接受琼森的剧本。在"剧场之战"中，莎士比亚不是站在一旁观战，而是带着自己的作品参战。《特》剧就是以其对史料的讽刺性模拟向坚守古典主义阵地的琼森发起攻击。这种讽刺性模拟的体裁很难用单一的喜剧、悲剧或史剧的框框去套。说它是喜剧，显然不符合剧本的主旨。虽然剧中的讽刺可能引起喜剧性的讥笑，但说到底，那是辛辣的含泪的讥笑；说它是史剧，也不确切。尽管题材是历史上著名的特洛伊战争，但历史成了反讽的对象，失去了原来史实的意义和作用；说它是悲剧，也没有说到重点上，因为它没有悲剧的结尾。虽然特洛伊的主将赫克托(Hector)死了，预示着该城邦的陷落，但剧名主人公特洛伊罗斯和克瑞西达都没有死。他们的爱情的历程中有悲剧性遭遇，他们的爱情理想的幻灭富有悲剧性色彩，但没有发展成为带正统结尾的伊丽莎白时代的悲剧。应该看到，《特》剧包含了悲剧、喜剧和史剧三种基本模式的因素，是一种混合体裁，可称为悲喜混杂剧或悲喜剧。其最显著的特征就是寓喜剧性的讽刺于悲剧性的情节发展之中，这在莎剧和文艺复兴时期戏剧中，是一种创新。现代莎学家都倾向于将《特》剧称为问题剧或社会问题剧。这种戏剧体裁处理重要的社会文明问题，即爱情、婚姻和法律等问题以及一切与社会生活有关的事物，通过善恶美丑的鲜明对比，在读者和观众中引起一种复杂的情感反应。从这个角度说，悲喜剧被称为社会问题剧是非常恰当的。

【剧情简介】

图 3-32　《克瑞西达》(Edward Poynter 绘制，1888 年)

《特洛伊罗斯与克瑞西达》的故事发生在特洛伊战争的后期，由两条相互穿插的情节主线组成：一是古希腊对特洛伊的战争，二是特洛伊罗斯与克瑞西达的爱情。故事开始时，因海伦诱发的希腊人攻打特洛伊城的战争已经进行了 7 年之久，双方都想尽早以和平方式解决这一争端。在希腊军营里，众将士责怪阿喀琉斯骄傲自满，不愿迎战。在特洛伊城，国王的儿子们就是否将海伦归还给希腊人产生了争议，骁勇善战的赫克托提出应归还海伦，和平结束战争。而特洛伊罗斯和帕里斯则据理力争，坚称要为了荣誉战斗到底。最后，赫克托保留意见，同意继续作战。

美丽的克瑞西达是投降于希腊的特洛伊祭司卡尔卡斯之女，特洛伊罗斯对她钟情已久，却一直无法赢得其青睐。在克瑞西达的舅父潘达洛斯(Pandarus)的周旋下，特洛伊罗斯终于如愿以偿，与多情的克瑞西达在花园幽会，并共度良宵。可是，由于克瑞西达要被送到希腊军营以换回特洛伊城被俘的战将，他俩只得匆匆而别。虽然两人在分别时山盟海誓，但克瑞西达一到希腊军营即投入新情人——希腊王子狄俄墨得斯(Diomedes)的怀抱。

赫克托向希腊人提出挑战，希腊主帅为了挫败阿喀琉斯的傲气，故意派埃阿斯(Ajax)迎战。由于埃阿斯与赫克托是表兄弟，他俩只打了一个回合就结束了战斗。希腊将领们请赫克托去做客，惦念克瑞西达的特洛伊罗斯也随行前往，却意外发现克瑞西达将他的爱情信物送给了粗鄙不堪的狄俄墨得斯，这一背信弃义的不贞行为令他愤怒不已。特洛伊罗斯毅然离开“叛逆的美人”，决心与情敌狄俄墨得斯决一死战。

第二天，激愤的特洛伊罗斯首先向狄俄墨得斯挑战，想要把他杀死，但未能成功。由于赫克托杀死了阿喀琉斯的朋友，他在卸甲休息时，怒不可遏的阿喀琉斯乘其不备将他杀死。赫克托的死预示着特洛伊城覆灭的到来。

这一战特洛伊失利，特洛伊罗斯未能如愿获胜，还永远失去了亲爱的兄长，悲痛欲绝。当特洛伊人离开战场时，悲愤的特洛伊罗斯遇到潘达洛斯，他唾弃了这个可耻的无赖，立誓要讨还血债，恢复荣誉，让复仇的希望掩盖自己内心的悲痛。

【演出及改编】

图 3-33 《一位扮演克瑞西达的女士》(John Opie 绘制，1800 年)

《特洛伊罗斯与克瑞西达》由于其含混晦涩和阴暗不明的本质，在舞台上一直都不太受欢迎。无论是在莎士比亚生前，还是在 1734—1898 年，一直没有任何有关该剧的演出记录。在英国王朝复辟时期，约翰·德莱顿重新改写了这部戏，他说要揭示出暗藏在“一堆垃圾”里的莎翁诗句的“珍宝”。这“一堆垃圾”说的是一些不合语法规范的不恰当的表达方式，当然还包括其中的许多情节。除了对语言进行打磨之外，德莱顿还进一步改进了部分情节，并且强化了埃阿斯与阿喀琉斯之间的敌对关系。不过，德莱顿最大的改变是对克瑞西达这个人物的彻底颠覆，在他的版本里，克瑞西达自始至终都对特洛伊罗斯一往情深。

《特洛伊罗斯与克瑞西达》还由于性描写过于外露，在维多利亚时代受到不少指责。直到20世纪初，该剧才得以以原本上演。不过自此以后，尤其是在“一战”以后，这出戏就变得极为受欢迎了，原因是它以嘲讽的方式描绘了道德的败坏和梦想的破灭，这无疑与当代人的心思不谋而合。这部戏的某些桥段，比如在漫长的战争期间违背对国家和人民大众的誓言，又如克瑞西达和希腊将士之间的伤风败俗之举，与当时人们心头的不满产生了强烈的共鸣，因此无论是在这一段时期还是在此后的岁月里，《特洛伊罗斯与克瑞西达》的上演频率都大大提高了。

《特洛伊罗斯与克瑞西达》在中国也并不陌生。1994年上海国际莎士比亚戏剧节期间，哈尔滨歌剧院在上海戏剧学院实验剧院演出了同名歌剧，作为整个莎剧节闭幕式的压台戏，受到了热烈欢迎。这个改编突出了毫无意义的战争对纯真爱情的毁灭这一主题，对战争中女性的悲惨命运进行了深刻的反思。莎学评论界普遍认为这台歌剧的问世和演出填补了我国创作莎翁歌剧的空白，实现了一次零的突破。

【经典名段中英文对照赏析】

ULYSSES

O, let not virtue seek
Remuneration for the thing it was;
For beauty, wit,
High birth, vigour of bone, desert in service,
Love, friendship, charity, are subjects all
To envious and calumniating Time.
One touch of nature makes the whole world kin,
That all with one consent praise new-born gauds,
Though they are made and moulded of things past,
And give to dust that is a little gilt
More laud than gilt o'er-dusted.

(Act 3, Scene 3, 171-181)

尤里西斯　啊！不要让德行追索

它旧日的酬报，
因为美貌、智慧、
门第、膂力、功业、
爱情、友谊、慈善，这些都要
受到无情的时间的侵蚀。
世人有一个共同的天性，
他们一致赞美新制的玩物，
虽然它们原是从旧有的材料改造而成的；
他们宁愿拂拭发着亮光的金器，
却不去过问那被灰尘掩蔽了光彩的金器。

(第三幕第三场 171—181 行)

说明："touch of nature"意思是"natural trait"(天生的特质)——全人类所共有的基本个性。足智多谋的希腊将军尤里西斯——这句话的作者，对他的希腊同胞——伟大的统帅阿喀琉斯讲了这句话。阿喀琉斯由于自尊受挫并爱上了一个特洛伊人，所以未再投入攻打特洛伊城的战事。他不明白为何希腊的重要人物都冷落他；尤里西斯希望能激励战友重回战场，坦率直白地对他说了一篇分析人类本性的话。我们今天所说的热情、慷慨以及任何其他浪漫的理想善性并不是"touch of nature"的本义。尤里西斯发现人类唯一的通性就是喜好抢眼的新奇事物("new-born gauds")，只要有不寻常的光彩就好，管它肤浅与否。阿喀琉斯过去的种种，如美貌、智慧、爱情等，都是时间摧残的对象；人类生性就喜好把褪色的荣耀忘怀。其实我们"共同的天性"就是没记性。

【其他经典名句】

* The worthiness of praise distains his worth,
  If that the praised himself bring the praise forth. (I. iii. 241-242)
  赞美倘然从被赞美者自己的嘴里发出，是会减去赞美的价值的。
* What's aught but as 'tis valued? (II. ii. 52)
  哪一样东西的价值不是按照着人们的估计而决定的？
* He that is proud eats up himself.
  Pride is his own glass, his own trumpet, his own
  chronicle; and whatever praises itself but in the deed
  devours the deed in the praise. (II. iii. 154-157)

一个骄傲的人，结果总是在骄傲里毁灭了自己。他一味对镜自赏，自吹自擂，遇事只顾浮夸失实，到头来只是事事落空而已。

* Hot blood begets hot thoughts, and hot
thoughts beget hot deeds, and hot deeds is love. (III. i. 127-128)
血液里添加热力便会激动情欲，情欲激动了便会胡思乱想，胡思乱想的结果就是玩女人闹恋爱。

* To be wise and love
Exceeds man's might; that dwells with gods above. (III. ii. 152-153)
智慧和爱情只有在天神的心里才会同时存在，人们是不能兼而有之的。

* O heavens, what some men do,
While some men leave to do! (III. iii. 135-136)
天啊！有些人会乘着别人懈怠的时候，干出怎样一番事业！

* Time hath, my lord, a wallet at his back,
Wherein he puts alms for oblivion,
A great-sized monster of ingratitudes. (III. iii. 147-149)
将军，时间老人的背上负着一个庞大的布袋，那里面装满着被寡恩薄义的世人所遗忘的丰功伟绩。

* Things in motion sooner catch the eye
Than what not stirs. (III. iii. 185-186)
活动的东西是比停滞不动的东西更容易引人注目的。

* Lechery, lechery, still wars and lechery; nothing
else holds fashion. (V. ii. 202-203)
奸淫，奸淫；永远是战争和奸淫，别的什么都不时髦。①

① 意思是说，性和战争是永存的。

第四章
莎士比亚的传奇剧世界

莎士比亚创作的传奇剧(Romance)有5部，依次包括《泰尔亲王配力克里斯》(*Pericles, Prince of Tyre*)、《辛白林》(*Cymbeline*)、《冬天的故事》(*A Winter's Tale*)、《暴风雨》(*The Tempest*)和与他人合著的《两个高贵的亲戚》(*The Two Noble Kinsmen*)。这5部剧完成于1607—1613年，均属于莎翁晚期的作品，其中《暴风雨》更是被誉为莎翁瞩目的谢幕之作和"文学遗嘱"。

传奇剧也许是莎剧中读者较为陌生的领域。它还有一个更直观的名字——"悲喜剧"(Tragicomedy)，意为将悲剧和喜剧两种题材融合在一起的艺术形式。作为一种平行于其他3种的莎剧门类，传奇剧的名称其实有着较为年轻的历史，是19世纪后期由学者爱德华·道登(Edward Dowden)提出的，后来被学界广泛沿用。

传奇剧作为一种元素杂糅的戏剧，其特征一般是一部整体情节和气氛都显得庄重、压抑的剧中穿插着轻盈有趣的喜剧因子，或者拥有一个意想不到的美满结局。因此传奇剧的创作需要把握悲、喜两种情绪的平衡，也要考虑到急遽转折和喜剧结局是否会使观众觉得突兀。莎士比亚的传奇剧中就经常出现错综复杂的机缘巧合，包括"机械降神"(deus ex machina)的手法，形容一个看似无法解决的情形以一种难以预料的方式豁然开朗，通常使悲剧得以化解。

此外，传奇剧还具有以下经典特质：

- 重要角色为老年人物，也常有年轻恋人
- 多年后故人重逢
- 以为已死的人物复活
- 埋藏多年的真相浮出水面
- 结下的宿仇消弭
- 神迹与魔法等超现实元素

例如《泰尔亲王配力克里斯》结尾亲王和以为已死的妻女团聚，《冬天的故事》中国王与牧羊女父女相认、化为雕像的王后突然复活，《暴风雨》中普洛斯彼罗原谅仇敌、促成姻缘。人们同时认为，这些令人咋舌的反转剧情和皆大欢喜的美好结局，也体现了莎士比亚晚年更加平和与宽容的心境以及对救赎的珍视。尽管这些戏剧一般是异教背景，但也体现了伊丽莎白时代的基督教思想。在欣赏传奇剧时，观众的心情历经跌宕起伏，欢笑和泪水并行不悖，这也是戏剧艺术魅力的体现。

《辛白林》
Cymbeline

图 4-1　阿埃基摩窃取伊摩琴的手镯(Louis Rhead 绘制，1918 年前)

【导言】

《辛白林》约创作于 1609—1610 年，1623 年收入《第一对开本》首次出版，首次上演于黑衣修士剧院室内舞台。这个故事的情节框架及时代背景参考自英国历史学家霍林希德的《编年史》，国王辛白林(Cymbeline)是传说中的不列颠国王，统治时代约为公元前 33 年至公元初年，该剧故事背景则是这一时间段的不列颠和罗马。该剧的故事情节由多种素材提炼组合而成，借鉴了薄伽丘《十日谈》中“热那亚的商人贝纳卜(Bernabò)与安勃洛乔(Ambrogiuolo)打赌”(第二天第九个故事)的情节，伊摩琴的继母上位之后放逐她的爱人的故事情节可能受到当时的旧戏《爱情与命运难得的胜利》(*The Rare Triumphs of Love and Fortune*)的影响，伊摩琴(Imogen)误认无头尸体是波塞摩斯(Posthumus)的情节可能受到另一部旧戏的启示。在此剧的人物姓名等方面，莎士比亚可能也受到菲利普·锡德尼爵士的《阿卡迪亚》、艾德蒙·斯宾塞的《仙后》等作品的影响。伊摩琴是剧中最有魅力的人物，她本人温柔忠贞，曾被人认为是莎士比亚创造的女性形象中的最高成就。

《辛白林》情节跌宕起伏，扣人心弦，起始于悲剧冲突，曲折发展之后以喜剧告终，戏剧效果极佳。剧中最惊心动魄的部分则用对话的形式展现出来，在需要的时候让不同的人物解释中间的环节，人物行为的重要性不仅集中体现在结果，而且呈现出梦幻般的优雅艺术风格，并且通过场景转换和时间延续所形成的不同观察角度来展现。全剧有三条情节线索，主次分明，主线是伊摩琴公主和波塞摩斯有着重重阻力的爱情，二人最后获得幸福。主要的辅助线索有两条：一是罗马因贡金问题向不列颠宣战，波塞摩斯为国参战，伊摩琴则成为罗马的俘虏；二是国王辛白林丢失的两个儿子吉德律斯(Guiderius)(后化名为波里多[Polydore])和阿维拉古斯(Arvirargus)(后化名为凯德华尔[Cadwal])回归祖国的情节，最终他们也得以和国王辛白林以及伊摩琴公主团聚。

无疑，这部传奇剧有着浪漫而奇幻的艺术魅力，人神鬼皆有涉及，神话与现实并存，用多元浪漫而瑰奇的场景灵巧地将丰富的情节串联组合起来。幻想世界之外，该剧的社会批判意义和现实审美价值也不容忽视，莎士比亚作为一个人文主义者的道德信念和人文理想也在剧中体现：宽恕和解的主题、伊摩琴的新女性思想意识、辛白林和波塞摩斯等人道德观念的升华等话题都是该剧现世价值的体现。

【剧情简介】

辛白林是不列颠的一位国王，妻子去世后，他新娶了一位王后。大臣培拉律斯(Belarius)因公事报复国王，将国王襁褓之中的两个王子吉德律斯和阿维拉古斯掳走，在山洞里抚养两位王子。在辛白林身边的只有公主伊摩琴，她和绅士波塞摩斯感情很好，波塞摩斯虽是孤儿寄养在宫中，但也是烈士的后代，身份尊贵。波塞摩斯和伊摩琴日久生情，长大后便秘密结婚。新王后希望国王的继承权能够落在自己和前夫的儿子克洛顿(Cloten)手里，于是向国王提议将伊摩琴嫁给克洛顿，这样克洛顿就有合法的继承权了。国王听说波塞摩斯和伊摩琴私自成婚，勃然大怒，将波塞摩斯驱逐出境。波塞摩斯和伊摩琴互换信物，伊摩琴将母亲留给她的钻戒交给丈夫，波塞摩斯也将一只镯子套在妻子手上，然后独自奔赴罗马。

在罗马，波塞摩斯结交了一些好友，这其中也有像阿埃基摩(Iachimo)这样不怀好意的小人。他诱逼波塞摩斯就公主伊摩琴是否真的贞洁打赌，拿上波塞摩斯的亲笔书信前往不列颠，受到了公主的招待。但是阿埃基摩还想要对公主求爱，公主自然是不会答应的，可没想到阿埃基摩收买了公主的仆人，在夜间观察了公主的卧室，看清了公主脖子上有一

图 4-2 《波塞摩斯与伊摩琴》(Henry Justice Ford 绘制，19 世纪后期)

颗痣，还偷走了公主胳膊上戴着的镯子。阿埃基摩带着这些所谓的证据，赶回了罗马，让波塞摩斯相信了公主的不忠，依照他们的约定，波塞摩斯将公主交给他的戒指送给了阿埃基摩。悲愤交加的波塞摩斯写信给伊摩琴，谎称要在不列颠的米尔福德港和她见面，想要借机让仆人毕萨尼奥(Pisanio)杀害伊摩琴。毕萨尼奥相信公主是清白无辜的，放过了公主，伊摩琴换上了男装化名为菲德尔(Fidele)躲进了威尔士的一个山洞。没想到，在这个山洞里，伊摩琴遇到了 20 年前被培拉律斯掳走的两位不列颠王子。此时，王宫里的人发现公主不见了，毕萨尼奥便将波塞摩斯的信给了克洛顿，克洛顿穿上了波塞摩斯的衣服，前往米尔福德港，意图强奸伊摩琴并杀死波塞摩斯。克洛顿四处寻找公主，结果遇上了培拉律斯等人，在打斗之中，吉德律斯取了克洛顿的首级。先前饮下毕萨尼奥给的灵丹妙药而假死的公主醒来后发现无头尸体穿着丈夫的衣服，悲恸万分，以为是丈夫已然离她而去。路过此地的罗马主将路歇斯(Lucius)见到身着男装的伊摩琴，还以为是无主的男侍，便将公主收为手下。此时，阿埃基摩率罗马军队从高卢进犯不列颠，躲在山洞里的王子说服培拉律斯和他们一起下山，保卫祖国。波塞摩斯也正随罗马军队进攻不列颠，但是他的心还是向着祖国的，于是他决心化身农民为祖国而战，抗击罗马。众志成城之下，不列颠获得了胜利，赢得了战争。阿埃基摩、路歇斯以及化身为男侍的公主伊摩琴被英军俘获，被押到了辛白林的帐篷。伊摩琴见到阿埃基摩，要他交代手上的戒指的来历，众目睽睽之下，阿埃基摩交代了和波塞摩斯打赌的事情，也老实交代了自己偷盗公主手镯的罪行。波塞摩斯后悔不已，还以为自己误杀了妻子，明白真相后的伊摩琴也表露了自己的身份，当场原谅了丈夫。辛白林喜极而泣，同意了二人的婚事。培拉律斯也讲述了公主逃难的经过，将两个王子带到国王面前，坦白了自己的过失，将王子归还给国王。儿女安好，辛白林也不计前嫌，和培拉律斯握手言和。善良的伊摩琴为当时收留了自己的路歇斯求情，辛白林自然成全女儿。最后，在罗马主将路歇斯出面调解之下，罗马和不列颠达成和平协议。

【演出及改编】

图 4-3　1896 年在伦敦兰心大剧院上演话剧《辛白林》，艾伦・特里饰演伊摩琴

1864 年，作为莎士比亚诞辰庆祝活动的一部分，塞缪尔・菲尔普斯(Samuel Phelps)主演了戏剧《辛白林》。1896 年，艾伦・特里夫人在兰心大剧院(Lyceum Theatre)饰演伊摩琴，这是她最后几场表演之一。艾伦・特里夫人的表演获得了广泛赞誉，这一版本的伊摩琴比较高冷，减少了其懊悔的戏份。该版本的布景设计十分奢侈，但是部分印刷书籍以及王冠等道具被评论家指出不符合历史。同样奢侈但是不太成功的是 1897 年在纽约上演的版本，该版本布景和前期宣传费用就高达 4 万美金，但是这个作品仍然被认为过于情绪化，条理性不够。

2004年，美国新泽西州哈德逊莎士比亚剧团由乔恩·奇卡雷利(Jon Ciccarelli)导演的版本则更接近于迪士尼童话，该版本有邪恶的继母和活泼的公主。该剧团2014年再次创作，由雷切尔·阿尔特(Rachel Alt)导演的版本剧情完全朝着相反的方向发展，将故事背景放在美国的西部农场上，伊摩琴是一个上流社会的女孩，波塞摩斯则是她淫荡的爱人。

【经典名段中英文对照赏析】

BELARIUS

…

Exeunt GUIDERIUS and ARVIRAGUS

How hard it is to hide the sparks of Nature!
These boys know little they are sons to th' king;
Nor Cymbeline dreams that they are alive.
They think they are mine; and, though train'd up thus meanly
I' th' cave wherein they bow, their thoughts do hit
The roofs of palaces, and Nature prompts them
In simple and low things to prince it, much
Beyond the trick of others.

…

Myself, Belarius, that am Morgan called,
They take for natural father. The game is up.

(Act 3, Scene 3, 79-86; 106-107)

培拉律斯 ……(吉德律斯、阿维拉古斯同下)

天性中的灵明是多么不容易淹没！这两个孩子一点也不知道他们是国王的儿子；辛白林也永远梦想不到他们尚在人间。他们以为我是他们的父亲。虽然他们是在这俯腰曲背的卑微的洞窟之中教养长大，他们的雄心却可以冲破王宫的屋顶，他们过人的天性，使他们在简单渺小的事物之中显示出他们高贵的品格。……我自己，培拉律斯，现在化名为摩根，是他们心目中的亲生严父。打猎已经完毕了。

(第三幕第三场79—86行；106—107行)

说明：培拉律斯，一位英国贵族，因国王辛白林听信他人谗言而被放逐。为了报复，培拉律斯在放逐时绑走了辛白林的两个儿子。塔拉律斯化名为摩根(Morgan)，和辛白林的两个儿子在威尔士的丛林里生活着。塔拉律斯在这段独白里说道："辛白林啊！上天和我的良心知道，你不应该把我无辜放逐；因为一时气愤，我才把这两个孩子偷了出来，那时候一个三岁，一个还只有两岁；因为你褫夺了我的土地，我才想要绝灭你的后嗣……我自己，培拉律斯，现在化名为摩根，是他们心目中的亲生严父。打猎已经完毕了。"大家可能对于"The game is over"的表达更加熟悉一些，相比而言，说话人用"The game is up"则表示"你的诡计阴谋已经败露，不要继续了"之意。

【其他经典名句】

* Most miserable
Is the desire that's glorious. Bless'd be those,
How mean soe'er, that have their honest wills,
Which seasons comfort. (I. vii. 6-9)
最不幸的是那抱着正大的希望而不能达到心愿的人；那些虽然贫苦、却有充分的自由实现他们诚实的意志的人们是有福的。①

* No, 'tis slander,
Whose edge is sharper than the sword, whose tongue
Outvenoms all the worms of Nile, whose breath
Rides on the posting winds and doth belie
All corners of the world. (III. iv. 32-36)
不，那是谣言，它的锋刃比刀剑更锐利，它的长舌比尼罗河中所有的毒蛇更毒，它的呼吸驾着疾风，向世界的每一个角落散播它的恶意的诽谤。

* True honest men, being heard like false Aeneas,
Were in his time thought false: and Sinon's weeping
Did scandal many a holy tear, took pity
From most true wretchedness. (III. iv. 58-61)

① 此句朱译本在第一幕第六场开头。

正人君子的话，在当时往往被认为虚伪；奸诈小人的眼泪，却容易博取人们的同情。①

* Th' imperious seas breed monsters; for the dish
Poor tributary rivers as sweet fish. (IV. ii. 35-36)
庄严的大海产生蛟龙和鲸鲵，清浅的小河里只有一些供鼎俎美味的鱼虾。

* I mean, to man, he had not apprehension
Of roaring terrors; for defect of judgment
Is oft the cause of fear. (IV. ii. 110-112)
一个浑浑噩噩的家伙，往往胆大妄为，毫无忌惮。

* Fear no more the heat o'th' sun,
Nor the furious winter's rages. (IV. ii. 258-259)
不用再怕骄阳晒蒸，不用再怕寒风凛冽。

① 本句为意译：Aeneas(埃涅阿斯)是古希腊罗马神话中特洛伊的英雄，荷马的《伊利亚特》中，他曾保卫被希腊人进攻的特洛伊城；维吉尔的《埃涅阿斯纪》(*Aeneid*)中他是罗马的创立者。莎士比亚的《特洛伊罗斯与克瑞西达》和《裘力斯·恺撒》中也提及了他。传说中埃涅阿斯与迦太基女王狄多(Dido)有恋情，此处"false Aeneas"出自马洛的戏剧《迦太基女王狄多》(*Dido*, *Queen of Carthage*)，剧中女王被埃涅阿斯以"遵循神意创立伟业"之由抛弃，自尽前感叹"Live, false Aeneas! Truest Dido dies"(V. i.)，痛斥这位英雄的虚伪，莎士比亚此处用典便取此意。Sinon(西农)是传说中的希腊英雄，《埃涅阿斯纪》中是他哄骗特洛伊人说希腊人送进城的木马是一件礼物，使得"木马计"成功实施。西农在后世反成为说谎者的代名词，但丁《神曲》中他在为骗子设计的地狱中禁受永恒的炙烤，因此本处"weeping Sinon"指代奸诈者的眼泪。

《泰尔亲王配力克里斯》
Pericles, Prince of Tyre

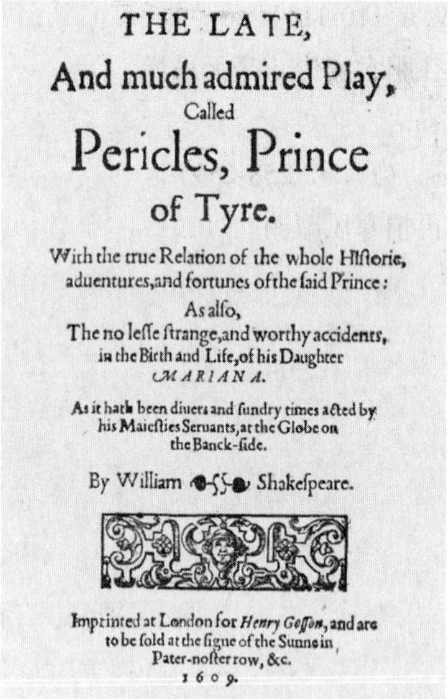
THE LATE,
And much admired Play,
Called
Pericles, Prince
of Tyre.
With the true Relation of the whole Hiſtorie,
aduentures, and fortunes of the ſaid Prince:
As alſo,
The no leſſe ſtrange, and worthy accidents,
in the Birth and Life, of his Daughter
MARIANA.
As it hath been diuers and ſundry times acted by
his Maieſties Seruants, at the Globe on
the Banck-ſide.
By William Shakeſpeare.
Imprinted at London for *Henry Goſſon*, and are
to be ſold at the ſigne of the Sunne in
Pater-noſter row, &c.
1609.

图 4-4　1609 年四开本《泰尔亲王配力克里斯》首页

【导言】

《泰尔亲王配力克里斯》约写于 1607—1608 年，该剧未被收入 1623 年正式出版的《第一对开本》，只是在 1609 年出版了一个颇多错误的劣本。该剧素材来源古老而广泛，几乎在欧洲各国的文学传统中皆可溯源。早在古希腊时代，就有这么一个关于泰尔的阿波罗泥乌斯的故事，这个传奇故事受到了《奥德赛》(*Odysseus*)的影响。1390 年左右，诗人约翰·高厄采用了这个古希腊故事创作了长诗《一个情人的忏悔》(*Confessio Amantis*)，英国作家劳伦斯·特温(Lawewnce Twine)将此长诗作了散文化的转述，由此创作了小说《艰苦历险记》(*The Pattern of Painful Adventures*)，1576 年出版，1607 年再版。莎士比亚主要取材于这两个作品。莎士比亚在其作品中还提到了这位中世纪诗人高厄，作品以他讲述剧情的方式展开，剧中这位中世纪诗人既是剧情解说者，又是人物评论员，也是作家的代言人。除此之外，依据这些媒介资料，这个故事还可以追溯到5世纪或6世纪的一个拉丁语文本，至于配力克里斯其名，可能来自菲利普·锡德尼爵士的《阿卡迪亚》以及普鲁塔克的《名人传》。《泰尔亲王配力克里斯》的著作权一直受到争议，研究者斯坦利·威尔斯与伽利·泰勒(Gary Taylor)认为乔治·威尔金斯(George Wilkins)的小说《泰尔亲王配力克里斯的痛苦经历》(*The Painful Adventures of Pericles Prince of Tyre*)和莎士比亚的剧本有一定关系。有人认为威尔金斯创作了前面的9场戏，莎士比亚创作了后面的13场，因为这部剧前后两部分风格迥异，第一部分体现了高厄14世纪的语言特点，在行末更多采用押韵的对仗体，而不是莎士比亚及其同时代人的语言习惯，比如更多使用跨行连续的诗歌形式等。从结构上来说，两个作者的看法似乎比较可行。但是也有学者指出，威尔金斯在他的作品里提到过莎士比亚的这部剧，可见威尔金斯的小说是发表于莎士比亚之后的，有可能是根据莎剧改写而成，所以也难以确定二人合作关系。

该剧充分体现了莎士比亚所坚持的人文主义生活准则，比如好人一定会战胜罪人，美好品质一定会战胜丑恶。该剧大张旗鼓地宣扬了惩恶扬善的主旨，剧中几乎所有人的结局都符合这一点。泰尔亲王(Pericles, Prince of Tyre)虽遭到恶人暗算追杀，历经颠沛流离之苦，最终却得以妻女团聚，还得一佳婿。老臣赫力堪纳斯(Helicanus)不负亲王所托，殚精竭虑管理国家，忠心耿耿，作为忠良的象征，获得了举国上下的尊重。恶人安提奥克斯(Antiochus)则是淫邪的象征，他不关心人民疾苦，还和亲生女儿乱伦；克里翁(Cleon)夫妇后来转变成忘恩负义的小人，引起了人民公愤，全家葬身火海。恶人们最终都尝得恶果，得以恶报。

【剧情简介】

国王安提奥克斯是叙利亚地区的一个国王，妻子去世之后，他只剩下一个绝代美艳的女儿陪伴他。随着女儿慢慢长大，安提奥克斯情不自禁，居然和女儿发生了关系。父女产生不伦恋的同时，公主的绝世美貌芳名也传遍天下，一到适婚年龄，王孙贵族纷至沓来，泰尔亲王配力克里斯也是求婚者中的一员。安提奥克斯不能容忍公主被任何人夺走，便想方设法设置障碍，他设计了一个哑谜，求婚者如果猜不出谜底就要处以死刑。泰尔亲王配力克里斯细细思考了哑谜后，一下子悟出了父女二人的猫腻，用一种只有父女俩理解的谜语回答了哑谜。智慧的配力克里斯意识到自己猜出了父女之间的秘密，可能会遭到暗算，于是偷偷逃离了王宫。果然，安提奥克斯密令杀手处理掉泰尔亲王。为了避免给自己国家的臣民带来战争，泰尔亲王不准备回到自己家乡，而是去了塔萨斯，将处理国事的大权交给了忠臣赫力堪纳斯。安提奥克斯的杀手找不到配力克里斯，于是禀告国王泰尔亲王在大海上，定会在海上丧生，安提奥克斯才就此罢休。

图 4-5　《玛丽娜为泰尔亲王歌唱》(Thomas Stothard 绘制，1825 年)

配力克里斯给塔萨斯的人民带来了许多粮食，解决了当地的灾荒，也受到了人们的拥戴，可是不多久，赫力堪纳斯来信称安提奥克斯知道他躲在了塔萨斯，此地不宜久留。于是，配力克里斯扬帆远航，在大海上遇到了特大风暴，只有他一个人被冲到了潘塔波里斯的小国。渔民告诉他，国王的女儿十分美貌，将要在生日那天比武招亲。配力克里斯第二天便威风凛凛地来到王宫，凭借精湛的武艺打败了一个又一个对手，获得了公主泰莎(Thaisa)的爱情。国王欣赏这位勇士，不多久为两位年轻人举办了隆重的婚礼。不久后，配力克里斯得到安提奥克斯国王父女双双去世的消息，大臣催他尽快回国，这时候配力克里斯才向泰莎和国王袒露身份。只是此时公主已经怀孕，国王希望等公主生产之后再出发，毕竟孕妇不宜海上远航。勇敢的公主表示自己愿意跟随夫君，不怕风浪。配力克里斯夫妇出发要回归祖国了，可是翻江倒海使得泰莎很快病倒。她在一个风雨的日子里诞下了小公主，自己却因为体虚去世。配力克里斯痛不欲生，但是水手坚称船上有尸体时暴风雨是不会停止的，为了孩子和全船人的生命安全，配力克里斯安顿好妻子，将妻子遗体以及她的衣物和信息放入箱子里，还放入重金作为报酬，希望发现此箱的好心人可以安葬妻子。风浪逐渐变小了，配力克里斯害怕女儿不能坚持回到泰尔，于是掉头回塔萨斯，将女儿取名为玛丽娜(Marina)，交给总督夫妇克里翁和狄奥妮莎(Dionyza)抚养，认为这才是最稳妥的办法。而被放在箱子里的泰莎，5 个小时后被风浪推到了一片沙滩上，萨利蒙(Cerimon)医生见状，认为箱中的女子并没有断气，只是休克，便将其抬到屋子里赶紧救治。在好心人的帮助下，泰莎慢慢醒过来了。她知道自己可能不会再见到丈夫，于是来到狄安娜神庙当起了女祭司。多年后，玛丽娜出落成亭亭玉立的大姑娘，却招来了狄奥妮莎的嫉妒，后者竟雇人谋害玛丽娜。幸运的玛丽娜被海盗搭救，但是不幸的她又被卖给了米提林的妓院。在妓院，玛丽娜用自己的聪明才智想方设法洁身自好，甚至感动了不少嫖客，其中就有米提林的总督拉西马卡斯(Lysimachus)，他对玛丽娜欣赏有加，珍爱非常。

来到塔萨斯寻找女儿的配力克里斯被告知女儿已经去世，悲伤不已。塔萨斯有的民众知道实情，纷纷谴责总督夫妇的忘恩负义，激愤的民众带头烧了他们的房子。而郁郁寡欢的配力克里斯不明真相，在船上过着暗无天日的生活，命运的巧合下他的船被吹到了米提林。拉西马卡斯听闻泰尔亲王来访，但是心情沉重，便提出请当地的绝代佳人来为他疏解心结，他提到的佳人便是玛丽娜。二人相见，开始互诉衷肠，才发现彼此的记忆是可以连接上的，配力克里斯和玛丽娜意识到眼前人就是自己的至亲，简直惊喜万分。拉西马卡斯为二人举行了盛大的活动。狄安娜女神给配力克里斯托梦，让他去往神庙，配力克里斯与玛丽娜在那里与泰莎相遇，命运多舛的一家三口总算团圆。拉西马卡斯即将迎娶玛丽娜，众人皆大欢喜。

【演出及改编】

图 4-6　2018 年 10 月 Women of Will 剧社上演《泰尔亲王配力克里斯》①

① 该剧社演员均为女性，演出获得了相当不错的评价。

该剧创作当年，即在伦敦进行了演出，当时的意大利驻英国大使索尔西·朱斯蒂尼安(Zorzi Giustinian)观看过此演出并留下了记载。1619 年 5 月，该剧在法国巴黎演出。到了 1854 年，在萨德勒威尔斯剧院上演了该剧，塞缪尔·菲尔普斯(Samuel Phelps)删去了高厄的戏份，还添加了新的场景，让莎士比亚另一传奇剧《冬天的故事》中的 5 名绅士参与此剧。受到维多利亚时代的利益观念的影响，该版本对乱伦和妓院的戏份都进行了淡化。

1958 年，托尼·理查逊(Tony Richardson)执导了该戏剧的演出，加上了逼真的舞台设计——舞台中央便是一艘大型船只，该版本取得了广泛好评，成为和原著精神统一的戏剧表演代表之一。1983 年，彼得·赛勒斯(Peter Sellars)制作了戏剧版本，该版本的主体是美国那些无家可归的人，体现了对莎剧的后现代改编特色。2015 年，加拿大广播公司电视台拍摄了电影电视版本。2016 年，由 Joseph Haj 执导并和格思里(Guthrie)剧院合作的版本使用了现代科技，在大屏幕上投影许多场景，人物在大海上的戏份得以呈现，效果逼真，配乐也十分精良，在必要时增强了观众的紧张情绪，加强了戏剧效果。同在 2016 年，纽约新观众剧院上演了特雷弗·雷恩(Trevor Nunn)执导，克里斯丁·卡马戈(Christian Camargo)饰演泰尔亲王的版本，该版本有许多精致华丽的服装，加入了不少民歌及舞蹈，还借鉴了威尔金斯作品中的故事情节，从而加快了故事节奏，表现了清晰的故事线。

【经典名段中英文对照赏析】

PERICLES

The god of this great vast, rebuke these surges
Which wash both heaven and hell, and thou that hast
Upon the winds command, bind them in brass,
Having called them from the deep! O, still
Thy deaf 'ning dreadful thunders; gently quench
Thy nimble sulphurous flashes! O, how, Lychorida,
How does my queen? Thou stormest venomously;
Wilt thou spit all thyself? The seaman's whistle
Is as a whisper in the ears of death,
Unheard. Lychorida! — Lucina, O,
Divinest patroness and midwife gentle
To those that cry by night, convey thy deity
Aboard our dancing boat; make swift the pangs

Of my queen's travails!

(Act 3, Scene 1, 1-14)

配力克里斯 大海的神明啊，收回这些冲洗天堂和地狱的怒潮吧！统摄风飚的天使啊，呼召它们离开海面，用铜箍把它们捆束起来吧！啊，止住你震耳欲聋的惊人雷霆，熄灭你迅疾的硫火的闪电！啊！莉科丽达，我的王后怎么样啦？你发着这样凶恶的风暴，你是要把所有的海水一起翻搅出来吗？水手的吹啸像死神耳旁的微语一般，微弱得没有人能够听见。莉科丽达！卢西娜①，神圣的保护女神，夜哭人的温柔保姆啊！愿你的灵驾来到我们这一艘颠簸的船上，帮助我的王后早早脱离分娩的苦痛吧！

(第三幕第一场 1—14 行)

说明：这里"统摄风飚的天使"，指的是风神埃俄罗斯(Aeolus)，而后配力克里斯又向掌管雷电的乔武(Jove)祈祷。"Bind them in brass"出自荷马史诗《奥德赛》中的典故，埃俄罗斯的岛屿被黄铜做的墙壁围了起来。本剧的语言风格前后差别明显，直到关于暴风雨的这一段台词出现，剧中语言才开始显现出莎氏后期诗体的韵味。从此处直到剧终，颇有一些段落具有特别的美感与力量。父女重逢一场最能说明问题，它再现了李尔王与科迪利娅的重逢，在某种程度上还有所超越。莎士比亚笔下最动人的场景莫过于此。

【其他经典名句】

* Poison and treason are the hands of sin,
  Ay, and the targets to put off the shame. (I. i. 140-141)
  毒药和阴谋是罪恶的双手，是犯罪者遮羞的武器。
* Then it is thus: the passions of the mind,
  That have their first conception by mis-dread,
  Have after-nourishment and life by care;
  And what was first but fear what might be done
  Grows elder now, and cares it be not done. (I. ii. 12-16)
  人们因为一时的猜疑而引起的恐惧，往往会由于忧虑而无形增长，先不过是害怕可能发生的祸害，跟着就会苦苦谋求防止的对策。

① 卢西娜(Lucina)，希腊罗马神话中保护妇女分娩的女神。

* How dares the plants look up to heaven, from whence
They have their nourishment? (I. ii. 56-57)
草木是靠着上天的雨露滋长的，但是它们也敢仰望穹苍。

* In framing artists art hath thus decreed,
To make some good but others to exceed. (II. iii. 15-16)
一个本领超群的人，必须在一群劲敌之前，方能够显出他不同凡俗的身手。

* Virtue and cunning were endowments greater
Than nobleness and riches; careless heirs
May the two latter darken and expend,
But immortality attends the former,
Making a man a god. (III. ii. 27-31)
道德和才艺是远胜于富贵的资产；堕落的子孙可以把贵显的门第败坏，把巨富的财产荡毁；可是道德和才艺却可以使一个凡人成为不朽的神明。

《暴风雨》
The Tempest

图 4-7 《〈暴风雨〉中的米兰达》(John William Waterhouse① 绘制，1916 年)

【导言】

《暴风雨》约写于 1610—1611 年，国王供奉剧团于 1611 年秋天在詹姆斯一世宫廷演出；1612—1613 年的冬天，詹姆斯国王的女儿伊丽莎白婚礼庆典上再次上演此剧。《暴风雨》很可能是莎士比亚独立创作的最后一部剧作，该剧主要是莎士比亚想象力的结晶，但是素材也和之前出现的事件和作品有一定关联。1609 年一艘移民船"海上冒险号"(Sea Venture)在百慕大群岛附近触礁，后有部分生还者讲述了生还经历，作家威廉·斯特雷奇(William Strachey)和希尔威斯特·乔尔代(Sylvester Jourdain)分别撰写了《百慕大船难实录》(*A True Reportory of the Wreck*)(1625)和《发现百慕大岛》(*A Discovery of the Bermudas*)(1610)，记录了该事件部分过程。在几个小细节上，该剧与一部德国戏剧有相似之处，该剧于 1604—1610 年传入英国，记录了一支船队从英国普利茅斯开往弗吉尼亚遇上海难的

① 约翰·威廉·沃特豪斯(1849—1917)，英国新古典主义画家，以古典神话和文学题材绘画闻名，描绘过很多莎剧中的女性角色，如克莉奥佩特拉、奥菲利娅和朱丽叶等。

过程。除此之外，莎士比亚可能也从法国散文家蒙田的文章《论食人族》(*Of the Canibales*)中汲取灵感，普洛斯彼罗(Prospero)的怪物仆人凯列班(Caliban)名字可能来源于“食人族”。除此之外，当时流行的浪漫传奇文学风潮也对该剧有一定影响。

英国浪漫主义时期著名的散文家、批评家威廉·赫士列特(William Hazlitt)曾这样评价：“《暴风雨》是莎士比亚剧作中最新颖、最完美的一部，他在其中把自己的各种力量全都显示了出来。”①《暴风雨》讲述了被流放荒岛的米兰公爵普洛斯彼罗利用魔法为自己和女儿夺回王位的故事。这部作品诞生于莎士比亚创作思想日渐成熟的末期，其篇幅虽然是莎士比亚剧作中的最短之一，却融合了多部莎剧中的核心问题——它延续了《李尔王》中对人性的剖析，审视了《仲夏夜之梦》探讨的荒野与社会的区别，权衡了《哈姆雷特》中核心的复仇命题，可以说是莎士比亚前期和中期剧作的回音壁，更是其毕生的集大成之作。我们站在这座壮丽的回音壁前，仿佛能亲聆莎翁在演奏具有永恒魅力的交响乐。同时，这部作品的诞生时期正值英国探索北美洲的初期，英国的殖民计划似乎萦绕在莎士比亚的脑海里，剧中几乎所有人物都在想着如果自己是岛上的国王应该如何统治荒岛的命题。剧中“暴风雨”“荒岛”“奴隶”等意向更是直指英国拓荒现实，体现了莎士比亚对未知世界的思索和态度。不仅如此，该剧故事情节所蕴含的颇具超前性的精神探索与艺术探索对今天关于社会转型和伦理道德建设的研讨仍颇有启迪意义。

【剧情简介】

普洛斯彼罗是身份高贵、受人尊敬的米兰公爵，他的女儿米兰达(Miranda)是米兰的郡主，也是他唯一的继承人。在执政的那几年，普洛斯彼罗对魔法颇感兴趣，经常埋头研究法术，因此，手头上不少国事交给弟弟安东尼奥(Antonio)打理。没想到，心存不轨的弟弟串通那不勒斯国王阿隆佐(Alonso)，密谋篡夺了公爵王位，将普洛斯彼罗驱逐出境。普洛斯彼罗带着3岁的女儿在一条破船上漂泊流浪，幸好老臣贡柴罗(Gonzalo)事先在船上放了食物、水和公爵爱好的魔杖等用品，以免父女二人遭遇困境而无法自救。公爵父女来到了一座小岛，这座小岛曾经被女巫西考拉克斯(Sycorax)施过魔法，她将岛上的精灵囚禁在大树干内，女巫死后，她的儿子凯列班掌管小岛。普洛斯彼罗施魔法解救了精灵们，爱丽儿(Ariel)是精灵中的头领，她从此听信于普洛斯彼罗，帮助他控制凯列班，让后者干活。从此，父女俩在岛上过上了安宁闲散的隐居生活。

---

① 原文“*THE TEMPEST* is one of the most original and perfect of Shakespeare’s productions, and he has shown in it all the variety of his powers.”

Hazlitt, William. *Characters of Shakespeare’s Plays*. London: C. Templeman, 1854, p. 117.

图 4-8　第一幕的海难场景（George Romney 绘制，Benjamin Smith 雕版，1797 年）

12 年之后，那不勒斯王带领众人去非洲参加公主的婚礼，返航途经这座荒岛。普洛斯彼罗积压了 12 年的怒火一下涌上心头，他吩咐爱丽儿撞坏国王一行的船，但是千万不要伤及任何人的性命。爱丽儿照做了，在暴风雨导致的海难中，那不勒斯王子腓迪南(Ferdinand)第一个跳下船，其他人都以为王子遇难，而王子则以为船只已毁，除了他之外的人都已遇难。

爱丽儿用歌声将王子带到了普洛斯彼罗父女身边，青春年少的王子和米兰达一见面便互生爱慕，普洛斯彼罗内心虽然开心，但认为不能让王子轻易得到女儿，于是设计考验王子。他关押王子，让他如同囚犯一样干脏活重活，有意让米兰达看到，这样女儿就可以去安慰王子。在美丽的米兰达的安慰和陪伴之下，两个人的感情越来越深，腓迪南表示自己第一眼看到米兰达就爱上了她，愿意成为她的奴隶，并发誓要一直珍重她、崇拜她。普洛斯彼罗在一旁见状，知道自己的女儿一定会成为那不勒斯王后，因此现身成全了两位年轻人。

船上的另外一些人在岛的另一边，阿隆佐之弟西巴斯辛(Sebastian)和安东尼奥此刻正在谋划杀害阿隆佐篡夺王位，爱丽儿见状用歌声唤醒众人，诡计得以终止。凯列班撺掇国王的弄臣特林鸠罗(Trinculo)以及酗酒的膳夫斯丹法诺(Stephano)一起谋害普洛斯彼罗，霸占海岛，爱丽儿也在恶人行刺之前号召众精灵一起变成猎犬对其穷追猛咬。制服了反贼之后，普洛斯彼罗和爱丽儿变出一桌美味佳肴，准备宴请国王等人，在他们正准备开动之时，爱丽儿化作怪鸟，以翼击桌，酒宴消失得无影无踪。爱丽儿声讨国王一行人 12 年前的罪行，一行人吓得魂飞魄散，国王和安东尼奥心中悔恨交加。爱丽儿将一行人带往山洞，普洛斯彼罗和众人相遇，安东尼奥在兄长面前痛哭流涕，聆听教诲，国王也道出心中惨痛，表示会把公国还给普洛斯彼罗。国王正想着，要是儿子没走就好了，普洛斯彼罗便邀请国王参观他居住的山洞，如他所料，国王和儿子重逢，还见到了米兰达，众人纷纷表示现在找回了善良的自己，喜极而泣。众人在和解之后，爱丽儿护送一行人返回故土，普洛斯彼罗信守承诺，还爱丽儿自由，米兰达和腓迪南也在众人的见证之下完成了婚礼。凯列班则重新做回了荒岛的主人。

【演出及改编】

图 4-9　2017 年皇家莎士比亚剧院演出《暴风雨》

此剧在伊丽莎白公主婚礼上演出之后，1667 年，戴夫南特（William Davenant）和约翰·德莱顿进行了改编，做了大幅度的修剪，并于 1669 年在黑衣修士剧院上演。这一版本的演出是有政治企图的，他们试图通过强调保皇党的政治和社会理想来吸引上流社会的观众。该版本添加了人物和情节：米兰达多了一个妹妹 Dorinda，凯列班多了一个姐姐 Sycorax，他们二人的情节则与米兰达、腓迪南的情节平行。该版本是后来演出常使用的版本，增加了女性配角的重要性。1674 年，托马斯·沙德威尔改编了戴夫南特和德莱顿的版本，创作了一部同名歌剧，加入了演唱和跳舞的环节。这个版本的普洛斯彼罗更像一个过度忙碌的父亲，他意图保护两个有个性的女儿的贞操，同时也要为她们谋划王室婚姻，和莎士比亚的原版非常不同。有趣的是，在 19 世纪末 20 世纪初，普洛斯彼罗并不是《暴风雨》演出中的焦点，人们似乎更关注凯列班这一角色。

日本也曾将该剧进行本土化改编，1992 年，在大阪和东京环球剧院上演了木偶版的《暴风雨》。2017 年皇家莎士比亚剧院和英特尔公司联手打造，应用了动态捕捉和实时投影技术，虚幻的孤岛精灵与老戏骨拉塞尔·比尔(Russell Beale)所饰演的普洛斯彼罗相得益彰，光影、特效以及布景设计精良，效果炫目。2018 年 8 月，中国国家大剧院制作的话剧《暴风雨》亮相，此次，国家大剧院携手英国著名戏剧导演提姆·修普(Tim Supple)、舞美设计刘杏林、形体设计王亚彬、音乐总监巴里·甘伯格(Barry Ganberg)共同打造，并与皇家莎士比亚剧团"莎剧舞台本翻译计划项目"共同呈现，原汁原味地再现了这部莎士比亚集大成之作的深邃意旨。濮存昕等一众优秀主演凭借精湛的演技征服了现场观众，在首演当晚，将魔法照进现实，于遥远的荒岛之上，筑建起一方流动诗意的世界。

【经典名段中英文对照赏析】

PROSPERO

Our revels now are ended. These our actors,
As I foretold you, were all spirits and
Are melted into air, into thin air;
And — like the baseless fabric of this vision —
The cloud-capped towers, the gorgeous palaces,
The solemn temples, the great globe itself,
Yea, all which it inherit, shall dissolve,
And like this insubstantial pageant faded,
Leave not a rack behind. We are such stuff
As dreams are made on, and our little life
Is rounded with a sleep.

(Act 4, Scene 1, 148-158)

普洛斯彼罗 盛会已经结束。我们这些演员，
我说过了，都是精灵，已经
溶入空气之中，溶入稀薄的空气：
而正如这场无根的幻景一般，
耸入云霄的高楼、华丽的宫殿、

庄严的庙宇、伟大的地球本身，
不错，它所有的一切，都将消逝，
就像这场虚渺的盛会逐渐隐没，
不着一点儿痕迹。我们的本质
跟梦境一样；我们短暂的生命
到头来以睡眠结束。①

（第四幕第一场 148—158 行）

说明： 普洛斯彼罗预见了女儿和那不勒斯王子的婚礼，于是安排了一个小型的演出，让精灵们分别扮演罗马诸神。可是他想起还有急事要办，只好让这出好戏猝然收场。他尽力安抚这对惊讶不已的情侣，有点儿离题地向他们解释说，他们亲眼看见的这场“狂欢”（revels［尤指宴饮舞蹈作乐］）不过是幻影，迟早会化为缥缈的轻烟（“melted into air，into thin air”）——这是他创造的一个表达。现代英语中表示一个人或者事物消失得无影无踪了，全然没有了踪迹，也常常说“disappear/vanish into the thin air”。

普洛斯彼罗的比喻，不仅适用于他在这个虚构小岛上创造的盛装游行，也同样适用于莎士比亚在他的环球剧院里所呈现的芸芸众生，这里的“globe”一语双关——环球如其名，既暗指莎翁的环球剧院，又是天下苍生的人生大舞台。楼阁、宫殿、庙堂、环球剧院、地球自身——所有都将烟消云散，一丝痕迹也不会留下。正如角色可以说与戏剧拥有相同的“本质”（stuff，本义为材料），人们就是“组成”（made on）梦的“原料”。换言之，风风光光，快快乐乐，人生不过是场梦，当我们死去的时候，我们从人生之梦醒来，进入真正的现实——或者至少是进入了一个更为真实的梦境。

普洛斯彼罗的“stuff”虽然指的是“构成幻觉的那些原材料”，但今天的“the stuff of dreams”更多用来表示期望的对象，指代“热烈期望的事”。

MIRANDA　O wonder!
How many goodly creatures are there here!
How beauteous mankind is! O brave new world
That has such people in't!

（Act 5，Scene 1，182-185）

---

① 本段译文出自中国当代知名莎学学者、台湾大学文学院彭镜禧教授所译《暴风雨》，外语教学与研究出版社 2016 年版。该新译本与朱译相比，保留了原著诗体特色（未及最右行末即转行），且行文更加简洁，故此处择取供读者比较欣赏。

米兰达 神奇啊！这里有多少好看的人！人类是多么美丽！啊，新奇的世界，有这么出色的人物！

(第五幕第一场 182—185 行)

说明：“brave new world”，美好的新世界，崭新的局面。在地中海一个未画进地图的小岛上困了 12 年的米兰达，面对那些曾经迫害过自己、如今遇到海难的人，相信自己的第一印象，觉得他们“好看”(“goodly”)“美丽”(“beauteous”)又“brave”。她说的“brave”不是常用意义“勇敢”，而是文学表达中“外表高雅华丽”的意思，就连那一群意大利来的王公朝臣(大多数是坏人)在她看来也如此。当然，“brave new world”这个词语的家喻户晓还得感谢英国小说家、博物学家阿道司·赫胥黎(Aldous Huxley)于 1932 年发表的小说《美丽新世界》(*Brave New World*)。

ANTONIO She that is Queen of Tunis; she that dwells
Ten leagues beyond man's life; she that from Naples
Can have no note unless the sun were post —
The Man i' th' moon's too slow — till newborn chins
Be rough and razorable; she that from whom
We all were sea-swallowed, though some cast again,
And by that destiny to perform an act
Whereof what's past is prologue, what to come
In yours and my discharge!

(Act 2, Scene 1, 247-255)

安东尼奥 她是突尼斯的王后；她住的地区那么遥远，一个人赶一辈子路，可还差五六十里才到得了她的家；她和那不勒斯没有通信的可能：月亮里的使者是太慢了，除非叫太阳给她捎信，那么直到新生婴孩柔滑的脸上长满胡须的时候也许可以送到。我们从她的地方出发而遭到了海浪的吞噬，一部分人幸得生全，这是命中注定的，因为他们将有所作为，以往的一切都只是个开场的引子，以后的正文该由我们来干一番。

(第二幕第一场 247—255 行)

说明：“what's past is prologue”——“以往的一切都只是个开场的引子”，这是《暴风雨》里相当著名的一句台词。戏剧中“prologue”的设置是源于古希腊的传统，意在为全剧设立情景，提供背景资料，透露与主剧情密切相关的早期故事以及传达各式各样的其他信息。伊丽莎白时期的戏剧也常有引子，通常由一位剧中演员身着黑衣站在舞台上对戏剧主题进行阐述，激发观众的兴趣，并促进他们对剧情的理解，有时也会对较敏感题材的戏剧(如王室历史剧)作出免责声明。莎士比亚戏剧中有很多就带有引子。

此处，安东尼奥用这句话暗示，之前发生过的所有事情，都只不过是接下来二人行动的背景。以往的一切只是一个开始，要为他们的下一幕打下基础。“... that destiny to perform an act”——这里的“act”也有双关之意，既指戏剧中的“一幕”，也指“有所作为”，而安东尼奥提出的“有所作为”，便是撺掇西巴斯辛和他联手谋杀睡梦中的国王阿隆佐，以取得那不勒斯王位。他的此番言论，为二人的行径蒙上一层宿命论的色彩。人们常常将这句话理解成“过去发生的一切决定了未来”，但其实不然，过去的确是引子，但将来会发生什么则是把握在人们自己手中。如今这句话的使用已经有所偏差，人们常说的“所有过往皆为序章”用来指代对未来的美好期待，其语言色彩已同原文的语境不尽相同。

【其他经典名句】

* Hell is empty,
And all the devils are here. (I. ii. 214)
地狱开了门，所有的魔鬼都出来了。

* Misery acquaints a man with strange
bed-fellows! (II. ii. 39-40)
一个人倒起运来，就要跟妖怪一起睡觉。

* Let us not burden our remembrances with
A heaviness that's gone. (V. i. 200)
让我们不要把过去的不幸重压在我们的记忆上。

* This is as strange a maze as e'er men trod,
And there is in this business more than nature
Was ever conduct of. (V. i. 243-245)
这真叫人像堕入五里雾中一样！这种事情一定有一个超自然的势力在那指挥着。

* At picked leisure,
Which shall be shortly, single I'll resolve you
(Which to you shall seem probable) of every
These happened accidents. Till when, be cheerful

And think of each thing well. (V. i. 248-250)
不久我们有了空暇，我便可以简简单单地向您解答这种种奇迹，使您觉得这一切的发生，未尝不是可能的事。现在请高兴起来，把什么事都往好的方面着想吧。

《两个高贵的亲戚》①

The Two Noble Kinsmen

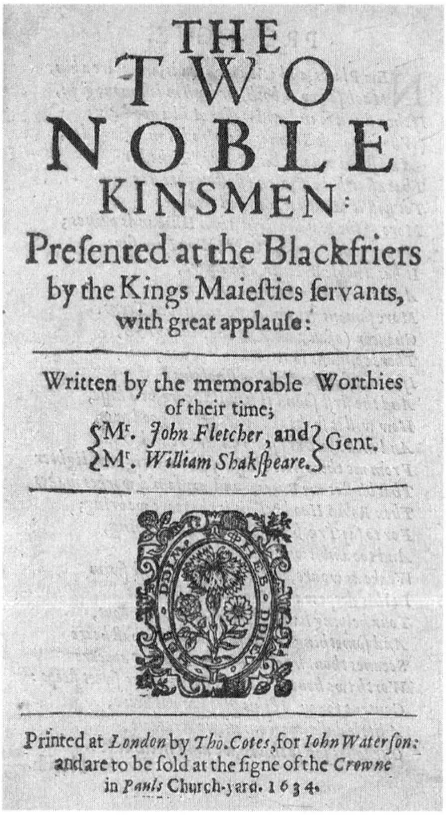
THE
TWO
NOBLE
KINSMEN:
Preſented at the Blackfriers
by the Kings Maieſties ſervants,
with great applauſe:

Written by the memorable Worthies
of their time;
Mr. *John Fletcher*, and
Mr. *William Shakſpeare*. Gent.

Printed at *London* by *Tho. Cotes*, for *Iohn Waterſon*:
and are to be ſold at the ſigne of the *Crowne*
in *Pauls* Church-yard. 1634.

图 4-10　1634 年四开本《两个高贵的亲戚》扉页

【导言】

《两个高贵的亲戚》约写于 1613 年，1623 年出版的莎剧全集对开本并未收录此剧。初版四开本于 1634 年问世，扉页上标明："由当代两位著名人物约翰 · 弗莱彻先生和威廉 ·

① 该剧未被收入人民文学出版社 1994 年版《莎士比亚全集》，故本节参考张冲新译本，外语教育与研究出版社 2016 年版。该版标题译为《两贵亲》，本节依照习惯依然称作《两个高贵的亲戚》。

莎士比亚先生合著。”同年，伦敦出版商登记此剧目时，底下也如此标明。作家威廉·戴夫南特关于此剧的改编剧目《情敌》(*The Rivals*)在1664—1667年也非常流行，这导致后世很多评论家和观众对《情敌》更感兴趣，因此，该剧可能是莎士比亚作品中最不出名的一部。1679年，博蒙特(Beaumont)与弗莱彻合集的第二对开本中收入了此剧，后来人们认为这部剧是弗莱彻的作品。直到20世纪中后期，英美莎学专家经过长久考证，认为《两个高贵的亲戚》第1幕和第5幕为莎士比亚所作，2、3、4幕为弗莱彻所作。因此，自20世纪70年代之后，此剧目便被收入各类莎士比亚作品权威出版机构的出版物中，如美国河畔本(1974年)、英国牛津本(1988年)、英国诺顿本(1997年)、英国阿登本(1998年)等。

本剧主要的故事情节取材于乔叟《坎特伯雷故事集》中《骑士的故事》(*The Knight's Tale*)一篇，也继承了乔叟赞扬骑士的勇武精神和人文精神的主旨。此剧的主要情节是表兄弟的经历、他们追逐爱情的过程，次要情节则是狱卒女儿对爱情的渴望以及后来的为爱痴狂。新戏问世演出时，开场诗提到了这部剧为“万众仰敬的乔叟写下的故事”，该剧的思想意义和艺术表现不负乔叟声望，甚至还进一步深化了人文精神。

两兄弟在被关进监狱之后，也曾大谈友情、亲情以及爱情，在遇到爱米丽娅(Emilia)之后便都愿意爱情至上，他们视这种爱的权利比生命还重要，这事关骑士的荣誉感，因为唯有追求并获得爱的权利才能实现和证实崇高的自我价值。帕拉蒙(Palamon)在决斗时和骑士们说“我们为爱争执”(“Our argument is love”)(V. i. 70)并尊崇爱和美的女神维纳斯，但是我们也不能说两兄弟背叛了友情，最后阿赛特(Arcite)的灵魂进入了福地，他的友情会永远存在于帕拉蒙和爱米丽娅的生活之中。

《两个高贵的亲戚》展现了创作时期的时髦内容，但保留了莎士比亚写于伊丽莎白时代的各种喜剧元素。本剧剧名不禁让人想起《维洛那二绅士》，剧情中以雅典城外的森林为背景的一长段展现纠结恋情的情节，又让人想起《仲夏夜之梦》，这些都表明，莎士比亚在学习弗莱彻先生的一些戏剧新技巧的同时，并没有放弃过去的亮点。

【剧情简介】

雅典公爵忒修斯(Theseus)和阿玛宗女王希波吕忒(Hippolyta)正在雅典一座神庙前举行婚礼，庄严的音乐萦绕着神殿，欢乐的人们庆祝着这场神圣的婚礼。忽然来了三位身着丧服的女人，跪在新郎新娘面前，原来她们是围攻底比斯时三位阵亡君主的遗孀，底比斯国王克瑞翁(Creon)将战死的入侵军抛尸野外，甚至不准亲人送葬。三位王后向公爵哭诉，希望公爵能够为三位故王收尸送葬，让军将亡灵魂归故土。众人都被深深打动了，女主人甚至希望公爵立刻处理此事，婚事可以稍稍推后。

果不其然，经过激烈的战斗，雅典军队最终获得了胜利，直入底比斯城内，克瑞翁只

图 4-11　2019 纽约舞台版中 Christine Syron 饰演狱卒女儿

得答应公爵的条件，三位王后得偿所愿，在公爵的撑腰之下，护送亡君灵柩归国。战后，忒修斯注意到了两位底比斯的年轻人，非常欣赏他们的英勇之气，打听到原来两位年轻人是克瑞翁的外甥帕拉蒙和阿赛特，他们俩是表兄弟。忒修斯吩咐医生治疗好两位勇士，但是由于两兄弟仍属敌军，只能将他们关押在雅典的一座监狱里。这座监狱靠近一个花园，花园里经常会有一些贵族游玩，平时就由狱卒和其女儿看守着两兄弟。狱卒女儿抱着麦草来给两兄弟铺牢房时，对两位一表人才的男子汉心生爱慕，后来也不太理睬自己的求婚者。两位表兄弟虽然内心有些沉重，但是互相安慰和鼓舞，日子过得艰难却也乐在其中。直到有一天，帕拉蒙突然从囚室的窗户那里瞥见了一位貌若天仙的少女，他向表弟阿赛特袒露心扉，但阿赛特也看见了这位少女，于是心生不满，表示自己也深深地爱上了她，两位兄弟开始了争执，竟然因为这位少女而决定进行厮杀决斗。原来，这位少女是希波吕忒的妹妹爱米丽娅，她经常和一群贵族少女在此花园赏花戏蝶，两位兄弟也得以常常一睹芳容。

两位兄弟在互相咒骂的时候，狱卒过来通知阿赛特称公爵要见他。原来，皮里图斯(Pirithous)亲王出面为阿赛特担保，免去他死刑，但他要被流放，终身不得踏入雅典城。帕拉蒙听闻之后十分羡慕，觉得表弟可以远离牢笼成就一番事业，更重要的是，表弟获得了自由，有机会赢得爱米丽娅的芳心。更让帕拉蒙心碎的是，这时候狱卒给他换了牢房，还加了一副镣铐，他再看不到爱米丽娅了。狱卒的女儿怜悯帕拉蒙，帮助他逃狱，将他藏匿于一片丛林中，计划着和帕拉蒙浪迹天涯。被流放的阿赛特趁着五月节，扮成穷汉，藏在一群乡民之中，期待着也许可以看到爱米丽娅。果不其然，阿赛特碰到了公爵一行人，爱米丽娅当然在其中。在比赛场上，阿赛特以高超的技艺显露头角，获得了公爵一行人的赞扬，忒修斯甚至安排阿赛特去伺候爱米丽娅小姐，这正是阿赛特求之不得的事。这时，帕拉蒙突然出现在阿赛特面前，原来他被喧闹声吸引了过来。他大声呵责表弟是叛徒，发誓要以决斗定胜负。狱卒女儿在树林里苦苦寻觅帕拉蒙，碰到了一群村民，邀请她加入他们的舞蹈，原来他们正要为忒修斯、希波吕忒以及爱米丽娅一行人表演。在不远处，阿赛特和帕拉蒙也正要拔剑决斗，忒修斯恰巧遇见，才知道这正是那两位表兄弟，他指责他们不守道义和法律。帕拉蒙和阿赛特承认了自己的罪行，但是表示他们俩都出于一个高尚的理由，那就是为了得到爱米丽娅的爱才如此。他们的讲述打动了众人，忒修斯决定让爱米丽娅来抉择，在他们中间选择一人，另一人必须处死。爱米丽娅拿不定主意，于是公爵命令二人一个月之后回来进行决斗，胜者可以得到爱米丽娅，负者杀头处死。一个月之后，两位兄弟各自带着三位骑士回来进行最后的决斗，最终阿赛特赢得了决斗，但是他突然从马背上摔了下来，身负重伤。临死前，他与帕拉蒙进行了和解，说知道帕拉蒙才和爱米丽娅相配，现在他要把珍宝物归原主。

忒修斯为阿赛特举行了葬礼，紧接着便为帕拉蒙和爱米丽娅举行了婚礼，忒修斯感慨万千：这是一场被征服者凯旋，而胜利者却失败的命运游戏啊。

【演出及改编】

图 4-12　2018 年 6 月在英国莎士比亚环球剧院上演戏剧《两个高贵的亲戚》

记载显示，《两个高贵的亲戚》在1613年就公开演出过，1619年在法庭上也曾演出。1664年，英国复辟之初，理查二世重返王位，威廉·戴夫南特爵士找到杜克公司为其制作了名为*The Rivals*的戏剧改编版，由托马斯·贝特顿(Thomas Betterton)饰演Philander，也就是原剧中的帕拉蒙。1986年，皇家莎士比亚剧团在埃文河畔斯特拉特福的天鹅剧院新开张，选的便是《两个高贵的亲戚》进行首演。

2007年，新泽西州的哈德逊莎士比亚公司在创作莎士比亚剧集的时候上演了该剧的部分情节，导演大卫·塞维尔(David Sewell)在布景中选取了很多体现古希腊特征的物品，有着地中海特色。2015年6月9日，伦敦沃克斯豪尔(Vauxhall)的白熊剧院(White Bear Theatre)也曾演出该戏剧。2016年，皇家莎士比亚剧团在天鹅剧院上演了该剧，该版本也在2018年夏季伦敦莎士比亚环球剧院进行演出。

【经典名段中英文对照赏析】

JAILER'S DAUGHTER

[*Sings*]

For I'll cut my green coat, a foot above my knee
And I'll clip my yellow locks, an inch below mine eye.
Hey, nonny, nonny, nonny.
He's buy me a white cut, forth for to ride,
And I'll go seek him, through the world that is so wide,
Hey, nonny, nonny, nonny.
O, for a prick now like a nightingale,
To put my breast against. I shall sleep like a top else.

Exit

(Act 3, Scene 4, 19-26)

狱吏女儿

(唱)我把绿衣衫往膝盖上截去一尺，
我把长刘海从眼皮下留足一寸；
嗨，呶呢呶呢呶呢。
要他给我买匹马，骑上白马断尾巴，
去那广阔世界里，骑上白马寻找他。
嗨，呶呢呶呢呶呢。

我要学那夜莺鸟，找来一根荆棘刺，
用它戳住我胸口，不让自己睡得死。(下)

(第三幕第四场 19—26 行)

说明：这是本剧中最动人的情节选段。在《两个高贵的亲戚》中，这虽然是剧情的副线，即"狱吏之女"与"求婚者"之间的爱情故事，而写这一片段的，正是那位年轻的合作者、有言情剧作家之名的弗莱彻。此段唱词之前的独白中存在不少性暗示，例如"裂开了个大口子"("there's a leak sprung")，暗喻女子失贞。"抢风调向"原文"tack about"与"tackle"部分谐音，该词原意"器械"，有时用来指"男性性器官"。"呶呢"("nonny")，衬词，无具体意义，用于叠句中(尤其是古英语歌谣)，作用类似于歌曲中常见的"啦啦啦"。这几行中"骑"("ride")、"断"("cut")、"戳"("prick")等词均含有性暗示。

无名的狱吏之女出于对帕拉蒙一厢情愿的暗恋，毅然偷偷将犯人帕拉蒙放出监狱，连自己的父亲会因此受到牵连也顾不上了。从剧本里我们看不到帕拉蒙对此有任何的感激表示。姑娘深藏于心的那份爱恋就更没有得到过一点回应，她因此神志恍惚，整日在水边游荡，这个情节的几场戏是弗莱彻根据莎士比亚的剧本风格撰写的，受到了莎士比亚笔下著名角色——奥菲利娅的影响。但是同时，深爱着姑娘的那位同样无名的小伙"求婚者"，却依然对她不离不弃，不顾姑娘父亲的好心劝告，恳请医生给他一些能治好姑娘心病的方法。最后，医生让他试试假扮帕拉蒙，让姑娘把他当成自己心中的那个爱人。尽管最后姑娘的心病是否完全治好，戏里并没有说，小伙子的努力和坚持显然收到了积极的效果，姑娘感受到"帕拉蒙"也需要她的爱，更感受到了"帕拉蒙"对她的爱，疯癫的言谈举止平缓了很多，听台词，两人很快就要牵手成婚了。这一桥段，为《两个高贵的亲戚》那条悲喜掺杂、虽喜犹悲的主线添上了一丝暖气：小人物的善良展现了人性的温暖和美好，相形之下，那两位"高贵的亲戚"为追求"名誉"，连爱的能力和情感都丧失了，哪里还有什么"高贵"可言？就连两人之间为爱的权利而起的口舌之争，都让人听来像是小孩子意气用事，甚至有些荒唐可笑。

【其他经典名句】

* The flower that I would pluck
And put between my breasts (then but beginning
To swell about the blossom), O, she would long
Till she had such another, and commit it
To the like innocent cradle, where phoenix-like

They died in perfume. (I. iii. 66-71)

我想摘朵鲜花安放在我刚刚隆起的乳峰之间，让双峰拥簇着花朵，她就渴望也得到同样的花，也放置在她同样无邪的摇床，让花如凤凰在纯香中死去。

* That the true love 'tween maid and maid may be
More than in sex dividual. (I. iii. 81-82)

少女与少女间的那种纯真友爱，比异性之爱更加深沉。

* Go with me
Before the god of our profession: there
Require of him the hearts of lions and
The breath of tigers. (V. i. 37-40)

请与我一同到我们所尊崇的神坛面前，在那里向神明求得狮子的雄心，求得猛虎的耐力、凶猛与速度。

* O, cousin,
That we should things desire, which do cost us
The loss of our desire! That nought could buy
Dear love, but loss of dear love! (V. iv. 110-111)

兄弟啊，我们欲求之物竟要使我们失去追求的欲念！难道珍贵的爱情非失去真爱不能购得？

* The conquered triumphs, the victor has the loss. (V. iv. 113-114)

失败者得胜，胜利者却失掉一切。

《冬天的故事》
The Winter's Tale

图 4-13 《弗罗利泽和潘狄塔》(Charles Robert Leslie 绘制，1837 年)

【导言】

《冬天的故事》约写于 1610—1611 年，1623 年收入《第一对开本》首次出版。该剧的素材来源于罗伯特·格林 1588 年的浪漫故事《潘多斯托》(*Pandosto*)，该书在 1607 年重版时更名为《道拉斯特与法尼亚》(*Dorastus and Fawnia*)。莎士比亚的确从这一作品中借鉴了大部分人物，前三幕的故事情节也是取材于此，但是，莎士比亚对此剧进行了大幅改编：原剧中被冤枉的女王改编成了传奇剧中石像复活的王后；删除了国王与找到的女儿之间的乱伦情节；在原剧的结尾，国王悔恨自杀，莎士比亚改为国王忏悔并得到了王后的原谅。莎士比亚根据新的时代精神，使之更加适应广大观众的口味。除此之外，奥托里古斯(Autolycus)的性格和习惯似乎和格林对伊丽莎白时代伦敦重犯的描述相类似，王室遗弃婴儿的故事与当时的民间传说相似，第四幕中关于季节的主题似乎模仿了奥维德的《变形记》，第五幕中赫米温妮(Hermione)的复活显然取材于皮格马利翁(Pigmalion)的故事。

赫米温妮这一角色在剧中十分突出，正是因为她有着圣人般的顺从和忍耐，她的好友宝丽娜(Paulina)对王后的忠诚尊崇和为王后抗议并最后陈雪才给观众留下了深刻的印象。赫米温妮在最后和丈夫孩子重逢的情节是感人至深的，莎士比亚将其描绘得引人入胜，将故事推向高潮。卡密罗(Camillo)以及牧人父子虽然是剧中的次要角色，但是也都对推动情节发展起到了关键作用，都是很有意思的角色。另外，奥托里古斯也是一个值得一提的人物，他是一个快乐、健壮的流氓，他的流氓行为中最值得骄傲的一点就是他最终逃脱了惩罚。

本剧充满了传统的古典田园风味，莎士比亚在剧中融进了深刻的人生意义，告诫人们要警惕"猜忌"，这一邪恶品质可能在一瞬间导致人们家破人亡。莎士比亚鞭挞人性中恶的习性，促使人性不断完整，推动整个人类社会不断向前发展进步。该剧也一直受到导演和观众的青睐。"时间的胜利"可以作为《冬天的故事》的主题之一，在剧的开头，背景是阴暗、寒冷的冬季，后来逐渐发展到以明媚春季为背景的情节，季节的变化给戏剧的展开提供了大环境，时间作为至高无上的力量参与了自然生命和戏剧发展的过程，表现了人在自然中的赎罪、循环的幻想世界。

【剧情简介】

图 4-14　安提哥纳斯发誓对里昂提斯忠诚(John Opie 绘制，1793 年)①

① 约翰·奥佩(1761—1807)，该图描绘的是第二幕第三场中的场景：安提哥纳斯发誓对里昂提斯忠诚，试图挽救里昂提斯年幼的女儿的生命，由博伊德尔莎士比亚画廊雕版并展出。

西西里国王里昂提斯(Leontes)和波西米亚国王波力克希尼斯(Polixenes)是儿时的玩伴，曾经在一处读书，共同长大，多年未见。波力克希尼斯来到西西里王宫拜访童年挚友，在准备回国时，里昂提斯挽留不成，动员王后赫米温妮劝说好友，温柔聪颖的王后想办法挽留住了波力克希尼斯。没成想，里昂提斯竟突然醋意大发，无来由地怀疑王后和波力克希尼斯之间关系不正常，嫉妒心极度膨胀的他竟然下密令让大臣卡密罗毒死波力克希尼斯。卡密罗心里明白这是国王在吃醋，善良的他向波力克希尼斯道出实情，帮他逃回波西米亚，卡密罗因为告密也无法回归祖国，波力克希尼斯让他辅佐国事，成为自己的亲信。

卡密罗和波力克希尼斯的逃匿使得里昂提斯加深疑心，公开指责王后是淫妇，将王后关进大牢。在大牢中，王后产下了一个女婴，王后的挚友宝丽娜抱着公主去见国王，想要用亲情打动国王，没想到国王暴怒，否认女婴是自己的孩子，让宝丽娜的丈夫——大臣安提哥纳斯(Antigonus)将女婴远远地丢在野外。宝丽娜控诉暴君的行径，义愤填膺却没有办法。不多久，里昂提斯从神庙带回来神谕，神谕告诉了他真相，但是他仍然怀疑。这时候，突然传来小王子因为母后遭到侮辱而悲痛身亡的消息，王后听闻此消息当场昏死。失去妻儿的国王如梦初醒，为自己的愚蠢行为感到后悔不已。王后托梦给安提哥纳斯让他给女儿取名为潘狄塔(Perdita)，公主被丢弃之后，被一位好心的牧羊人捡到，而安提哥纳斯在荒野中遇到野兽，葬身熊口。潘狄塔在牧羊人家里快乐地成长，转眼 16 年过去了，波希米亚王国的王子弗罗利泽(Florizel)成长为一名英俊少年，经常来到牧羊人家里和潘狄塔相会。波力克希尼斯听闻此事，也来到牧羊人家里，企图弄清真相，潘狄塔朴素优雅的言谈举止和高贵的气质给国王留下了深刻的印象，但是当王子说要迎娶潘狄塔的时候，国王亮明身份，表示不可能。弗罗利泽下定决心要和恋人私奔，大臣卡密罗被他们的真情打动，听说潘狄塔之前是海滩上捡来的养女，若有所思，决定帮助二人和牧羊人逃往西西里王国；卡密罗早已听说国王已经悔过，于是让牧羊人带上当年被弃襁褓里的纸条，期待兴许里昂提斯会为他们提供帮助。

两位年轻人来到西西里王宫，国王见到潘狄塔，二人假称带着波力克希尼斯的问候而来，里昂提斯一阵欣喜，注视着潘狄塔，眼前这位年轻的女子太像自己已故的王后了，不知不觉他独自悲伤起来。老牧羊人见国王如此关注潘狄塔，又听说十几年前，国王也曾经丢失过一个襁褓中的女儿，便拿出当年包裹小婴儿的包裹。宝丽娜见状，惊呼纸条正是自己丈夫的字迹。真相大白，里昂提斯的公主潘狄塔出现了，她正是国王的合法继承人。众人情绪激动万分，喜极而泣，又为安提哥纳斯感到抱歉。第二天，宝丽娜引导大家去家中观看一尊雕塑，称其酷似王后。来到宝丽娜家中，大家惊呼雕塑雍容华贵的风姿简直和王后一模一样，在舒缓神圣的奏乐中，这尊雕塑竟然活动起来，在场所有人都震惊了，这竟然是真正的王后。原来，当年宝丽娜为了救王后一命，让王后一直隐居在自己家里，到现在真相大白，女儿归来，便想出这一计让国王阖家团聚。里昂提斯感激不已，还竭力促成宝丽娜和卡密罗喜结良缘。于是，众人团圆，皆大欢喜。

【演出及改编】

图 4-15　2015 年舞台剧《冬天的故事》海报

戏剧《冬天的故事》最早的演出记录来自伊丽莎白时期的占星师西蒙·福尔曼(Simon Forman)，他在 1611 年 5 月 11 日的日记中指出他在环球剧院观看了该剧。同年 11 月 5 日，该戏剧在詹姆斯国王面前演出，1613 年 2 月 14 日伊丽莎白公主的婚前庆祝活动期间也曾演出了该剧。

“二战”后最著名的演出是 1951 年伦敦上演的彼得·布鲁克执导的版本，饰演里昂提斯的是约翰·吉尔古德(John Gielgud)。1966 年弗兰克·邓洛普(Frank Dunlop)导演拍摄的电影版本非常经典，由劳伦斯·哈维(Laurence Harvey)主演里昂提斯一角。该电影版本改编于爱丁堡艺术节上一个成功的戏剧版本，并于 1968 年在英国各大电影院上映放送。1993 年，艾德里安·诺布尔(Adrian Noble)改编的皇家莎士比亚剧团演出的版本广受好评，该版本也在 1994 年被带到布鲁克林音乐学院(Brooklyn Academy of Music)进行演出。

2014 年，编舞家克里斯朵夫·惠尔登(Christopher Wheeldon)根据伦敦皇家歌剧院的皇家芭蕾舞剧创作了一部完整的芭蕾舞剧版本《冬天的故事》。2015年，作家珍妮特·温特森(Jeanette Winterson)出版了《时间之间》(*The Gap of Time*)一书，该书改编自《冬天的故事》。2015年，德克兰·唐纳伦(Declan Donnellan)执导的版本在法国、西班牙、美国以及俄罗斯等地巡演，并与BBC合作向世界各地进行了现场直播。2016年，作家E. K. Johnston对《冬天的故事》进行了现代化改编，出版了*Exit*, *Pursued by a Bear*一书。2017年，纽约的公共剧院上演了由李·埃文斯(Lee Sunday Evans)导演的版本。2018年，纽约的新观众剧院上演了阿林·阿尔比斯(Arin Arbus)导演的戏剧，该版本由凯莉·柯伦(Kelley Curran)饰演王后赫米温妮，阿纳托尔·约瑟夫(Anatol Yusef)饰演西西里国王里昂提斯。

【经典名段中英文对照赏析】

LEONTES

Affection! Thy intention stabs the centre:
Thou dost make possible things not so held,
Communicat'st with dreams; — how can this be? —
With what's unreal thou coactive art,
And fellow'st nothing: then' tis very credent
Thou mayst co-join with something; and thou dost,
And that beyond commission and I find it,
And that to the infection of my brains
And hard'ning of my brows.

(Act 1, Scene 2, 138-146)

里昂提斯 爱情！你深入一切事物的中心；你会把不存在的事实变成可能，而和梦境互相沟通；——怎么会有这种事呢？——你能和伪妄合作，和空虚联络，难道便不会和实体发生关系吗？这种事情已经无忌惮地发生了，我已经感觉到了，这真使我痛心疾首。

(第一幕第二场138—146行)

说明：本剧的重心更多地集中在里昂提斯的人性上。在对自己头脑所得的“传染病”(infection)进行令人费解的、痛苦的自我分析时，里昂提斯说过，人的精神状态既然会被梦等不真实的事情左右，自然也会受真实之事的影响：上面所引话语的句法和语义晦涩难懂，里昂提斯迸出不连贯的只言片语是精神崩溃的症状。关键词“爱情”（“affection”）的指示对象并不固定：究竟是指赫米温妮与波力克希尼斯之间的关系呢，还是指里昂提斯自己的精神状况？“情感”既可表示赫米温妮与波力克希尼斯的性欲望，也可指里昂提斯对赫米温妮与波力克希尼斯之间关系的强烈反应，还可表示妄想、疾病。正因为里昂提斯无法分辨头脑里产生的幻觉与台上其他人看到的实际情况，该词在表意上的模棱两可才具有启示性。在受审时，赫米温妮说道：“我的性命/完全受您的妄念摆布。”（“My life stands in the level of your dreams.”）（III. ii. 80）她没有意识到自己的话道出了整件事情的实质。

【其他经典名句】

* One good deed, dying tongueless,
Slaughters a thousand waiting upon that.
Our praises are our wages. You may ride's
With one soft kiss a thousand furlongs ere
With spur we heat an acre. (I. ii. 92-96)
对一件功劳不加赞扬可能消沉了以后再做一千件的兴致，褒贬便是我们的酬报。一回的鞭策还不曾使马儿走过了一亩地，温柔的一吻早已使他驰过百里。

* There may be in the cup
A spider steeped, and one may drink, depart,
And yet partake no venom(for his knowledge
Is not infected); but if one present
Th' abhorred ingredient to his eye, make known
How he hath drunk, he cracks his gorge, his sides,
With violent hefts. (II. i. 39-45)
酒杯里也许浸着一个蜘蛛，一个人喝了下去，却不会中毒，因为他不知道这回事；可是假如他看见了这个可怕的东西，知道他怎样喝过了这杯里的酒，他便要呕吐狼藉了。

* That any of these bolder vices wanted
Less impudence to gainsay what they did
Than to perform it first. (III. ii. 54-56)
人做了无耻的事不知懊悔，往往还要用加倍的无耻来抵赖。

* The selfsame sun that shines upon his court
Hides not his visage from our cottage, but
Looks on alike. (IV. iv. 446-448)

同样的太阳照着他的宫殿，也不曾避过了我们的草屋；日光是一视同仁的。

* Prosperity's the very bond of love,
Whose fresh complexion and whose heart together
Affliction alters. (IV. iv. 575-576)
幸运是爱情的维系，爱情鲜艳的容色和热烈的心也会因困苦而起变化。

* Though authority be a
stubborn bear, yet he is oft led by the nose with gold. (IV. iv. 804-805)
虽然权势是一头固执的熊，可是金子可以拉着它的鼻子走。

结　　语

1564 年 4 月 23 日，威廉·莎士比亚出生于埃文河畔斯特拉特福；52 年后的同一天，他在故乡逝世。这位伟大的“吟游诗人”留给世界的，远远不止 38 部剧本、154 首十四行诗和 2 首叙事长诗。

“春天，想到了莎士比亚。”王佐良先生如是写道。21 世纪之初，世界先后纪念了莎士比亚诞辰 450 周年和忌辰 400 周年，更不消说每年春天的“世界读书日”，这都是全球阅读爱好者乃至普通人对莎翁致以的敬意。几个世纪以来围绕在这位诗人周身的迷雾从未消解：我们至今仍不知他身后留下的画像中哪一幅更接近他本人的面容；不知他留下的 6 个亲笔签名中哪一个是准确的拼法；不知 4 月 23 日究竟是他的真实生日，抑或后人心怀浪漫主义的一厢情愿；甚至有人质疑他戏剧的作者另有其人。然而，这些谜团都不影响莎剧在伊丽莎白时代的伦敦一路走红，17 世纪便乘着出版印刷业的东风广为流传，18 世纪在欧洲大陆获得认可并成为浪漫主义运动的圭臬，19 世纪至今更是作为西方文学经典(literary canon)的代表，深入到了地球的几乎每一个角落，并与不同时间和地域的文化相融合，为世界诞下一个又一个精神的新生儿。

文艺复兴时代是一个熔造天才的时代。女王治下的英格兰更是成为海上强国，对新世界和别开生面的新事物的探索欲、对流淌的财富的追求和高昂的爱国主义热情造就了一派欣欣向荣的景致。尘封在修道院的古希腊罗马名作被译为欧洲诸国语言，再流入英伦三岛，为正积极自我丰富、开放的英语语言提供了大量与文艺相关的更抽象和高雅的表达，同时神话、历史、哲学和文学题材如涌泉般汇入莎士比亚的创作世界。而莎翁的最伟大之处，在于将古典素材、语汇和技法纳为己用，与灵动而大众化的新生英语融会贯通，并时刻考虑普通观众的文娱诉求。这使得莎士比亚的语言自成一派，成为现代英语的三大源头之一；也使得他的人物与情节既彰显了人文主义的社会思潮，也在之后的几个世纪具有连绵不断、与时俱进的感召力。莎翁的喜剧步调轻松、妙语连珠，有时也反映了社会问题；

悲剧既传承了古希腊悲剧的庄严与高贵，也体现了人性的多面性和更多的创作自由；历史剧刻画入微，同时借古讽今，折射出人文主义政治理想；传奇剧则不拘一格，将最扣人心弦的戏剧性展现得淋漓尽致。

1611 年，莎翁最后一部重要作品《暴风雨》登上舞台，被后世认为是宣告“我们的狂欢已经终止”的谢幕大作，但莎剧的魔法时至今日依旧源源不绝。莎士比亚的作品跨越传统与现代、跨越不同的文化、跨越种族与性别，呈现出花样繁多的创新形式，其中的主题被一遍又一遍地挖掘，人物和台词的内涵被不同人群探索。在形形色色的莎剧改编中，既有以导演奥逊·威尔斯和演员劳伦斯·奥利弗为代表的正统忠实影像演绎，也有《西区故事》《狮子王》等借用框架和母题的新颖之作；有 BBC《空王冠》系列的本土传承，也有黑泽明执导的东方往事。

“四百年云烟过眼/科学登了月/猜出了生命的密码/却不能把你销蚀。”①直到今天，莎士比亚的魅力非但未消减，反而在不断地传播和欣赏、解读和讲授、改造与创新中更加枝繁叶茂。每一位读者和观众都能在莎剧世界的旅途中不断观摩和感受，拥有属于自己的莎士比亚。

① 《春天，想到了莎士比亚》，详见王佐良：《莎士比亚绪论：兼及中国莎学》，重庆出版社，1991 年版，第 199 页。

附录一
莎士比亚作品分类列表

下表按英文关键词的首字母顺序排列，将所有与莎翁有关的作品进行梳理与分类，可供参考。本表中传奇剧（悲喜剧）以星号（ * ）注明，问题剧以井号（#）注明，莎士比亚与他人合作的剧本以匕首号（†）注明。

分类	中文译名	英文原名	备注
喜剧	《终成眷属》	*All's Well That Ends Well*	#
	《皆大欢喜》	*As You Like It*	又译：《如愿》
	《错误的喜剧》	*The Comedy of Errors*	又译：《错中错》
	《爱的徒劳》	*Love's Labour's Lost*	
	《一报还一报》	*Measure for Measure*	又译：《请君入瓮》《量罪记》《将心比心》#
	《威尼斯商人》	*The Merchant of Venice*	
	《温莎的风流娘儿们》	*The Merry Wives of Windsor*	
	《仲夏夜之梦》	*A Midsummer Night's Dream*	
	《无事生非》	*Much Ado About Nothing*	又译：《捕风捉影》
	《驯悍记》	*The Taming of the Shrew*	
	《第十二夜》	*Twelfth Night or What You Will*	
	《维洛那二绅士》	*The Two Gentlemen of Verona*	

续表

分类	中文译名	英文原名	备注
历史剧	《亨利四世》(上)	*Henry IV, Part I*	
	《亨利四世》(下)	*Henry IV, Part II*	
	《亨利五世》	*Henry V*	
	《亨利六世》(上)	*Henry VI, Part I*	†
	《亨利六世》(中)	*Henry VI, Part II*	
	《亨利六世》(下)	*Henry VI, Part III*	
	《亨利八世》	*Henry VIII*	†
	《约翰王》	*King John*	
	《理查二世》	*Richard II*	
	《理查三世》	*Richard III*	
悲剧	《安东尼与克莉奥佩特拉》	*Antony and Cleopatra*	
	《科利奥兰纳斯》	*Coriolanus*	
	《哈姆雷特》	*Hamlet*	
	《裘力斯·恺撒》	*Julius Caesar*	
	《李尔王》	*King Lear*	
	《麦克白》	*Macbeth*	†
	《奥赛罗》	*Othello*	
	《罗密欧与朱丽叶》	*Romeo and Juliet*	
	《雅典的泰门》	*Timon of Athens*	†
	《泰特斯·安德洛尼克斯》	*Titus Andronicus*	†
	《特洛伊罗斯与克瑞西达》	*Troilus and Cressida*	#
传奇剧	《辛白林》	*Cymbeline*	*
	《泰尔亲王配力克里斯》	*Pericles, Prince of Tyre*	* †
	《暴风雨》	*The Tempest*	*
	《两个高贵的亲戚》	*The Two Noble Kinsmen*	又译:《两贵亲》* †
	《冬天的故事》	*The Winter's Tale*	*
诗	《爱人的怨诉》	*A Lover's Complaint*	又译:《情女怨》
	《热情的朝圣者》	*The Passionate Pilgrim*	又译:《激情飘泊者》
	《凤凰和斑鸠》	*The Phoenix and the Turtle*	
	《鲁克丽丝失贞记》	*The Rape of Lucrece*	又译:《鲁克丽丝遭强暴记》
	《十四行诗》	*The Sonnets*	
	《维纳斯和阿多尼斯》	*Venus and Adonis*	

续表

分类	中文译名	英文原名	备注
失传作品	《卡登尼欧》	*Cardenio*	†
	《爱得其所》	*Love's Labour's Won*	
其他疑为莎士比亚的作品	《法弗舍姆的阿尔丁》	*Arden of Faversham*	
	《梅林的诞生》	*The Birth of Merlin*	
	《爱德华三世》	*Edward III*	
	《洛克林》	*Locrine*	
	《伦敦浪子》	*The London Prodigal*	
	《清教徒》	*The Puritan*	
	《第二个少女的悲剧》	*The Second Maiden's Tragedy*	
	《约翰·奥德卡瑟爵士》	*Sir John Oldcastle*	
	《托马斯·莫尔爵士》	*Sir Thomas More*	
	《克伦威尔勋爵托马斯》	*Thomas Lord Cromwell*	
	《约克夏的悲剧》	*A Yorkshire Tragedy*	

相较于莎士比亚写了哪些戏，他什么时候写的这些戏更具争议性。由于大多数情况下缺失可靠的佐证，学者们只好大胆猜测。如果对考证剧本的创作年代感兴趣，这里有一个莎士比亚戏剧和诗歌的年代顺序表①，由《河畔版莎士比亚全集》(*Riverside Shakespeare*)的编辑格温妮·布莱克莫·埃文斯(G. Blakemore Evans)所考订，可供参考：

莎士比亚戏剧和诗歌创作年表

剧　名	创作时间
《亨利六世》(上)(*Henry VI, Part I*)	1589—1590；1594—1595 修订
《亨利六世》(中)(*Henry VI, Part II*)	1590—1591
《亨利六世》(下)(*Henry VI, Part III*)	1590—1591
《理查三世》(*Richard III*)	1592—1593
《维纳斯和阿多尼斯》(*Venus and Adonis*)(诗歌)	1593
《驯悍记》(*The Taming of the Shrew*)	1593—1594

① 因莎剧创作的具体时间界定不明，本表多以剧本首次上演或首次出版的时间来进行梳理。

续表

剧　名	创作时间
《十四行诗》(*Sonnets*)(诗歌)	1593—1599
《鲁克丽丝失贞记》(*The Rape of Lucrece*)(诗歌)	1594
《泰特斯·安德洛尼克斯》(*Titus Andronicus*)	1594
《错误的喜剧》(*The Comedy of Errors*)	1594
《维洛那二绅士》(*The Two Gentlemen of Verona*)	1594
《爱的徒劳》(*Love's Labor's Lost*)	1594—1595；1597 修订
《约翰王》(*King John*)	1594—1596
《理查二世》(*Richard II*)	1595
《罗密欧与朱丽叶》(*Romeo and Juliet*)	1595—1596
《仲夏夜之梦》(*A Midsummer Night's Dream*)	1595—1596
《威尼斯商人》(*The Merchant of Venice*)	1596—1597
《亨利四世》(上)(*Henry IV, Part I*)	1596—1597
《温莎的风流娘儿们》(*The Merry Wives of Windsor*)	1597；约于 1600 年修订
《亨利四世》(下)(*Henry IV, Part II*)	1598
《无事生非》(*Much Ado About Nothing*)	1598—1599
《亨利五世》(*Henry V*)	1599
《裘力斯·恺撒》(*Julius Caesar*)	1599
《皆大欢喜》(*As You Like It*)	1599
《哈姆雷特》(*Hamlet*)	1600—1601
《凤凰和斑鸠》(*The Phoenix and the Turtle*)(诗歌)	约于 1601 年
《特洛伊罗斯与克瑞西达》(*Troilus and Cressida*)	1601—1602
《第十二夜》(*Twelfth Night*)	1602
《终成眷属》(*All's Well That Ends Well*)	1602—1603
《一报还一报》(*Measure for Measure*)	1604
《奥赛罗》(*Othello*)	1604
《李尔王》(*King Lear*)	1606
《麦克白》(*Macbeth*)	1606
《安东尼与克莉奥佩特拉》(*Antony and Cleopatra*)	1606—1607
《科利奥兰纳斯》(*Coriolanus*)	1607—1608
《雅典的泰门》(*Timon of Athens*)	1607—1608

续表

剧　名	创作时间
《泰尔亲王配力克里斯》(*Pericles, Prince of Tyre*)	1607—1608
《辛白林》(*Cymbeline*)	1609—1610
《冬天的故事》(*The Winter's Tale*)	1610—1611
《暴风雨》(*The Tempest*)	1611
《亨利八世》(*Henry VIII*)	1612—1613
《两个高贵的亲戚》(*The Two Noble Kinsmen*)	1613

附录二 莎士比亚生平大事记及创作年表

1564 年 4 月 23 日	威廉·莎士比亚出生。
1582 年 10 月 28 日	18 岁和安妮·海瑟薇结婚。
1583 年 5 月 26 日	女儿苏珊娜受洗。
1585 年 2 月 2 日	儿子哈姆涅特和女儿裘迪斯受洗。
1586 年	离开家乡，前往伦敦。
1590—1591 年	《亨利六世》(中)(下)首演。
1592 年 3 月 3 日	《亨利六世》(上)公演。
1592—1593 年	《理查三世》首演。
1593 年	长诗《维纳斯和阿多尼斯》首次出版。
1593—1594 年	《驯悍记》首演。
1594 年	长诗《鲁克丽丝失贞记》《亨利六世》(中)首次出版。《维洛那二绅士》首演。加入“宫内大臣供奉”剧团。
1594 年 1 月 24 日	《泰特斯·安德洛尼克斯》首演并于同年首次出版。
1594 年 12 月 28 日	《错误的喜剧》首演。
1594—1595 年	《爱的徒劳》首演。
1594—1596 年	《约翰王》首演。
1595 年	《亨利六世》(下)首次出版。《理查二世》公演。
1595—1596 年	《罗密欧与朱丽叶》《仲夏夜之梦》首演。
1596 年	儿子哈姆涅特夭折。
1596—1597 年	《威尼斯商人》、《亨利四世》(上)首演。
1597 年	《理查二世》《理查三世》首次出版。《温莎的风流娘儿们》首演。

1598 年	《亨利四世》(下)首演。
	《爱的徒劳》、《亨利四世》(上)首次出版。
1598—1599 年	《无事生非》首演。
1599 年	《亨利五世》首演。
	环球剧院建成并投入使用。
1599 年	《裘力斯·恺撒》首演。
1599 年	《皆大欢喜》首演。
1600 年	《仲夏夜之梦》、《威尼斯商人》、《亨利四世》(下)、《无事生非》、《亨利五世》首次出版。
1600—1601 年	《哈姆雷特》首演。
1601 年	中长诗《凤凰和斑鸠》首次出版。
1601—1602 年	《特洛伊罗斯与克瑞西达》公演。
1602 年	《温莎的风流娘儿们》首次出版。
1602 年 2 月 2 日	《第十二夜》公演。
1602—1603 年	《终成眷属》公演。
1603 年	女王伊丽莎白去世，詹姆斯一世继位。
	“宫内大臣供奉”剧团改名为“国王供奉”剧团。
	《哈姆雷特》首次出版。
1604 年 11 月 1 日	《奥赛罗》首演。
1604 年 12 月 26 日	《一报还一报》首演。
1606 年 12 月 26 日	《李尔王》首演。
1606 年	《麦克白》首演。
1606—1607 年	《安东尼与克莉奥佩特拉》首演。
1607—1608 年	《科利奥兰纳斯》《雅典的泰门》《泰尔亲王配力克里斯》首演。
1608 年	《李尔王》首次出版。
	黑衣修士剧院开业，但很快因瘟疫而关门。
1609 年	《特洛伊罗斯与克瑞西达》《泰尔亲王配力克里斯》首次出版。
1609 年	《十四行诗》发表。
1609—1610 年	《辛白林》首演。
1610—1611 年	《冬天的故事》首演。
1611 年 11 月 1 日	《暴风雨》公演。
1612—1613 年	《亨利八世》首演。
1613 年	《两个高贵的亲戚》首演。

1613 年 6 月 29 日	环球剧院起火，剧院付之一炬。
1614 年夏	环球剧院重建。
1616 年 4 月 23 日	于埃文河畔斯特拉特福镇与世长辞。
1622 年	《奥赛罗》首次出版。
1623 年	《第一对开本》面世。

注：未标明首次出版年份的剧本均一并收入 1623 年出版的《第一对开本》。由于莎士比亚时代尚无版权一说，为了防止竞争对手模仿或剽窃，莎剧多为先上演，后出版，且有近一半莎剧在莎翁有生之年并未出版，而是首次出现在《第一对开本》中。因莎剧创作的具体时间界定不明，本附录多以剧本首次上演和首次出版的时间来进行梳理。

参考文献

Bartolovich, Crystal; Hillman, David; Howard, Jean E. *Marx and Freud: Great Shakespeareans: Volume X*. London: Bloomsbury Publishing, 2014.

Bassett, Jennifer. *William Shakespeare-With Audio Level 2 Oxford Bookworms Library*. Oxford: Oxford University Press, 2014.

Boas, Frederick S. *Shakespeare and His Predecessors*. New York: Charles Scribner's Sons, 1896.

Bradley, A. C.. *Shakespearean Tragedy: Lectures on Hamlet, Othello, King Lear and Macbeth*. London: Penguin, 1991.

——. *Shakespearean Tragedy*: Lecture 1 "The Substance of Shakespearean Tragedy". London: Macmillan, 1992.

Carlyle, Thomas. *On Heroes, Hero-Worship, and The Heroic in History*. London: James Fraser, 1841.

Dryden, John. *Dryden: An Essay of Dramatic Poesy*. Oxford: Clarendon Press, 1889.

Eliot, T. S.. *Elizabethan Essays*. London: Faber & Faber, 2015.

Ghose, Indira. *Much Ado About Nothing: Language and Writing*. London: Bloomsbury Publishing, 2017.

Grady, Hugh. "Shakespeare criticism, 1600-1900". *The Cambridge Companion to Shakespeare*. Cambridge: Cambridge University Press, 2001.

——. *Shakespeare and Modern Theatre: The Performance of Modernity*. New York: Routledge, 2001.

Greenblatt, Stephen. *Will in the World: How Shakespeare Became Shakespeare*. London: Pimlico, 2005.

Hazlitt, William. *Characters of Shakespeare's Plays*. London: C. Templeman, 1854.

Honan, Park. *Shakespeare: A Life. Oxford*: Clarendon Press, 1998.

Johnson, Samuel. "Preface to Shakespeare", in *The Yale Edition of the Works of Samuel Johnson*, Volume VII: Johnson on Shakespeare, edt. Arthur Sherbo. New Haven: Yale University Press, 1968.

Jonson, Ben. "To the Memory of My Beloved, the Author Mr. William Shakespeare, and What He Hath Left Us". *The First Folio of Shakespeare*. New York: W. W. Norton & Company, 1996.

Kehler, Dorothea. *A Midsummer Night's Dream: Critical Essays*. Hove, East Sussex: Psychology Press, 1998.

Macrone, Michael. *Brush Up Your Shakespeare!* New York: Gramercy Books, 1998.

——. *Lessons on Living from Shakespeare*. New York: Crown Publishers, Inc., 1996.

Molotsky, Irvin. "You-Know-Who Wrote the Plays, Judges Say." *New York Times* 26 Sep. 1987: Section 1.

Muir, Kenneth; Wells, Stanley. *Aspects of Shakespeare's 'Problem Plays': Articles Reprinted from Shakespeare Survey*. Cambridge: Cambridge University Press, 1982.

Nelsen, Paul; Hands, Terry. "Hands On... An Interview with Terry Hands, Artistic Director of the RSC". *Shakespeare Bulletin*, Vol. 8, No. 3, 1990.

Shakespeare, William. *The Arden Shakespeare Complete Works (Revised Edition)*, edt. Richard Proudfoot; Ann Thompson; David Scott Kastan. The Arden Shakespeare, 2001.

——. *The Arden Shakespeare Third Series*. London: Bloomsbury Publishing, 1995-2018.

——. *The Complete Works of Shakespeare*, edt. Peter Alexander. London and Glasgow: Collins Clear-type Press, 1985.

Shapiro, James. 1599: *A Year in the Life of William Shakespeare*. London: Faber and Faber, 2005.

Steiner, George. *The Death of Tragedy*. New Haven: Yale University Press, 1996.

Wells, Stanley; Taylor, Gary; Jowett, John; Montgomery, William. *The Oxford Shakespeare: The Complete Works*. Oxford: Oxford University Press, 2005.

曹树钧，孙福良. 莎士比亚在中国舞台上[M]. 哈尔滨：哈尔滨出版社，1989.

程雪猛，祝捷. 解读莎士比亚戏剧[M]. 武汉：武汉大学出版社，2008.

歌德，等. 读莎士比亚[M]. 上海：上海书店出版社，2008.

杰曼·格里尔. 读懂莎士比亚[M]. 毛亮，译. 北京：外语教学与研究出版社，2013.

亢西民. 莎士比亚戏剧赏析辞典[M]. 太原：山西教育出版社，1992.

黎志敏. 莎士比亚作品导读[M]. 武汉：武汉大学出版社，2007.
迈可·马克隆. 引经据典说英文：莎士比亚篇[M]. 林为正，译. 中国台北：书林出版有限公司，1999.
孟宪强. 马克思，恩格斯与莎士比亚[M]. 西安：陕西人民出版社，1984.
莎士比亚. 暴风雨[M]. 彭镜禧，译. 北京：外语教学与研究出版社，2016.
——. 两贵亲[M]. 张冲，译. 北京：外语教学与研究出版社，2016.
——. 莎士比亚全集[M]. 梁实秋，译. 北京：中国广播电视出版社，1995.
——. 莎士比亚全集：第一卷[M]. 朱生豪，译. 南京：译林出版社，1998.
——. 莎士比亚全集：第二卷[M]. 朱生豪，译. 南京：译林出版社，1998.
——. 莎士比亚全集：第三卷[M]. 索天章，孙法理，译. 南京：译林出版社，1998.
——. 莎士比亚全集：第四卷[M]. 孙法理，刘炳善，译. 南京：译林出版社，1998.
——. 莎士比亚全集：一[M]. 朱生豪，等译. 北京：人民文学出版社，1994.
——. 莎士比亚全集：二[M]. 朱生豪，等译. 北京：人民文学出版社，1994.
——. 莎士比亚全集：三[M]. 朱生豪，等译. 北京：人民文学出版社，1994.
——. 莎士比亚全集：四[M]. 朱生豪，等译. 北京：人民文学出版社，1994.
——. 莎士比亚全集：五[M]. 朱生豪，等译. 北京：人民文学出版社，1994.
——. 莎士比亚全集：六[M]. 朱生豪，等译. 北京：人民文学出版社，1994.
史璠. 莎士比亚戏剧赏析[M]. 北京：中国戏剧出版社，2000.
孙家琇. 马克思恩格斯和莎士比亚戏剧[M]. 北京：中国戏剧出版社，1981.
王忠祥，贺秋芙. 莎士比亚戏剧精缩与鉴赏[M]. 武汉：华中师范大学出版社，2009.
王佐良. 莎士比亚绪论：兼及中国莎学[M]. 重庆：重庆出版社，1991.
吴辉. 影像莎士比亚——文学名著的电影改编[M]. 北京：中国传媒大学出版社，2007.
薛迪之. 莎剧论纲[M]. 西安：西北大学出版社，1994.
杨建民. 郭沫若所作《屈原》袭用《李尔王》？[J]. 中华读书报 2013 年 5 月 8 日第 14 版。
杨周翰. 莎士比亚评论汇编：(下)[M]. 北京：中国社会科学出版社，1981.
雨果. 莎士比亚传[M]. 丁世忠，译. 北京：团结出版社，2005.
珍妮弗·马尔赫林，阿比盖尔·弗罗斯特. 莎士比亚名剧赏析[M]. 李涤非，董革非，译. 沈阳：辽宁教育出版社，2002.

新时代外国文学与文化系列教材

（丛书主编：王爱菊）

《莎士比亚戏剧与西方社会》

《莎士比亚戏剧导读》

《英语诗歌欣赏》

《日本文化漫谈》

《电影中的俄罗斯文学》

《近现代日本社会与文化》

《俄罗斯社会与文化十讲》

《中西民俗文化对比赏析》

《中日文化交流史话》

《英国历史文化》

《跨文化交际礼仪》

《国外新闻业与新闻英语导读》

《英文小说名篇导读：从文字到光影的嬗变》